Zum Buch:

Schottlands verschlafenes Dörfchen Loch Harris wird zum Zentrum von heißem Klatsch und Tratsch. Erst stirbt Layla Devlins Verlobter in den Armen seiner Ex, dann wird das Gerücht laut, dass ein bekannter Sänger sich dort versteckt hält. Layla findet sich gefangen im Bann des Rockstars, der den ganzen Trubel auslöst. Doch es gibt einen mysteriösen Grund, wieso Rafe Buchanan, der Öffentlichkeit als Mask bekannt, sich gerade in diesem Dorf niedergelassen hat. Kann Layla herausfinden, was dahintersteckt?

Zur Autorin:

Julie Shackman ist eine ehemalige Journalistin und arbeitet heute als Schriftstellerin. Sie lebt mit ihrem Mann und ihren zwei Söhnen in Schottland.

Julie
SHACKMAN

Hier mit dir

ROMAN

Übersetzt aus dem Englischen von
Sarah Heidelberger

HarperCollins

Die Originalausgabe erschien 2021 unter dem Titel
A Secret Scottish Escape bei One More Chapter HC, London.

1. Auflage 2024

Deutsche Erstausgabe

Umschlaggestaltung von Büro Süd GmbH, München
Umschlagabbildung von mauritius images / Stefan Liebermann;
ARTYuSTUDIO, Bokeh Blur Background, chainarong06, icemanphotos,
Benoit Daoust / Shutterstock
Gesetzt aus der Stempel Garamond
von GGP Media GmbH, Pößneck
Druck und Bindung von CPI books GmbH, Leck
Printed in Germany
ISBN 978-3-365-00571-2
www.harpercollins.de

Kapitel 1

»Du hast es mal wieder geschafft, Mac!« Ich grinste in mein Handy. »Dein Notizbuch liegt noch hier zu Hause.«

Ich warf einen Blick auf die ledergebundene Kladde auf dem gläsernen Wohnzimmertisch. Daneben stand ein gerahmtes Foto, das uns beide am Ufer von Loch Harris zeigte.

Macs kastanienbraunes Haar war von hauchfeinen grauen Strähnen durchzogen und wir lachten für das spontane Selfie fröhlich in die Kamera. Seine hellblauen Augen mit den schweren Lidern waren von Fältchen umgeben, weil er in die Sonne blinzelte, und ich schmiegte mich an ihn. Die Sommersprossen auf meiner Nase und meinen Wangen zeichneten sich im hellen Licht deutlich ab.

Wenn mein Dad Harry uns besuchte, warf er Mac immer wieder misstrauische Seitenblicke zu. »Stört dich der Altersunterschied wirklich nicht, Layla?«, brummte er mir dann zu. »Der alte Ziegenbock ist doch gerade mal ein Jahr jünger als ich.«

Nach einer kurzen Pause, in der ich den roségoldenen Verlobungsring mit dem funkelnden Morganit darin bewunderte, fuhr ich mit meiner Sprachnachricht fort: »Jedenfalls hoffe ich, dass das Meeting mit deinem Agenten auch ohne dein Notizbuch gut läuft. Ruf mal an, wenn du fertig bist. Ich liebe dich!«

Ich legte auf und setzte mich wieder an meinen antiken Schreibtisch aus Eichenholz, der ganz hinten im Wohnzimmer meines Cottage stand. Durch die altweiß lackierten Schiebefenster konnte ich im Hintergrund die schimmernde Oberfläche des Loch Harris ausmachen.

Es war ein klarer Aprilmorgen, und hier und da schimmerte durch den dichten Wald, der den See umgab, der bunte Umriss eines Angelboots hindurch. Dicke Narzissenbüschel schoben sich wie zitronengelbe Trompeten aus dem Boden.

Unser Dorf, das jemand vor langer Zeit in einem Moment des Einfallsreichtums nach dem See benannt hatte, war mit seinen hingetupften alten Steincottages, den Kirchen mit ihren Buntglasfenstern und der kleinen Auswahl an Geschäften der Inbegriff des rauen, geheimnisvollen Charmes, der Schottland ausmachte. Die schier unendliche Anzahl an aufregenden Wanderwegen, die Weite des Sees, der sich wie ein Spiegel unter dem Himmel spannte, und die spektakulären Galen-Wasserfälle, die nur eine Viertelstunde Fahrtweg entfernt lagen, lockten die Touristen in Scharen nach Loch Harris.

Mac und ich wohnten gemeinsam in meinem ehemaligen Elternhaus. Das war es jedenfalls gewesen, bis die Ehe meiner Eltern implodierte. Ich war sieben gewesen, als meine Mutter Tina feststellte, dass sie mehr vom Leben wollte, als Loch Harris ihr je bieten könnte, und über Nacht aus unserem Leben verschwunden war.

Seitdem waren zweiundzwanzig Jahre vergangen, in denen sie für mich zu einem ominösen, fernen Geschöpf in London geworden war, das mir hin und wieder Geburtstags- oder Weihnachtskarten schickte. Und um ehrlich zu sein, war mir dieser Zustand nur recht so.

Dad hatte mich von da an allein großgezogen, wobei ihm

allerdings seine Eltern unter die Arme gegriffen hatten, die inzwischen aber verstorben waren.

Trotz der Abwesenheit meiner Mutter war unser weiß gekalktes Cottage stets von Musik erfüllt gewesen. Von klein auf war ich an den Anblick von Dads Plattensammlung gewöhnt, die sich über den Wohnzimmerboden ergoss, während er stolz die Hüllen mit einem feuchten Lappen reinigte. »Wen interessiert schon Schmuck?«, sagte er dann zu mir. »Das hier sind die einzigen Schätze, die du je brauchen wirst.«

Dads größter Held war Eric Clapton – deswegen hatte er mich ja auch nach einem seiner größten Hits benannt.

Irgendwann hatte ich Dad gegenüber erwähnt, dass ich langsam gern allein wohnen würde, woraufhin er mehr als bereitwillig das Cottage geräumt und damit all die schmerzhaften Erinnerungen an meine Mutter, die darin steckten, hinter sich gelassen hatte. Seitdem wohnte er ein kleines Stückchen die Straße runter im Haus meiner Großeltern, die damals bereits verstorben waren.

Ich schob mir eine Strähne meiner gewellten hellbraunen Haare hinters Ohr und scrollte weiter durch meine E-Mails.

Es standen mehrere Abgabetermine an: eine Buchbesprechung für eine Glasgower Zeitung sowie die Aufbereitung eines Interviews, das ich mit einer aufsteigenden Krimi-Autorin aus den Niederlanden für ein Online-Magazin geführt hatte.

Wie für so viele freiberufliche Journalistinnen war die Prokrastination mein Todfeind.

Als ich nach einem Stift griff, fiel mein Blick auf einen Papierfetzen, auf welchen Mac in krakeliger schwarzer Schrift etwas notiert hatte.

Hendry hob seine Waffe. Er hielt sie so fest umklammert, dass seine Knöchel weiß hervortraten. Vor dem zerfetzten Sonnenaufgang zeichnete sich die flackernde Silhouette des Mörders ab …

Eine Idee für seinen nächsten Polit-Thriller, der den Arbeitstitel *Injustice* trug.

Mac verzeichnete als Autor seit Jahren beeindruckende Erfolge. Aber selbst der große Mac Christie mit seinem kultivierten Lächeln und seinem sympathischen Charme litt unter gelegentlichen Anfällen von Selbstzweifeln. In solchen Phasen hörte ich ihn regelmäßig mit der Faust auf seinen Schreibtisch im Gästezimmer hämmern, gefolgt von einer Schimpftirade, die sich gewaschen hatte.

Ich spielte mit meinem Verlobungsring, dann öffnete ich YouTube, um beim Arbeiten ein paar meiner Lieblingslieder anzuhören. Während Mac am liebsten umgeben von Stille arbeitete, war ich am produktivsten, wenn laute Musik dröhnte. »Musst du die Lautstärke bis zum Anschlag hochdrehen?«, rief Mac mir dann immer durch den Flur zu. »Wir sind hier doch nicht in der O2-Arena!«

Oft gab ich mich auch Tagträumen hin, in denen ich sogar ein eigenes Musiklokal besaß. Doch als ich Mac davon erzählt hatte, meinte er nur: »O Gott. Einen ruhigen kleinen Jazzclub könnte ich ja noch verstehen. Aber doch bitte nicht diese hysterische Rockmusik, die klingt, als würde jemand fünf Minuten lang gefoltert werden.«

»Ist es zu laut, bist du zu alt«, hatte ich daraufhin grinsend zurückgerufen, woraufhin Mac seinen Schreibtisch verließ und mich ins Schlafzimmer entführte, um mir zu beweisen, dass er alles, aber sicher nicht alt war.

Nachdem ich eine äußerst schmeichelhafte Besprechung des historischen Liebesromans verfasst hatte, den man mir zugeteilt hatte, tappte ich vom Wohnzimmer in die Küche, um mir ein schnelles Mittagessen zuzubereiten.

Mein Dad war zwar gelernter Landschaftsgärtner, besaß aber auch darüber hinaus großes handwerkliches Geschick und hatte die Einbauschränke aus dunklem Holz, die wir jahrelang stillschweigend geduldet hatten, nach seinem Auszug mithilfe seiner Handwerkerfreunde aus der Gegend blassgelb lackiert.

Auf den dunkelbraunen Arbeitsflächen hatte ich mehrere Topfpflanzen, von Heidekraut bis hin zu Efeu, verteilt. In der Ecke stand eine altmodische gelbe Seidenlampe und unsere ramponierten weißen Küchengeräte hatte ich durch einen Herd und einen Kühlschrank aus Edelstahl ersetzt.

Meine nackten Füße taperten leise über den polierten Dielenboden, als ich von den Küchenschränken zum Kühlschrank hinüberging. Mac hatte noch nicht zurückgerufen. Aber vielleicht hatte er meine Nachricht ja auch noch gar nicht abgehört. Ich riss die Kühlschranktür auf und holte eine Packung Vollkornbrot, Räucherlachs und etwas Blattsalat heraus.

Ein hartes Klopfen an der Haustür übertönte den Klang von Stevie Nicks' Stimme, die gerade einen Song über Papierblumen zum Besten gab.

Durch die Milchglasscheibe konnte ich die unscharfe Silhouette eines groß gewachsenen Mannes ausmachen. Ich konnte nicht anders, als zu grinsen. »Mac!«, rief ich und drückte die Klinke herunter. »Hast du jetzt auch noch deinen Schlüssel vergessen?«

Doch vor mir stand nicht mein Verlobter, sondern unser

Dorfpolizist Tom, der mich ernst musterte. Hinter ihm spähte eine sympathisch wirkende Polizistin hervor, die ich noch nie gesehen hatte.

Ich blinzelte verwirrt.

Kapitel 2

Ich hielt meinen Verlobungsring mit der anderen Hand fest umklammert. »Da muss ein Irrtum vorliegen.«

Tom verschränkte die Hände. »Es tut mir fürchterlich leid, Layla.«

Ich sprang von meinem Sessel auf und lief vor Tom und der fremden Polizistin, die mich vom Sofa aus mitfühlend musterten, auf und ab. »Nein. Nein, ich glaube das nicht! Das ergibt doch alles keinen Sinn!« Meine Gedanken schwirrten wild durch meinen Kopf. »Mac war doch mit seinem Agenten in der Stadt verabredet. Wie sollte er da in irgendeinem Hotel in Stirling landen?«

Mein Herz fühlte sich wie ein kalter Klumpen in meiner Brust an und die Farben meines Wohnzimmers verschwammen zu einem wabernden Nebel aus Grau und Bordeauxrot.

Tom stand auf und tätschelte mir den Arm. Über das Gesicht seiner Begleiterin, die sich als Constable Emma Nicholson vorgestellt hatte, zuckte ein mitleidiges Lächeln, als sie sagte: »Ich denke, Sie sollten sich besser setzen, Layla.«

Einen Augenblick lang musterte ich sie wortlos, dann nickte ich langsam und ließ mich wieder auf meinen Sessel sinken.

Emma beobachtete Tom aus dem Augenwinkel. Verlegenes Schweigen senkte sich über den Raum.

»Als Mac den Herzinfarkt hatte, war er nicht mit seinem Agenten unterwegs«, erklärte Tom.

Ich runzelte die Stirn. »Was soll das bedeuten?«

Wieder wechselten Tom und Emma einen kurzen Blick und ich atmete stockend ein. Was ging hier vor sich?

»Mac ist in einem Zimmer im Bookman Hotel zusammengebrochen – und er war zu diesem Zeitpunkt nicht allein.«

Toms Worte trafen mich wie ein Faustschlag und einen Moment lang verschlug es mir die Sprache. »Willst du mir damit etwa sagen, dass er mit einer anderen Frau zusammen war?«

Emma blinzelte mit ihren blassblauen Augen. »Ja. Ja, das war er.«

Tom musterte konzentriert meinen weinroten Teppich, ehe er wieder zu mir aufsah. »Bei dieser anderen Frau handelte er sich um Hannah Darley-Patrick.«

Jetzt wurde es langsam albern. Das war doch alles vollkommener Unsinn! »Nein«, stieß ich hervor. »Das kann nicht stimmen. Das ist seine Ex-Frau!«

Tom und seine Begleiterin schwiegen.

»Und was haben sie dort gemacht?«, krächzte ich. Noch ehe ich fertig gesprochen hatte, wurde mir klar, wie dumm meine Frage war.

Weiterhin nur Schweigen.

Zu meiner eigenen Überraschung gab ich einen trockenen Lacher von mir, der fremd klang, als würde er zu jemand anders gehören. »O nein. Sie waren miteinander im Bett, oder?«

Emma senkte den Kopf. »Ja, so scheint es. Es tut mir aufrichtig leid.«

Ich fuhr mit den Händen über meine Oberschenkel und erhob mich wieder ruckartig aus dem Sessel. »Das kann alles nicht wahr sein«, murmelte ich. Der Verlobungsring an meinem Finger funkelte. »Sie wollen mir also erzählen, dass mein Verlobter einen tödlichen Herzinfarkt erlitten hat, während er seine Ex-Frau gevögelt hat?«

Nun sprangen auch Tom und Emma auf. »Es tut mir wirklich unendlich leid, Layla«, betonte Tom erneut.

In meinem Herzen rangen Entsetzen und Wut miteinander. »Oh, *mir* tut es leid.«

Emma kam einen Schritt auf mich zu. »Gibt es jemanden, den wir kontaktieren können? Sie sollten im Augenblick besser nicht allein sein.«

Ungläubig rieb ich mir die Arme, bevor ich ziellos an meinem Pullisaum herumzupfte. »Harry«, murmelte ich. »Sie könnten Harry anrufen.«

»Harry Devlin ist Laylas Vater«, erklärte Tom seiner Kollegin.

»Und Faith«, fügte ich verzweifelt hinzu. »Ich brauche Faith.«

Mac und ich hatten uns vor zwei Jahren kennengelernt, als ich ihn im Auftrag eines Lifestyle-Magazins interviewte.

Er war einer von diesen charismatischen, immer ein wenig ironisch wirkenden älteren Männern mit anziehendem Lächeln und einer Charakternase.

Vom ersten Augenblick des Interviews an hatte Mac schamlos mit mir geflirtet, und als wir aus dem Restaurant in Edinburgh, in dem das Interview stattfand, aufbrechen wollten, schnappte er sich mein Handy und speicherte seine Nummer darin ab.

Ich weiß noch genau, wie warm, benebelt und geschmeichelt ich mich durch seine Aufmerksamkeit fühlte. Wie groß meine Bewunderung für diesen berühmten Politthriller-Autor war. Nachdem ich aus Prinzip ein paar Tage hatte verstreichen lassen, rief ich ihn an.

Wenige Dates später hatte Mac darauf bestanden, mich in

Loch Harris zu besuchen, und war von dem silbrig schimmernden Wasser und den verzauberten Wäldern ringsum vollkommen hingerissen gewesen. Er meinte, die Schönheit der Umgebung würde ihm Energie spenden, und als er verkündete, dass er beschlossen hätte, eine der kuschligen neuen Ferienwohnungen zu mieten, die kürzlich in Dorfnähe entstanden waren, konnte ich mein Glück kaum fassen.

Mein Dad war Mac von Tag eins an mit Skepsis begegnet, insbesondere nachdem er erfahren hatte, dass er schon einmal verheiratet gewesen war. »Euch trennt ein Altersunterschied von fünfundzwanzig Jahren!«, protestierte Dad regelmäßig. »Er könnte dein Vater sein!«

»Ist er aber nicht, sondern du.«

»Und jetzt ziehst du mit ihm zusammen?« Er hatte tief durchgeatmet.

»Nicht ganz, Dad. Er zieht bei mir ein.«

Mein Vater schob seine gebräunten Hände in die Taschen seiner Cargohose. »Hör auf, so kleinkariert zu sein.« Dann zog er mich in eine von seinen bärenstarken Umarmungen. »Muss dem alten Knacker ja mächtig das Ego polieren, mit einer so umwerfenden Neunundzwanzigjährigen gesehen zu werden.«

»Alter Knacker?« Ich grinste. »Echt jetzt?« Beim Anblick von Dads finsterer Miene platzte ich halb vor Lachen. »Mac ist vierundfünfzig, nicht vierundneunzig, Dad. Ein Jahr jünger als du, nebenbei bemerkt.«

Ein roter Schimmer legte sich auf seine wettergegerbten Wangen. »Er war schon mal verheiratet, Liebes.«

»Na und? Du doch auch«, konterte ich, versuchte aber, dabei keine Erinnerungen an meine Mutter in mir hochkommen zu lassen.

Tina war für mich meistens nicht viel mehr als eine gesichtslose Silhouette. Sie war in meinem Leben kaum mehr als eine Randfigur gewesen, und das schon, ehe sie einen gebrochenen Ehemann und eine zutiefst verwirrte Tochter hatte sitzen lassen, um in London ein neues Leben anzufangen.

Je weniger ich an meine Mutter dachte, desto besser ging es mir.

»Aber das ist doch etwas ganz anderes«, widersprach mein Dad.

»Nein, ist es nicht. Er ist über fünfzig, Dad, genauso wie du. Jeder in diesem Alter hat eine Vorgeschichte.«

Und jetzt hatte diese Vorgeschichte in Form von Macs Ex-Frau Hannah, mit der er vierundzwanzig Jahre lang verheiratet gewesen war, ihr Haupt mit dem strengen schwarzen Bob aufgerichtet.

Als Tom und Emma mein Cottage wieder verlassen hatten, ließ ich mich gegen die Haustür sinken.

Mein Blick landete auf meinem Verlobungsring. Der roségoldene Reif schien mich förmlich anzugrinsen.

Das Ding hätte genauso gut aus einem Kaugummiautomaten stammen können. Was mir einst so viel bedeutet hatte, erschien mir jetzt billig und geschmacklos.

Mac war nicht hier bei mir in Loch Harris gewesen, als das Leben aus ihm gewichen war. Stattdessen hatte er sich mit *ihr* in einem Hotelbett gewälzt.

Kapitel 3

»Ich könnte ihn umbringen!«, knurrte Dad in seine Teetasse.

Meine beste Freundin Faith verschränkte die Arme, sodass ihre drei goldenen Armreifen gegeneinanderklimperten. »Ich fürchte, das dürfte sich als einigermaßen schwierig erweisen, Harry.«

»Du weißt genau, wie ich das meine.«

Als Dad und Faith bemerkten, dass ich aus dem Bad zurück war, ließen sie ihre Teetassen stehen und eilten zu mir. Ich schniefte in ein Taschentuch und versuchte zu vergessen, dass mir aus dem Spiegel gerade ein Gesicht entgegengeblickt hatte, welches an das einer geschmolzenen Wachsfigur erinnerte.

Durch das Küchenfenster hinter Faith konnte ich den graublau schimmernden See erkennen. »Wieso war er mit ihr zusammen? Wieso hat er sich mit Hannah getroffen, wenn er doch mit seinem Agenten verabredet war?«

Faith schob sich eine rotblonde Haarsträhne aus der Stirn. »Du wirst später noch genug Zeit haben, darüber zu grübeln. Jetzt solltest du erst mal an dich selbst denken.«

»Wie soll das denn bitte gehen? Ich habe gerade herausgefunden, dass mein Verlobter gestorben ist, während er eine andere gevögelt hat! Und, nebenbei bemerkt, nicht *irgendeine* andere …«

Dads Lippen verzogen sich zu einem schmalen Strich. Ich bemerkte, dass er sein Lieblings-Pink-Floyd-T-Shirt trug.

»Hat sich seine Ex schon bei dir gemeldet?«, fragte er.

Ich tupfte mit einer Taschentuchecke an meinen Augen herum, ohne damit viel zu erreichen. »Nein, noch nicht. Aber ich gehe davon aus, dass das nur eine Frage der Zeit ist.«

Dad und Faith wechselten einen vielsagenden Blick. »Keiner zwingt dich, mit dieser Anna zu reden, wenn du nicht willst, Liebes«, sagte er dann.

»Zumindest noch nicht«, fügte Faith hinzu.

»Ihr Name ist *Hannah*, Dad. Und ich wüsste nicht, wie ich um ein Gespräch mit ihr herumkommen sollte. Sie war die Letzte, die Mac lebend gesehen hat.« Ein trockenes Krächzen drang aus meiner Kehle. »Ach, was heißt *gesehen*. Wir wissen doch alle, was sie wirklich gemacht haben! Jedenfalls kein Kreuzworträtsel gelöst.«

Dad schloss mich in seine Arme. Er roch nach feuchter Erde und unter seinen Fingernägeln hingen letzte Dreckreste.

Ich schluchzte mehrmals tief, bis ich endlich wieder das Gefühl hatte, atmen zu können. »Du musst zum Friseur«, murmelte ich gegen Dads Schulter.

Seine Brust hob sich. »Ich dachte, ich probiere mal den Zauseliger-Landschaftsgärtner-Look.«

Ich hob den Kopf und musterte seine schulterlangen grauen Locken. »Steht dir sogar«, murmelte ich naseputzend.

Dad drückte mich wieder fester an sich. »Du weißt, dass wir beide für dich da sind, oder? Ganz egal, was du brauchst. Du musst nur fragen.«

Bilder von Macs blauen Augen mit den schweren Lidern zogen an mir vorbei. Ich ging auf die Zehenspitzen und drückte Dad einen Kuss auf die Wange. »Ja, weiß ich. Danke.«

Dann zuckte ich zusammen, als plötzlich ein Bild von Hannah mit ihrem gepuderten, streng geschnittenen Gesicht vor meinem inneren Auge auftauchte. Die Frau ließ mir einfach keinen Frieden. Egal, wohin ich mich drehte, überall im Cottage sah ich sie mit Mac im Bett, wie sie es wie zwei Duracell-Häschen miteinander trieben.

Ich schüttelte das Bild von mir ab und versuchte, mich zusammenzureißen. Ich wusste, was Faith und Dad von meinem Anliegen halten würden, wollte es aber trotzdem äußern. Denn aus meiner Sicht brachte es nichts, das Unvermeidliche hinauszuzögern. »Es gibt da tatsächlich etwas, das ich brauche.«

»Und was?«, fragte Faith.

Ich richtete meinen Blick auf sie. »Ich glaube, ich muss mit Hannah sprechen. Und zwar jetzt.«

Dad und Faith schauten mir mit entsetzten Mienen aus dem Wohnzimmer hinterher.

»Was hast du vor?«, fragte Faith vorsichtig. »Wonach suchst du?«

Ich verschwand in unserem Schlafzimmer am hinteren Ende des Flurs, wobei ich penibel darauf achtete, den Anblick unseres Bettes mit seinem kaffee- und cremefarbenen Überzug und den beiden Wurfkissen im Vanilleton zu vermeiden. Das leise Ticken des Weckers hing in der Luft.

Auf dem weißen Nachttisch an Macs Bettseite lag sein Adressbuch. »Wusste ich doch, dass ich es hier gesehen habe«, murmelte ich.

»Was ist das?«, fragte Dad, der in der Tür stehen geblieben war. »Liebes, du stehst noch unter Schock. Meinst du nicht, es wäre besser, wenn du dich etwas hinlegst? Ich könnte dir eine schöne Tasse Tee bringen und …«

Ich schüttelte den Kopf. »Das wäre das Schlimmste, was ich im Moment tun könnte. Sobald ich die Augen schließe, sehe ich die beiden vor mir.«

Ich blätterte durch das Adressverzeichnis, bis ich Hannahs Handynummer unter dem Namen, den sie in ihrer zweiten Ehe angenommen hatte, fand. Auf einmal kam mir ein Gedanke. Nicht nur ich war verletzt worden, sondern auch ihr jetziger Mann Mark. Aber dem wütenden, egoistischen Teil von mir war das gerade vollkommen egal.

Dad seufzte tief auf. »Layla. Nun sei doch vernünftig. Das ist wirklich nicht der richtige Augenblick, um …«

»Und wann ist der richtige Augenblick, Dad? Wann genau sollte ich deiner Meinung nach die Ex-Frau meines Verlobten fragen, wieso er zu seinem Todeszeitpunkt mit ihr im Bett war?«

Bedeutsames Schweigen senkte sich über das Schlafzimmer.

»Mein Handy liegt auf dem Kaminsims«, sagte ich zu Faith, als ich wieder in den Flur kam. »Neben dem Foto.«

Faith zögerte kurz, dann lief sie an mir vorbei ins Wohnzimmer und holte das Telefon von seinem Platz neben dem Bild, das einen breit grinsenden Mac zeigte. Sie reichte mir das Handy.

Macs Gesicht mit dem ansprechenden Lächeln schien einem förmlich aus dem Bilderrahmen entgegenzuspringen. Im Hintergrund funkelten die Lichter von New York.

Ohne auf Dads und Faiths flehende Blicke einzugehen, legte ich das Handy auf dem Couchtisch ab und suchte erneut Hannahs Nummer aus dem Adressbuch heraus, das ich versehentlich wieder zugeschlagen hatte. Beim Anblick von Macs krakeliger Handschrift zog sich mein Magen schmerzhaft zusammen.

Meine Wangen waren heiß und klebrig vor Tränen. »Faith, könntest du bitte eine Kanne Tee aufsetzen?«

Sie senkte den Kopf, als wollte sie mir zu verstehen geben, dass sie sich geschlagen gab. »Natürlich. Und Buttertoast mach ich dir auch. Keine Widerrede – du solltest wenigstens versuchen, etwas zu essen.«

Während das Freizeichen bereits erklang, forderte Faith Dad auf, sie in die Küche zu begleiten. »Komm, Harry. Layla hat ihre Entscheidung getroffen.«

Dad warf mir einen besorgten Blick zu. »Ja, das sehe ich.«

Ich beobachtete, wie sich die beiden in Richtung Küche davonmachten, um dort mit Kanne und Tassen herumzuscheppern. Mir war klar, dass sie sich Sorgen machten. Aber es war nun mal niemandem – und am wenigsten mir selbst – damit geholfen, wenn ich so tat, als wäre nichts geschehen.

Ich wurde abrupt aus meinen Gedanken gerissen, als Hannahs kratzige Stimme aus dem Hörer blökte. »Hallo?«

Kapitel 4

»Hallo?«, wiederholte sie. »Wer ist da?«

»Ich bin's, Layla«, sagte ich und begann, auf und ab zu laufen.

»Layla«, entgegnete sie ausdruckslos.

Einen Moment lang gelang es mir noch, mich an der Stille festzuklammern, dann wurde ich von einer Flutwelle aus Abneigung mitgerissen. Im ovalen Spiegel über dem Kamin erhaschte ich einen kurzen Blick auf mich und wünschte sofort, ich hätte es bleiben lassen. Ich sah aus wie ein Negativ meines wahren Ichs – blass und mit seelenlosen grauen Augen. Mühsam zwang ich die erstbesten Worte hervor, die mir einfielen. »Du schuldest mir eine Erklärung.«

Ich musste mit eigenen Ohren hören, was geschehen war. Und zwar aus Hannahs Mund.

»Ich bezweifle, dass dies der passende Zeitpunkt für ein solches Gespräch ist«, erwiderte sie gefasst.

Wut loderte in mir auf. »Und welcher Zeitpunkt wäre deines Erachtens besser geeignet? Vielleicht beim Nachmittagstee? Oder wäre es dir nächsten Mittwoch um fünfzehn Uhr recht?«

»Es besteht keinerlei Grund, sarkastisch zu werden.«

Ich presste das Handy an mein Ohr. »Wie kannst du es wagen, mir vorzuschreiben, was ich gerade zu fühlen habe?« Ich fuhr mir durch mein wirres Haar. »Ich habe gerade erfahren, dass mein Verlobter gestorben ist, während er seine Ex-Frau gevögelt hat. Meinst du nicht, dass ich in emotionaler Hinsicht damit alle Trümpfe in der Hand habe?«

Am anderen Ende der Leitung ertönte ein erschütterter Schluchzer. Ich presste die Augen zusammen und öffnete sie wieder. Das Licht der frühen Nachmittagssonne strich über meine nackten Zehen.

»Es tut mir so leid.« Sie schluckte vernehmlich. »Dich zu verletzen war das Letzte, was Mac im Sinn hatte. Aber wir hatten so viel miteinander erlebt. Vierundzwanzig gemeinsame Jahre lassen sich nicht einfach so mir nichts, dir nichts auslöschen.«

Die Erkenntnis traf mich wie ein Faustschlag. »Versuchst du gerade, mir mitzuteilen, dass das heute nicht das erste Mal war?«

In der Küche stellte Faith mit lautem Klirren ihre Tasse ab und Dad machte große Augen.

»Lass uns … lass uns bitte ein andermal darüber reden, Layla«, erwiderte Hannah stockend. »Die Wunden sind noch zu frisch.«

Wie konnte man nur so anmaßend sein? War ihr denn überhaupt nicht bewusst, was sie da angerichtet hatte? »Du bist nicht in der Position, dich hinzustellen und mir Anweisungen zu erteilen.« Tränen brannten in meinen Augen. »Wie lange?«

Ein Schniefen, dann ein Rascheln.

»Ich hab dich was gefragt.«

Hannahs Seufzer erinnerte an einen Windstoß. »Anderthalb Jahre.«

Meine Schultern verkrampften sich unter meinem rosafarbenen Pulli. Faith versuchte von der Küche aus, meine Mimik zu deuten, doch ich starrte sie nur ausdruckslos an. »Aber das bedeutet ja, dass ihr die ganze Zeit, während ich mit Mac zusammen war …«

»Er hat dich geliebt, Layla. Sehr sogar. Aber Mac und ich haben in den Jahren unserer Ehe so viel miteinander durchgemacht …«

Ich ließ die Hand mit dem Telefon sinken, konnte den Blick nicht von dem Verlobungsring lösen, der an meiner linken Hand glitzerte.

»Layla?«, schnarrte Hannahs körperlose Stimme aus dem Hörer. »Layla? Bist du noch da?«

Kapitel 5

Faith strich sachte über den Ärmel meiner schwarzen Jacke. »Bist du bereit?«

Ich ließ die Schultern hängen. »Nicht wirklich.«

»Ach, wie solltest du auch? Entschuldige, die Frage war dämlich.«

Dad, dessen strahlend weißes Hemd das satte Braun seiner Haut betonte, kam auf mich zu und wartete auf mein Zeichen.

Ich nickte knapp, und wir machten uns in unserer Trauerkleidung den Flur entlang auf den Weg zur Limousine, die uns zur Kirche bringen sollte. Als ich am Spiegel vorbeikam, erlaubte ich mir einen kurzen Blick. Meine Augen waren umwölkt von Schmerz, und es mochte vielleicht auch einfach daran liegen, dass ich mein Haar hochgesteckt hatte, aber meine Wangenknochen traten deutlicher hervor als sonst. Dennoch war das keine große Überraschung, hatte ich seit Macs Tod vor über einer Woche ja kaum etwas gegessen.

Mit zittrigen Fingern trug ich noch eine Extraschicht Lippenstift auf, bevor ich die Lippen aufeinanderpresste und dann tief durchatmete.

Die Limousine wand sich die Landstraßen entlang wie eine schwarz schimmernde Schlange. Die vertrauten Hecken und das geschwungene Ufer des Loch Harris gingen sanft ineinander über wie auf einem Gemälde von Monet.

Ich hatte keine Ahnung, was ich empfinden sollte. Wut? Trauer?

Dad saß zusammen mit mir auf der Rückbank und hielt meine Hand. Seine raue Haut an meiner fühlte sich so tröstlich an wie eine warme Decke. Ich schenkte ihm ein tränennasses Lächeln und lobte seinen marineblauen Anzug. »Du siehst schick aus, Dad.«

Er verdrehte die Augen nach oben zum Wagendach. »Ich kann ja schlecht im Motörhead-T-Shirt auf eine Beerdigung gehen, oder?« Mit einem Finger lockerte er seinen Kragen.

Neben Dad beugte Faith sich nach vorne, um mich ansehen zu können. Sie hatte ihre blonden Locken zu einem Knoten hochgesteckt und zupfte unablässig an ihrem Rocksaum herum.

»Mac hat sich auf den ersten Blick in Loch Harris verliebt«, sagte ich unvermittelt. »Schade eigentlich, dass er die Gegend am Ende mehr geliebt hat als mich.«

Dad und Faith rutschten beklommen auf ihren Sitzen herum.

»Er fand es so schön hier, dass er meinte, er hätte nichts dagegen, eines Tages hier begraben zu werden. Ich dachte allerdings, das würde noch lange dauern. Dass wir noch viele gemeinsame Jahre erleben würden.«

Faith griff über die Beine meines Dads hinweg nach meiner Hand. »Du schaffst das heute. Wir sind immer für dich da.«

Ich nickte, obwohl ich mir alles andere als sicher war. »Hast du Mum erreichen können?«, murmelte ich nach kurzem Schweigen. »Weiß sie Bescheid?«

Dad biss die Zähne zusammen. »Ich hab sie angerufen und ihr mehrere Nachrichten hinterlassen, aber bisher hat sie nicht reagiert.«

»Okay, danke.«

Ich sah wieder zum Fenster hinaus. Blinzelte. Inzwischen hatten wir die Kirche fast erreicht.

Ich wusste selbst nicht, wieso ich Dad eine derart dumme Frage gestellt hatte. Natürlich würde sie nicht zur Beerdigung kommen. Zweifellos hatte sie deutlich Wichtigeres zu tun – wie beispielsweise ihre neuste Wohltätigkeitsveranstaltung in irgendeinem protzigen Londoner Hotel auszurichten. Worum es wohl diesmal ging? Einen Fundraiser für traumatisierte Hamster? Das Leid der Mittelschicht ins Scheinwerferlicht rücken, die schon seit drei Monaten nicht mehr im Urlaub gewesen war?

Vor Ärger schnürte sich mir die Kehle zusammen. Es war einfach nur traurig, dass Tina ihre einzige Tochter nicht als Priorität betrachtete. Oder die Beerdigung ihres Fast-Schwiegersohns.

Sie war Mac nur ein einziges Mal begegnet – als ich ihn zu einer Signierstunde in London begleitet hatte. Zu diesem Zeitpunkt waren wir seit drei Monaten ein Paar, und Mum hatte uns überredet, im Anschluss mit ihr Mittag essen zu gehen.

Ich musste daran denken, wie sie unverhohlen mit ihm geflirtet hatte, ihre Riemchensandale vom Fuß baumelnd, und mit ihrer leicht kehligen Stimme gesagt hatte: »Er ist eher in meinem Alter als in deinem, Darling.«

Eine schmerzhafte Erinnerung an Mac nach der nächsten kam mir in den Sinn. Kleinigkeiten, die ich als selbstverständlich betrachtet hatte – sein langsames, selbstbewusstes Schlendern, wie er dröhnend über Monty Python lachte …

Was für ein verdammtes Chaos das alles nur war!

Vor der bogenförmigen roten Veranda mit den Granitstufen, die zur Kirche von Loch Harris hinaufführten, kam der Wagen zum Stehen. Beim Anblick der großen Trauergemeinde, die sich vor der gotischen Eichentür mit den beiden beeindruckenden Keltenkreuzen versammelt hatte, wäre ich am liebsten direkt wieder umgekehrt. Die Leute unterhielten sich mit zusammengesteckten Köpfen oder flanierten schweigend über den Friedhof. Schwarze Mäntel flatterten im Wind und hier und da ragte aus dem Meer an Köpfen ein schwarzer Hut hervor.

Ich erkannte das längliche, markante Gesicht von Macs Literaturagenten Garth Keller, der höflich lächelnd Macs Autorenkollegen und die Mitglieder seines PR-Teams begrüßte.

Macs Eltern waren bereits vor einigen Jahren verstorben, sodass kaum Familienmitglieder anwesend waren. Allerdings war ich mir ziemlich sicher, seine jüngere Schwester Lois entdeckt zu haben, deren Gesicht jedoch halb hinter einem schwarzen Spitzen-Fascinator im spanischen Stil verborgen war.

Ein Blitzlicht flammte auf und ich rutschte unwillkürlich auf der Rückbank nach vorn. Mein Magen verkrampfte vor Panik. »Fotografen.«

Dad verrenkte sich nach hinten, um durch die Rückscheibe sehen zu können. »Aber nur ein paar, Liebes.«

»Ein paar sind ein paar zu viel.«

Doch Faith winkte ab. »Mach dir um die keine Gedanken. Garth meinte, er kümmert sich darum.«

»Garth? Du hast mit Garth gesprochen?«

Faith warf mir ein Lächeln zu. »Ja, vor ein paar Tagen habe ich ihn angerufen. Ich hoffe, das ist in Ordnung für dich.

Macs PR-Leute meinten, dass sie noch den einen oder anderen Gefallen bei der Presse guthätten, den sie jetzt einfordern würden.«

Ich blinzelte. »Ist das der Grund dafür, dass die Details über Macs Todesumstände in der Öffentlichkeit totgeschwiegen werden – wenn ich mir das schlechte Wortspiel erlauben darf?«

Faith nickte und wechselte einen kurzen Blick mit Dad. »Ich weiß, was für ein arroganter Arsch Garth Keller sein kann, aber er hat auch seinen Nutzen.«

Ich zuckte zurück, als der Fahrer vor meinem Fenster erschien und mir die Wagentür aufhielt. Mit meinen wackligen Beinen und den schreckgeweiteten Augen kam ich mir vor wie ein Rehkitz, das gerade erst zur Welt gekommen war. Ich sog den würzigen Duft von Heidekraut und feuchtem Gras ein.

Dad und Faith stiegen ebenfalls aus und gingen rechts und links von mir in Stellung. Einen Augenblick lang standen wir so auf dem Kiesweg. Drüben an der Eingangstür brach sich die Morgensonne in akkurat geschnittenem blauschwarzen Haar.

Hannah.

Wieder einmal musterte ich den Verlobungsring an meiner linken Hand. »Wieso trage ich dieses dumme Ding überhaupt? Als würde es noch irgendwas bedeuten.«

Dad schlang den Arm um meine Taille und drückte mich liebevoll. »Du wirst Unmengen an Zeit für einen Neuanfang haben. Aber jetzt lass uns erst einmal diesen Tag überstehen.« Er musterte mich aus seinen grauen Augen. »Bereit?«

Ich zog den Ring von meinem Finger, und es kam ein Streifen Haut zum Vorschein, der minimal blasser war als meine restliche Hand. Dad und Faith wechselten einen erneuten angespannten Blick, während ich meine gesteppte Clutch aufriss und den Ring hineinpfefferte.

»Jetzt schon.«

Kapitel 6

Ich versuchte, Macs Sarg aus hellem Eichenholz hinter den glänzenden Scheiben des Leichenwagens keine Beachtung zu schenken.

Mac war nie der Herzchen-und-Blümchen-Typ gewesen, und in Anbetracht der Tatsache, dass er gerade Sex mit Hannah hatte, als sein Herz den Geist aufgab, hatte sich mein Bedürfnis, viel Geld in ein üppiges Gesteck zu investieren, in Grenzen gehalten.

Dad hatte fiese Witze darüber gerissen, dass er sicherlich irgendwo »ein paar Hände voll Saubohnenranken« auftreiben könnte. Obwohl ich das Angebot durchaus verlockend fand, hatte ich mich am Ende für einen schlichten runden Kranz entschieden, der mit Freesien, Prachtscharten und Tulpen in Hell- und Dunkellila geschmückt war. Dazwischen hatte die Floristin hellgrüne Eukalyptuszweige und Aspidistrablätter gesteckt.

Der Kranz war vorn an Macs Sarg angebracht, daneben befand sich ein Ungetüm aus weißen und gelben Lilien, das von blaugrün karierten Bändern zusammengehalten wurde. Die kelchförmigen Blüten wurden gegen die Scheibe gepresst, sodass man den Sarg von dieser Seite aus kaum sehen konnte.

Ich war mir ziemlich sicher, zu wissen, von wem das protzige Ding stammte.

Auf der anderen Seite meines Kranzes befand sich der Blumenschmuck von Macs Schwester Lois. Sie hatte sich für ein offenes Buch aus weißen und gelben Nelken entschieden, das ich weitaus geschmackvoller und angemessener fand als die Lilien.

In der Fensterscheibe des Leichenwagens konnte ich mein Spiegelbild erkennen. Zusammengepresste Lippen und geweitete Augen.

»Layla!«

Lois eilte auf mich zu. Die Erleichterung, endlich jemanden zu entdecken, den sie kannte, stand ihr ins blasse Gesicht geschrieben. Sie schloss mich in die Arme, bevor sie auf ihren dezenten schwarzen Absatzschuhen einen Schritt nach hinten machte und meine Hände umfasste. »Wie kommst du zurecht?«

Ich runzelte die Stirn. »Ehrlich gesagt habe ich keine Ahnung, was ich gerade fühlen soll.«

»Das überrascht mich nicht.«

Sie begrüßte Dad und Faith, die hinter mir standen. »Kann es sein, dass fast alle Leute hier beruflich mit Mac zu tun hatten?«

»Nicht alle«, merkte ich an und nickte in Hannahs Richtung, die umgeben von einer kleinen Menschentraube Hof hielt.

Lois verzog ihre dunklen Augen zu schmalen Schlitzen. »Ach, die! Es tut mir so leid, dass sie hier ist. Ich wollte nicht, dass sie kommt, aber …«

»Ist schon gut«, unterbrach ich sie. »Na ja, gut vielleicht nicht unbedingt. Aber sie war nun mal vierundzwanzig Jahre lang mit ihm verheiratet.« Ich schluckte meine Wut hinunter. »Und sie war bei Mac, als er starb … oder besser unter ihm. Oder vielleicht auch auf ihm? Wer weiß …«

Mir versagte die Stimme und Dad zog mich in eine feste

Umarmung. »Denk einfach nicht darüber nach, Liebes. Das ist es nicht wert.«

Faith neben mir nickte. »Harry hat recht … Ach du Scheiße. Cruella im Anmarsch.«

Hannah kam über den Kiesweg anstolziert und teilte in ihrem schwarzen Hosenanzug aus Samt, den stecknadeldünnen Stiletto-Absätzen und ihrem Missoni-Hut die Menge der Trauernden wie eine Gottesanbeterin. Der Hut war grau und mit einem Häkelschal aus türkis-goldener Seide verziert, der bei jeder Bewegung hinter ihr herflatterte.

Bei ihrem Anblick verkrampfte sich mein Kiefer.

»Hallo, Layla«, murmelte sie durch ihre schmalen roten Lippen.

Ich nickte kaum merklich. »Hannah.«

»Ich glaube, wir sollten reingehen, der Trauergottesdienst beginnt gleich«, stieß Faith hervor und bedachte Macs Ex mit einem kurzen, bitterbösen Blick.

Dad nahm mich am Arm, aber ich löste sanft seine Finger von meinem Ärmel. »Warum?«, fragte ich Hannah. »Warum wollte er mich heiraten, wenn er dir noch hinterherhing?«

Lois, Dad und Faith musterten Hannah ohne jegliche Sympathie.

Sie vergrub ihre dunkelrot lackierten Fingernägel in ihrer Fransentasche. »Auf seine Weise hat er dich geliebt«, krächzte sie in theatralischem Tonfall. »Wirklich. Aber ich war und blieb ein Hunger, den Mac niemals recht zu stillen wusste.«

»Oh, bitte«, platzte es aus Faith heraus. Sie stellte sich schützend vor mich. »Ersparen Sie uns die verstaubten Klischees.«

»Aber so war es nun einmal«, beharrte Hannah. »Mac fand es herrlich, eine deutlich jüngere Frau an seiner Seite zu haben. Es schmeichelte seinem Ego ungemein. Doch was die geistige Ebene betraf …«

»Ach so, *darum* ging es letzte Woche!«, schnaubte Dad und verschränkte die Arme. »Mac und Sie sind sich gerade auf der geistigen Ebene begegnet, als er über den Jordan gegangen ist.«

Hannah trat unruhig auf der Stelle. »Sie wissen genau, dass es so nicht war.«

»Keine Ahnung, wieso du darauf bestanden hast, heute zu kommen«, zischte Lois, ohne auf die neugierigen Blicke der vorbeilaufenden Trauergäste zu achten. »Hättest du nicht ein einziges Mal in deinem Leben an die Gefühle deiner Mitmenschen denken können?«

Ich atmete tief durch und bemerkte dabei im Augenwinkel einen Mann in Macs Alter, der unser Gespräch mit mehr als nur flüchtigem Interesse beobachtete. Insbesondere mich musterte er unter seinen silbrigen Brauen heraus eingehend. Ob er Journalist war?

Ich wandte den Kopf ab. Das war wirklich das Letzte, was ich gerade gebrauchen konnte. »Schluss jetzt, sonst werden wir für die Trauergemeinde noch zum Vorprogramm der Beerdigung.« Ich wandte mich an Lois, Faith und Dad. »Lasst uns in die Kirche gehen.«

Hannah kam einen Schritt auf mich zu. Ihre Absätze bohrten sich tief in den rosafarbenen Kies. »Wir konnten einfach nicht anders. Es tut mir leid.«

Fassungslos starrte ich sie an. Dad und Faith zogen mich in die kühle Luft der Kirche hinein, als sich mir der Mann mit den eindrucksvollen Augenbrauen in den Weg stellte. »Ich bedaure es wirklich außerordentlich, Sie stören zu müssen, Ms. Devlin, und das ausgerechnet heute. Aber ich bin David Murray, ein Freund von Mac.«

Er lächelte freundlich und strich sich dabei über seine schiefergraue Krawatte.

»Kann das nicht warten?«, ergriff Dad das Wort. »Layla hat gerade andere Sorgen.«

»Das ist mir bewusst, Sir. Aber ich bin nicht nur Macs Freund, sondern auch sein rechtlicher Vertreter.«

Murray warf einen kurzen Blick in Hannahs Richtung. »Seit Mac seinen ersten Bestseller geschrieben hat, bestand er darauf, dass ich mich um seine Finanzen kümmere.«

Er warf mir einen ernsten Blick zu. »Ihrem verstorbenen Verlobten war es überaus wichtig, dass sein letzter Wunsch unverzüglich umgesetzt wird, für den Fall, dass es …« Er verstummte und sein Kopf mit dem makellos frisierten stahlgrauen Haar zuckte zu Hannah. »Sagen wir, um eventuelle Unklarheiten zu verhindern.«

Ich musterte ihn verwirrt, mein Gehirn machte keinerlei Anstalten, seine Worte zu verarbeiten. »Mr. Murray, ich kann Ihnen nicht ganz folgen.«

»Nennen Sie mich doch bitte David.« Er warf auch Faith und Dad ein Lächeln zu. »Ich würde es sehr zu schätzen wissen, wenn wir uns nach der Beisetzung kurz unterhalten könnten.«

Ich winkte resigniert ab. »In Ordnung, wieso nicht? Mir ist bewusst, dass es noch so einiges zu regeln gibt.«

»Bist du sicher?«, hakte Dad nach. »Du musst nichts tun, was du nicht willst, Layla. Insbesondere nicht heute.«

Ich drückte meine Tasche fester an meine Brust. »Das weiß ich, Dad. Aber je eher ich diesen ganzen Mist hinter mir habe, desto besser.«

Kapitel 7

Nachdem der Trauergottesdienst mit einer mitreißenden Darbietung von *Amazing Grace* geendet hatte, war ich nur noch froh, endlich der Enge der Kirche zu entkommen. Mir war schon ganz schlecht von dem Geruch nach Bienenwachs und Kerzen.

Als ich nach draußen kam, blinzelte ich ins Sonnenlicht. Goldene Lichtsprenkel brachten die Buntglasscheiben zum Leuchten, sodass die dunkelroten und honiggelben Scherben ineinanderzufließen schienen.

Mac wurde mit Ausblick auf die Loch Harris Fells begraben, und sobald Reverend Callan die Beisetzung vollzogen hatte, entfernten sich Faith und Dad gemeinsam mit den übrigen Trauergästen diskret, um mir etwas Privatsphäre zu ermöglichen.

Ich starrte hinab in das Grab, betrachtete die Goldplakette, die mir vom Sargdeckel entgegenblinkte.

MacKenzie Terence Christie
Geboren am 18. Januar 1965
Gestorben am 2. April 2020

Meine Gefühle spielten komplett verrückt. Ich hatte keine Ahnung, wie ich mich angemessen verhalten sollte. Wurde von mir erwartet, dass ich mich ins Gras warf und jämmerlich schluchzte? Ich fühlte mich betrogen. Ich war wütend und …

Auf einmal musste ich an die Überraschungsparty denken, die ich zu Macs nächstem Geburtstag geplant hatte, an Neujahr draußen auf dem Loch Harris samt angemietetem Boot, Ceilidh-Band und Feuerwerk.

In meiner Brust bildete sich ein trockenes Lachen, doch zum Glück wurde ich aus meinen Erinnerungen gerissen, ehe es aus mir herausplatzen konnte.

»Unser herzliches Beileid, Layla.«

»Wenn wir irgendetwas für dich tun können …«

Ich löste den Blick vom Grab und sah mich mit einer Traube von Macs Schriftstellerkollegen konfrontiert, die mich zögerlich und gleichzeitig besorgt musterten. Ob sie wussten, was zwischen Mac und Hannah gelaufen war, und es sich bei der Besorgnis in Wahrheit um Mitleid handelte?

»Komm, schaffen wir dich in den Wagen«, unterbrach Dad die Szene und schob mich sanft durch die Menge der Gäste, die uns ernst musterte. »Vielen Dank, dass Sie gekommen sind«, sagte er nach rechts und links gewandt. »Sie sind herzlich eingeladen, auch das Trauermahl zu besuchen.«

Das Murmeln hinter uns verklang langsam, als Dad mich von Macs Grab wegführte. »Ich habe Lois gefragt, ob sie bei uns mitfahren will.«

Als Faith mich bemerkte, verabschiedete sie sich hastig von Reverend Callahan, mit dem sie sich gerade unterhalten hatte, kam auf mich zu und umschloss fürsorglich meine Hände. »Du brauchst dich beim Trauermahl nur kurz blicken zu lassen, okay? Sobald es dir zu viel wird, verschwinden wir.«

Ich warf ihr ein zittriges Lächeln zu. »Danke, Faith. Ich bezweifle, dass ich das alles ohne Dad und dich geschafft hätte.«

Mein Vater seufzte. »Wir sind doch ein Team, Layla. Du und ich. Das war schon immer so.«

Lois erwartete uns bereits neben dem schwarzen Daimler. »Vielen Dank, dass ich bei euch mitfahren darf.«

Doch Dad winkte nur ab. »Sei nicht albern. Irgendwie sind wir doch eine Familie.«

Ich hob eine Braue. »Zumindest hätten wir bald eine sein sollen.«

Ohne weiter auf Hannahs grauen Hut zu achten, der immer wieder aus der Menschenmenge hervorblitzte, stieg ich gemeinsam mit den anderen in den Wagen. Ich konzentrierte mich auf die Bäume, die die Allee säumten, und die ersten Trauergäste, die bereits zu ihren Autos zurückkehrten.

Die Welt glitt wie in einzelnen Bildern hinter den Autofenstern vorbei, und zum ersten Mal wurde mir richtig bewusst, dass Mac nun fort war und ich nichts mehr hatte außer dem leeren Versprechen eines Verlobungsrings, der lose durch meine Handtasche kullerte, und dem beharrlichen Bild, wie Mac über seiner nackten Ex-Frau zusammenbrach.

Als hätte Lois meine Gedanken lesen können, drehte sie sich auf dem Beifahrersitz zu mir um. Wir sagten beide kein Wort, wechselten nur einen bedeutsamen Blick.

Dad und Faith hatten sich wieder zu mir auf die Rückbank gequetscht. Faiths Seidenrock war inzwischen ein wenig zerknittert und mein Dad hatte seine Krawatte gelockert.

Ich war innerlich so aufgeladen, so zerrissen, dass ich einfach nicht die Energie aufbringen konnte, weiter über Macs Anwaltsfreund nachzudenken. Egal, was er wollte – ich würde es machen. Ich wollte nur noch eins: dass dieser graue Aprilmorgen endlich endete.

Bei der Planung der Beerdigung hatte Lois vorgeschlagen, den Leichenschmaus im Aldebaran, einem altehrwürdigen Hotel am Ortsrand von Loch Harris, zu veranstalten.

»Mac mochte es dort, er meinte immer, das Hotel hätte Charakter«, hatte sie erklärt. »Er sagte sogar, er hätte sich dort die Inspiration für einen der Schauplätze seines neuen Romans geholt.«

Und so kam es, dass ich mich mit Dad, meiner besten Freundin und der Frau, die beinahe meine Schwägerin geworden wäre, wenig später in der halbrunden Auffahrt des Aldebaran wiederfand. Erleichtert stellte ich fest, dass wir die Ersten waren.

»Ich würde sagen, wir haben uns einen verdammt großen Drink verdient«, verkündete Dad, nachdem er sich bei unserem Fahrer bedankt hatte. Faith und ich hakten uns bei ihm ein, während Lois ein paar Schritte hinter uns lief.

Das Hotel war aus taubengrauen Backsteinen errichtet, die im weichen Licht der Westküste einladend schimmerten. Sprossenfenster schienen wie neugierige Augen und unter dem grünblau karierten Vordach standen zwei elfenbeinfarbene Tontöpfe mit üppigen Büschen darin.

Wir traten ein und wurden von einer Angestellten an die rechte Seite der verchromten Rezeption geleitet.

Dort waren in einem Veranstaltungsraum mit dem Namen »Selkie« Tische mit weißgestärkten Tischtüchern für uns aufgebaut und das Hotelpersonal verteilte Platten mit winzigen Meeresfrüchte-Kanapees, Sandwiches mit Thunfisch, Brie und Ei, Mini-Tartes und Focaccias darauf. Auf einem kleineren Tisch an der Seitenwand befand sich eine Auswahl an frischgebackenen Käse- und Früchte-Scones, Zitronen-Shortbread und Käsekuchen.

Dankbar nahm ich das Glas Weißwein entgegen, das mir von einem vorbeikommenden Kellner angeboten wurde, und genehmigte mir einen großzügigen Schluck. Kühl und frisch rann er meine Kehle hinunter. Faith gesellte sich, ebenfalls mit einem Glas Wein in der Hand, zu mir.

»Der Name des Saals gefällt mir«, bemerkte ich, während Faith sich einen Teller und eine Serviette nahm. »Schon witzig, oder? Dass Mac letztlich auch ein Doppelleben wie die Selkies geführt hat, die sich zwischen Seehund- und Menschengestalt hin und her verwandeln. Nur dass er ein zweites Leben mit Hannah lebte, ohne dass ich auch nur den Hauch einer Ahnung hatte.«

Faith öffnete den Mund, um etwas Aufmunterndes zu sagen, aber ich winkte mit meinem Weinglas in der Hand ab. »Ich will diese verflixte Scharade hier einfach nur noch hinter mich bringen.«

Leises Gemurmel ließ uns beide herumfahren. Der Rest der Trauergemeinde trudelte ein und lobte höflich die Kombination aus dunkelblauem Teppich, elfenbeinfarbenen Wänden und dem Kristallleuchter, der von der Decke hing.

»Du musst was essen«, ordnete Faith an und drückte mir den Teller samt Serviette in die freie Hand. »Los.«

Ich zog eine Grimasse, lud mir zwei Tartes mit Ziegenkäse und rotem Pfeffer auf und versuchte, mich in irgendeiner Form dafür zu begeistern.

Sie warf mir einen kritischen Blick zu. »Das ist alles?«

»Bist du neuerdings meine Mutter?«

Faith schob sich eine Haarsträhne zurück in ihren Chignon. »Du kannst es dir nicht leisten, noch mehr abzunehmen.«

»Jetzt tu nicht so, als würde ich beim nächsten Windhauch

davonwehen«, konterte ich und deutete dabei auf meinen Allerwertesten.

»Das vielleicht nicht, aber dein Gesicht ist ziemlich schmal geworden.«

Ich verdrehte die Augen und klatschte mir ein Tomate-Mozzarella-Sandwich auf den Teller. »Zufrieden?«

»Erst wenn ich sehe, dass du das Ding auch wirklich isst.«

Ich nahm einen winzigen Bissen von einer der Tartes und stellte dabei fest, dass ich deutlich hungriger war, als ich gedacht hatte. Schnell hatte ich auch die zweite Tarte verputzt und wollte mich gerade über das Sandwich hermachen, als David Murray neben mir auftauchte und mich mit einem entschuldigenden Blick bedachte. »Es tut mir ausgesprochen leid, Sie erneut belästigen zu müssen, Ms. Devlin …«

Dad, der mit Lois im Schlepptau zu uns zurückkam und wie sie eine dampfende Tasse Kaffee vor sich hertrug, legte eine Vollbremsung ein. »Muss das wirklich ausgerechnet jetzt sein?«

Ich stellte meinen Teller beiseite und strich mir erschöpft die Haare nach hinten. »Schon gut. Worum es auch geht, bringen wir's hinter uns.«

David lächelte mir zu und nickte. »Danke.«

Er deutete in Richtung Tür. »Hinter dem Empfang gibt es ein ruhiges Eckchen. Dort können wir uns ungestört unterhalten.«

Er ging voraus und hielt mir die Tür auf. Dad, Lois und Faith sahen mir hinterher.

Leise Panflötenmusik drang aus der Lautsprecheranlage, als ich meinen Rock zurechtzupfte und auf einem der dick gepolsterten Sofas Platz nahm. David Murray setzte sich mir gegenüber. Zwischen uns stand ein wuchtiger Couchtisch aus kastanienbraunem Holz, und neben uns befand sich ein bodentiefes Fenster, hinter dem sich weite Rasenflächen und gepflegte Blumenbeete erstreckten.

»Ich kümmere mich schon seit Jahren um Macs rechtliche Belange«, begann David und legte dabei die Fingerspitzen aneinander. »In all der Zeit wusste er stets genau, was er wollte.«

Meine Haut prickelte. »Ja, das war er wohl. Ein Mann, der wusste, was er will.«

Einen Moment lang musterte David mich eindringlich. »Er hat Sie sehr geliebt, Layla.«

»Offenbar aber nicht genug.«

David rieb sich übers Gesicht. Er hatte freundliche Augen und einen sanften Gesichtsausdruck. »Das Verhältnis zwischen Hannah und ihm war sehr eigen und …«

Ich gab ein tiefes Grollen von mir. »Falls Sie gekommen sind, um ihn zu verteidigen, erkläre ich das Gespräch hiermit für beendet.« Ich schoss vom Sofa hoch. »Eines Tages werde ich Mac vielleicht verzeihen können, aber im Augenblick fällt es mir noch schwer, auch nur seinen Namen auszusprechen.«

David erhob sich ebenfalls. »Ich verstehe.«

»Ach ja? Ist das so?«

Er bedeutete mir, mich wieder zu setzen. »Bitte, Ms. Devlin.«

Ich machte meinem Frust mit einem tiefen Seufzer Luft und ließ mich wieder auf das Sofa sinken. »Falls ich irgendwelche Papiere unterzeichnen soll, müsste ich das erst mit Lois absprechen. Sie ist schließlich seine Schwester und das einzige Familienmitglied, das Mac noch hatte.«

David öffnete sein mit karamellfarbener Seide gefüttertes Jackett und holte einen schmalen weißen Umschlag aus der Innentasche, den er mir über den Couchtisch hinweg reichte.

Beim Anblick von Macs unleserlicher Handschrift geriet mein Herz kurz ins Stocken. Auf den Umschlag hatte er in schwarzer Tinte und in seinen typischen schiefen Buchstaben mit den überdimensionierten Schleifen meinen Namen geschrieben.

»Mac hat mich gebeten, Ihnen für den Fall, dass ihm jemals etwas zustoßen sollte, das hier direkt nach der Beisetzung zu übergeben.«

Ich nahm den Umschlag entgegen und musterte ihn.

»Er sagte außerdem, er hoffe, dass der Inhalt alles erklären würde.«

Mein Puls rauschte mir in den Ohren. Wie aus weiter Ferne war das Klirren von Kaffeegeschirr zu hören.

Ich drehte den Umschlag in meinen Händen, strich über die glatten, festen Kanten. Mac hatte immer schon einen Hang zur Dramatik gehabt. Aber das?

Ich blickte auf und versuchte erfolglos, Davids Gesichtsausdruck zu deuten. Er schenkte mir ein kaum wahrnehmbares, aufmunterndes Nicken und ich richtete meine Aufmerksamkeit wieder auf das geheimnisvolle Kuvert in meinen Händen. Dann riss ich es mit einer Ungeduld auf, die mich selbst überraschte.

Kapitel 8

Macs Handschrift verschwamm auf dem Papier vor meinen Augen.

Ich suchte Davids Blick.

»Ich weiß, was darin steht«, bestätigte er meine Vermutung.

Ich räusperte mich und las laut vor.

Liebste Layla,
dass du diesen Brief liest, bedeutet, dass das Geheimnis, welches ich vor dir gehütet habe, enthüllt werden muss – und das tut mir unendlich leid.
Es bedeutet außerdem, dass du nicht den Rest deines Lebens mit mir verbringen wirst.

Ich versuchte, den schmerzhaften Kloß herunterzuschlucken, der sich in meiner Kehle bildete. Hatte Mac sich mit diesem Brief einen schlechten Scherz erlaubt?

Ich ließ das Papier sinken und starrte David über den Tisch hinweg an. Hinter ihm zog eine Gruppe von Trauergästen vorbei.

»Kann ich Ihnen einen Tee oder einen Kaffee bringen, Layla? Oder brauchen Sie vielleicht etwas Stärkeres?«

»Nein.« Ich zauderte. Der Brief fühlte sich fremd in meinen Händen an. »Nein, danke.«

Ich senkte den Blick und las weiter.

Du musst verstehen, dass ich mich durch die Begegnung mit dir wieder wie achtundzwanzig gefühlt habe. Und dafür werde ich dir ewig dankbar sein.

Einige weitere Hotelgäste liefen an uns vorbei. Ihre Schritte hallten auf dem schwarz-weiß gefliesten Boden wider.

Ganz gleich, was für Geschichten du auch hörst – bitte zweifle niemals daran, dass ich dich liebe.
Es stimmt, dass Hannah und ich niemals ganz voneinander lassen konnten …

Seine Worte trafen mich mit voller Wucht und ich musste einige Male blinzeln. »Warum tut er das? Warum sagt er mir das alles jetzt?«

David nickte verständnisvoll. »Ich weiß, das ist nicht leicht für Sie, Layla. Aber ich muss Sie bitten, den Brief bis zum Ende zu lesen.«

Ich gab einen resignierten Seufzer von mir und richtete meine Aufmerksamkeit wieder auf Macs letzte Worte.

… aber ganz gleich, was ich für Hannah empfinden mag – du bedeutest mir alles.

Ich runzelte die Stirn und wedelte abschätzig mit dem Papier herum. In meinen Wimpern verfingen sich Tränen. »Ach, komm schon, Mac, erspar mir die ganze Elizabeth-Taylor-und-Richard-Burton-Nummer«, murmelte ich in mich hinein.

David zupfte an seinen Jackettknöpfen herum. »Ich will mich ja nicht einmischen, aber Mac hat Sie wirklich geliebt.«

Skeptisch musterte ich ihn. »Soll das heißen, Sie wussten von Hannah und ihm?«

»Nein. Jedenfalls anfangs nicht. Ich habe erst davon erfahren, als er mich bat, sein Testament zu ändern.«

Ich rutschte nach vorne auf die Sofakante. »Und wann war das?«

David rieb sich das Gesicht. »Vor zwei Monaten.«

»Vor zwei Monaten?«, wiederholte ich. »Warum, in Gottes Namen, hat Mac vor so kurzer Zeit sein Testament geändert?«

Verlegen mied David meinen Blick.

Ungläubig warf ich die Hände in die Luft. »Er wollte uns beide, und langsam gewinne ich den Eindruck, dass ich die einzige Dumme war, die nicht mitbekommen hat, was läuft!«

»Nein, Sie sind nicht dumm«, versicherte mir David in beschwörendem Tonfall. »Mac war ein Experte darin, sein Privatleben unter Verschluss zu halten. Auch nachdem er als Schriftsteller erfolgreich wurde.«

Ich wedelte wütend mit dem Brief herum. »Ach, sagen Sie bloß!«

David hob einen manikürten Finger und deutete auf den Brief. »Bitte, Layla.«

Frustriert ließ ich die Schultern sinken und widmete mich wieder Macs schiefer schwarzer Schrift.

Ich weiß, mein Verhalten ist unverzeihlich, und Worte reichen nicht aus, mein Bedauern zum Ausdruck zu bringen. Deswegen habe ich dich zur Alleinerbin sämtlicher Einnahmen aus meinen Büchern ernannt.
Einzig der Vorschuss für meinen letzten Roman Justice wird an Lois gehen.

Ich legte mir die Hand auf die Brust. »Was soll das bedeuten? Mac hat mir die gesamten Einnahmen hinterlassen?«

»Richtig«, bestätigte David. »Und wie umfangreich sein Gesamtwerk ist, brauche ich Ihnen ja wohl kaum zu sagen.«

Eine Schockwelle schwappte über mich hinweg. Was war das hier? Eine Art Bestechungsversuch aus dem Jenseits?

»Der Gesamtbetrag, exklusive der Umsatzbeteiligung an *Justice*, die Sie erst nach der Veröffentlichung erhalten werden, beläuft sich auf ungefähr …«

»Ich will es nicht«, unterbrach ich ihn mit erstickter Stimme. »Er hat sein Testament nur geändert, um sein Gewissen zu beruhigen. Damit möchte ich nichts zu tun haben.«

»Layla. Mir ist bewusst, dass Macs Verhalten vollkommen daneben war. Aber er hat darauf beharrt, dass Sie sein gesamtes Vermögen erben sollen.« Er beugte sich vor und ein blasser Sonnenstrahl verfing sich in seinem sorgsam zur Seite gekämmten grauen Haar. »Das Geld würde Ihnen eine durch und durch sorglose Zukunft ermöglichen.«

Auf einmal war mir nach Lachen zumute. »Und was für eine Zukunft soll das sein? Ich dachte immer, ich würde meine Zukunft mit *ihm* verbringen.« Ich klatschte den Brief auf die Tischplatte. »Wenn ich das Geld annehme, billige ich damit indirekt sein Verhalten.«

»Das stimmt nicht. Wissen Sie, nachdem Mac von seinen Herzproblemen erfahren hatte …«

»Was für Herzprobleme, David?«, stieß ich hervor. »Wovon reden Sie denn da?« Fassungslos ließ ich mich in das Sofa zurücksinken.

David klappte die Kinnlade herunter und leise Panik glomm in seinen Augen auf. »Oh, verflucht. Sagen Sie bloß, auch davon wussten Sie nichts? Mac meinte, er wolle es Ihnen erzählen.«

Ich verschränkte die Arme vor der Brust, um die Wut und den Schmerz in Schach zu halten, die jetzt mit aller Macht an die Oberfläche drängten. »Hat er aber nicht.«

»Das kann doch nicht sein Ernst sein!« David rieb sich übers Gesicht. »Es tut mir leid. Ich dachte, Sie wüssten davon.«

»Schön wär's.«

»Bei Mac wurde vor einigen Monaten ein Herzproblem diagnostiziert.«

»Das wird ja immer besser«, stieß ich hervor. Es kam mir vor, als würde eine riesige Hand mein Inneres zerquetschen.

Mein Blick huschte wieder zum Brief auf dem Tisch. »Erst erfahre ich, dass er unsere gesamte Beziehung über heimlich mit seiner Ex-Frau geschlafen hat. Dann hinterlässt er mir aus schlechtem Gewissen einen riesigen Haufen Geld. Und jetzt muss ich auch noch herausfinden, dass er krank war und mir nichts davon gesagt hat!«

»Er war nicht krank«, berichtigte mich David. »Aber er sollte es etwas langsamer angehen lassen und im Hinterkopf behalten, dass er sich schonen muss.«

Ich ballte die Hände in meinem Schoß zu Fäusten. »Und diese Schonung bestand darin, Hannah bis zum Herzinfarkt zu vögeln?«

Davids Wangen färbten sich rot.

»Wusste Hannah davon? Von seinen Herzproblemen?«

»Nein«, versicherte mir David entschieden. »Es war Mac ausgesprochen wichtig, dass er nicht anders behandelt wird als vor der Diagnose. Deswegen hat er mit niemandem darüber gesprochen.«

»Auch nicht mit Lois?«

David nickte erneut und verzog die Lippen zu einem schmalen Strich. »Ich habe ihm mehr als einmal deutlich mitgeteilt, dass ich sein Verhalten verantwortungslos finde, und schließlich erklärte er sich tatsächlich bereit, zumindest Ihnen von der Diagnose zu erzählen. Aber offenbar ist er nicht mehr dazu gekommen.«

Es kam mir vor, als würde ich von einem riesigen, dunklen Schatten verschluckt werden. Ich hatte Mac niemals wirklich gekannt.

Ich sprang auf und geriet auf meinen hohen Absätzen kurz ins Schwanken. Ich wollte weg hier, egal wohin. Hauptsache, ich musste mich niemals wieder mit diesem Brief und seinem Inhalt beschäftigen. »Wie gesagt, ich will das Geld nicht. Am liebsten würde ich sogar jede einzelne Erinnerung an Mac loswerden.«

David stand ebenfalls auf und rückte seine Krawatte zurecht. »Ich verstehe, was für ein entsetzlicher Schock das alles für Sie sein muss, Layla.«

»Und das ist noch untertrieben. Sie haben ja nicht die leiseste Ahnung, was in meinem Kopf gerade los ist!«

Mit einem tiefen Seufzer schob sich David die Hände in die Hosentaschen. »Sie haben gerade einiges zu verdauen, besonders heute. Aber Mac bestand darauf, dass Sie am Tag seiner Beerdigung davon erfahren. Weil er nicht wollte, dass Hannah von der Sache Wind bekommt.«

»Von was sollte ich keinen Wind bekommen?«

Ich fuhr auf dem Absatz herum. O nein. Sie musste uns hinter der nächsten Ecke belauscht haben.

Nun kam sie mit ihrem prätentiösen Hut auf dem Kopf auf David und mich zugestürmt.

Hastig schnappte ich mir Macs Brief und schob ihn in meine Jackentasche. Hannah sollte ihn auf keinen Fall sehen.

»Wir führen hier gerade eine private Unterhaltung, Hannah«, sagte David. »Mit dir wollte ich nächste Woche sprechen.«

»Nächste Woche? Was soll das? Muss ich jetzt schon anstehen wie am Fahrkartenschalter?«

David runzelte die Stirn und senkte die Stimme. »Könntest du bitte ein Mindestmaß an Anstand wahren? Immerhin befinden wir uns hier auf Macs Beerdigung.«

Hannah verschränkte ihre knochigen Arme vor der Brust und funkelte mich wütend an. »Aber ich will wissen, was hier gespielt wird. Denn ich könnte wetten, für gewisse Personen bringt Macs Ableben beträchtliche Vorteile mit sich.«

Ich wandte mich wieder an David. »Wie gesagt, ich will es nicht. Ich will gar nichts mehr von ihm.«

Hannahs großzügig gepuderte Nasenflügel bebten. »Ich war über zwanzig Jahre lang seine Frau. Ich habe verflucht noch mal ein Recht darauf, zu erfahren, was hier los ist.«

David warf mir einen fragenden Blick zu und ich nickte. Für mich spielte es ohnehin keine Rolle mehr, was Hannah wusste. Und nach allem, was mir die Beerdigung in emotionaler Hinsicht abverlangt hatte, wollte ich gerade einfach nur verhindern, dass sie mir in aller Öffentlichkeit eine Szene machte.

David bedeutete Hannah, sich zu setzen, und sie hob triumphierend das Kinn.

Angespannt nahm auch ich wieder Platz und achtete dabei darauf, den Blick starr auf David zu richten. Für die nächsten vierzig Jahre hatte ich genug von Hannas spitzer Nase und ihrem verkniffenen Mund gesehen.

Als er ihr erzählte, dass Mac mir sämtliche vergangenen und zukünftigen Umsatzbeteiligungen an seinen Romanen hinterlassen hatte, schlossen sich ihre Finger so fest um das Armband, das ihr vom Handgelenk baumelte, dass die Knöchel weiß hervortraten. Mit fassungsloser Miene sah sie zwischen David und mir hin und her. »Aber das ist doch einfach lächerlich!«, stieß sie hervor. »Da muss ein Irrtum vorliegen.« Sie öffnete und schloss den Mund mehrere Male hintereinander, während sie verarbeitete, was David ihr gerade mitgeteilt hatte. »Das sind doch Unsummen! Wieso sollte er dir das alles hinterlassen?« Ihre Brust hob und senkte sich heftig und ihre Stimme nahm einen verbitterten Tonfall an. »Nein, das kann einfach nicht stimmen. Was hat Mac mir hinterlassen?«

David ließ sich auf dem Polstersofa zurücksinken. »Wie du sicherlich noch weißt, besitzt Mac eine Immobilie in Nordfrankreich. Diese hat er dir vererbt.«

Hannah blinzelte inzwischen so wild, als hätte sie nervöse Zuckungen. »Die Wohnung kann man wohl kaum als Immobilie bezeichnen. Höchstens als Bruchbude. Und sie ist klein wie eine Streichholzschachtel!«

»Sie ist gepflegt und befindet sich in einer gefragten Lage«, korrigierte er sie sachlich. »Wenn du sie nicht behalten willst, findest du sicherlich im Handumdrehen einen Käufer.«

Hannah schwang ihren vorhangähnlichen Bob in meine Richtung. Die Wut ging mit ihr durch. »Ich bekomme also eine schäbige Wohnung mit verrostetem Balkon und sie erhält all seine Einnahmen? Das ist doch abstrus!« Sie riss so ruckartig den Kopf hoch, dass sie fast den Hut verlor. »Diese *Immobilie*, wie du sie nennst, war der erste Rückzugsort zum Schreiben, den sich Mac zugelegt hat. Kaum mehr als eine heruntergekommene Baracke!«

»Hältst du das nicht für etwas übertrieben?«, fragte David.

Hannah stierte ihn unter der Krempe ihres Designerhuts heraus finster an.

Ich kannte die Wohnung in Nordfrankreich nicht, aber Mac hatte mir Fotos gezeigt. Es handelte sich um ein einfaches, in Creme und Beige gehaltenes Apartment in Zentrumsnähe. Mac hatte es sich damals von der Abfindung gekauft, die er für seine Tätigkeit als Chefredakteur des Politik-Ressorts bei einer Londoner Tageszeitung erhalten hatte. In dieser Wohnung waren seine ersten beiden Romane entstanden. Nachdem er die Bestsellerlisten gestürmt hatte, war er dazu übergegangen, sie als Ferienwohnung zu vermieten.

Hannah schoss nach vorn. Das Seidenfutter ihres Blazers raschelte bei der hastigen Bewegung. »Ich werde das Testament anfechten.«

»Jetzt reicht es aber langsam, Hannah!«, rief ich. »Hast du nicht einen Funken Anstand im Leib? Erst vögelst du ihn zu Tode und dann tauchst du hier auch noch auf wie Vampyra persönlich und stellst Forderungen!«

Hannah musterte mich mit ihrem harten Blick von Kopf bis Fuß. »Du warst doch immer schon eifersüchtig auf das, was Mac und mich verbunden hat.«

»Was?!« Ich fuhr ganz zu ihr herum. Meine Wangen brannten.

»Ladys«, ermahnte uns David leise und deutete auf unsere Umgebung.

Mehrere Hotelgäste, die gerade den Zeitschriftenständer durchforsteten, warfen uns strenge Blicke zu.

Ich verstummte, aber Hannah erhob unbeeindruckt die Stimme über das Klaviergeklimper hinweg, das nun aus den

Lautsprechern drang. »Also, was muss ich tun, um den Ball ins Rollen zu bringen, damit dieser Unsinn hier ein Ende hat?«

Davids Mundwinkel zuckten amüsiert. »Wenn du das Testament tatsächlich vor Gericht anfechten möchtest, steht dir ein langer und teurer Prozess bevor.« Er zupfte sich einen nicht vorhandenen Fussel vom Hosenbein. »Wie ich höre, war das Immobilienunternehmen deines aktuellen Ehemanns kürzlich in einen Finanzskandal verwickelt?«

Hannahs arrogantes Auftreten geriet ins Wanken und ihr Gesicht wurde unter der dicken Make-up-Schicht ganz blass. »Was willst du damit andeuten, David?«

»Nun, wenn die Gerüchte wahr sind, dann hat Mark so große Verluste eingefahren, dass aktuell sein gesamtes Immobilienportfolio auf dem Spiel steht.« Er beugte sich vor und strich seine silberne Krawatte glatt. »Mac war im Vollbesitz seiner geistigen Kräfte, als er das Testament aufsetzte.«

»Und was willst du mir damit sagen?«

David warf mir einen bedeutungsschweren Blick zu, dann fuhr er fort: »Wenn du darauf beharrst, seinen Letzten Willen anzufechten, könnte das Mark und dich eine beträchtliche Menge Geld kosten, ganz zu schweigen von den negativen Schlagzeilen, die solche Fälle verursachen. Insbesondere da Mac und du …«

Hannah verdrehte die Augen. »Schon gut, schon gut.«

Ich konnte ihr förmlich dabei zusehen, wie sie die Neuigkeiten verdaute wie eine riesige Kobra einen Hasen, den sie am Stück verschlungen hatte.

»Weiß dein Mann von dir und Mac?«, fragte ich.

»Nein«, stieß sie hervor. »Zumindest noch nicht. Er hält sich seit einigen Wochen geschäftlich in Dubai auf.«

Die Türen des Festsaals, der ein paar Meter weiter hinten im Gang lag, öffneten sich knarrend und das Personal trug neue Kaffee- und Teekannen hinein.

Hannah rutschte nervös neben mir auf dem Sofa herum. Ihr war anzusehen, dass sie in Gedanken durchspielte, was für Folgen die gesamte Angelegenheit für sie womöglich mit sich ziehen würde. »Er kommt erst in zwei Wochen zurück.«

David hob schweigend die Hände und senkte sie wieder.

»Langsam reicht es aber!«, fauchte Hannah und sprang auf. »*Ich* bin hier diejenige, die in vielerlei Hinsicht aufs Kreuz gelegt wurde!«

Fassungslos sah ich zu ihr auf. Wie konnte sie nur so taktlos sein? Mit einem Mal sah ich rot vor Wut und schoss ebenfalls von meinem Platz hoch, um ihr die Meinung zu geigen. Ich hatte einen Punkt erreicht, an dem mich Hannahs Gefühle keinen feuchten Kehricht mehr interessierten.

»Layla«, versuchte mich David zu besänftigen.

Doch ich schüttelte den Kopf. Tränen brannten in meinen Augen und Rachsucht in meiner Brust. »Nein. Sie muss es erfahren.«

Hannahs Miene nahm einen besorgten Ausdruck an. »Was muss ich erfahren? Worum geht es hier?«

Ich wollte ihre Reaktion sehen. Wollte, dass sie am eigenen Leib erlebte, wie es sich anfühlte, von Mac hintergangen zu werden. Ich sah ihr in die Augen. »Mac hatte Herzprobleme, und es ist deine Schuld, dass er jetzt tot ist. Du hast ihn buchstäblich zu Tode gevögelt.«

Hannah erstarrte. »Was? Nein, du lügst! Davon hätte er mir doch erzählt.« Sie wirbelte zu David herum. »Sie lügt doch, oder?«

Dieser richtete seinen Blick auf den polierten Boden, ehe er wieder aufsah. »Ich fürchte, Layla hat recht. Er wollte nicht, dass jemand davon erfährt. Nicht einmal Lois.«

Ich sank in mich zusammen. Hannah die Wahrheit zu sagen hatte mich meine letzte Kraft gekostet. Ein Teil von mir fand ihre überraschte Reaktion befriedigend. Aber den anderen Teil von mir plagten bereits erste Gewissensbisse.

Einen Moment lang stand Hannah ratlos da und eine ganze Reihe verschiedener Gefühlsausdrücke glitt über ihre Miene. Dann gab sie sich geschlagen. »Danke für deinen juristischen Rat, David.«

Und weg war sie, ohne mich eines weiteren Blickes zu würdigen. Ich sah ihr nach, bis sie wieder im Festsaal verschwunden war.

»Es tut mir leid«, versicherte ich David schließlich. »Ich hätte ihr nichts davon sagen sollen. Und dann auch noch so. Aber sie hat sich so danebenbenommen und …«

Er nickte. »Früher oder später wäre es wohl ohnehin herausgekommen. Und Hannah hat sich heute selbst für ihre Verhältnisse taktlos verhalten.«

»Danke«, brachte ich nach kurzem Schweigen heraus.

David schob die Hände in die Hosentaschen. »Gern geschehen, Layla. Ein Rechtsstreit um Macs Testament ist nun wirklich das Letzte, was Lois und Sie gerade gebrauchen können.« Er neigte den Kopf leicht zur Seite. »Und was Ihre Erbschaft betrifft …«

Ich schlang schützend die Arme um meine Brust. »An meiner Meinung hat sich nichts geändert. Ich will sein Geld nicht.«

Kurz entgleisten David die Gesichtszüge. »Aber Layla, glauben Sie nicht, dass Sie gerade ein wenig stur reagieren?«

Ich schüttelte heftig den Kopf. »Unsere gesamte Beziehung war eine einzige Farce. Ich will sein Geld nicht! Mit dem Erbe wollte er nur sein Gewissen reinwaschen.«

Mit sanfter Stimme entgegnete er: »Geben Sie sich etwas Zeit. Wenn Sie erst einmal in Ruhe darüber nachged...«

»Darüber brauche ich nicht weiter nachzudenken.« Ich schluckte und wischte mir mit dem Handrücken eine Träne von der Wange. »Ich habe meine Entscheidung getroffen.« Dann zog ich Macs Brief wieder aus meiner Tasche und warf ihn auf den hölzernen Couchtisch. »Ich will keinen einzigen Penny von diesem Mann. Und ich wünschte, ich könnte vergessen, dass ich ihm je begegnet bin.«

Mit diesen Worten machte ich auf dem Absatz kehrt und eilte mit Tränen in den Augen den Korridor entlang zurück in den Festsaal.

Kapitel 9

Ich drückte so fest gegen die holzgetäfelte Schwingtür, dass das daran befestigte blaugoldene Schild mit der Aufschrift »Selkie« herunterzufallen drohte.

Ich suchte den Raum ab, streifte mit dem Blick leer gegessene Teller, zerknüllte Servietten, gelockerte Krawatten und entdeckte dann Faith, die sich neben einem Stapel weißer Kaffeetassen mit Lois und Dad unterhielt. »Ich würde dann gern langsam gehen«, teilte ich ihnen mit und kämpfte lächelnd gegen die Tränen an.

Dad sah mich kurz an und stellte seinen vollgekrümelten Teller auf dem Nachspeisenbuffet ab. »Was ist passiert, Liebes?«

Ich sah in drei besorgte Gesichter.

Was hatte sich Mac denn nur dabei gedacht? Warum hatte er mir nichts von seiner Diagnose erzählt? Offenbar hatte er ein vollkommen anderes Leben geführt, sobald ich nicht bei ihm war – ein rücksichtsloses, egoistisches Leben, das der Grund dafür war, dass ich nun keinen Verlobten mehr hatte und Lois keinen Bruder.

O Scheiße. Lois! Jetzt hatte ich aber wirklich Schuldgefühle. Ich musste ihr von seinen Herzproblemen erzählen. Es ging hier nicht nur um mich. Auch sie hatte ein Recht darauf, die Wahrheit zu erfahren.

»Layla?«, fragte sie prompt und musterte mich fragend. »Alles in Ordnung?«

Auf einmal kam mir ein Verdacht. Hatte sie vielleicht doch etwas von Macs Diagnose gewusst? Das war doch möglich, auch wenn sie – zumindest nach eigener Aussage – keine Ahnung von seiner Affäre mit Hannah gehabt hatte.

Wem konnte ich noch trauen? Auf wen war Verlass? Verzweiflung machte sich in mir breit. Ich öffnete den Mund und schloss ihn wieder. »Kommt bitte mit nach draußen«, sagte ich schließlich. »Ich würde euch gern etwas sagen.«

Mit Dad, Lois und Faith im Schlepptau verließ ich unauffällig den Saal. Als die Tür hinter uns zufiel, ebbte das Stimmengewirr zu leisem Gemurmel ab. Ich schlug den Weg zu einer Sofa-Sitzecke neben der Rezeption ein und die anderen nahmen mir gegenüber auf einem beigen Sofa Platz. Der Anblick, wie die drei Seite an Seite in ihren Beerdigungsklamotten vor mir saßen, brachte mich fast schon zum Lächeln. Sie erinnerten mich an drei kampfbereite Anwälte.

»Wie ihr wisst, habe ich gerade mit David Murray gesprochen.« Ich verschränkte die Hände in meinem Schoß.

»Und?«, fragte Dad.

Ich zog mein Haargummi fester, dann erzählte ich den anderen hastig von Macs Herzproblemen.

Sie begegneten meinen Worten mit Schweigen, das von den Panflötenklängen untermalt wurde, die jetzt wieder aus dem Lautsprechersystem drangen, und sahen sich gegenseitig an wie drei perplexe Eulen.

»Wusstest du von der Diagnose, Lois?«, fragte ich. »Mr. Murray war der Meinung, dass Mac dir nichts erzählt hat. Stimmt das?«

Lois schüttelte ungläubig den Kopf, sodass ihr dickes Haar in Bewegung geriet. »Nein! Also ja! Mr. Murray hat recht. Ich höre gerade zum ersten Mal davon. Mac war manchmal so ein Sturkopf! Wieso hat er uns denn nichts davon gesagt?« Auf ihren Wangen bildeten sich feuerrote Flecken. »Wie konnte er denn nur so dumm sein?« Tränen traten ihr in die Augen.

Dad tätschelte ihr die Hand.

»Er hatte sicher seine Gründe«, warf Faith ein. »Ich muss allerdings zugeben, dass mir im Augenblick auch keine triftigen einfallen.«

Dad fuhr sich aufgebracht durchs Haar. »Layla war seine Verlobte. Nächstes Jahr wollten sie heiraten! Sie hatte ein Recht darauf, davon zu erfahren.«

Ich wendete den Blick zum Fenster am anderen Ende der Lobby. Ein kleiner Springbrunnen spuckte eine silbern schimmernde Fontäne aus einem Mundstück, das die Form eines springenden Fischs hatte. »Nicht einmal Hannah hat er etwas davon gesagt. Sie war genauso schockiert wie ich.«

Lois blinzelte ihre Tränen weg und schürzte ihre rosa bemalten Lippen. »Na, das ist eine Premiere. Ich dachte immer, diese Frau kann gar nichts schockieren.«

Ich zupfte an meinem Jackenaufschlag herum. »Da wäre noch etwas.«

Faith hob die sorgfältig gezupften Augenbrauen. »Als ob Lois und du nicht schon genug zu verkraften hättet. Und das ausgerechnet am Tag der Beerdigung.«

Lois beugte sich über die schimmernde Tischplatte zu mir herüber und ergriff meine Hand. »Was ist los, Layla? Du meintest, es gibt noch mehr zu besprechen?«

Ich atmete tief durch. Wie es aussah, war heute der Tag der großen Enthüllungen. Ich drückte Lois' Hand. »Offenbar hat Mac kurz nach Erhalt der Diagnose beschlossen, all seine Angelegenheiten zu regeln. Er hat dir, Lois, den Vorschuss für sein aktuelles Buch hinterlassen – und sämtliche Erträge aus all seinen Büchern mir.«

Lois blinzelte mehrmals. Ich sah Faith und Dad an, die mich mit offenem Mund anstarrten.

»Aber das ist ja großartig!«, jubelte Lois, nachdem sie den ersten Schock überwunden und sich die Sache durch den Kopf hatte gehen lassen. »In Anbetracht der Umstände ist das ja wohl das Mindeste, was er für dich tun konnte.« Sie nickte in Richtung Festsaal. »Solange nur dieses geldgierige Biest da drinnen sein Erbe nicht in die Finger bekommt.« Nach kurzem Schweigen fügte sie hinzu: »Ich hoffe bloß, Mac hatte genug gesunden Menschenverstand, um ihr nichts zu hinterlassen.«

Dad und Faith nickten zustimmend.

Als ich berichtete, dass Mac ihr seine Wohnung in Frankreich vererbt hatte, musste sich Lois ein Grinsen verkneifen. »Oh, das wird ihr aber gar nicht gefallen«, bemerkte sie. »So eine Wohnung ganz ohne Kronleuchter und goldene Wasserhähne.«

Dann entflammte zwischen den dreien ein angeregtes Gespräch über das Erbe, das ich unterbrach, indem ich dazwischenrief: »Ich will es nicht.« Lois, Dad und Faith zuckten bei meinen Worten zusammen und verstummten. »Keinen Penny will ich von diesem Geld, mit dem er sich von seiner Schuld freikaufen möchte.«

Die drei musterten mich perplex. »Aber Liebes …«, setzte Dad an.

»Ich habe David schon gesagt, dass ich das Erbe ausschlage.« Ich knetete meine Hände, die immer noch in meinem Schoß lagen. »Unsere Beziehung … unsere Verlobung … Das war nichts weiter als eine einzige große Lüge.« Mein trockenes

Lachen ließ die anderen aufschrecken. »Leider kann ich Mac nicht mehr mitteilen, wo er sich sein Erbe hinstecken kann. Deswegen müsst ihr euch das jetzt anhören.«

Faith rieb sich ratlos die Stirn. »Aber Süße! Ist dir denn gar nicht klar, wie viel Geld das ist? Ich will ja nicht berechnend klingen, aber ich gehe davon aus, dass du dir ein Leben lang keine Sorgen mehr machen müsstest.«

Ich sah sie an und sagte ihr offen, um wie viel Geld es sich genau handelte.

Faith schlug sich die Hände vor den Mund. »Heilige Scheiße, Layla!«

Ich zuckte mit den Achseln. »Für mich ist das Geld vollkommen bedeutungslos, denn offenbar war unsere Beziehung für Mac auch vollkommen bedeutungslos.«

Dad hob die Hände. »Vielleicht solltest du das alles erst einmal in Ruhe verdauen, Liebes. Du hast eine anstrengende Zeit hinter dir. Die Beerdigung allein muss für dich schon schlimm genug gewesen sein. Aber dann noch die ganze Geschichte mit Hannah und den Herzproblemen …«

»Da gibt es nichts zu verdauen, Dad.« Ich strich mein Shirt glatt. »Nach allem, was passiert ist, kann ich nicht in Loch Harris bleiben. Hier ist für mich alles voller schlechter Erinnerungen.«

Faith und mein Dad wechselten einen wachsamen Blick. »Was? Du überlegst, von hier wegzuziehen?«, fragte Faith.

»Du wohnst doch schon dein Leben lang hier«, gab Dad zu bedenken. »Und du hast immer gesagt, dass du dich hier wohlfühlst und das Dorf nie verlassen würdest.«

Ich hob das Kinn. Der Anblick von Dads fassungsloser Miene trieb mir Tränen in die Augen. »Nun ja, die Dinge haben sich eben geändert. Danke, Mac.« Ich stand auf. Und auch wenn mir dabei unendlich schwer ums Herz wurde, sagte ich: »Wenn ich über das alles hinwegkommen will, muss ich Loch Harris verlassen.«

Kapitel 10

Die darauffolgenden Wochen zogen wie im Nebel an mir vorüber. Ich lenkte mich ab, indem ich das Cottage schätzen ließ, Rezensionen für zwei neue Alben verfasste, einen kontroversen Street-Artist für eine große Tageszeitung interviewte und einen Artikel über die schwierige finanzielle Lage schrieb, in der sich Loch Harris seit der Wirtschaftskrise befand.

»Vielleicht ist es besser so, dass ich von hier fortgehe«, hatte ich eines Abends zu Dad gesagt, als wir über Lasagne und knusprigem Knoblauchbrot zusammensaßen.

»Besser für wen?«, hatte er gebrummt. »Für mich? Für dich? Oder für Loch Harris?«

Ich wusste, dass es langsam an der Zeit war, Macs Sammlung mundgeblasener Briefbeschwerer wegzuräumen. Also riss ich mich am Riemen und machte mich mit einer ordentlichen Tasse Tee gerüstet an die Arbeit. Stück für Stück nahm ich die gläsernen Briefbeschwerer in Augenschein, ehe ich sie in Packpapier wickelte und sorgfältig in einem Karton verstaute. Zu Lebzeiten hatte Mac seine Sammlung mit Argusaugen bewacht und die einzelnen Exemplare im Gästezimmer sorgsam auf den Regalen angeordnet wie unbezahlbare Relikte aus fremden Welten. Nach seinem Tod hatte sich Lois bereit erklärt, ihnen ein neues Zuhause zu geben.

Schon wenige Tage nach der Beerdigung hatte Lois angeboten, dass sie jederzeit vorbeikommen konnte, um mir dabei zu helfen, seine Sachen zu sortieren. »Du musst das doch nicht alles allein erledigen«, hatte sie gesagt. Und so war sie wenig später wie ein freundlicher und gut organisierter Wirbelwind mit einem Korb voll warmen Scones als Nervennahrung aus Fife angerauscht gekommen. Zu zweit dauerte es nicht lange, Macs Golfschläger und Notizbücher sowie seine Büchersammlung wegzupacken, bevor wir uns seinen Kleiderschrank vornahmen.

»Ist irgendwas dabei, das du gern behalten würdest?«, fragte ich sie und strich mir mit müder Hand über den Pferdeschwanz.

Lois sah Macs Kleidung durch, die in einem großen Haufen auf dem Gästebett lag. Seine karierten Freizeithemden, eine Auswahl an bunten Krawatten und seine Strickpullover – Muster an Muster, Stoff an Stoff in einem wilden Durcheinander aus Ärmeln und Hosenbeinen. »Wenn es dir nichts ausmacht, hätte ich gern die Manschettenknöpfe mit dem keltischen Kreuz.« Dann war ihr verlorener Blick auf die Briefbeschwerer in den Regalen gefallen. »Den in Jadegrün und Blau würde ich auch gerne mitnehmen. Mac hat ihn immer ›Neptun‹ genannt und gesagt, er würde ihn ans Meer erinnern.«

Ich blinzelte überrascht. »Das wusste ich ja gar nicht.«

Aber was wunderte mich das? Schließlich hatte ich auf die bittere Tour erfahren müssen, dass ich Mac nie richtig gekannt hatte.

Die versteckte Aussage in meinen Worten erfasste Lois wohl direkt, denn sie wusste sichtlich nicht, wohin mit sich. »Sag mir einfach, was davon du behalten willst, und den Rest bringe ich zur Kleiderspende.«

Ich musterte die Krawatten, die gestärkten Hemden, die maßgeschneiderten Blazer. Ein Teil von mir wollte nichts davon je wiedersehen. Dennoch zog ich eine von Macs Seidenkrawatten aus dem Haufen – die stahlgraue, die er bei unserer ersten Begegnung getragen hatte.

Ich ließ den Seidenstoff durch meine Finger gleiten und musste daran denken, wie gut er zu Macs Augenfarbe gepasst hatte. Wie schwer es mir gefallen war, mich noch auf das Interview zu konzentrieren. Dann legte ich die Krawatte beiseite. »Die hier behalte ich.«

Lois nutzte die Gelegenheit, um einen weiteren Vorstoß in Sachen Erbschaft zu wagen.

»Bitte, Lois«, sagte ich und schnappte mir eins von Macs Polohemden. »Ich kann mich nur wiederholen: Ich werde das Geld nicht annehmen.«

Widerwillig erklärte sie sich bereit, das Thema auf sich beruhen zu lassen. Aber in ihren dunklen Augen hatte ich deutlich ablesen können, dass sie noch nicht aufgegeben hatte.

Lois war über Nacht geblieben und am nächsten Morgen nach dem Frühstück aufgebrochen. Nach einer langen Umarmung und dem Versprechen, mich abends nach ihrer Heimkehr anzurufen, war sie in ihrem mintgrünen kleinen Honda Civic davongefahren.

Ich hatte ihr hinterhergesehen, wie sie hinter den Bäumen verschwand, unter einem Aprilhimmel, der ein Versprechen gab, das er vermutlich nicht würde halten können.

Um sicherzugehen, dass ich gut zurechtkam – zumindest so gut, wie es unter den Umständen möglich war –, hatte Lois darauf bestanden, sich regelmäßig bei mir zu melden. Schließlich starb einem nicht jeden Tag der Verlobte weg, während er gerade auf seiner Ex-Frau lag.

Ich wusste Lois' Fürsorge zwar zu schätzen, wich einer festen Verabredung mit ihr fürs Erste aber aus. Denn dafür erinnerte sie mich einfach zu sehr an Mac.

Ich schüttelte die Erinnerungen an unsere gemeinsame Ausmist-Aktion ab und widmete mich wieder meiner Aufgabe im Hier und Jetzt: Macs Briefbeschwerer.

Ich klebte den Karton mit einem dicken Streifen Klebeband zu und ließ mich auf den Wohnzimmerteppich zurücksinken. Die Stille im Haus erdrückte mich. Also stand ich wieder auf, um mein Handy zu holen.

Mit lautem Seventies-US-Rock im Hintergrund ging ich zu meinem Schreibtisch hinten im Wohnzimmer und sah aus dem Fenster. Kahle Äste stachen in den hellblauen Himmel und in der Ferne schwappte der See träge gegen das Ufer. Ich musste daran denken, wie oft Mac und ich uns früher wegen meiner Musik gekabbelt hatten – nicht nur, was das Genre betraf, sondern auch über die Lautstärke.

Dank Dad war ich umgeben von Musik groß geworden. Das Haus war erfüllt gewesen von berührenden Texten und irren Gitarrenriffs. Vielleicht konnte ich mich ja stärker auf den Musikjournalismus konzentrieren, wenn ich Loch Harris verließ?

Es würde mir wehtun, meine Heimat hinter mir zu lassen. Aber zu bleiben wäre noch schmerzhafter. Wenn ich die Vergangenheit hinter mir lassen wollte, musste ich weg hier.

Ich schob die Hände in meine Jeanstaschen.

Zwischen den Baumwipfeln ragte der Kirchturm empor. Seit Macs Beerdigung war ich nicht mehr auf dem Friedhof gewesen.

Ich ließ mich in meinen Drehstuhl fallen und wippte vor und zurück. Während der nächste Song anfing, schaltete ich den Computer ein. Und auf einmal war alles wieder da: Mac, wie er mit mir durchs Wohnzimmer tanzte. Sein hinreißendes Lächeln und das tiefe Lachen. Das prätentiöse Jazz-Solo, das durchs Cottage schallte. Die feinen Linien, die sich um seine Augen bildeten, wenn er sich über etwas amüsierte.

Tränen rannen meine Wangen hinab. Warum weinte ich um einen Mann, der so viel vor mir geheim gehalten hatte?

Ich stellte die Musik wieder aus und ging in die Küche, wo ich in der Besteckschublade nach einer Schere wühlte. Damit in der Hand ging ich zur Hintertür hinaus in mein kleines Gärtchen mit seiner Wildkirschenhecke, die im Augenblick übersät war mit weißen Blüten, dem Kräutereck und dem Blumenbeet, in dem orangefarbene und rote Germini, lilafarbene Stiefmütterchen und Teehybride in Gelb und Blassrosa blühten. Die bunte Farbenpracht in meinem Garten hatte ich nicht mir selbst, sondern einzig Dads grünem Daumen zu verdanken.

Ich versuchte, nicht weiter darüber nachzudenken, was ich hier eigentlich machte, während ich vier Gerbera und zwei besonders schöne Rosen abschnitt und sie in der Küche mit einer weißen Seidenschleife zusammenband, die ich in meinem Krimskramskorb gefunden hatte. Dann füllte ich eine leere Flasche mit Wasser, stellte die Blumen hinein und holte meine Schultertasche aus dem Flur.

Ich stieg in meinen dunkellila Nissan Juke, der neben dem Cottage stand, und fixierte mit meiner Handtasche die behelfsmäßige Blumenvase auf dem Beifahrersitz. Ich fuhr los in Richtung Kirche von Loch Harris, wobei ich das Radio laut aufdrehte, um die Stille zu vertreiben – und die ewigen Fragen, die mir durch den Kopf schwirrten. Die dröhnende Stimme des Radiomoderators war erstaunlich tröstlich.

Ich versuchte, nicht ins Grübeln zu geraten, und schlug den Weg nach rechts in die kleine Seitenstraße ein, die zum Kirchenparkplatz führte. Erleichtert stellte ich fest, dass an diesem Samstagmorgen außer mir niemand anwesend zu sein schien.

Ich holte meine Tasche und die Blumen vom Beifahrersitz und zupfte das Seidenband um den Strauß zurecht. Dann setzte ich meine Sonnenbrille auf und bahnte mir meinen Weg durch die Pfade, die zwischen den Grabsteinen entlangführten. Macs Grabstelle befand sich gleich rechts.

Meine rosaweißen Turnschuhe knirschten über den Kies, während ich ein paar verfärbte Blütenblätter aus dem Strauß zupfte. Das weiße Band flatterte im Wind.

Um mich herum ging das Leben weiter wie eh und je. Eine Ringeltaube gurrte und in der Ferne blökte eine Hupe. Vor Macs Grab blieb ich stehen. Lois hatte bei ihrem Besuch einen Strauß weißer Lilien darauf abgelegt. Die Blüten ruhten an dem kühlen Stein, die dicken grünen Stiele ragten aus einer der beiden schmalen Vasen rechts und links der Grabinschrift.

Ich hockte mich hin, um das Wasser aus der Flasche in die leere Vase zu gießen, dann arrangierte ich meinen bunten kleinen Strauß darin.

Anschließend stand ich wieder auf und machte ein paar Schritte rückwärts, um das Ergebnis meiner Bemühungen mit etwas Abstand zu betrachten, während sich um mich herum die schottische Landschaft erstreckte.

Ich rückte die Träger meiner Tasche auf meiner Schulter zurecht und versuchte, gegen die Flut an Bildern von Mac anzukämpfen, die plötzlich in mir aufstieg – wie er mit tiefer Stimme mit mir flirtete, wie seine Augen aufblitzten, wie …

»Warum?«, fragte ich laut. »Warum hast du das getan?« Ich unterdrückte einen Schluchzer, machte auf dem Absatz kehrt und wankte wie ferngesteuert zurück zu meinem Wagen.

Kapitel 11

»Ich werde auf keinen Fall zulassen, dass du auch nur einen weiteren Samstagabend lang allein zu Hause herumhockst«, verkündete Faith am Nachmittag desselben Tages. »So lauten die Regeln.«

Ich klemmte mir das Telefon unters Kinn und verdrehte die Augen. »Falls es Ihnen noch nicht aufgefallen ist, Ms. Robertson – wir wohnen nicht in L. A., sondern in Loch Harris.«

»Wie kannst du es wagen?«, entgegnete Faith mit gespielter Entrüstung. »Loch Harris ist eine pulsierende Metropole mit ganzen zwei herausragenden Bars!«

»Eben. Nicht mal gute Livemusik kann man hier irgendwo hören.«

Faith seufzte. »Na gut, ich gebe ja zu, dass das Nachtleben hier im Dorf mehr zu bieten haben könnte. Aber das ist trotzdem kein Grund, sich wie eine langweilige Alte aufzuführen.«

»Danke auch.«

»Lass uns einfach spazieren gehen. Und wenn du Glück hast, lade ich dich anschließend in Rabs Bar zum Essen ein.«

Ich schnaubte. »Aber wehe, du liegst mir heute Abend wieder mit Macs Erbe in den Ohren. Ich hab dir schon gesagt, dass ich mit diesem Geld nichts zu tun haben will!«

Faith reagierte mit einem theatralischen Keuchen. »Wie kommst du denn nur darauf?«

Ich nestelte an meiner Gürtelschnalle herum. »Da du Zeit hast, an einem Samstagnachmittag um drei mit mir zu telefonieren, scheint in der Touristeninformation ja nicht viel los zu sein.«

»Jedenfalls nicht ansatzweise so viel wie früher«, gab Faith zu. »Wenn wir ein Urlaubsort bleiben wollen, sollten wir langsam wirklich anfangen, mit der Zeit zu gehen.«

»Tja, ein Thema mehr, über das ich mir bald keine Gedanken mehr machen muss.« Als Faith mit eisigem Schweigen auf meine Worte reagierte, zog sich mir der Magen zusammen. »Bitte sei nicht sauer auf mich«, bettelte ich. »Ich würde doch selbst lieber bleiben!«

»Dann geh nicht!«

Ich rieb mir die Stirn. »Ich muss aber. Nach allem, was passiert ist, halte ich es hier im Augenblick einfach nicht aus.«

»Lass uns später noch mal in Ruhe darüber reden«, wiegelte Faith ab.

»Aber da gibt es nichts zu bereden.«

»Ich hol dich um halb acht zu Hause ab«, flötete sie. »Lass uns mit dem Taxi ins Dorf fahren. Die erste Runde geht auf dich.«

Als wir aus Duncans Taxi stiegen, wölbte sich über uns ein vanille- und pfirsichfarbener Abendhimmel.

»Tut mir leid mit deinem Mac!«, rief Duncan mir durch das heruntergelassene Taxifenster zu.

Nur hat sich ja leider herausgestellt, dass er gar nicht *mein* Mac war, dachte ich finster. Laut erwiderte ich nur: »Danke, Duncan.«

Faith hakte sich bei mir unter. »Nun, Ms. Devlin, das rauschende Nachtleben von Loch Harris wartet nur darauf, von

Ihnen erkundet zu werden. Welche Lokalität belieben Sie zuerst zu besuchen?«

Ich hob eine Braue. »Faith. Ohne deine Vorfreude dämpfen zu wollen – wir haben nur zwei Pubs zur Auswahl.«

»Ich weiß. Also, in welchen willst du zuerst?«

Vor dem Postamt mit seinen Blumenampeln und Erkerfenstern blieb ich stehen. Mein langer Schatten fiel über den Gehweg bis auf die unbelebte Straße. »Könnten wir vielleicht mit einem Spaziergang unten am See anfangen?«

Faith nickte lächelnd. »Klar. Was immer du willst.«

Wir überquerten die Straße und passierten die wenigen Geschäfte, die der Dorfkern zu bieten hatte. In einem wurden stets zur aktuellen Jahreszeit passende Wohnaccessoires verkauft, dann gab es noch einen Supermarkt, der sich zwischen die Apotheke und unsere heiß geliebte kleine Teestube The Busy Bean quetschte, bei der ein Blick durch das Schaufenster auf die üppigen Backwaren schon ausreichte, um den Cholesterinspiegel in die Höhe zu treiben.

Die Touristeninformation, in der Faith arbeitete, war ein Stückchen weiter die Kopfsteinpflastergasse entlang direkt neben dem Postamt in einer ehemaligen Schusterei untergebracht. Mit ihren Topfpflanzen, den Sprossenfenstern und den butterblumengelben Wänden voller Kunstwerke von Kunstschaffenden aus der Gegend, die zum Verkauf standen, sah das kleine Häuschen einfach entzückend aus.

Faith war stolz darauf, das »Gesicht von Loch Harris« zu sein, und betrachtete es als Ehre, die Hochglanzbroschüren und ihr Wissen über die Gegend an die Besucher weiterzugeben. Doch der Tourismus in unserem Dorf hatte in den letzten Jahren stark nachgelassen, was nichts Gutes für Faith und ihre Kolleginnen verhieß.

Wir liefen eine schmale, von alten Bäumen gesäumte Böschung hinab. Direkt dahinter erstreckte sich zwischen zerklüfteten Felsen der Loch Harris wie ein herzförmiger Silberspiegel.

Kein Wunder, dass Mac sich sofort in den Anblick verliebte, als ich ihn zum ersten Mal mitgenommen hatte. Loch Harris war so anders als die schicken Lokale und durchgestylten Apartments, die er aus Edinburgh kannte.

Ein Anfall von Melancholie überkam mich und ich blinzelte eine Träne weg. Ich würde Zeit brauchen, um über alles hinwegzukommen und das Gefühl abzuschütteln, hintergangen worden zu sein. Nicht nur wegen Macs Affäre mit Hannah, sondern auch, weil er mir nichts von seinen Herzproblemen erzählt hatte.

Macs Tod war jetzt fast einen Monat her. »Es fühlt sich an, als wäre es gestern passiert«, bekam ich oft zu hören.

Faith riss mich aus meinen Gedanken, indem sie sagte: »Es macht dir aber doch nichts aus, anderen Leuten zu begegnen, oder, Layla?«

Ich blieb vor dem Ufergeländer stehen. »Nein … glaube ich zumindest.«

Faith gesellte sich zu mir und drückte aufmunternd meinen Arm. Vor uns breitete sich das atemberaubende Spektakel des ersten Aussichtpunkts auf dem Panorama-Wanderweg aus. »Es gibt nichts, wofur du dich schämen müsstest, hörst du? An diesem ganzen Debakel ist ganz allein Mac schuld, und jetzt, wo er tot ist …«

»… bin ich diejenige, die mit den Konsequenzen seiner Fehler leben muss«, unterbrach ich sie.

»Aber du bist damit nicht allein«, betonte Faith. »Du hast deinen Dad und du hast mich. Und Lois auch.« Sie blickte in die Bäume hinauf und fuhr fort: »Ich weiß ja, dass es hier ein paar neugierige Nervensägen gibt. Aber die meisten Leute meinen es eigentlich nur gut.«

Meine Mundwinkel zuckten. So hatte Mac immer über die Leute aus dem Ort gesprochen, ganz gleich, wie heftig ich dagegen protestiert hatte.

Ich sah mich um und bemerkte zwei Frauen, die dem örtlichen Wanderverein angehörten. Wie meistens trugen sie Wanderstiefel und zerknitterte Regenjacken. Sie standen im Schutz einiger Bäume, sahen zu uns herüber und begannen ein ernstes Gespräch, wobei sie immer wieder interessierte Blicke in meine Richtung warfen. Es war nicht zu übersehen, dass ich ihr Gesprächsinhalt war.

Nun bemerkte auch Faith, dass die beiden tratschten, und wechselte in den Rottweiler-Modus über. »Muss schlimm sein, wenn man nichts Besseres zu tun hat. Na, haben wir inzwischen genug gehört?«

Als die beiden Frauen mitbekamen, dass sie ertappt worden waren, hatten sie ihre Aufmerksamkeit hastig auf einen offensichtlich äußerst interessanten Zweig gerichtet. Nun wieselten sie die Böschung hinauf und verschwanden.

Ich unterdrückte ein Lächeln. Vielleicht hatte Mac doch recht damit gehabt, dass es einen feinen Unterschied zwischen dörflichem Gemeinschaftssinn und zügelloser Neugierde gab.

Faith blickte mit zusammengekniffenen Augen ins Abendlicht, das sich über die mit Heidekraut getupften Hügel ergoss, die sich hinter dem See erstreckten. »Du weißt, dass wir immer füreinander da sein werden, wenn mal eine von uns in Schwierigkeiten steckt, oder?«

Ich warf ihr einen Seitenblick zu. »Deine Verbalattacke auf die beiden Frauen gerade hat in dieser Hinsicht kaum Raum für Zweifel gelassen.« Ein freches kleines Rotkehlchen, das im Geäst umherflatterte, erregte meine Aufmerksamkeit. »Ist das dein unbeholfener Versuch, mich davon zu überzeugen, in Loch Harris zu bleiben?«

Faith schlug sich die Hand vor die Brust. »Ich weiß nicht, was du meinst.«

Gemeinsam gingen wir die wenigen Stufen hinunter, die zu dem Pfad führten, der sich einmal um den See schlängelte.

»Hallo, Faith, wie geht's?«

Ein attraktiver Mann mit blondem Haar kam auf uns zugeschlendert. Er lief Hand in Hand mit einem niedlichen kleinen Jungen, den ich auf vier Jahre schätzte.

Ein rosa Schimmer legte sich auf Faiths Wangen. Sie warf mir einen flüchtigen Seitenblick zu, dann antwortete sie: »Hi, Greg. Prima geht's mir. Und dir?«

Ich musterte ihn nun aufmerksamer.

Der Mann – Greg – nickte ihr zu. »Ach, alles in Ordnung, danke.« Er deutete auf den kleinen Jungen. »Sam wollte vor dem Zubettgehen noch die Enten füttern, aber bislang haben wir noch keine einzige gefunden.«

Sam musterte uns prüfend aus seinen blauen Augen. Er hatte hellblondes Haar und ein breites Lächeln und wedelte uns mit einer kleinen Tüte voller Brotkrumen zu. »Ich glaub, die schlafen alle schon.«

Ich grinste ihn an. »Aber sobald sie merken, dass du hier bist, wachen sie garantiert alle wieder auf, oder, Faith? Faith?«

Doch sie antwortete nicht. Dazu war sie viel zu beschäftigt damit, Sam mit einem Ausdruck leisen Entsetzens zu mustern.

Greg warf mir ein höfliches Lächeln zu, aber ich spürte, dass er gern mit Faith allein sprechen wollte. Also schlenderte ich ein paar Meter weiter, um den Ausblick auf den schimmernden See zu genießen.

Ich hörte ihn zögernd bemerken: »Ich fand es sehr schön neulich Abend. Und du?«

In Faiths Stimme schwang Verzweiflung mit. »Ich natürlich auch. Wieso?«

Ich warf einen Blick zu den beiden. Oh, den Gesichtsausdruck kannte ich von Faith. Das war ihr Mach-mir-bloß-keinen-Druck-denn-ich-bin-bindungsunfähig-Gesicht.

»Na ja … Weil du meintest, du rufst mich an. Aber dann habe ich nie wieder von dir gehört.«

»Tut mir leid, ich hatte viel um die Ohren.«

Beim Anblick von Gregs resigniertem Nicken wurde mir schwer ums Herz. »Und das hat nicht zufällig etwas damit zu tun, dass ich alleinerziehender Vater bin?« Greg deutete in Richtung seines kleinen Sohns, der von einem Bein aufs andere sprang und dabei ein Lied über eine Hai-Familie sang.

Faiths Wangen verfärbten sich nun tiefrot und sie fummelte sich verlegen im Haar herum. »Ach was, kein bisschen! Sei doch nicht albern.«

Ich seufzte leise auf. Warum sagte sie ihm nicht einfach die Wahrheit?

Sie strich sich eine imaginäre Haarsträhne aus der Stirn. »Ich ruf dich morgen oder übermorgen mal an, okay?«

Doch Greg wirkte nicht sonderlich überzeugt. »Wenn du willst, kann ich morgen auch einfach *dich* anrufen.«

»Aber … ich bin morgen nicht gut zu erreichen. Ich … ich … Ich muss arbeiten«, stotterte sie.

Jetzt war es Greg, der rot wurde. »Oh, ach so. Klar«, murmelte er verlegen.

»Ich ruf dich an, ja?«, wiederholte Faith, verabschiedete sich hastig und zog mich weiter den Pfad entlang.

Sobald wir um die nächste Kurve gebogen waren, blieb ich im Schutz einer Hecke stehen. »Was war das denn? Ich wusste ja gar nicht, dass du jemanden kennengelernt hast.«

Faith winkte ab. »Ich war ja auch nur ein paarmal mit ihm aus, keine große Sache. Ich hab dir nichts davon erzählt, weil das mit Mac noch so frisch war.«

Ich spähte um die Hecke herum, um mir Greg und seinen Sohn noch einmal genauer anzusehen. Greg stand mit hängenden Schultern da und gab Interesse an der Geschichte vor, die Sam ihm über einen Stein erzählte, den er am Straßenrand gefunden hatte.

»Er ist süß«, stellte ich fest.

»Welcher von den beiden?«

»Beide, finde ich.« Ich runzelte die Stirn. »Dieser Greg kommt mir irgendwie bekannt vor.«

Faith lief weiter und spielte dabei mit dem Verschluss ihrer Handtasche herum. Es war nicht zu übersehen, dass sie das Thema Greg gern abschließen wollte. »Er arbeitet als Ranger fürs hiesige Forstamt.«

Ich suchte ihren Blick. »Er scheint nett zu sein.«

»Ist er auch.«

»Und wo liegt dann das Problem? Er sieht echt gut aus und scheint auf dich zu stehen. Gefällt er dir nicht?«

Faith blinzelte im lavendelfarbenen Licht. »Natürlich gefällt er mir.«

»Und wieso zeigst du ihm dann die kalte Schulter? Als er aufgetaucht ist, hast du ein Gesicht gezogen, als wärst du gerade auf eine Nacktschnecke getreten. Wie soll der arme Mann das richtig deuten?«

Faith schien damit zu ringen, ob sie mir alles anvertrauen sollte oder nicht. Dann ließ sie sich auf eine Holzbank fallen, die auf den Loch Harris hinausging, und klopfte neben sich auf die Sitzfläche.

Ich setzte mich, und sie erzählte mir, dass Greg McBride vor einigen Wochen bei ihr im Tourismusbüro vorbeigekommen war, um ihr ein paar neue Karten mit Routen für Waldspaziergänge vorbeizubringen. »Du weißt ja, wie das ist.« Zum wiederholten Mal seit der Begegnung mit Greg wurde sie rot. »Wenn man jemandem begegnet, den man attraktiv findet, ist man erst mal total durcheinander.« Sie seufzte. »Danach fand er immer wieder Gründe, um vorbeizuschauen, und dann fragte er mich, ob ich Lust hätte, mit ihm auszugehen.«

»Und?«

Faith berichtete weiter, dass sie danach mehrere Dates mit Greg gehabt hatte. »Und vor ein paar Tagen waren wir dann in einem kleinen Country-Pub in Finton. Es war wirklich ein schöner Abend. Greg sieht gut aus und hat Humor ...«

»Ich ahne, dass gleich ein Aber kommt. Trägt dieses Aber zufällig das Gesicht eines pausbäckigen kleinen Jungen?«

Faith legte den Kopf in den Nacken, dann spähte sie zu mir herüber. »Ach, verdammt, Layla. Bist du neuerdings Teilzeithexe oder was?«

Ich rollte mit den Augen gen buntgefärbtem Himmel. »Nein, aber ich kenne meine beste Freundin.«

Faith richtete den Blick auf die schroffen Hügel, die sich in der Seeoberfläche spiegelten. Sie wirkte unglücklich. »Ich muss wie das letzte Biest klingen. Aber du weißt ja, Beziehungen sind sowieso schon nicht so mein Ding.«

»Klar weiß ich das.« Ich wählte meine Worte mit Bedacht. »Aber ist es denn wirklich so schlimm, dass er ein Kind hat?«

»Natürlich nicht.« Sie runzelte die Stirn.

»Moment, jetzt bin ich verwirrt. Was ist dann das Problem? Ist er noch verheiratet?«

»Geschieden«, erklärte Faith hastig. »Seine Ex hat gemerkt, dass das Familienleben nichts für sie ist, und ist mit jemandem, den sie bei der Arbeit kennengelernt hat, nach Kanada abgehauen.«

»O Gott. Der arme Mann. Und dieser niedliche kleine Junge erst!«

Ich zuckte zusammen, weil Faith sich plötzlich mit den flachen Händen auf die Schenkel schlug. »Ich bin das Problem, nicht Greg. Und ganz sicher nicht Sam.«

In dem Versuch, die Stimmung wieder etwas aufzuheitern, sagte ich: »Was bekomme ich, wenn ich darauf komme, was mit dir los ist?«

Faith musste grinsen, nahm aber sofort wieder ihren grüblerischen Gesichtsausdruck an. »Du hast es doch selbst gesagt: Ich bin beziehungsunfähig. Was, wenn es ernst zwischen uns wird und ich dann doch mit Greg Schluss mache? Ich würde damit nicht nur ihn verletzen, verstehst du?«

Vom See her wehte ein frischer Wind und ich zog meine Jacke enger um mich. »Ah, langsam kommen wir der Sache näher.« Ich verpasste ihr einen liebevollen Stupser. »Dann hat die Eiskönigin also doch ein Herz?«

Faith streckte mir die Zunge heraus und stupste mich zurück. »*Deswegen* habe ich Greg nicht mehr angerufen. Weil ich Sam nicht verletzen will.« Sie verzog ihre glänzenden Lippen zu einer harten Linie. »Die Schuldgefühle will ich mir nicht antun.«

Ich warf ihr einen Blick zu. »Hat Greg dir denn von Anfang an reinen Wein eingeschenkt und erzählt, dass er ein Kind hat?«

»Ja, gleich beim ersten Date. Anfangs dachte ich mir nicht viel dabei. Aber als wir zum zweiten Mal aus waren, hat er seinen Geldbeutel vergessen und musste noch mal zurück ins Haus, um ihn zu holen.« Faith zuckte mit den Achseln. »Seine Mum war zum Babysitten da, und ich konnte einen kurzen Blick auf Sam erhaschen, der aus dem Fenster gewunken hat. Von Nahem habe ich ihn heute allerdings zum ersten Mal gesehen.«

»Meinst du nicht, dass du etwas zu voreilig bist, Faith?«

Sie überlegte kurz und rutschte dabei nervös auf der Bank herum. »Ich mag Greg wirklich. Er ist anders als die meisten Typen, die ich sonst so kennengelernt habe. Er erzählt viel von Wildtieren und Bäumen und er hat einen schrägen Humor.« Ihre Augen trübten sich. »Und er liebt Sam über alles. Was ich verstehen kann, so niedlich, wie der Kleine ist.«

Langsam dämmerte es mir. Wer hätte das gedacht? Faith Robertson, die Femme fatale, deren Lebensweg mit gebrochenen Herzen gepflastert war, war endlich dem einen Mann begegnet, dem sie nicht widerstehen konnte. Und er trug Froschgummistiefel und sang Lieder über Haifamilien.

»Ehrlich, Faith. Du machst dir viel zu viele Gedanken«, sagte ich und tätschelte ihre Hand. »Komm schon, gib ihm eine Chance. Heute Abend rufst du Greg an und verabredest dich mit ihm. Vielleicht könntet ihr ja sogar etwas mit Sam zusammen unternehmen?«

Doch Faith stand auf und lenkte das Thema wieder auf mich. Ich runzelte die Stirn. Das machte sie immer, wenn sie das Gefühl hatte, in die Ecke gedrängt zu werden.

Diesmal würde ich sie aber nicht so einfach davonkommen lassen. Ich beschloss, sie bald wieder auf Greg anzusprechen. Diese Chance auf ein Stück vom Glück durfte sie sich doch nicht einfach entgehen lassen, nur weil sie zur Vorsicht neigte!

Ich stand auf und lief ihr hinterher.

»Layla? Layla? He, hörst du mir überhaupt zu?«

Ich blinzelte. »Klar, sorry.«

Sie straffte die Schultern. »Ich glaube wirklich, es wäre ein großer Fehler, von hier fortzugehen«, sprudelte es aus ihr heraus. Offenbar konnte sie es einfach nicht lassen. »Und wo ich schon dabei bin: Ich finde es stur und ziemlich dämlich von dir, auf das Geld zu verzichten.«

Ich hielt so abrupt inne, dass mir fast die weiße Stepptasche von der Schulter gerutscht wäre. »Aha, endlich kommen wir zur Sache. Ich hab mich schon gefragt, wie lange es dauern wird, bis du wieder damit anfängst«, seufzte ich.

»Kannst du es mir verübeln? Ich finde, dass dieses Erbe das Mindeste ist, was er dir schuldig ist.«

»Mac war mir nur eins schuldig, und zwar die Wahrheit! Die Wahrheit und eine aufrichtige Beziehung.«

Wir drehten uns mit abgehackten Bewegungen voneinander weg, und ich sah hinaus auf den See, der in zunehmendem Dunkel dalag. »Wir waren verlobt«, sagte ich nach einer Weile. »Ich war kurz davor, ihn zu heiraten, und trotzdem wusste ich nichts von seinen Herzproblemen. Geschweige denn davon, dass er mit Hannah schlief. Was sagt das bitte über unsere Beziehung aus?«

Faiths Brust hob und senkte sich unter ihrer Jeansjacke. »Ich weiß doch auch nicht, weshalb er dir nichts von der Diagnose erzählt hat, Layla. Aber ich bin mir sicher, dass er seine Gründe hatte, auch wenn sie vielleicht dämlich waren.« Frustriert schüttelte ich den Kopf, doch Faith fuhr ungerührt fort: »Und er hat sein Geld nun einmal *dir* hinterlassen. Wenn du es nicht nimmst, wird Hannah sicher versuchen, es sich unter den Nagel zu reißen.«

»Soll sie es doch haben.«

»Eines Tages wirst du das vielleicht anders sehen und dann ist es zu spät.« Ihr Tonfall wurde weich. »Wenn du das alles verarbeitet hast, wirst du es wahrscheinlich bedauern, das Geld ausgeschlagen zu haben. Du könntest viel Positives damit bewirken.«

»Und was zum Beispiel?«

Faith zuckte mit den Achseln. »Keine Ahnung, vielleicht die Gründung eines Lapdance-Vereins für die Seniorengruppe von Loch Harris?«

Ich kreischte auf und sie lachte. Wir gingen weiter, bis der Schieferboden weiten, grasbewachsenen Buckeln wich.

»Lass dir von Mac nicht die Zukunft kaputt machen«, riet mir Faith. »Du warst nicht verantwortlich für sein Verhalten.«

»Nein«, gestand ich zu, »das stimmt. Aber für mein eigenes Leben schon.« Ich schob die Hände in die Hosentaschen. »Und deswegen ist es so wichtig, dass ich Loch Harris verlasse und Macs Erbe ausschlage. Damit ich einen Neuanfang auf ganzer Linie starten kann.«

Faith presste die Lippen zu einem schmalen Strich zusammen.

»Und jetzt geb ich dir einen Drink aus.«

Sie rang sich ein Lächeln ab und nahm wieder eine etwas entspanntere Haltung ein. »Na dann, lass uns gehen.«

Wir spazierten dicht am Seeufer entlang, wo die rhythmischen Wellen die Kieselsteine aneinanderklackern ließen, als Faith mich plötzlich am Arm packte. »Hast du das gehört?«

»Was denn?«

»Ein Hämmern.«

Wir blieben stehen und ich lauschte mit geneigtem Kopf.

Tatsächlich drang zwischen den Bäumen ein regelmäßiges Hämmern hervor und es wurde immer lauter.

»Hoffentlich vergräbt da nicht gerade irgendjemand einen Leichnam«, murmelte Faith. Dann lief sie feuerrot an. »O Mist. Tut mir leid, Layla. Das Fettnäpfchen, das ich auslasse, muss noch erfunden werden.«

»Nicht schlimm.«

Wir stapften weiter den Pfad am Seeufer entlang. Die Vögel zwitscherten in den Zweigen über uns und hin und wieder raschelte es in den Blättern.

»Ich hab meine Nagelfeile dabei. Sollten wir angefallen werden, können wir den Täter zu Tode maniküren«, witzelte Faith halbherzig.

Ich verdrehte die Augen. »Guter Plan, Lara Croft.«

Der Wald wich etwas vom Ufer zurück, und vor uns tauchte das alte Bootshaus auf, von dem aus Norrie Erskine, eins der Urgesteine von Loch Harris, sein Angelunternehmen führte. Die Lage direkt am See, umgeben von Bäumen, die sich mit ihren dichten Kronen bis zum Horizont im Wind wiegten, war einfach herrlich.

Wie sich herausstellte, wurde das energische Hämmern von Victor Prentice verursacht, unserem Dorfmakler, der ein »Zu verkaufen«-Schild in der Rasenfläche neben der Eingangstreppe zum Bootshaus anbrachte.

Als er uns kommen hörte, breitete sich ein strahlendes Lächeln auf seinem Gesicht aus. »Abend, Ladys. Bestes Wetter für einen Spaziergang.«

»Abend, Victor«, antwortete Faith und deutete auf das blau-weiße Schild. »Was ist denn hier los?«

Die Tür zum Bootshaus schwang knarrend auf und ich warf einen kurzen Blick ins Innere.

»Norrie hatte genug und hat beschlossen zu verkaufen«, erklärte Victor ein wenig außer Atem. »Dabei kaufe ich meine Angelausrüstung schon bei ihm, seit Julius Cäsar noch in die Windeln gemacht hat.«

Ich betrachtete das heruntergekommene blassblaue Dach und die staubigen Fenster. Das Bootshaus lag am Ende eines langen Holzstegs und schmiegte sich zwischen runde Felsen und majestätische Bäume.

»Ich wusste ja gar nicht, dass Norrie verkaufen will«, sagte ich zu Victor. »Dad hat mir nichts davon erzählt.«

Dieser nickte mit seiner Halbglatze in Richtung Bootshaus. »War auch eine ziemlich plötzliche Angelegenheit. Hat er gerade erst entschieden.«

Er senkte die Stimme um eine Oktave und sah sich verschwörerisch um. Als ob hier draußen mitten im Wald irgendjemand gelauscht hätte! »Norrie will einen Gang zurückschalten, aber keiner von seinen beiden Jungs möchte den Laden übernehmen«, erzählte Victor mit Unglücksmiene. »Jetzt muss ich immer in die Stadt fahren, um meine Angelsachen zu besorgen.« Seine kleinen Knopfaugen nahmen einen grimmigen Ausdruck an. »Und es mit diesen ganzen verfluchten Straßendieben und Graffiti-Schmierern aufnehmen, nur um an ein paar Köder zu kommen.«

Faith und ich verkniffen uns ein Lächeln.

»Ich sag's euch, Ladys«, verkündete Victor und hakte die Daumen in seine Steppweste, »wenn wir nicht ein bisschen Leben in die Bude bringen, geht es in Loch Harris bald zu wie im Leichenschauhaus.«

»Nicht solange wir Loch Harris' Antwort auf Tom Jones haben«, antwortete Faith mit todernster Miene.

»Wen?«, fragte Victor ratlos.

»Ich glaube, sie meint Big Bob und seine Bobcats.«

»Ach, richtig.«

Während sich Faith und Victor in einer Diskussion über Big Bobs neusten (und erfolglosen) künstlerischen Abstecher verstrickten, der darin bestand, mit einem Gitarrenkoffer voll Ed-Sheeran-Cover durch die Pubs der Gegend zu tingeln, durchbrach auf einmal irgendwo in Ufernähe laute Dudelsackmusik die Stille des Sonnenuntergangs.

»Das ist Hector Fleming junior«, beantwortete Victor meine Frage, ehe ich sie stellen konnte. »Er kommt häufig hier an den See, um zu spielen. Der arme Kerl bekommt in den Pubs einfach keinen Fuß in die Tür.« Er stützte sich mit dem Ellenbogen auf das »Zu verkaufen«-Schild. »Ich sag's euch, wenn das so weitergeht, ist Loch Harris bald nicht mehr wiederzuerkennen. Manchmal wundere ich mich jetzt schon, dass noch keine Heuballen durch die Straßen rollen.«

»Ach Victor, nun mal aber nicht den Teufel an die Wand«, sagte ich und rang mir dabei ein Lächeln ab.

Doch Victor hob nur eine Braue. »Sogar Mrs. McNab überlegt schon, früher in Rente zu gehen und den Laden dichtzumachen.«

Mrs. McNabs Porzellanwarenladen war eine Institution in Loch Harris. Er war von ihren Urgroßeltern gegründet worden und seitdem in Familienhand.

Mir klappte die Kinnlade herunter und ich drehte mich besorgt zu Faith um. »Das kann sie doch nicht machen. Ohne The Crockery Rockery wäre das Dorf nicht mehr dasselbe.«

Victor zuckte mit den Achseln. »Sie meinte, seit die Touristen ausbleiben und sie ihre Loch-Harris-Teeservices und Schottland-Tassen nicht mehr loswird …«

Mir rutschte das Herz in die Hose. Dass in Loch Harris ziemlich tote Hose herrschte, war nicht zu übersehen. Aber dass die Lage derart ernst war?

Ich war hier geboren und aufgewachsen. Wenn ich doch nur eine Möglichkeit gehabt hätte, ein bisschen Leben in die Bude zu bringen! Aber für so etwas brauchte man jemanden mit Geld im Rücken, der das Potenzial von Loch Harris erkannte und …

Unvermittelt richtete ich mich auf. Ehe ich etwas dagegen tun konnte, spielte sich das Kopfkino schon ab. Vor meinem inneren Auge sah ich ein verlassenes Loch Harris mit geschlossenen Teestuben und einem verwaisten Souvenir-Shop mit verstaubtem Krimskrams in den Schaufenstern, den niemand haben wollte. Vor den niedlichen Bed and Breakfasts blinkten die »Zimmer frei«-Schilder verzweifelt in die dunkle Nacht.

Ich musterte das Bootshaus, auf dem die letzten trägen Sonnenflecken tanzten. Unwillkürlich ging ich einige zögerliche Schritte auf die knarzende Tür zu.

Moment mal – was machte ich hier eigentlich?! Ich wollte aus Loch Harris wegziehen, das Cottage verkaufen und die Geister hinter mir lassen, die Loch Harris für mich inzwischen beherbergte. Ich würde irgendwo anders ein neues Leben anfangen. »Würde es dir was ausmachen, wenn ich einen Blick hineinwerfe?«, fragte ich Victor.

»Ganz im Gegenteil, nur zu. Ich muss sowieso noch Diane anrufen und ihr Bescheid geben, dass ich heute ein wenig später nach Hause komme. Dann schließe ich danach ab.«

Faith gesellte sich zu mir und musterte mich argwöhnisch. »Wieso schaust du so komisch? Ist irgendwas?«

Ich antwortete ihr nicht und ging einfach nach drinnen. Meine Schritte hallten von den Dielen wider. Das Innere des

Bootshauses war überraschend lang, weil es sich teilweise bis auf den Steg erstreckte, und hatte die Farbe blassgrauer Flusskiesel.

Durch die beiden kleineren Fenster in der Seitenwand und das große am hinteren Ende des Gebäudes fielen Lichtsprenkel herein. Das Bootshaus kam mir vor wie eine staubige, leere Hülle.

Ganz hinten befand sich ein Lagerraum mit einer kleinen Abstellkammer daneben. Zur Rechten ging ein großzügig geschnittenes Bad ab. An den Wänden waren Haken befestigt, an denen Norrie Angelruten und Sonstiges präsentiert hatte, und auf halber Höhe des Raums befand sich ein halbkreisförmiger Resopaltresen.

Draußen vor den Glasscheiben erstreckte sich die Landschaft mit ihren zerklüfteten Hügeln, die sich hinter dem Teppich aus silbernem Wasser erhoben, während aus der Ferne immer noch Hectors pulsierende Dudelsackmelodie hereinschwebte. Durch meinen Kopf hallte Victors Aussage, dass Hector Probleme hatte, einen Ort zu finden, an dem er auftreten konnte.

Wieder blickte ich hinaus auf die Weite des Wassers und Himmels. Was waren das denn nur plötzlich für Gedanken in meinem Kopf? Und ich konnte sie nicht einmal darauf schieben, dass ich mir im Pub ein Glas zu viel genehmigt hatte, weil wir bei unserem Spaziergang noch gar nicht so weit gekommen waren.

Auf einmal tauchte Faith neben mir auf und ich fuhr zusammen. »Huch! Musst du mir so einen Schrecken einjagen?«

»Layla, ich will jetzt sofort wissen, was du ausheckst.« Sie musterte mich prüfend. »Man hört fast, wie sich die kleinen Zahnräder in deinem Kopf drehen.« Sie sah sich im Bootshaus um. »Sag bloß, du hast eine heimliche Leidenschaft fürs Angeln entwickelt.«

»Ach, du kennst mich doch. Ich war einfach nur neugierig«, entgegnete ich mit einem nervösen Lächeln.

Meine Erklärung schien Faith zu reichen, denn sie machte sich wieder auf den Weg nach draußen. »Na, dann komm! Oder hast du schon vergessen, dass du mir einen Drink schuldest?«

Ich ging nicht weiter auf ihre Frage ein, dazu war ich viel zu gefesselt vom Anblick des Sees am Ende des langen Holzstegs, auf dem das Bootshaus thronte wie ein Wächter. »Mir war gar nicht klar, was für eine fantastische Aussicht diese alte Hütte hat.«

»Ja, nicht schlecht, was?« Sie legte mir die Hand auf die Schulter. »Vermutlich wird man irgendwann blind dafür, wenn man es tagein, tagaus sieht.«

Ich nickte stumm.

Wir verabschiedeten uns von Victor, Faith hakte sich wieder bei mir unter und wir spazierten weiter.

»Alles in Ordnung bei dir?«, fragte sie, als wir ein Stück weit den Schieferpfad entlanggegangen waren.

Wieder entgegnete ich nichts.

Denn in meinem Kopf herrschte ein einziges Chaos aus verrückten Ideen.

Kapitel 12

Einige Stunden später wälzte ich mich in meinem Gästebett herum.

In meinem Bett – *unserem* Bett – zu schlafen, brachte ich noch nicht über mich. Rückblickend fühlte es sich an, als wäre alles, was zwischen Mac und mir je stattgefunden hatte, falsch und aufgesetzt gewesen. Immer wieder musste ich daran denken, wie wir nebeneinander im Bett gelegen und lachend unsere Hochzeit geplant hatten. An das Aufblitzen seiner blauen Augen im Halbdunkeln und wie sich sein ergrauendes Haar vor dem Kissen abgezeichnet hatte.

Er war so selbstbewusst gewesen. So verlässlich …

Ich zwang mich, an etwas anderes zu denken. Durch die dünnen Vorhänge mit dem Rosenmuster streckte der Sonnenaufgang bereits seine Finger nach der Bettdecke aus.

Rechts hinten in der Zimmerecke standen Macs Schreibtisch und sein Drehstuhl, als würden sie nur darauf warten, dass er wiederkam.

Früher war der Tisch stets mit Stiften und Notizbüchern übersät gewesen. Neben Macs Laptop hatte eine Kaffeemaschine gestanden, die zwischen all den mit Notizen und Diagrammen bekritzelten Post-its, mit denen Mac die Handlung für seine aktuellen Romane plante, allerdings kaum mehr zu erkennen gewesen war.

Nun war der Schreibtisch, bis auf ein paar blasse Lichtflecken, die die Frühmorgensonne auf die Oberfläche zeichnete, leer.

Ich wandte den Blick ab und nahm mir vor, Lois zu fragen, ob sie den Tisch haben wollte. In mir löste er nur schmerzhafte Erinnerungen aus, und ich war sicher, dass sie sich freuen würde, wenn er gemeinsam mit der Sammlung von Briefbeschwerern bei ihr ein neues Zuhause fand.

Mit einem tiefen Seufzer setzte ich mich im Bett auf. Die Idee, die mir am Vorabend gekommen war, wollte mir noch immer keine Ruhe lassen. Dabei hatte ich doch beschlossen, Loch Harris hinter mir zu lassen und woanders noch mal von vorn anzufangen!

Aber wenn ich mir mit meiner Entscheidung wirklich so sicher war, wieso konnte ich dann nicht aufhören, an das alte Bootshaus zu denken?

Frustriert strich ich mir mit einer heftigen Geste die Haare aus der Stirn.

Faiths Worte, dass Loch Harris dringend frischen Wind brauchte, wollten mir einfach nicht aus dem Kopf gehen. Könnte ich wirklich von hier fortgehen, solange auch nur der Hauch einer Chance bestand, dass ich mein Heimatdorf aus seiner Misere befreien konnte?

Ich war furchtbar wütend auf Mac, dass er mich überhaupt erst in diese Lage gebracht hatte. Mit einem genervten »Scheiße noch mal!« warf ich die Decke zurück.

Obwohl die rot leuchtende Digitalanzeige meines Weckers gerade erst auf fünf Uhr gesprungen war, ging ich duschen und wusch mir die Haare. Ich versuchte, mich auf das stechend heiße Wasser auf meiner Haut zu konzentrieren, aber es war sinnlos. In meinem Kopf rangen Bilder von Mac und dem Bootshaus miteinander.

Ich band mir das feuchte Haar zu einem hohen Pferdeschwanz und ging nach drüben in die Küche. Obwohl ich keinen Hunger hatte, frühstückte ich eine kleine Schüssel Müsli und ein Glas frischen Orangensaft, bevor ich meinen Computer hochfuhr und meine E-Mails checkte. Es waren mehrere neue Aufträge eingetroffen.

Da Dads Haus nur zehn Minuten zu Fuß entfernt lag, beschloss ich, zum Klang des Vogelgezwitschers gemütlich zu ihm zu schlendern. Es war Sonntagmorgen und schon bald würde der Klang der Kirchenglocken über dem See und den Baumwipfeln hängen.

Als ich klein war, hatte ich es geliebt, durch die von Heidekraut bedeckten Hügel zu spazieren. Dad hatte uns für unsere Abenteuerausflüge stets einfache, aber leckere kleine Lunchpakete zusammengestellt, die wir in unseren Rucksäcken verstauten, ehe wir uns in unseren Wanderstiefeln auf den Weg machten. Er hatte fleißig geübt, mir Zöpfe zu flechten, die um meine Schultern tanzten, und jedes Mal, wenn ich zu diesem lächelnden Bären von Mann mit seinen Rockband-T-Shirts aufblickte, dachte ich, wie lieb ich ihn doch hatte.

Wenn ich die Landstraße entlangspazierte, ließ ich mir normalerweise Zeit und genoss den idyllischen Anblick der dichten Hecken und alten Trockensteinmauern. Aber heute kannte ich nur einen Gedanken: Ich wollte mit Dad sprechen.

Hinter der nächsten Kurve ragte das Cottage meiner verstorbenen Großeltern aus dem Grün. Bilder von mir, wie ich ihren Garten nach Erdbeeren durchforstete und über ihre von Rosen gesäumte Veranda flitzte, brachten mich zum Lächeln.

Das kleine Haus mit den cremeweißen Wänden, dem schwarzen Dach und dem doppelten Kaminvorbau lag leicht von der Straße nach hinten versetzt. An der Seitenwand hatte Dad einen Steingarten angelegt, der mit seinen dichten, robusten Pflanzen noch mehr Farbe einbrachte. Haustür und

Balken hatte er hellblau gestrichen, sodass das Haus nun viel einladender wirkte als zu Zeiten meiner Großeltern, die sich damals für ein dunkles Grau entschieden hatten.

Ich wollte gerade klopfen, da hörte ich im Garten hinter dem Haus Geschirr klappern. Ich öffnete das schwarze Eisentor und spähte um die Ecke.

Dad saß mit ausgestreckten Beinen an seinem schmiedeeisernen Tischchen, auf dem ein Teller voller Toastkrümel und eine dampfende Kaffeetasse standen, und las die Sonntagszeitung. Hinter seinem dichten langen Haar konnte ich sein markantes Kinn ausmachen.

Offenbar hatte er eine Bewegung wahrgenommen, denn er hob den Kopf von seiner Zeitung. »Layla, Liebes!« Dad warf einen Blick auf seine klobige Armbanduhr. »Himmel, es ist ja noch vor halb acht! Du bist aber früh unterwegs.« Er kam zu mir herüber, schloss mich in seine gebräunten Arme und drückte mir einen Kuss auf die Schläfe.

Ich musste lächeln. »Morgen, Dad. Ich konnte nicht schlafen.«

Ich gab ihm ebenfalls einen Kuss auf die Wange und musterte ihn aufmerksam. »Wenn man dich so dasitzen sieht, erinnerst du eher an einen Rockstar aus den Siebzigern als an einen Landschaftsgärtner.«

Er schenkte mir ein breites Lächeln. »Ich tue mein Bestes.« Dann deutete er auf seine Kaffeetasse. »Willst du auch einen, oder hättest du lieber einen von diesen Kräutertees, auf die du neuerdings umgestiegen bist?«

»Oh, gern einen Kräutertee, danke.«

Er verdrehte gut gelaunt die Augen und verschwand durch die offen stehende Hintertür.

Es kam mir vor, als hätte ich gerade erst die Augen geschlossen und das Gesicht in die ersten warmen Sonnenstrahlen des Tages gehalten, als Dad schon mit einem seiner getöpferten Becher für mich und frischem Kaffee für sich selbst zurückkehrte. »Ist Kamille okay?«

»Perfekt sogar, danke.«

Dad nahm mir gegenüber auf einem Gartenstuhl Platz. »Na los, raus mit der Sprache.«

Ich holte meine Sonnenbrille aus der Brusttasche meines Oberteils und setzte sie auf. Es war eine Wohltat, meine Augen dahinter verbergen zu können, und das lag nicht nur an der inzwischen grellen Morgensonne.

Dad runzelte die Stirn. »Komm schon, Layla. Du bringst Unruhe in meinen Garten. Nun sag schon.«

Ich war drauf und dran, mich herauszureden. Vielleicht waren all diese verrückten Ideen ja auch nur ein verspätetes Ergebnis von Schock und Trauer. »Was soll ich sagen?«, fragte ich, um Zeit zu schinden.

Dad schob seine zerknitterte Zeitung über den Tisch. »Was hast du an einem Sonntag um diese Uhrzeit hier zu suchen?«

»Ich hab dir doch schon gesagt, dass ich nicht schlafen konnte«, erwiderte ich und beugte mein Gesicht über den warmen Becher mit seinem Blütenduft, um einen großen Schluck zu trinken. Im Augenblick konnte ich die beruhigende Wirkung der Kamille mehr brauchen als je zuvor. »Ach, wahrscheinlich ist es eine völlig dumme Idee«, sprudelte es plötzlich aus mir heraus. »Ich glaube, ich bin einfach noch ein bisschen neben der Spur.«

»Was Mac betrifft?«

Nervös rutschte ich auf meinem Stuhl herum. Die Sonne wanderte meine Arme entlang. »Ja. Nein. Na ja, ein bisschen vermutlich.«

»Nachvollziehbar«, bemerkte Dad. »Was dir dieser Mistkerl angetan hat …« Er musste bemerkt haben, wie meine Mundwinkel nach unten sanken, denn er wurde leiser. »Tut mir leid, mein Schatz. Ich weiß, man sollte nicht schlecht über die Toten reden, aber meine Loyalität liegt nun mal ganz klar bei dir.«

»Ich weiß.«

»Du warst einfach zu gut für ihn«, beharrte er.

»Deine Perspektive in der Hinsicht ist ja auch kein bisschen einseitig …«

Dads Mundwinkel zuckten. »Ganz und gar nicht!« Er nahm seine Tasse. »Aber es hat mich zum Nachdenken gebracht. Immerhin war Mac nur ein Jahr jünger als ich.« Er trank einen Schluck Kaffee. »Und? Erzählst du mir jetzt, was los ist, oder muss ich raten?«

Ich nippte ebenfalls an meinem Tee und stellte den Becher sorgfältig wieder auf dem Tisch ab. »Na ja … Also … Was, wenn ich mir nur eingebildet habe, dass ich wüsste, was ich will?«

»Du sprichst in Rätseln, Liebes.« Dad beugte sich vor. »Du weißt, dass du mir alles sagen kannst, oder?«

Ich gab mich geschlagen und schob mir die Sonnenbrille auf den Kopf. »Vermutlich mache ich den nächsten großen Fehler, aber ich glaube, ich werde doch in Loch Harris bleiben.«

Aus seinem Gesicht konnte ich die Freude sichtlich ablesen. »Aber Liebes, das sind ja tolle Neuigkeiten!« Nach einer winzigen Pause ruderte er zurück: »Ich weiß, wie egoistisch das klingt, aber ich glaube wirklich, dass du drauf und dran warst, eine äußerst wichtige Entscheidung übers Knie zu brechen. Was natürlich verständlich ist.« Er drückte meine Hand.

Von den fernen Hügeln war das Muhen der Kühe zu hören, während auf der Straße ein Auto vorbeifuhr. »Ich glaube, am Ende wirst du froh sein, dass du nicht weggezogen bist«, fuhr er fort und lehnte sich in seinem Stuhl zurück. Seine von Fältchen umgebenen grauen Augen funkelten vergnügt auf. »Na, wenn das mal kein Grund zum Feiern ist.« Er schlug mit der flachen Hand auf den Tisch. »Du wirst schon sehen, du wirst dir als Journalistin einen Namen machen und alles wird sich fügen.«

Innerlich wappnete ich mich dafür, ihm von meiner absurden Idee zu erzählen. Denn auch wenn mein Verstand noch daran zweifelte, dass ich das Richtige tat, hatte mein Herz seine Entscheidung längst getroffen. »Wenn alles nach Plan läuft, werde ich in Zukunft eher weniger als mehr schreiben, Dad. Dazu werde ich vermutlich nicht mehr viel Zeit haben.«

»Und warum?«

Ich presste die Lippen zusammen. »Ich habe gründlich darüber nachgedacht«, leitete ich ein. Selbst als ich die Worte laut aussprach, konnte ich noch nicht glauben, dass sie wirklich aus meinem Mund kamen. »Und ich habe beschlossen, Macs Erbe doch anzutreten.«

Dad reagierte mit heftigem Nicken. »Sehr gut, Layla. Ich glaube, das ist die richtige Entscheidung. Gab es denn einen Auslöser dafür, dass du deine Meinung geändert hast?« Er faltete die Hände. »Es ist jedenfalls ein schöner Notgroschen, würde ich sagen.«

Ich räusperte mich und trank einen Schluck Kamillentee. Dann sagte ich: »Ich habe nicht vor, das Geld zurückzulegen, Dad.«

Seine Brauen schossen nach oben. »Und was willst du dann damit machen, wenn ich fragen darf? Vielleicht auf Reisen gehen? Weißt du, ich denke schon die ganze Zeit, dass es dir guttun würde, für ein paar Wochen an irgendeinen exotischen Ort zu verschwinden.«

Ein Adrenalinschub brachte meinen Magen zum Flattern. »Nein, Reisen möchte ich auch nicht.«

»Also, jetzt spannst du mich aber auf die Folter.«

Ich hob das Kinn und zwang mich zu lächeln. In mir lieferten sich Angst und Vorfreude einen erbitterten Kampf. »Ich habe beschlossen, Norries altes Bootshaus zu kaufen und einen Live-Club daraus zu machen.«

Noch nie hatte ich meinen Dad derart schockiert erlebt.

Kapitel 13

Ein schier endloser Moment angespannter Stille folgte.

»Dad?! Ich dachte, das würde dich freuen!«

»Aber ich freue mich doch«, versicherte er mir, ohne dabei sonderlich überzeugend zu klingen. »Ich freue mich, dass du nicht wegziehst. Aber dein eigener Club? Das ist verdammt viel Arbeit.«

Ich musterte ihn über den Tisch hinweg. Die Morgensonne verfing sich in den Ecken und Kanten seines Gesichts. »Und das aus dem Mund eines Rock-Drummers.«

»Ganz genau. Weißt du, Liebes, als ich noch bei Battalion war, habe ich aus erster Hand mitbekommen, wie schwer man schuften und wie viele Überstunden man schieben muss, um so einen Laden zu betreiben.«

Ich umschloss meinen Teebecher mit beiden Händen. »Dann glaubst du also, ich schaffe das nicht?«

»Dreh mir das Wort nicht im Mund um, Layla.«

Ich zog eine verdrießliche Miene und trank einen Schluck. »Aber was willst du mir dann damit sagen?«

Dad seufzte laut. »Ich will ja kein Spielverderber sein, Liebes. Aber Loch Harris ist nicht gerade Nashville.«

»Das ist mir klar. Trotzdem. Irgendwie müssen wir der Gegend doch neuen Glanz verleihen und mehr Touristen herlocken.« Jetzt kam ich richtig in Fahrt und beugte mich vor. »Ich habe ja nicht vor, das Sydney Opera House neu zu erfinden. Was mir vorschwebt, ist ein kleiner, gemütlicher Laden mit

Live-Musik. Ein Ort, an dem Bands und Musiker noch eine richtige Verbindung mit dem Publikum aufbauen können.« Beim Gedanken an die atemberaubende Aussicht, mit der Norries Laden gesegnet war, verspürte ich regelrechte Vorfreude. »Und das alte Bootshaus ist eine Wahnsinnslocation.«

Dad trank seinen Kaffee aus. »Ich zweifle keine Sekunde an deinem Enthusiasmus, Liebes, und ich weiß, dass du deine Liebe zur Musik von mir geerbt hast. Aber diese Musikertypen …« Seine tiefe Stimme verklang.

Ich vergrub die Spitzen meiner Turnschuhe im Kies. »Dad, du bist doch selbst einer von diesen Typen.«

Er versuchte erfolglos, sich ein Lächeln zu verkneifen. »Ganz genau.«

Auf einmal begriff ich, dass er mich nur schützen wollte. »Also bitte, Dad, hast du etwa Angst, dass ich mir das Herz von irgendeinem dahergelaufenen Don Juan mit langen Haaren und Gitarre brechen lasse?« Bilder von Mac und Hannah zogen vor meinem inneren Auge vorbei und ich straffte die Schultern. »Ehrlich, eine Beziehung ist das Letzte, wonach mir gerade ist.« Ich lächelte Dad zu. »Ich dachte, du würdest dich freuen. Immerhin bedeutet meine Entscheidung, dass ich in Loch Harris bleibe.«

»Sei nicht albern, Layla. Du weißt genau, dass ich mir immer gewünscht habe, dass du bleibst.«

Ich trank meinen Tee aus und stellte den Becher mit einer energischen Geste ab. »Ich werde dieses Geld in etwas Positives investieren. So ein Laden würde Loch Harris guttun.« Auf einmal durchströmte mich ein Gefühl wilder Entschlossenheit und ich sprang auf.

»Wo willst du denn jetzt hin? Ich dachte, wir könnten unten im Fiddler's Rest frühstücken gehen? Ich lade dich ein.«

Ich rannte um den Tisch herum und schlang Dad die Arme um den Hals. »Können wir das ein andermal machen? Ich will zu Norrie, um mit ihm über das Bootshaus zu sprechen. Und auf dem Weg rufe ich gleich auch noch David Murray an.«

Kapitel 14

Norrie Erskine wohnte in einem Häuschen aus grauen Ziegelwänden mit roten Fensterläden, das ungefähr auf halber Strecke zwischen Dads und meinem Cottage lag. Auf dem Weg dorthin hinterließ ich eine etwas wirre Nachricht auf David Murrays Mailbox, in der ich ihm mitteilte, dass ich es mir anders überlegt hätte und Macs Erbe doch antreten wolle, um es in eine Geschäftsidee zu investieren.

Es war zwar Sonntag, aber ich wusste, dass sich Anwälte nur selten freinahmen, und bat ihn, mich so schnell wie möglich zurückzurufen.

Meine Turnschuhe knirschten die menschenleere Straße entlang. Es war inzwischen kurz vor halb neun, und ich hoffte, dass Norrie schon wach war.

Als ich mich seinem Haus näherte, nahm ich die Sonnenbrille ab und schob sie in die Gesäßtasche meiner Jeans. Ich trat durch das gedrungene rote Tor und ging weiter zur Haustür mit ihrem dem Stil von Charles Rennie Mackintosh nachempfundenen Buntglasfenster.

Als mein Finger schon über der goldfarbenen Klingel schwebte, hielt ich noch einmal inne. Wusste ich denn wirklich, was ich hier machte? Worauf ließ ich mich ein? Ich war freischaffende Journalistin. Von der Musikbranche hatte ich doch nicht den blassesten Schimmer!

Aber auch wenn es mir an Wissen über die praktische Seite meines Plans mangelte, brachte ich zum Ausgleich eine tiefe

Liebe zur Musik und viel Enthusiasmus mit und hatte dank meiner journalistischen Tätigkeit im Lauf der Jahre eine ganze Liste an wichtigen Kontakten angesammelt. Und dann war da auch noch Dad, der aus seiner Zeit bei Battalion immer noch Verbindungen in die Musikbranche hatte.

Doch ich drückte immer noch nicht auf die Klingel. Mein Arm mit dem roségoldenen Armreifen daran verharrte weiter reglos in der Luft.

Auch wenn Dad seine Bedenken hatte – helfen würde er mir trotzdem, das wusste ich einfach. Er stand immer noch in Kontakt zu vielen seiner alten Rocker-Freunde.

Außerdem hatte ich auch noch Faith. Der Herr allein wusste, wie sie auf meinen verrückten Plan reagieren würde. Aber sie war so pragmatisch und positiv veranlagt, dass ich sicher war, auch auf ihre Unterstützung zählen zu können. Und dass mein aberwitziges, aufregendes Vorhaben bedeutete, dass ich in Loch Harris bleiben würde, würde sie sicherlich mindestens genauso freuen wie meinen Dad.

Ich schob alle Zweifel beiseite, hob entschlossen das Kinn und klopfte.

»Also, du willst sagen, dass du meinen Laden kaufen und ein Musikgeschäft daraus machen möchtest?«

»Nein, kein Musikgeschäft«, erklärte ich und beobachtete dabei Norries Frau Clem, die mit einem Teetablett gelaufen kam, obwohl ich ihr freundliches Angebot zuvor höflich abgelehnt hatte. »Ich würde gerne einen Musikclub mit Live-Bühne daraus machen.«

Clem klammerte sich entsetzt am Griff ihrer Teekanne fest. »Himmel, Layla, aber doch nicht etwa dieser entsetzliche Gangster-Rap, oder?«

Gangster-Rap?

Ich war beeindruckt, dass Norries siebzigjährige Frau, die bis zu ihrer Pensionierung auf dem Postamt von Loch Harris gearbeitet hatte, überhaupt wusste, dass es so etwas wie Gangster-Rap gab.

Nachdem ich mir erfolgreich ein Lächeln verkniffen hatte, antwortete ich: »Nein, auf keinen Fall, Clem. Ich versichere dir, wir werden keinen Gangster-Rap spielen.«

Ein erleichterter Ausdruck huschte über ihr rundliches Gesicht, und sie widmete sich wieder der Teekanne, mit welcher sie die drei rosenverzierten Porzellantassen befüllte.

Norrie saß mir in seinem dunkelgrünen Samtsessel gegenüber wie ein neugieriger Gartenzwerg. Er strich sich über sein spärliches, zu einem Seitenscheitel gekämmtes weißes Haar. »Glaubst du denn wirklich, dass wir hier in Loch Harris noch einen Musikschuppen gebrauchen können?« Er zuckte mit den Achseln. »Meiner Meinung nach reicht es, dass Big Bob und seine Bobcats zweimal die Woche im Fiddler's Rest auftreten.«

Grundgütiger. Ich wusste ja, dass ich vielleicht etwas zu enthusiastisch war – aber etwas größere Pläne als Big Bobs Fiedelquartett schwebten mir dann doch vor. Nicht, dass sie kein Talent hätten. Aber sie tendierten nun mal dazu, ihr bewährtes Repertoire aus »Rock Around the Clock«, »Mona Lisa« und »Sweet Caroline« in Dauerschleife zu spielen.

Obwohl meine Blase von dem Tee bei Dad schon drückte, nahm ich die Tasse entgegen, die Clem mir reichte, und trank aus Höflichkeit einige Schlucke. »Ich dachte eher an ein Programm, das in eine ganz andere Richtung geht als das im Fiddler's Rest.«

Clem und Norrie wechselten einen besorgten Blick, sodass ich ihnen hastig versicherte: »Ich weiß, wie viel Arbeit das für mich bedeutet. Aber ich glaube, wir könnten das alte Bootshaus in einen Ort verwandeln, an dem Musiker und Bands gerne auftreten.«

Ich sah mich im Wohnzimmer des älteren Ehepaars um, das von chintzbezogenen Stühlen und Fotos aus mehreren Jahrzehnten geprägt war, die Norrie mit seinen größten Fängen zeigten. Dazu gab es noch Bilder ihrer robust wirkenden Söhne und der Enkel.

»Ich möchte eine gemütliche, heimelige Atmosphäre für echte Musikfans erschaffen. Der Ausblick auf den See ist so überwältigend – wer würde sich das entgehen lassen wollen?«

Norrie lehnte sich in seinem Sessel zurück und musterte mich. »Nun mal langsam. Schon mal drüber nachgedacht, dass es vielleicht noch viele andere Interessenten geben könnte?«

Ich lief rot an. Ups! Da war mein Enthusiasmus wohl etwas mit mir durchgegangen. Tatsächlich war ich so begeistert von meiner Idee gewesen, dass ich gar nicht darauf gekommen war, dass es weitere Angebote für das Bootshaus geben könnte. Verflixt! Vielleicht wäre ich mit einer etwas subtileren Taktik besser gefahren, anstatt einfach so mit der Tür ins Haus zu fallen.

»Gibt es denn welche?«, fragte ich kleinlaut.

»Gibt es was?«

»Andere Interessenten für das Bootshaus.«

Jetzt war es an Norrie, rot anzulaufen. Er räusperte sich. »Nein.«

Clem ließ sich stirnrunzelnd in den Sessel neben Norrie sinken und verpasste ihm einen Klaps auf den Arm.

»Autsch! Womit hab ich das denn verdient, Weib?«

»Damit, dass du das arme Kind quälst.«

Clem stellte ihre Teetasse auf dem Kaffeetisch ab, auf dem eine bernsteinfarbene Tischdecke lag, die mich an eine orange Ampel erinnerte. »Bisher hat sich noch nicht einmal jemand danach erkundigt. Die alte Bruchbude ist ja auch noch gar nicht auf dem Markt.«

Norrie musterte sie indigniert aus seinen grünbraunen Augen. »Mein Bootshaus ist keine alte Bruchbude, und ich verstehe beim besten Willen nicht, weshalb weder Ross noch Scott den Laden übernehmen wollten.«

Clem verdrehte ihre kristallblauen Augen in Richtung ihrer toupierten weißen Haare. »Die Jungs führen ihr eigenes Leben und wohnen auch gar nicht in der Gegend.«

Danach herrschte kurzes Schweigen, bis Norrie unvermittelt sagte: »Ich will ja nicht neugierig wirken, Layla …«

»Auch wenn du es zweifelsohne tun wirst«, warf Clem in leicht genervtem Tonfall ein.

»… aber wie willst du dir das alles leisten? Ich meine, wir alle wissen von Macs Tod – mein herzliches Beileid übrigens –, und es gab Gerüchte, dass er dir …«

Clem stieß ihm mit ihrem rosafarbenen Hausschuh schon deutlich weniger sanft ans Bein. »Ich wüsste nicht, was dich das angeht!«

Norrie rutschte verlegen auf seinem Sessel herum. »Entschuldige bitte, Layla. Ich hätte nicht fragen dürfen. Es ist nur so, dass es zu meinen Zeiten schon schwer genug war, ein Unternehmen aufzubauen. Und heutzutage ist der finanzielle Druck noch viel größer.«

Macs Gesicht drohte vor meinem inneren Auge aufzusteigen, doch ich zwang mich hastig, an etwas anderes zu denken. »Sagen wir mal so, Macs Testament enthielt eine großzügige Überraschung für mich.«

Clem beließ es dabei, und als Norrie Anstalten machte nachzuhaken, hielt sie ihm einen Teller Shortbread mit Clotted-Cream-Füllung unter die Nase. »Darf es ein Keks sein, Norrie?«

Er wagte es nicht, abzulehnen.

Danach schüttelten wir einander die Hände, und Norrie versprach, Victor gleich am nächsten Tag zu kontaktieren, während ich dafür sorgen wollte, dass David Murray die Erbschaftsangelegenheit regelte.

Aufgeregt eilte ich im Stechschritt die Straße entlang. Hatte ich das gerade wirklich getan?

Auf der Höhe von Dads Haus legte ich eine Pause ein, um ihm alles zu erzählen. Es kam mir vor, als sei ich schon seit Stunden wach – was eigentlich auch stimmte –, obwohl es erst kurz nach halb elf war. Ich war müde und aufgekratzt zugleich.

Dad trug sein bewährtes Gärtnerei-Outfit aus zerfranstem olivgrünen T-Shirt und Cargohose und wühlte im Garten hinter seinem Haus in der schweren dunkelbraunen Erde herum. Ich musste lächeln, als ich ihn dabei beobachtete, wie er ein Büschel Unkraut aus dem Boden riss und in die Schubkarre warf.

»Dad, darf ich vorstellen? Deine Tochter, die Unternehmerin – fast jedenfalls.«

Beim Klang meiner Stimme fuhr er hoch und riss sich einen Gartenhandschuh von der Hand. »Du machst es also wirklich?«

Mein Mund verzog sich zu einem unsicheren Grinsen. »Ja.«

»Na, dann komm mal her und gib deinem alten Herrn eine Umarmung.« Er zog mich fest an sich. »Viel Erfolg, Liebes. Ich bin sehr stolz auf dich.«

»Aber ich hab doch noch gar nichts gemacht.«

»Wirst du aber.«

»Heute Morgen hatte ich noch den Eindruck, dass du alles andere als begeistert von der Idee bist.«

Dad hob die Brauen. »Das stimmt ja auch. Aber als ich bemerkt habe, wie sehr du dich dafür begeisterst und dass ich endlich meine quirlige alte Layla zurück habe, habe ich meine Meinung geändert. Ich glaube, das war das erste Mal seit Macs Tod, dass ich dich richtig lächeln gesehen habe.«

Er ging leicht in die Knie, sodass seine rauchgrauen Augen auf einer Höhe mit meinen waren. »Nachdem du heute Morgen gegangen bist, habe ich mir deinen Plan noch einmal genauer durch den Kopf gehen lassen. Ich finde, ich kann froh sein, dass du meine Leidenschaft für Musik teilst.«

»Scheint angeboren zu sein.«

»Und dass du wahnsinnig tapfer bist, finde ich auch«, fuhr er fort. »Es ist toll, dass du dich nach allem, was passiert ist, aufrappeln und einen Neustart wagen willst.«

Meine Stimme bebte. »Danke, Dad.«

»Ich werde dir helfen, wo ich nur kann.«

Ich drückte ihn fest. Kaum zu fassen, wie lieb ich ihn hatte! »Das weiß ich.« Ich klatschte einmal in die Hände. »Na los, du alter Rocker! Weg mit den Gartenhandschuhen! Zur Feier des Tages lade ich dich zum Brunch ein.«

Dad grinste. »Da du bezahlst, bin ich bereit, großzügig über das Wort *alt* hinwegzusehen, junge Dame.«

Kapitel 15

Die folgenden drei Wochen waren ein einziger Wirbel aus Papierkram.

Es war nicht zu übersehen, dass Norrie, Clem und viele andere Bewohner von Loch Harris der Meinung waren, ich hätte den Verstand verloren. Aber ich war energiegeladen und voller Eifer.

Gleichzeitig trieb ich bewusst meine journalistische Tätigkeit voran, indem ich verschiedenen Zeitschriften und Zeitungen eine Reihe an Ideen vorschlug. Gleichzeitig ging der Kauf des Bootshauses bemerkenswert schnell voran, was mir zusätzlich Aufwind verlieh.

Sobald ich die Entscheidung getroffen hatte, das Erbe anzutreten, meldete ich mich bei Lois, um ihr davon zu erzählen. Sie war überrascht und froh darüber, dass ich es mir anders überlegt hatte, und betonte, sie sei sicher, dass Mac meinen Plan fantastisch gefunden hätte.

In der Hinsicht war ich mir zwar nicht so sicher, da Macs Musikgeschmack in eine komplett andere Richtung gegangen war, aber ich wusste ihre Worte dennoch zu schätzen.

»Für uns war das eine glückliche Fügung«, sagte Norrie eines Abends Ende Mai, als mein Dad und ich ihm bei einem kleinen Spaziergang entlang der Landstraße zufällig über den Weg liefen. »Wir dachten schon, dass wir vielleicht ewig auf dem Bootshaus sitzen bleiben, bis sich ein Käufer findet.« Er nickte mir brummig zu. »O ja. Wir sind wirklich erleichtert, dass wir das Haus sofort verkaufen konnten. Und dann auch noch an ein so nettes Mädel wie Layla.« Er senkte die Stimme und beugte sich zu Dad vor. »Auch wenn sie eine Art Disco daraus machen will.«

»Eine Disco?«, schnaubte ich, sobald Norrie hinter der nächsten Hügelkuppe verschwunden war. »Wie kommt er denn darauf?«

»Wer weiß. Norrie ist ein klasse Typ, aber nicht unbedingt am Zahn der Zeit. Für ihn gehört Heavy Metal auf den Wertstoffhof.«

Ich lachte auf und schob die Hände in die Taschen meiner Regenjacke. Doch dann schweiften meine Gedanken zu meiner ständig wachsenden To-do-Liste ab und auf einmal war mir ganz und gar nicht mehr nach Lachen zumute.

Zum Glück riss mich Dad aus meinen Gedanken, ehe ich angesichts des Bergs an Erledigungen, der sich vor mir türmte, verzweifeln konnte. »Darf ich ehrlich zur dir sein, Liebes?«

Ich sah ihn an. »Natürlich.«

»Bist du sicher, dass die Idee mit dem Musikschuppen keine Kurzschlussreaktion auf Macs Tod war?«

Ich dachte gründlich über seine Frage nach. »Es hat mich tief verletzt, dass er mir nichts von seinem Herzfehler und seiner Affäre mit Hannah erzählt hat.« Auf einmal kam mir ein Gedanke. »Denkst du, ich trete das Erbe nur an, um ihm eins auszuwischen? Was, wenn ich meinem toten Verlobten auf diese Weise den Mittelfinger zeigen will?«

»Hör mal«, sagte Dad und blieb abrupt stehen. »Ich weiß, dass du deine Schwächen hast, so wie jeder andere Mensch auch. Aber nachtragend bist du ganz sicher nicht.«

Ich warf ihm einen raschen Blick zu.

»Du hättest gierig sein können«, fuhr er fort. »Hättest dich sofort auf das Geld stürzen, die ›Wir waren so gut wie verheiratet‹-Karte spielen und versuchen können, sogar noch mehr für dich herauszuholen. Doch das hast du nicht.«

Ich schenkte Dad ein dankbares Lächeln.

»Er hat dir das Geld bewusst hinterlassen, auch wenn sein schlechtes Gewissen dabei sicherlich eine Rolle gespielt hat. Und nun hast du beschlossen, etwas Sinnvolles und Positives mit dem Geld anzustellen.«

Ich sog den kühlen Duft von feuchtem Gras ein. »Ich hoffe einfach, dass ich Loch Harris damit wieder auf die Beine helfen kann.«

»Ganz genau. Und jetzt hör auf, die Angelegenheit zu überanalysieren, und freu dich einfach auf die Zukunft.«

Ich lächelte erneut. »Danke, Dad. Du weißt, wie lieb ich dich hab, oder?«

»Mal ehrlich, man kann doch gar nicht anders, als mich zu lieben.«

Lachend hakte ich mich bei ihm unter und wir schlenderten gemeinsam über den feuchten Asphalt zurück zu seinem Cottage. »Faith kommt heute Abend vorbei. Wir wollen brainstormen, was alles zu tun ist.«

»Also, wenn es jemanden gibt, der dir bei der Orga unter die Arme greifen kann, dann Faith. Und vergiss nicht, was ich dir versprochen habe, ja? Ich fordere ein paar Gefallen ein und rede mit meinen alten Rocker-Kumpels. Du wirst sehen, auf deiner Bühne wird es von erstklassigen Acts nur so wimmeln.«

Ich zwinkerte ihm zu. »Vielleicht könnte ja sogar Battalion hin und wieder auftreten.«

Dads Miene wurde schlagartig ernst und er zog seinen Arm sanft zurück. »Das bezweifle ich, Liebes.«

Ich blieb stehen. »Aber wieso denn? Das wäre doch ein toller Anlass für eine Reunion! Alle Jungs zusammen …«

»Ich habe Nein gesagt!«

Überrascht zog ich die Brauen hoch.

»Tut mir leid, Liebes. Aber die Idee gefällt mir einfach nicht.« Sein faltiges Gesicht nahm einen sanften Ausdruck an. »Manchmal ist es besser, die Vergangenheit ruhen zu lassen.«

Und damit hakte er sich wieder bei mir unter.

Kapitel 16

»Ich bin so froh, dass du Macs Geld doch annimmst.« Faith seufzte und machte sich auf dem Sofa breit. Sie war vorbeigekommen, um mir dabei zu helfen, die endlose Liste an Dingen, die ich erledigen, herausfinden, nachlesen und besorgen wollte, durchzugehen.

»Dann glaubst du also, ich tue das Richtige?«

Faith sah mich an. »Ich freue mich riesig, dass du in Loch Harris bleibst.«

»Das ist keine Antwort auf meine Frage.«

Sie stieß einen heiseren Lacher aus. »Okay, okay. Ich muss zugeben, dass ich anfangs schon ein bisschen schockiert war, als ich begriffen habe, dass du Norries Laden tatsächlich kaufen willst.«

»Da warst du nicht die Einzige. Und jetzt?«

Faith wühlte in der Tasche herum, die sie mitgebracht hatte, und überreichte mir eine Schachtel mit meinen Lieblings-Cookies – weiße Schokolade mit Macadamia. »Jetzt halte ich dich einfach nur für verrückt.«

»Danke!«

»Das sollte ein Witz sein.«

Ich tappte in die Küche, um zwei Weingläser zu holen. Faith kam mir hinterhergeschlurft wie ein verschlafenes Breton-Katalog-Model. »Das wird eine Menge Arbeit, aber wenn ich jemanden kenne, der das schafft, dann bist du das.«

Sie strich mit ihren manikürten Fingern über meine schwarzgrauen Arbeitsflächen. »Seien wir ehrlich, Loch Harris hat einen Tritt in den Arsch dringend nötig.«

Ich schenkte uns Weißwein ein und reichte ihr ein Glas.

»Viele Touristen fahren rüber in die Stadt, wenn sie sich amüsieren wollen.« Auf ihre rosafarbenen Lippen legte sich ein freches Grinsen. »Nicht, dass ich es ihnen verübeln würde. Der Bringer sind Big Bobs Auftritte nicht gerade.«

Ich lehnte mich gegen den Küchentresen und betrachtete träge meine Füße. »Ich hatte schon alles organisiert, um das Dorf zu verlassen«, sagte ich, nachdem ich einen Schluck kühlen Wein getrunken hatte. »Ich wollte das Haus hier einfach nur noch loswerden.«

»Aber jetzt hast du beschlossen zu bleiben.«

»Es ging weniger ums Bleiben«, gab ich nach kurzem Zögern zu. »Es ist eher so, dass ich nicht *gehen* kann. Nicht solange hier eine solche Möglichkeit auf mich wartet und ich der Gegend damit vielleicht helfen kann. Da wird mir kaum Zeit zum Grübeln bleiben.«

Ich hob mein Glas wieder an die Lippen, und Faith musterte mich mit geneigtem Kopf besorgt aus ihren hellen Augen, deren Ausdruck ähnlich weich war wie der hellbeige Seidenstoff ihrer Bluse. Sie war direkt von der Arbeit gekommen, und als sie sich bewegte, raschelte ihre dunkle, schmal geschnittene Businesshose leise.

Ich beobachtete sie über den Rand meines Weinglases hinweg. »Letzte Woche war ich ihn besuchen. Mac meine ich.«

Meine Freundin stellte ihren Wein auf dem Frühstückstresen ab. »Das hast du ja gar nicht erzählt.«

Ich zuckte mit den Achseln. »Das klingt zwar furchtbar, aber ich hatte eigentlich nicht vor, nach der Beerdigung jemals wieder zu seinem Grab zu gehen. Trotzdem ist es irgendwie passiert.«

Wolken zogen über den Abendhimmel vor meinem Küchenfenster und die Hügel dahinter verschmolzen mit dem orange- und pfirsichfarbenen Sonnenuntergang.

Ich nahm noch einen großen Schluck Wein. »Ich habe mich im Stich gelassen gefühlt«, gestand ich dann. »Als ich an seinem Grab stand, meine ich. Im Stich gelassen und betrogen.«

»Nachvollziehbar. Das wäre jedem so gegangen.«

»Aber bin ich nicht genauso eine Betrügerin wie er, Faith?«

Sie zog ihre sorgsam gezupften Brauen zusammen. »Wie kommst du denn darauf?«

Ich schwenkte den Wein in meinem Glas herum und sagte: »Weil ich sein Geld nehme. Ich habe gesagt, ich will es nicht, und jetzt nehme ich es doch.«

Faith kam zu mir herüber. »Jetzt hör mir mal zu. Was Mac getan hat, war unverzeihlich. Ihr wart verlobt, und du dachtest, ihr hättet eine gemeinsame Zukunft.« Sie nahm mir das Glas aus der Hand und stellte es mit einem entschiedenen *Klonk!* auf die Arbeitsfläche. »Und selbst wenn er es dir nur aus schlechtem Gewissen vererbt hat!« Sie umschloss meine Hände mit ihren und drückte sie aufmunternd. »Die meisten Leute wären weggerannt, um ihre Wunden zu lecken und sich in Selbstmitleid zu suhlen. Aber du nicht. Du hast dich nicht nur entschieden zu bleiben, sondern gehst auch noch ein gewaltiges Risiko ein, um etwas zu bewegen.«

Ich legte den Kopf schief. »Wolltest du mich nicht aufmuntern, statt mir Angst zu machen?«

»Warte ab, der Teil kommt noch.«

»Oh. Okay.«

Faith verdrehte die Augen. »Du benutzt das Geld nicht für dich selbst, sondern um anderen zu helfen.«

»Das ist jedenfalls der Plan«, murmelte ich verzagt. Die Zeit würde zeigen, ob er auch aufging.

»Ich werde nie vergessen, wie du mir geholfen hast, als ich neu in die Klasse kam und sich Rachel Howson und Cara Wallace mein rosafarbenes Plüschmäppchen geschnappt haben.«

»Ach, was blieb mir auch anderes übrig, als dem hilflosen Großstadtmädchen zu helfen?«

Es war schon irgendwie witzig, dass ausgerechnet Faith, die mit elf mit ihrer Familie von der Westküste nach Loch Harris gezogen war, inzwischen in der Touristeninformation arbeitete. Aber sie war nun einmal fasziniert von der Gegend und verfügte über einen unendlichen Wissensschatz rund um die Highlands.

Sie grinste. »Der Laden wird ein voller Erfolg, das weiß ich einfach! Ich nehme an, mit dem Kauf des Bootshauses läuft alles nach Plan?«

»David Murray ist ein Goldstück.« Ich seufzte. »Wegen seiner Freundschaft zu Mac regelt er die ganze Angelegenheit zu einem Freundschaftspreis. Das hat für mich viel Druck rausgenommen.«

»Na also!«, rief Faith. »Siehst du? Es geht bergauf für dich! Das wurde auch Zeit.«

»Das Einzige, was mir Kummer bereitet, ist Dad.« Ich deutete aufs Sofa und wir ließen uns gemeinsam darauffallen. Nachdem wir es uns zwischen den Kissen gemütlich gemacht und unseren Wein aufgefüllt hatten, erzählte ich Faith, wie unentspannt Dad auf meinen Vorschlag mit der Band-Reunion reagiert hatte.

Faith winkte ab. »Ach, da steckt sicherlich nichts weiter dahinter.«

»Aber du kennst doch meinen Dad. Ansonsten ist er immer absolut tiefenentspannt.« Nachdenklich kniff ich die Augen zusammen. »Doch bei diesem Thema hätte er mir fast den Kopf abgerissen. Das passt einfach nicht zu ihm.«

Faith schwenkte ihr Weinglas. »Bestimmt war Harry nur müde. Oder Tina ist ihm mal wieder mit irgendwas auf den Keks gegangen.«

Bei der Erwähnung meiner Mutter verspannte ich mich unweigerlich. »Das hätte er mir bestimmt erzählt.«

»Ich glaube, du misst seiner Reaktion zu viel Bedeutung bei«, sagte Faith und nippte an ihrem Wein.

Doch ich war mir da nicht so sicher.

»Und?«, fragte ich. »Wie läuft es mit dir und Greg? Wie hat er auf deinen Anruf reagiert?«

Faith wurde blass um die Nase und mied meinen Blick.

»Ach, komm schon. Du hast dich nicht bei ihm gemeldet?«

»Doch«, sagte sie und lief rot an.

»Und warum habe ich dann so ein ungutes Gefühl?«

Sie knabberte an ihrer Unterlippe herum. »Ich schwöre dir, ich hab ihn letzte Woche angerufen. Aber das Gespräch ist ziemlich in die Hose gegangen.«

Ich hatte da so eine Ahnung, an wem das gelegen hatte. Nachdem ich Faith eine kleine Weile lang schweigend und mit verschränkten Armen gemustert hatte, sprudelte sie los: »Okay, okay! Hör auf, mich anzustarren wie den Bösewicht aus einem James-Bond-Film.«

Dann beichtete sie mir, dass sie Greg gesagt hätte, sie sei gerade »nicht in der Verfassung« für weitere Dates, was ich mit tadelnden Lauten kommentierte.

»Und wie hat er darauf reagiert?«, fragte ich, als sie fertig war.

Faith drückte sich ein Kissen aufs Gesicht. »Nicht sonderlich gut. Er meinte, das seien alles nur faule Ausreden. In Wahrheit würde es mich stören, dass er alleinerziehend ist.«

Ich rieb mir dir Stirn. »Also, ich will ja nicht gemein sein. Aber ich kann nachvollziehen, wieso er das denkt.«

Heftig schüttelte Faith ihren wilden Lockenkopf. »Trotzdem stimmt es einfach nicht! Ich bin vieles, aber nicht oberflächlich.« Sie seufzte. »Du weißt doch, wie ich ticke. Ich meine, ich *mag* Greg. Sehr sogar.«

»Aber wo liegt dann das Problem?«, drängte ich sie. »Na los, probiere es einfach aus. Hör auf, dir so viele Gedanken zu machen. Denk für den Anfang einfach nicht daran, dass er ein Kind hat, und …«

»Aber genau darum geht es doch. Ich kann es nicht vergessen. Greg und Sam sind eine Einheit.«

»Dann bekommst du eben zwei Traumtypen zum Preis von einem.«

Ich hatte gehofft, ihr damit zumindest den Anflug eines Lächelns zu entlocken, aber sie war viel zu versunken in ihre Gedanken. Als sie mich wieder ansah, wusste ich, dass sie dichtgemacht hatte.

»Ich kann das Risiko nicht eingehen«, verkündete sie. »Was, wenn sich zwischen uns etwas Ernstes entwickelt und dann den Bach runtergeht? Ich will diesem kleinen Jungen nicht wehtun.«

Ich war kurz davor, die Geduld mit ihr zu verlieren. »Das ist ungefähr so, als würdest du nie wieder das Haus verlassen, weil du Angst hast, dass dir ein Blumentopf auf den Kopf fallen könnte.«

Faith machte eine abwehrende Geste. »Nein, es ist besser, dass ich mich gar nicht erst darauf einlasse.«

Doch mir entging nicht der traurige Ausdruck, der bei diesen Worten durch ihre Augen huschte. Verdammt. Faith mochte Greg wirklich.

»Aber jetzt betrachte die Dinge doch mal aus Gregs Sicht«, warf ich ein. »Er selbst ist bereit, das Risiko einzugehen. Und er ist derjenige mit dem Kind, nicht du!«

Faith wirkte verloren. Sie setzte ein gezwungenes Lächeln auf. »Lass uns nicht mehr darüber reden.« Betont gut gelaunt fuhr sie fort: »Nun, junge Dame, wir haben einen Club auf die Beine zu stellen. Hopp, hopp!«

Ich öffnete den Mund, um noch etwas zu sagen, aber sie unterbrach mich mit einer Geste.

»An die Arbeit!«, rief sie. »Na, wo hast du deine To-do-Liste? Wir haben heute noch eine Menge vor.«

Kapitel 17

»Diese verfluchten Biester!«, knurrte Dad und schlug nach ein paar aufdringlichen Mücken, die um seinen Kopf schwirrten. »Wenn der Laden hier erst mal läuft, solltest du während der Sommermonate Insektenschutzmittel verteilen, Layla.«

Ich wies auf den See und das sanfte, rhythmische Schwappen der Wellen. »Ich dachte mir schon, dass wir in Wassernähe nicht glimpflich davonkommen.« Dann wandte ich mich zu dem »Verkauft«-Schild um, das an der Eingangstür zum Bootshaus hing. Die Aufregung flackerte in meinem Bauch wie eine Flammenkugel.

Es war jetzt drei Tage her, dass Dad mich wegen meines Vorschlags bezüglich der Battalion-Reunion angepflaumt hatte. Ich hatte nach wie vor den Verdacht, dass mehr dahintersteckte, als er mir sagen wollte. Ich würde aber auf einen günstigen Moment warten, um das Thema erneut anzusprechen. Und dieser bewölkte Donnerstagabend Anfang Juni, an dem wir auf einen Zimmermann warteten, der nun schon eine Viertelstunde zu spät dran war, erschien mir alles andere als günstig.

Als hätte er meine leichte Verärgerung gerochen, kam in diesem Moment Alec Carruthers, ein alter Schulfreund von Dad, in seinem schlammbespritzten dunkelgrünen Land Rover die Straße entlanggefahren. »Schöner Abend für unser Vorhaben«, rief er strahlend, während er aus dem Wagen stieg und auf uns zumarschierte. Er schob sich seine graue Beanie aus der Stirn und betrachtete das Bootshaus. »Dann stimmen die Gerüchte also, dass Layla den Schuppen gekauft hat?« Er pikte gegen das Holz, als wollte er seine Worte damit unterstreichen.

»Schuldig im Sinne der Anklage.«

Dad musterte Alec mit einer gehobenen Augenbraue. »Und, wollen wir mal reinschauen?«

Alec machte eine kleine Verbeugung. »Ladys first.«

Dad verdrehte gut gelaunt die Augen und führte mich die Verandatreppe hoch. Ich schob den Schlüssel ins Schloss und sperrte auf. Ein leicht muffiger Geruch stieg mir in die Nase.

Während Alec in seinen schweren Stiefeln über die Dielen stapfte und das Bootshaus von vorn bis hinten genaustens unter die Lupe nahm, schenkte mir Dad ein aufmunterndes Lächeln. »Keine Sorge, Alec ist der Beste. Ich weiß, er sieht aus, als ob er nicht bis drei zählen kann, aber mit Holz kann er umgehen wie kein Zweiter.«

Ich verdrängte meine letzten Zweifel und erklärte Alec, was für Regale ich mir hinter der Bar vorstellte und welche Bodendielen ausgetauscht werden mussten.

Goldene Lichtstreifen fielen durch die Fenster und warfen fließende Flecken um unsere Füße. Die Luft war erfüllt vom sinnlichen Flüstern des Sees.

Schon bald würde es von Live Musik übertönt werden. An der Veranda würden Lichterketten hängen, die sich über den gesamten Steg erstrecken sollten, und vor dem Eingang würde ich kleine Sitzgruppen mit Blick auf den weitläufigen Wald aufstellen.

Es würde auf allen Tischen draußen und drinnen kleine Teelichthalter aus Milchglas geben, dazu gemütliche Sitzkissen und schwere, karierte Vorhänge, die dem Inneren ein heimeliges Ambiente verleihen sollten. Dazu ein knisterndes Kaminfeuer und eine kleine Bühne in direkter Nähe zur Bar, damit sich die Musiker dem Publikum näher fühlten. Außerdem wollte ich eine Auswahl an Spirituosen aus der Gegend ausschenken, die ordentlich im Rachen brannten und von innen wärmten. Dazu würde es eine kleine Auswahl an Snacks und lokalen Produkten geben. Das Wichtigste war die Atmosphäre – das Bootshaus sollte ein sicherer Hafen für Musikliebhaber sein und ein Ort, an dem die Musikerinnen und Musiker echte Wertschätzung erfuhren.

»He, Layla!«

Ich fuhr so heftig herum, dass mir die Haare ins Gesicht flogen. »Oh, tut mir leid, Alec.«

Dad und er wechselten einen Blick und grinsten. »Na, träumst du von deinem kleinen Imperium?«

Meine Wangen wurden heiß. »Ich … ich hab mir nur ein paar Pläne zurechtgelegt.«

Die beiden Männer nickten verständnisvoll.

»Also, meine Jungs und ich stehen hier morgen früh um halb neun auf der Matte. Wenn alles läuft wie geplant, müssten wir Mitte nächster Woche an den Maler und die Deko-Leute übergeben können.«

Vor Aufregung klatschte ich in die Hände. »Oh, das wäre ja der Wahnsinn!«

»Wir tun für dich, was wir können.«

»Hast du schon Ideen, wer hier auftreten soll?«, fragte Alec auf dem Weg zurück zur Tür und schob sich seinen Stift hinters Ohr.

»Ich stelle mir eine Mischung von Künstlern aus verschiedenen Musikrichtungen vor – Folk, Grunge, Rock …«

»Weißt du, was echt ein Riesending wäre? Wenn du diesen Mask-Typen bekommen würdest, der angeblich in die Gegend gezogen ist.«

»Wen?«, fragte ich verblüfft. »Noch nie gehört.«

Alec verkündete mit stolzgeschwellter Brust: »Also, meine Tochter Heather redet von nichts anderem mehr als diesem Mask. Irgend so ein neuer Singer-Songwriter, der unbedingt anonym bleiben will.«

»Anonym?«, hakte Dad nach. »Wie soll das denn gehen?«

Alec richtete den Blick zur Decke. »Laut dem Quell allen Wissens, auch bekannt als meine Sechzehnjährige, weiß niemand, wer er ist. Er läuft die ganze Zeit in einem dicken Kapuzenpulli rum und trägt eine schwarze Maske. Daher auch der Name.« Alec schüttelte den Kopf und seufzte. »Ich wünschte, sie könnte sich für die Schule genauso begeistern wie für diesen Mask. Sie kann all seine Texte auswendig – aber wehe, man fragt sie, wer Robert I. war. Fehlanzeige.«

Jetzt war ich neugierig. Musiker wie dieser Mask waren der reinste Marketing-Traum! »Tut mir leid, dass ich dich unterbreche, Alec«, sagte ich. »Aber ich wittere eine gute Möglichkeit, PR für den Club zu machen. Wie viel weißt du über diesen Mask?«

»Na ja, Heather spielt seine Sachen seit einer Woche rauf und runter. Sie hat erzählt, dass er berühmt geworden ist, indem er seine Musik online gestellt hat. Seine Karriere kommt gerade richtig in Fahrt. Und er hat wirklich eine richtig gute Stimme, muss ich sagen.«

Alec trat aus dem Bootshaus. Die untergehende Sonne tauchte seine massige Silhouette in strahlendes Licht. »Es heißt, er sei Australier. Heather redet den ganzen Tag darüber, was für tolle Augen er hat. Teenager, was?« Als er schon im

Wagen saß, rief er mir noch zu: »Man munkelt, dass er die alte Bude von Tavish McArthur gekauft hat.«

Dad klappte die Kinnlade runter. »Das heruntergekommene Cottage beim Galen-Wasserfall?«

»Genau das.«

»Himmel, Arsch und Zwirn! Nichts gegen den alten Tavish, Gott hab ihn selig, aber der Garten sah aus wie aus einem Horrorfilm. Ich hab dem sturen alten Esel mehr als einmal angeboten, ihm zu helfen, ein bisschen Ordnung zu schaffen. Aber er wollte nichts davon hören.«

»Nach allem, was ich gehört habe, macht das Grundstück jetzt den Glasgow Botanic Gardens Konkurrenz.«

Dad lachte auf. »Hör schon auf.«

Aber Alec schüttelte den Kopf. »Ist mein Ernst, Kumpel. Einer meiner Klempner-Kollegen ist neulich Abend am Coorie Cottage vorbeigefahren. Er meinte, der Garten würde in allen Farben blühen. Und Bäume überall. Wie ein Gemälde aus der Kunstgalerie, das waren seine Worte.« Dann hob er die Hand zum Abschied und rief: »Also dann. Tschüss!«

Während ich zusah, wie sein Wagen zwischen den Bäumen verschwand, keimte in mir schon die nächste Idee.

»Ich muss mit Heather über diesen Mask reden«, sagte ich aufgeregt zu Dad. »Wenn ich jemand so Avantgardistisches wie ihn für die Eröffnung buchen könnte …«

Aber Dad wirkte nicht überzeugt. »Liebes, du hast doch gehört, was Alec gerade gesagt hat. Der Mann trägt eine Maske! Offenbar will er nicht erkannt werden. Wieso sollte er dann bereit sein, vor Publikum aufzutreten? Und wenn die Gerüchte stimmen und er wirklich McArthurs Haus gekauft hat – abgeschiedener geht's nicht. Vermutlich ist er deswegen hierhergezogen. Weil er seine Ruhe haben will.«

Ich runzelte die Stirn und versuchte, optimistisch zu bleiben. »Aber vielleicht kann ich ihn ja wenigstens dazu bringen, darüber nachzudenken. Immerhin ist es ein kleiner neuer Club in direkter Nachbarschaft seines neuen Zuhauses. Das wäre *die* Chance, die Leute von hier kennenzulernen.« Ich lächelte. »Ich muss es wenigstens versuchen.«

Ich konnte die Zeitungsberichte schon vor mir sehen. »Ich werde erst mal auf eigene Faust mehr über diesen Typen herausfinden, und erst dann frage ich Heather, ob sie mir vielleicht helfen kann.«

Ein Kribbeln rann meinen Rücken hinauf. Ich war es gewohnt, schwierige Künstler zu interviewen. Da sollte dieser Mask ja wohl kein Problem darstellen.

Kapitel 18

Ich verschränkte die Arme hinter meinem Kopf und ließ mich frustriert gegen die Sofalehne sinken. Grundgütiger, dieser Mask war ja mysteriöser als der Yeti!

Zum wiederholten Mal scrollte ich durch die Suchergebnisse auf meinem Laptop, aber die Informationen über ihn blieben so spärlich wie zuvor: Er war aus dem Nichts zu *der* Singer-Songwriter-Hoffnung überhaupt aufgestiegen, ohne dass mehr über seine wahre Identität bekannt war, als dass er Australier war.

Auf Social Media gab es kein einziges richtiges Foto von ihm. Immer wieder tauchten dieselben Bilder auf. Sie zeigten einen großgewachsenen Mann mit einer sackartigen Kapuze und einer schwarzen Maske, die die obere Gesichtshälfte bedeckte.

Ich nahm meinen Teebecher und trank einen Schluck. Man konnte diesem Mask nur gratulieren. Wie schaffte er es nur, im Zeitalter des Internets die Öffentlichkeit zu meiden? Er musste ein absolut geniales PR- und Management-Team haben.

Ich scrollte durch mehrere Fan-Foren mit Diskussionen über ihn, in denen unter anderem spekuliert wurde, er sei der Sohn eines Earls und wolle um jeden Preis gegen seine adlige Herkunft rebellieren. Eine andere Fraktion vertrat die Ansicht, dass er in Wahrheit nicht nur eine Person sei, sondern eine Gruppe aus mehreren gescheiterten Musikern, die sich an der Musikbranche rächen wollten.

Mir fiel wieder ein, was Alec über seine Anfänge erzählt hatte, und gab auf YouTube »Mask Music« ein. Es erschien eine Reihe von Nahaufnahmen, die nur seine tiefbraunen Augen hinter der Maske zeigten.

Ich klickte einen Song mit dem Titel *Deliverance* an. Gefühlvolle E-Gitarren-Klänge schallten durch das Cottage, anfangs langsam, dann immer schneller.

Masks tiefe, rauchige Stimme legte sich darüber. Ich ließ mich zurücksinken und sog den Schmerz in seiner Stimme in mich auf. Alec hatte recht. Er war wirklich ein wunderbarer Sänger.

Als der Song endete, klickte ich sofort auf den nächsten. Er hieß *All Shadows*, eine sanftere Melodie, zu der er von seinen Träumen sang.

Zweifellos war Mask ein ausgesprochen talentierter und einzigartiger Musiker.

Auf dem sommerlichen Abendhimmel hinter meinem Wohnzimmerfenster machten sich tiefdunkle Wolken breit, während ich weiter vergeblich nach Hintergrundinformationen über ihn suchte.

Meine einzige halbwegs stichhaltige Information war die, dass er angeblich das abgelegene alte Cottage beim Galen-Wasserfall gekauft hatte.

Ich musste an die harten Winter hier in der Gegend denken, in denen sich Schnee und Eis unerbittlich ins Land krallten und viele der gewundenen Straßen und Wege rund um Loch Harris unpassierbar machten. Wenn Alec recht hatte und dieser Mask Coorie Cottage wirklich gekauft hatte, schien ihm die Aussicht, bei schlechtem Wetter von der Welt abgeschnitten zu werden, nichts auszumachen.

Meine Suche förderte noch einige weitestgehend identische

Artikel über den Weg seiner Songs in die Charts und die Aufmerksamkeit, die seine Musik in den sozialen Medien erregte, zutage.

Oh. Moment mal!

An einem kurzen Artikel aus einer Zeitschrift für Indie-Musik blieb ich hängen. Dort hieß es:

Auch wenn es keine sicheren Quellen gibt und wir keine Möglichkeit haben, den Wahrheitsgehalt des Gerüchts zu überprüfen, heißt es, der öffentlichkeitsscheue Singer-Songwriter Mask suche in der Gegend um Strathlevin/Loch Harris in den schottischen Highlands nach einem Haus.

Stimmte es vielleicht wirklich, was Alec zu Ohren gekommen war?

Aufgeregt las ich weiter.

Wie für diesen geheimnisumwobenen Musiker üblich, war sein Management Buccaneer nicht zu erreichen und äußerte sich dementsprechend nicht zu den Gerüchten.

Ich griff nach meinem Teebecher und klackerte mit meinen Fingernägeln darauf herum. Es konnte wirklich nicht schaden, Mask zu kontaktieren, um ihn zu fragen, ob er in meinem Club auftreten wollte. Natürlich bestand die Gefahr, dass ich damit nur meine Zeit verschwendete. Aber was hatte ich schon zu verlieren?

Ich richtete den Blick wieder auf den Bildschirm, von dem mich seine dunklen Augen herausfordernd anstarrten.

Was für ein Geniestreich wäre es für den Club und damit auch für Loch Harris, jemanden wie ihn auf die Bühne zu bekommen? Tief drinnen war mir klar, dass ein derart auf seine Privatsphäre bedachter Musiker wohl kaum in aller Öffentlichkeit sein Gesicht zeigen würde, aber ich schob meine Zweifel entschieden beiseite.

Einen Versuch war es wert.

Alec und die Jungs würden gleich morgen früh mit den Sanierungsarbeiten am Bootshaus beginnen. Wenn ich Alecs Tochter Heather dazu bewegen konnte, mir bei der Suche nach Mask zu helfen, standen meine Chancen, ihn auch wirklich zu finden, vermutlich besser. Schließlich schien sie einer seiner größten Fans zu sein.

Plötzlich fiel mir Faith wieder ein. Ich musste doch irgendetwas tun können, um ihr klarzumachen, wie stur und albern sie sich bezüglich Greg verhielt!

Mir kribbelte es in den Fingerspitzen, als ich meine Aufmerksamkeit erneut auf den Laptop richtete und die Webseite des regionalen Forstamts suchte. Da war sie, ein Gewirr aus Moos-, Salbei- und Smaragdgrün vor einem Hintergrund aus ineinander übergehenden Bildern von verwunschenen Waldwegen. Im »Das Team«-Bereich tippte ich »Greg McBride« ins Suchfenster ein und sein attraktives Gesicht erschien auf dem Bildschirm.

Gespannt las ich, dass Greg und zwei seiner Kollegen ihr Büro in einer Blockhütte am Ortsrand von Loch Harris hatten, während die übrigen Teammitglieder auf Finton und North Spey verteilt waren, eine minimal größere Stadt, die einige Meilen von Loch Harris entfernt lag.

Ich schnappte mir den gelben Post-it-Block neben meinem Laptop und schrieb die Adresse der Hütte auf. Gleich morgen früh würde ich hinfahren. Sobald ich im Bootshaus nach dem Rechten gesehen hatte.

Der nächste Morgen verhieß mit seinem zitronengelben Sonnenschein einen ersten Anflug von Sommer.

Nachdem ich hastig geduscht und eine Schale Müsli hinuntergeschlungen hatte, machte ich mich direkt auf den Weg. Ich wollte versuchen, Alec gleich in der Früh zu erwischen, wenn er noch gut gelaunt und ausgeschlafen war. Danach würde ich Greg McBride einen Besuch abstatten.

Dass meine eigene Beziehung ein Ende wie in einer griechischen Tragödie genommen hatte, musste ja noch lange nicht bedeuten, dass es Faith auch so ergehen sollte. Ich konnte nicht zulassen, dass sich meine beste Freundin die Chance auf etwas Schönes entgehen ließ, ohne es auch nur versucht zu haben. Deswegen würde ich den beiden einen kleinen Schubs in die richtige Richtung verpassen. Das hatte doch nichts mit Einmischung zu tun. Es war eher … Einmischung.

Verflixt.

Man hätte glauben können, nach meinem herzzerreißenden Erlebnis mit Mac würde ich vorerst genug von Herzensangelegenheiten haben. Aber Faith hatte so niedergeschlagen gewirkt, dass ich gar nicht anders konnte, als einzugreifen.

Ja, dann mischte ich mich eben ein. Aber die Alternative bestand darin, tatenlos zuzusehen, wie meine beste Freundin stillschweigend vor sich hin litt. Und das kam schlichtweg nicht infrage.

Erfüllt von Zuversicht glitt ich in meinem Wagen die kleine Landstraße entlang, vorbei an Dads Haus. Um mich abzulenken, schaltete ich das Radio ein. Ich konnte mich kaum mehr erinnern, wann ich mich das letzte Mal so energiegeladen gefühlt hatte. Macs plötzlicher Tod war wie eine Handgranate gewesen, die jemand in mein Leben geschleudert hatte.

Während ich zwischen Wäldern und sanften Hügeln der

gewundenen Straße folgte, versuchte ich, einen klaren Kopf zu bekommen. Dann bog ich rechts ab in Richtung Bootshaus, wo sich der See wie ein funkelnder Spiegel neben mir erstreckte.

Ich stellte den Wagen an einem kleinen Picknickplatz ab und überquerte die Wiese. Um meine Füße wuchsen Gänseblümchen wie winzige Sonnenstrahlen und die Bäume schimmerten noch vom Regen. Ich sog den frischen Duft von feuchtem Unterholz ein und lauschte den leisen Stimmen, die vom Bootshaus zu mir schwebten. Als ich zwischen den Bäumen hervorkam, wurden die Stimmen und das Hämmern und Sägen lauter.

Alecs Transporter mit dem Firmenlogo von Tip Top Carpentry parkte mit weit geöffneter Hecktür links vom Bootshaus. Aus dem Inneren des Gebäudes drang das Knistern eines Radios.

Ich sprang die Verandatreppe hoch und hielt oben kurz inne, um den Ausblick zu genießen, an dem ich mich einfach nicht sattsehen konnte.

»Hi, Alec!«, rief ich laut gegen das Hämmern und die dröhnende Radiomusik an und schob den Kopf durch die Tür. »Na, alles im Griff?«

Alec, der vor einer Fußbodenleiste kniete, hob den Kopf. »Morgen, Layla. Teufel noch mal, bist du früh unterwegs!«

Ich lächelte seinen beiden Angestellten zu. Junge Männer in Arbeitshosen, die in einer riesigen Werkzeugkiste aus Metall herumwühlten. »Du doch auch.« Ich ging auf ihn zu. »Sag mal, würdest du mir vielleicht Heathers Handynummer geben?«

Alec nickte und seine Halbglatze schimmerte im Sonnenlicht. »Klar doch.«

Ich zögerte kurz, doch dann entschied ich mich, ihm den Grund für meine Bitte zu erklären. »Ich würde sie gern über diesen Mask ausquetschen – den Musiker, von dem du mir erzählt hast.«

Er wollte schon sein Handy aus der Latzhose ziehen, da hielt er stirnrunzelnd noch einmal inne. »Und wieso?«

»Ich will für eine Musikzeitschrift einen Artikel über ihn schreiben, und da sie offenbar ein großer Fan ist …«

Ich hoffte, dass ich bei dieser kleinen Notlüge nicht allzu rot anlief. Die Wahrheit konnte ich Alec schlecht sagen. Denn wenn er erfuhr, dass ich einen bekannten Musiker überreden wollte, bei der Club-Eröffnung zu spielen, würde spätestens morgen ganz Loch Harris davon wissen.

Alec schien zu überlegen. »Es ist nur so, dass sie sowieso schon von nichts anderem mehr redet. Ich will ja nicht spießig wirken, aber wenn sie auch nur halb so viel Zeit in die Schule stecken würde wie in ihre Schwärmerei für diesen Mask …«

Ich hob die Hand. »Es wird nicht lang dauern, versprochen! Wenn du möchtest, könnte ich im Gegenzug auch kurz mit ihr reden. Wegen der Schule, meine ich«, bot ich achselzuckend an.

Lächelnd nickte er und diktierte mir Heathers Handynummer. »Das wäre toll, Layla. Auf dich hört sie sicherlich eher als auf ihren steinalten Vater.«

Ich musste lachen und speicherte die Nummer ab.

»Weißt du«, fuhr Alec fort, »seit Pam und ich uns getrennt haben, läuft bei uns alles nach dem Good-Cop-bad-Cop-Prinzip. Und du kannst dir wohl denken, welcher von beiden ich bin.«

Damit machte er sich wieder an die Arbeit. Doch ich blieb noch einen Moment lang stehen und sah den drei Männern dabei zu, wie sie die ausgeblichenen Holzplanken zurechtschnitten. Der intensive Duft der Späne verbreitete eine gemütliche Atmosphäre.

Mit einem Mal wurde ich von dem Ausmaß all dessen überwältigt, was ich mir da vorgenommen hatte. Ich sah mich im leeren Raum um, betrachtete den Dielenboden, den Resopaltresen, den glitzernden See hinter den Fenstern und stürzte nach draußen. Ich brauchte einen Moment, um mich zu sammeln. Ich würde das alles schaffen. Kurze Panikmomente wie dieser gehörten nun mal dazu, wenn man etwas bewegen wollte.

Ich atmete tief durch und lenkte mich ab, indem ich nach einem Fleckchen suchte, an dem der Handyempfang ausreichte, dass ich Heather anrufen konnte.

Ein paar Sekunden später hörte ich auch schon ihre helle, interessierte Stimme am anderen Ende der Leitung, und nachdem wir ein paar Höflichkeiten ausgetauscht hatten, erklärte ich ihr, untermalt vom leisen Murmeln des Sees, den Grund meines Anrufs.

Es würde garantiert mehrere Tage dauern, bis sich mein rechtes Ohr von dem aufgeregten Kreischen erholt hatte.

Danach fuhr ich vom Bootshaus mit seinem unentwegten Hämmern und Klopfen und dem plärrenden Radio weiter zu der Blockhütte des Forstamts auf der anderen Seite des Sees.

Ich wusste noch nicht so recht, was ich überhaupt zu Greg sagen sollte – vorausgesetzt, er arbeitete heute Vormittag überhaupt. Falls nicht, würde ich bei seinen Kollegen eine kurze Nachricht für ihn hinterlassen, in der ich erklärte, wer ich war, und ihn bat, mich anzurufen.

Auf dem Weg überlegte ich, wie ich ihm Faiths Lage begreiflich machen sollte. Ich musste rüberbringen, dass sie ihn wirklich mochte, aber Probleme mit Situationen hatte, in denen sie nicht die komplette Kontrolle hatte. Und dass es ihr auch deswegen so schwerfiel, sich auf ihn einzulassen, weil sie sich sofort so stark zu ihm hingezogen gefühlt hatte.

Ja, das klang gut und fasste die Tatsachen weitestgehend realitätsgetreu zusammen.

Sonnenkegel fielen durch das Blätterdach über der Straße, von der schließlich links ein Weg abging, an dem ein Holzschild mit der Aufschrift »Loch Harris Forstverwaltung« die Richtung wies.

Ich setzte den Blinker, ließ noch einen Traktor vorbeituckern und bog auf den dunklen Kiesweg ab. Die Bäume neigten ihre Wipfel zusammen, als würden sie heimlich Klatsch und Tratsch austauschen.

Schließlich öffnete sich der Weg auf einen großzügigen Parkplatz, der mit Rindenmulch ausgestreut war. Ich stellte meinen Wagen neben vier weiteren Fahrzeugen ab und holte meine Handtasche vom Beifahrersitz. Draußen rauschte der Wind in den Bäumen und es raschelte im Unterholz.

Das Büro war aus dunklen Baumstämmen gebaut und wirkte gedrungen, ein wenig wie das Hexenhäuschen in *Hänsel und Gretel*, nur ohne Lebkuchendach.

Vor der Tür lag ein struppiger brauner Fußabtreter, daneben stand ein silberner Schirmständer mit mehreren Regenschirmen darin. Hinter dem Eingang befand sich eine Pinnwand, an der haufenweise Notizen über Landschaftsplanung, Baumkontrollen und Einsatzplanung bei den Waldbegehungen hingen.

Ich trat in den Vorraum und durch eine verglaste Zwischentür weiter ins Büro, wo mir hinter einem mit Unterlagen übersäten Schreibtisch ein riesiger älterer Herr in Lederweste entgegenlächelte.

Das Innere verbreitete ein gemütliches Hütten-Flair. Die Wände waren mit schwarz-weißen Landschaftsfotografien geschmückt und auf dem dunklen Holzboden lagen mehrere farbenfrohe Rupfenteppiche. Es gab noch zwei weitere Schreibtische, die aber unbesetzt waren.

»Willkommen«, sagte der Mann. »Kann ich Ihnen helfen?«

Ich fragte, ob Greg McBride heute arbeitete, und zu meiner Erleichterung erfuhr ich, dass er tatsächlich Dienst hatte. »Er ist nur kurz nach draußen, um etwas mit unserem Rotwild-Ranger zu besprechen. Er müsste gleich wieder da sein.«

Ich erklärte, wer ich war und dass ich gern kurz mit ihm reden würde.

Der stämmige Mann nickte. »Ich sage ihm über Funk Bescheid, dass Sie hier sind.«

Er nahm ein großes Walkie-Talkie von seinem Tisch und sprach hinein, dann knackte es ein paarmal, bis ich Greg zögerlich antworten hörte: »Ich bin sowieso gerade auf dem Rückweg.«

»Es dauert auch nicht lang«, versprach ich, um zu verhindern, dass Greg meinetwegen am Ende noch Ärger bei der Arbeit bekam.

Der Mann, der laut Namensschild an seiner Weste Colin Agnew hieß, warf mir ein vergnügtes Lächeln zu. »Ach, machen Sie sich deswegen keine Gedanken, Mädchen. Der Chef kommt heute sowieso erst gegen Mittag rein.« Er deutete zu dem größten Schreibtisch, einem Eichentrumm, das in der Ecke stand. »Das da ist sein Reich.«

Ich musste lachen, versuchte aber gleichzeitig, mich innerlich für das bevorstehende Gespräch mit Greg zu wappnen.

Er würde mich garantiert für eine Wichtigtuerin halten, die sich in Dinge einmischte, die sie nichts angingen. Aber das war ich bereit, für das Glück meiner Freundin in Kauf zu nehmen. Zumal ich genau wusste, dass Faith umgekehrt ebenso wenig gezögert hätte, Maßnahmen zu ergreifen. Trotzdem musste ich schlucken, als Greg durch die Glastür kam.

Er musterte mich kurz, dann schien er mich wiederzuerkennen und sagte: »Ach, hallo.«

Colin nahm seine dampfende Kaffeetasse von einem der Papierhaufen auf seinem Schreibtisch. »Ich gehe dann mal kurz nach draußen.« Und schon fiel die Tür hinter ihm ins Schloss.

Greg ergriff sofort das Wort. »Falls es um Faith geht, verschwendest du deine Zeit.«

Ich rückte den Schulterträger meiner Handtasche zurecht. »Wieso?«

»Weil *sie* es genau so ausgedrückt hat. Und zwar mehr als deutlich.«

Ich rang mir ein Lächeln ab. »Was auch immer sie zu dir gesagt hat, sie hat es nicht so gemeint. Sie mag dich nämlich. Sehr sogar.«

Greg verdrehte die Augen gen holzvertäfelte Decke. »Na, dann hat sie aber eine merkwürdige Art, das zu zeigen.«

Ich beobachtete, wie er an den kleineren der beiden leeren Tische trat. Darauf stand ein Silberrahmen mit einem Foto von ihm und Sam.

Greg deutete mit dem Kopf auf das Foto. »Faith hat ein Problem damit, dass ich alleinerziehend bin.« Geknickt ließ er sich in seinen schwarzen Drehstuhl fallen.

»Nein, daran liegt es nicht. Das Problem ist, dass Faith Angst davor hat, sich auf eine ernsthafte Beziehung einzulassen.«

Das schien Greg zum Nachdenken zu bringen, und er bedeutete mir, mich auf den Besucherstuhl vor seinem Schreibtisch zu setzen.

Ich hoffte, dass ich die richtigen Worte fand. »Das ist der Grund, aus dem sie sich so seltsam benimmt«, fuhr ich fort. »Sie mag dich. Und sie hat Angst, dass sie Sam verletzt, falls aus euch am Ende doch nichts wird.«

Greg rieb sich sein ordentlich rasiertes Kinn. »Ich weiß nicht, für mich klingt das alles nach faulen Ausreden.«

»Es sind aber keine«, versicherte ich ihm. »Seit Faith sich nicht mehr mit dir trifft, ist sie nicht mehr die Alte.« Ich spielte mit meinem Armreifen herum. »Sie ist meistens schlecht drauf und wirkt richtig unglücklich, seit ihr das zwischen euch beendet habt.«

»*Ich* habe gar nichts beendet, Layla. Das war sie ganz allein«, erwiderte er scharf und schüttelte so heftig den Kopf, dass seine blonde Stirnlocke wippte. »Ich glaube, es ist besser, wir belassen es dabei.«

»Obwohl du sie auch sehr magst?«

Er schob das Kinn vor. »Sam und ich sind ein Team.«

»Und das weiß Faith«, betonte ich, während ich aufstand. Mit quietschenden Turnschuhen ging ich zur Tür, dann drehte ich mich noch einmal zu ihm um. Obwohl Greg deutlich gemacht hatte, dass er das Gespräch für beendet erachtete, wagte ich einen letzten Vorstoß. »Vielleicht hättest du Faith klarmachen sollen, dass du nicht der Einzige bist, der bereit ist, es mit ihr zu versuchen.«

Greg musterte mich stirnrunzelnd. »Wie meinst du das?«

Ich deutete auf das Foto, auf dem er mit seinem Sohn im Sonnenschein um die Wette lächelte. »Ihr seid doch ein Team, oder?« Ich öffnete die Tür. »Danke jedenfalls, dass du dir Zeit für mich genommen hast.«

Kapitel 19

Heather sprang am nächsten Morgen förmlich aus dem Haus und auf mein Auto zu. Ein bisschen erinnerte sie mich dabei an einen niedlichen Hundewelpen auf Speed.

Sie trug ihr hellblondes Haar in einem eingeflochtenen Zopf und hatte eine mit Strasssteinen besetzte Hochwasserjeans an. Aber was mir ein Lächeln entlockte, war das weiße T-Shirt mit V-Ausschnitt, auf dem das Wort »Mask« prangte. Darunter war dessen Augenpaar.

Heather riss die Beifahrertür auf. »Gefällt es dir?«, fragte sie und deutete sich mit einem pink lackierten Fingernagel aufs T-Shirt. »Das habe ich extra in Glasgow drucken lassen.«

Ich wartete ab, bis sie eingestiegen war, dann drehte ich mich zu ihr und sagte lächelnd: »Hoffentlich bist du am Ende nicht enttäuscht. Vermutlich sind das alles nur Gerüchte und er wohnt gar nicht in Tavishs altem Cottage.«

Doch Heather schüttelte so heftig den Kopf, dass ich schon Angst bekam, dass sie sich ein Schleudertrauma einhandelte. »Der Dad von Amy aus meinem Englischkurs ist Immobilienmakler in irgend so einem Schickimicki-Laden in der Stadt«, erzählte sie, während sie sich anschnallte. »So richtig durfte er es nicht zugeben – Datenschutz und so weiter –, aber geleugnet hat er es auch nicht.« Sie wedelte aufgeregt mit den Händen. »Amy hat es nur mir erzählt, und wir wollen verhindern, dass andere davon erfahren, damit Loch Harris nicht von Fans überrannt wird.«

Ich fuhr los, vorbei an einer Reihe nahezu identischer Cottages.

»Gott, ich bin ja SO aufgeregt!«, sprudelte es aus ihr heraus. »Spannender kann man seinen Samstagvormittag ja wohl nicht verbringen. Sitzen meine Haare halbwegs? Glaubst du, wir können mit ihm reden? Was hältst du von meinen Turnschuhen?« Sie wackelte mit den Füßen.

Erinnerungen an die Phase, in der ich ebenso unsterblich wie unglücklich in Johnny Depp verliebt gewesen war, kamen in mir hoch. Das ganze emotionale Pubertäts-Auf-und-Ab, im einen Augenblick am Boden zerstört, weil ich ihm niemals im wahren Leben begegnen würde, im nächsten himmelhochjauchzend vor Schwärmerei. Damals war ich ungefähr in Heathers Alter gewesen.

»Du siehst toll aus«, versicherte ich ihr. »Aber wenn die Geschichten über ihn stimmen, bezweifle ich stark, dass Mask uns auf Tee und Kuchen in sein Cottage einladen wird. Das ist dir bewusst, oder?«

Heather wirkte geknickt. »Oh. Stimmt. Da hast du wohl recht.«

Wir verließen Loch Harris und schlugen die gewundene Straße ein, die zu den Galen-Wasserfällen führte. Über uns erstreckte sich der Morgenhimmel in einem zarten Blassblau, das einen warmen sonnigen Tag versprach.

Heather platzte schier vor Aufregung. »Und was sagen wir zu ihm, Layla? Über deinen Live-Club, meine ich.«

Ich warf einen Blick in den Rückspiegel. »Dafür muss er erst einmal zu Hause sein. Er wird wohl kaum in Hoodie und Maske einen Spaziergang zu Mrs. Frasers Tante-Emma-Laden machen, um sich nach den Teebeutelpreisen zu erkundigen.«

Bei der Vorstellung musste Heather grinsen.

»Ich denke, ich werde einfach versuchen, ihm klarzumachen, dass sein Auftritt auch für ihn von Vorteil wäre. Er würde dadurch einen Platz in der Gemeinschaft finden und etwas Positives für die Region bewirken.«

»Hast du eigentlich schon einen Namen für den Club?«

»Nein, aber ich arbeite daran.«

Heather blickte aus ihren großen blauen Augen auf das Ackerland hinaus, das sich wie eine Patchworkdecke in Oliv- und Jadetönen bis in die Ferne erstreckte. Dann ließ sie die Mundwinkel sinken. »Er wird im Leben nicht Ja sagen, oder?«

Ich gab einen Seufzer von mir, der eindeutig pessimistisch klang. »Nach allem, was ich gelesen habe? Vermutlich nicht, nein.« Wir hielten an einer Ampel. »Aber einen Versuch ist es trotzdem wert.«

Heathers Laune verbesserte sich schlagartig bei meinen Worten.

Als wir um die nächste Kurve bogen, lagen vor uns auch schon die Galen-Wasserfälle, die sich über eine Felswand ergossen wie ein schimmerndes Silberkleid. Auch Tavishs altes viktorianisches Cottage wurde sichtbar, nachdem wir die Wasserfälle umrundet hatten. Heather und ich wechselten einen aufgeregten Blick.

»Wird schon schiefgehen!«, flüsterte ich.

Kapitel 20

Der Name, den Tavish dem Cottage gegeben hatte, war unter den dichten Efeuranken kaum zu erkennen. Doch ich wusste auch so, dass auf dem ausgeblichenen weißen Schild mit schwarzer Farbe »Coorie« geschrieben stand.

»Coorie?«, wiederholte Heather stirnrunzelnd.

»Auf Altschottisch bedeutet das so viel wie *Kuscheln*«, erklärte ich. »Interessiert ihr jungen Leute euch überhaupt noch für euer schottisches Erbe?«, grummelte ich im Scherz.

Heather grinste. »Hörst du dich eigentlich reden? Du klingst wie meine Oma! Dabei bist du doch noch gar nicht sooo alt.«

»Danke, Heather, sehr nett von dir.«

Das Cottage bestand aus grauen und cremefarbenen Steinen, hatte weiß gerahmte Sprossenfenster und ein steiles graues Schieferdach. Drei schmale Stufen führten zu der ebenfalls weißen, massiven Tür hinauf, die mit einer Milchglasscheibe versehen war, durch die man nicht ins Innere sehen konnte. Die Tür schien erst kürzlich instand gesetzt und frisch lackiert worden zu sein.

Heather zappelte so unruhig neben mir herum, dass es aussah, als müsste sie dringend aufs Klo. »Ich bin so aufgeregt!«, quietschte sie. »Glaubst du, er ist da?«

Ich musterte die Sprossenfenster, aber es ließ sich unmöglich bestimmen, ob jemand da war oder nicht. Dafür waren die weißen Jalousien zu weit heruntergelassen.

Wild mit dem ausgestreckten Zeigefinger fuchtelnd, lief Heather um das Haus herum. »Schau mal, da beim Zaun steht ein Truck!«

Ich ging zu ihr und folgte ihrem Blick. Tatsächlich: ein unauffälliger Pick-up, dessen schwarzer Lack im Sonnenlicht schimmerte.

»Das heißt ja wohl, dass Mask zu Hause ist, oder?«, verkündete Heather.

»Es gibt nur einen Weg, das herauszufinden.«

Wir gingen zurück zur Vorderseite des Cottage und stiegen die drei Stufen hinauf zur Haustür. Eine Klingel gab es nicht, also hob ich zögerlich die Hand und brachte die Klappe des Messingbriefkastens zum Scheppern. Stille.

»Er ist nicht da, was?«, murmelte Heather enttäuscht, nachdem wir kurz gewartet hatten.

Ich machte ein paar Schritte rückwärts und musterte die weiß glänzende Tür und die ebenfalls frischlackierten Fenster. »Sieht so aus. Andererseits … wenn er wirklich so zurückgezogen lebt, wie die Leute sagen …«

Ich schepperte noch einmal – diesmal lauter – mit der Briefkastenklappe.

Doch noch immer regte sich nichts. Abgesehen von dem beständigen Rauschen des Wasserfalls und entfernten Verkehrsgeräuschen war nichts zu hören.

Ich zuckte mit den Schultern. »Tja, schätze, das war's.«

Heather stöhnte auf und deutete auf ihr T-Shirt. »Dann war das ja die totale Zeitverschwendung! Das Ding war so teuer, dafür hätte ich mir neue Turnschuhe kaufen können!«

Ich versuchte, nicht allzu enttäuscht zu sein. Eigentlich wusste ich ja noch nicht einmal, was ich mir von der gesamten Aktion erhofft hatte.

Mit Heather im Schlepptau machte ich mich auf den Rückweg zum Wagen, als sie plötzlich quiekte: »O Gott, Layla, komm schnell her, das musst du dir ansehen!«

Ich fuhr zu ihr herum. Sie deutete auf die Rückseite des Cottage. »Dads Freund hatte recht mit dem Garten! Der ist ja der Wahnsinn!«

Ich verstaute den Autoschlüssel wieder in meiner Hosentasche und lief ihr hinterher. »Heather, ich glaube, wir sollten besser gehen. Falls er doch zu Hause ist, wird er sicherlich nicht viel davon halten, dass zwei Fremde auf seinem Grundstück herumschnüffeln, und … wow.« Ich legte eine Vollbremsung ein und mir klappte die Kinnlade herunter.

Ich wusste gar nicht, wo ich zuerst hinsehen sollte! Wie eine Mischpalette voller leuchtender Farben breitete sich vor uns ein Meer aus hellrosa Pfingstrosen und babyblauem Scheinmohn mit seinen riesigen, untertassenähnlichen Blüten aus, die in gepflegten Beeten wuchsen. Darüber wölbten sich die Zweige einer Magnolie mit cremefarbenen Blüten. Weiter rechts wuchs ein Gagelstrauch, dessen Zweige einen köstlichen Zitrusduft absonderten, wenn man sie rieb.

Überwältigt von diesem Farbrausch, ließ ich den Blick weiter zur gegenüberliegenden Seite wandern, wo ein Büschel Schwedischer Hartriegel seine schwarz-weißen Blüten in der Brise wiegte. Daneben befand sich ein Kissen aus helllila Polsternelken, deren Blüten mich an Schmetterlinge erinnerten. Weiter unten auf dem frisch gemähten hellgrünen Rasen standen zwei Bäume.

»Das ist eine Traubeneiche, so wie die berühmte Birnam Oak«, erklärte ich Heather und deutete auf die langen, tentakelartigen Zweige. »Und bei dem Baum gegenüber handelt es sich um einen Ahorn.« Ich drehte mich einmal um die eigene

Achse. »Macbeth wird nie besiegt, bis einst hinan, der große Birnams-Wald zum Dunsinan, feindlich em…«

»Wie bitte?«, unterbrach mich Heather stirnrunzelnd.

»Das ist ein Zitat aus *Macbeth*. William Shakespeare? Schon mal gehört?«

»Ach so, klar. Der.«

Innerlich verdrehte ich die Augen.

Hinter den beiden Bäumen befand sich ein Rabattenbeet aus blutroten Malven und weißem Fingerhut, das von leuchtend orangefarbenem Helenenkraut mit seinen samtigen, gänseblümchenartigen Blüten eingefasst wurde.

Der Garten bildete ein meisterliches Zusammenspiel aus den verschiedensten Formen, Farben und Texturen, dessen Höhepunkt die Begrenzung eines kurzen grauen Pflasterwegs bildete. Fast wirkte es so, als wäre hinter dem alten Cottage ein Regenbogen explodiert.

»Das sieht aus wie ein Gemälde«, flüsterte Heather beeindruckt.

Mir stiegen der würzig-süße Duft von Oregano und das bittere Lakritz-Aroma von Fenchel in die Nase, vermischt mit dem schweren Geruch der Blüten.

»Ja«, bestätigte ich, »das ist wirklich ein rundum herrlicher Garten.« Ich drehte mich zu Heather um und nickte in Richtung Wagen. »Ich würde auch gern den ganzen Tag hierbleiben, aber ich fürchte, das wäre keine gute Idee. Lass uns ein andermal wiederkommen, ja? Vielleicht haben wir dann mehr Glück und es ist jemand zu Hause.«

Heather zuckte so heftig mit den Achseln, dass ihr Flechtzopf hüpfte, und zog ein langes Gesicht. »Okay, gehen wir.«

Wir wollten gerade ins Auto steigen, da wurden wir von einer tiefen Stimme unterbrochen, die durch die Haustür dröhnte: »Wer sind Sie denn bitte, verflucht noch mal? Und was haben Sie in meinem Garten zu suchen?«

Heather und ich erstarrten. Es war also doch die ganze Zeit über jemand zu Hause gewesen! Wir fuhren zu der Stimme herum.

Hinter der Milchglasscheibe war eine hochgewachsene Silhouette zu erkennen.

Ich richtete mich auf und verzog die Lippen zu einer Grimasse, die hoffentlich zumindest entfernt an ein Lächeln erinnerte. Ich kam mir vor wie ein Kind, das mit der Hand im Bonbonglas erwischt worden war. »Entschuldigen Sie bitte die Störung, wir suchen …«

An dieser Stelle unterbrach mich Heather, die aufgeregt haspelte: »Wir suchen einen Musiker namens Mask.« Sie sprang los in Richtung der schattenhaften Gestalt hinter der Tür. »Sind Sie das?«

Nach einer gefühlten Ewigkeit knurrte die Gestalt mit starkem australischen Akzent: »Ja. Was willst du von mir?«

Heather kreischte so laut auf, dass es mir in den Ohren klingelte, und krallte sich an meinem Arm fest, wobei sie auf und ab hüpfte wie auf einem Pogostick.

»Pssst!«, zischte ich. »Versuch, dich ein bisschen zu beruhigen, sonst verschrecken wir ihn noch.« Dann räusperte ich mich laut. »Ich eröffne demnächst einen Live-Club in Loch Harris und dachte, vielleicht hätten Sie Interesse, dort aufzutreten.«

Ich blinzelte durch die Glasscheibe in der Tür. Doch der Mann dahinter schien zu ahnen, dass ich ihn zu erkennen versuchte. Schemenhaft konnte ich ausmachen, dass er sich seine Kapuze überstreifte. Nun war er nur noch ein schwarzer Klecks.

Dieser Mistkerl!

»Ich trete nicht auf«, antwortete er knapp. »Ich dachte, das sei bekannt. Und Sie haben mir immer noch nicht verraten, was Sie in meinem Garten zu suchen hatten.«

Aber Heather war offenbar zu überwältigt, um überhaupt zu registrieren, dass Mask genervt war. »Ihre Musik ist so toll, Mask!«, seufzte sie und legte sich die Hand auf die Brust. »Der Text von *Refuse Me Nothing* gefällt mir am besten. Das ist mein absoluter Lieblingssong.«

Sein Tonfall wurde etwas weicher. »Ähm … danke.«

»Heather. Ich heiße Heather.«

»Danke, Heather, das ist sehr freundlich von dir.«

Sie fing wieder an zu hüpfen und ich zerrte an ihrem Arm. »O Gott!«, quietschte sie. »Gottogott! Er hat gerade meinen Namen gesagt! Hast du gehört, wie er meinen Namen gesagt hat, Layla?«

»Ja, hab ich«, zischte ich ihr zu. »Aber ich muss mit ihm reden und …«

»Ihnen ist schon klar, dass ich jedes Wort höre, oder?«, knurrte er hinter der Tür hervor. Jetzt klang seine Stimme wieder kalt wie der Winterwind. »Und es tut mir leid, aber meine Antwort lautet Nein. Meine Musik soll für sich selbst sprechen, und um das zu erreichen, brauche ich nicht auf irgendwelchen Bühnen herumzuspringen.«

Verzweifelt überlegte ich, wie ich ihn überzeugen könnte. Noch war ich nicht bereit aufzugeben. »Das verstehe ich. Aber Sie würden mit Ihrem Auftritt einem neuen Live-Club auf die Beine helfen …«

Die Gestalt mit der Kapuze über dem Kopf beugte sich etwas näher an die Scheibe.

Heather und ich wechselten einen angespannten Blick, dann wich ich langsam einige Schritte zurück.

»Wie heißen Sie?«, fragte er.

»Layla Devlin.«

»Nun, Ms. Devlin, ich bin keine Marionette, die mal hier, mal da aus dem Nichts auf eine Bühne ploppt.«

Damit hatte er meinem Optimismus den Todesstoß versetzt. Unser Gespräch verlief ganz und gar nicht so, wie ich es mir vorgestellt hatte. »Es tut mir sehr leid, dass wir unerlaubt in Ihren Garten eingedrungen sind. Aber er ist wunderschön, und wir konnten nicht anders, als ihn uns etwas genauer anzusehen.«

»Danke auch.« Seine Stimme troff förmlich vor Sarkasmus. »Ich fühle mich geehrt, dass Sie meine gärtnerischen Fähigkeiten zu schätzen wissen. Aber meine Antwort lautet nach wie vor Nein. Ich werde nicht in Ihrem Lokal auftreten. Wenn Sie mich jetzt bitte entschuldigen würden.«

Und damit verschwand seine Silhouette hinter der Milchglasscheibe wieder.

Heather gab ein frustriertes Stöhnen von sich. »Na toll. Und jetzt?«

»Jetzt haben wir unser gesamtes Pulver verschossen«, gab ich zu. »Du hast ihn gehört.« Ich deutete mit dem Kopf in Richtung Cottage-Tür. »Wirklich schade. Ich habe mir gestern Abend seine Musik angehört. Seine Songs sind wirklich schön.«

Heather seufzte tief. »Er ist ein wahrer Künstler.«

Ich sah zu dem sprudelnden Wasserfall auf der anderen Straßenseite, dann blickte ich in den Himmel, wo inzwischen eine dunkle Wolkenbank hing. »Seine Musik ist genau das, was ich suche – anders als der Rest und voller Herz.«

In einer Geste der Hilflosigkeit hob ich die Hände und ließ sie wieder fallen. »Vielleicht überlegt er es sich ja noch einmal.

Allerdings bezweifle ich es stark. Und ich befürchte, dass wir einfach in seinem Garten herumgetrampelt sind, war nicht gerade hilfreich.«

Heather verschränkte die Arme. »So eine Schande.«

»Stimmt«, erwiderte ich, während wir zum Auto zurückliefen. Ich schloss auf. »Ob ihm überhaupt bewusst ist, was für ein Talent er hat?«

Erst viel später sollte ich erfahren, dass Mask dieses Gespräch die ganze Zeit über von seinem Flur aus belauscht hatte.

Auf der Rückfahrt zu Heather war die Stimmung im Auto gedrückt. »Na ja, zumindest haben wir es versucht«, sagte ich und schaltete das Radio ein.

Heather blickte finster aus dem Beifahrerfenster. »Es wäre einfach so toll gewesen, wenn er Ja gesagt hätte. Ich verstehe nicht, wieso er sich so dagegen wehrt.« Sie musterte mich stirnrunzelnd. »Glaubst du, er überlegt es sich vielleicht noch mal anders?«

»Das bezweifle ich. So wie er klang, würde er sich eher den Arm abhacken.«

Dann fiel mir wieder ein, dass ich Alec noch einen Gefallen schuldig war. Während Hannah mich aus ihren porzellanblauen Augen musterte, sagte ich zu ihr: »Hör mal, Hannah, ich hab nicht vor, dir vorzuschreiben, was du mit deinem Leben anfangen sollst. Aber glaub mir, auf einmal macht es *zack!* und du bist erwachsen.«

Aus dem Augenwinkel sah ich, wie sie ihre Stupsnase rümpfte. »Ich könnte mir vorstellen, in der Musikbranche zu arbeiten. Vielleicht im PR-Bereich.«

»Gute Idee.«

Ich warf einen Blick in den Rückspiegel. »Das würde dir sicherlich liegen. Aber du weißt ja, wie die Entertainment-Branche ist. Der Wettbewerb ist hart.«

Heather wollte etwas entgegnen und klappte den Mund auf, nur um ihn direkt wieder zu schließen.

»Ich will dich nicht abschrecken«, fuhr ich fort. »Ich sage nur, wenn du dich in der Schule anstrengst und einen guten Abschluss machst, hast du am Ende deutlich bessere Chancen, einen Fuß in die Tür zu bekommen.« Ich schenkte ihr ein Lächeln, das hoffentlich aufmunternd wirkte. »Mehr kann niemand von dir verlangen.« Ich bog ab und ließ den Blick über die Hügellandschaft gleiten, die hinter den Autofenstern vorbeiglitt. »Vortrag beendet, okay?«

»Okay«, erwiderte sie. »Ich hab's kapiert.«

Wir hielten an dem rot lackierten Zaun, hinter dem das mit Blumenkästen voller gelbblauer Stiefmütterchen geschmückte Cottage aus grauem Stein stand, in dem Heather wohnte.

Sie stieg aus, doch dann schob sie ihren blonden Schopf noch einmal durch die Tür. »Darf ich bitte mitkommen, falls du doch noch mal mit ihm sprichst?«

»Klar. Aber ich glaube nicht, dass es dazu kommen wird. Sollte mein gesunder Menschenverstand kurzfristig aussetzen, sodass ich es mir anders überlege, kannst du allerdings gern mitkommen und zusammen mit mir eine zweite knallharte Abfuhr kassieren.« Ich bedachte sie mit einem bohrenden Blick. »Allerdings nur unter einer Voraussetzung.«

»Und welche?«

»Versprich mir, dass du dir in der Schule Mühe gibst.« Sie nickte so widerwillig, dass ich lachen musste. »Bis dann, Heather.«

Dann fuhr ich weiter zu meinem Dad. Durch meinen Kopf kreisten Ideen über Ideen, welche Musiker und Bands ich sonst noch ansprechen könnte. Es wäre so schön gewesen, wenn Dad bei einer Battalion-Reunion an Bord gewesen wäre. Selbst wenn es nur für den Eröffnungsabend gewesen wäre!

Als ich an Dad dachte, kam mir plötzlich eine Eingebung, wie ich den Club nennen könnte.

In meiner Kindheit waren Dad und ich häufig ans Meer gefahren. Dort spazierten wir an den hellen, mit Felsblöcken getüpfelten Sandstränden entlang und suchten nach den pastelligen Meeresschneckenhäusern in ihren Eiscremefarben: Vanilleweiß, Sorbet-Gelb, ein Hauch von Pfirsich.

Dad hielt mich an der einen Hand, während ich mich immer wieder bückte und mit der anderen die Muscheln aus dem feuchten Sand befreite. Von all meinen Funden waren mir die verspielten, farbenfrohen Schneckenhörner stets am liebsten gewesen – Konchen, wie mein Dad sie nannte. Ich mochte ihre Spiralform und stellte mir vor, wie ich sie als Musikinstrument nutzte, mit dem ich die Meerjungfrauen an die Küste rief. Am schönsten fand ich bis heute die Große Pferdeschnecke mit ihren Riffeln, Zacken und sanften Farben.

»The Conch Club«, sagte ich aus voller Kehle. Beim lauten Klang meiner Stimme im leeren Auto schrak ich kurz zusammen. Aufgeregt atmete ich durch und wiederholte die drei Worte noch einmal.

Dann hielt ich vor Dads Haus und stellte den Motor ab.

Ich wollte ihn noch einmal auf das Thema Battalion ansprechen, ihm erzählen, wie es mit Mask gelaufen war (nämlich schlecht), und ihn fragen, ob er mit mir darauf anstoßen wollte, dass ich einen Namen für den Club gefunden hatte.

Ich schloss den Wagen ab und sprang gut gelaunt den Pfad entlang.

Doch im Inneren des Cottage erwartete mich eine Stille, die mich innehalten ließ.

Dad war schlichtweg nicht dazu in der Lage, ohne laute Musik zu leben. Wenn er nicht gerade selbst an seinem Drum-Kit improvisierte, spielte er auf seiner Stereoanlage seine gewaltige Plattensammlung ab.

Aber heute herrschte eine unangenehme Ruhe.

»Dad? Dad, bist du da?«, rief ich besorgt.

Als ich Dad in seinem Harley-Davidson-T-Shirt in seinem Sessel sitzen saß, überkam mich eine tiefe Erleichterung. »Alles in Ordnung? Ich habe dir so viel zu erzählen. Wollen wir Mittag essen gehen?«

Doch Dad wirkte wie versteinert.

»Dad? Was ist denn los?«

Er machte eine ruckartige Kopfbewegung zur Seite.

Aus der angrenzenden Küche kam eine Gestalt in einem dunklen Fransenschal und einem schwarzen Hosenanzug. Sie erinnerte mich an eine Vampirin.

»Hallo, Layla«, sagte meine Mutter mit ihrem undurchschaubaren Lächeln.

Kapitel 21

Ich spürte, wie meine Gesichtszüge einen harten Ausdruck annahmen. »Was, zum Teufel, hat sie hier zu suchen?«

Dad sprang auf. »Sie meinte, sie muss mit dir reden.«

»Könntet ihr aufhören, über mich zu sprechen, als wäre ich nicht da?«, sagte *sie* mit dem gekünstelten Londoner Akzent, den sie sich zugelegt hatte.

Instinktiv verschränkte ich schützend die Arme vor der Brust. »Das ist die Gewohnheit, wo du schließlich seit über zwanzig Jahren durch Abwesenheit glänzt ... Tina.« Ich legte so viel Abscheu in ihren Namen, wie ich aufbringen konnte.

Meine Mutter warf sich das Haar über die Schultern. »Ich bin nicht gekommen, um zu streiten.«

»Na, das wäre ja mal ganz was Neues«, knurrte Dad.

Tina warf ihm einen missbilligenden Blick zu. »Ich werde wohl noch vorbeischauen und meine Tochter besuchen dürfen.«

»Ach, hör schon auf. Ich habe an dem Tag, an dem du unser Leben verlassen hast, aufgehört, deine Tochter zu sein.«

Die Haut über Tinas gemeißelten, von dickem Make-up bedeckten Wangenknochen zuckte. »Lass uns nicht wieder damit anfangen.«

Dad und ich wechselten einen wissenden Blick.

Ohne auf eine Einladung zu warten, nahm sie auf Dads beigem Sofa Platz. Aus ihren blauen, von getuschten Wimpern gerahmten Augen musterte sie Dads Wohnzimmer mit seiner magnolienfarbenen Raufasertapete, auf der Schwarz-Weiß-Fotos von ihm als junger Schlagzeuger hingen.

»Die sind alle entstanden, bevor du ihn in die Finger bekommen hast«, bemerkte ich spitz und ging neben Dads Lehnsessel in Stellung.

Tina schürzte ihre rubinroten Lippen. »Aber wir waren glücklich, Harry, nicht wahr?«

Dad blinzelte entrüstet. »Ach ja? Und wann soll das gewesen sein? Dienstagnachmittag um halb drei?«

Die Aussage ließ mich schmunzeln, was mir einen finsteren Blick von Tina einhandelte.

»Was willst du, Tina?«, fragte Dad müde. »Du hast gesagt, du möchtest mit Layla reden. Nun, hier ist sie.«

Meine Mutter rutschte nach vorn an die Sofakante und legte die gefalteten Hände auf ihrer Handtasche ab. »Ein Vögelchen hat mir gezwitschert, dass du unter die Unternehmerinnen gehst.«

Ich stampfte mit meinem Turnschuh auf Dads Rupfenteppich. »Und da haben wir ihn, den Grund, aus dem sie sich blicken lässt.« Ich machte ein paar Schritte auf sie zu und sie ging in Habachtstellung. »Na, was brauchst du, Tina? Sag bloß, Ramon hat es satt, dir einen Blankoscheck nach dem nächsten auszustellen?«

Sie spielte mit den Quasten an ihrer Tasche herum. »Ich brauche gar nichts. Im Gegenteil, ich dachte, vielleicht könntest *du* ein wenig Hilfe brauchen.«

Dad schüttelte fassungslos den Kopf. »Was Layla gebraucht hat, war eine Mutter, die für sie da ist.«

Heiße, vorwurfsvolle Tränen brannten in meinen Augen, aber es gelang mir, sie herunterzuschlucken. Ich würde auf keinen Fall zulassen, dass sie mich weinen sah!

»Du weißt doch selbst, wie kompliziert das alles damals war«, erwiderte Tina ausweichend. »Aber ich bin nicht hier, um auf der Vergangenheit herumzureiten, sondern weil ich Layla helfen will.«

War das ihr Ernst? In welcher Welt lebte meine Mutter? Wütend funkelte ich sie an und rang dabei um Beherrschung. »Wer hat dir von meinen Plänen erzählt?«

Sie lächelte gekünstelt, womit sie mich nur noch mehr auf die Palme brachte.

»Ich wette, diese alte Klatschtante Susan Mayhew war's. Stimmt's oder hab ich recht?«

»Sie fand einfach, ich sollte davon wissen.«

Dad verdrehte seine grauen Augen. »Ich nehme an, du wohnst auch bei Susan, solange du hier bist?«

Meine Mutter wirkte entsetzt. »Himmel, nein! Ich habe mir eine Suite in diesem entzückenden kleinen Hotel eine Ortschaft weiter genommen. Das mit der Zugbrücke. Letzte Nacht habe ich dort ganz wunderbar geschlafen.«

Ich spürte, wie mir die Farbe aus dem Gesicht wich. »Du wohnst im Linear? Aber das ist ja unbezahlbar!«

Doch Tina winkte nur ab. »Also, was nun dein Konzerthallen-Etwas betrifft …«

»Es wird keine Konzerthalle, sondern ein gemütlicher kleiner Live-Club.«

Meine Mutter bedachte mich mit einem gönnerhaften Lächeln. »Wie auch immer, ich würde dich gern finanziell unterstützen. Ich kann es mir leisten.«

»Du meinst, *Ramon* kann es sich leisten«, korrigierte Dad sie.

Ich durchbohrte sie mit meinem Blick. »Ich brauche keine Hilfe. Mac hat mir Geld vererbt.«

Tinas Augen weiteten sich. »Dann stimmen die Gerüchte also?«

Ich ging nicht weiter auf ihre Frage ein. »Es war wirklich nett von dir, zu seiner Beerdigung zu kommen.«

Tinas Brust hob und senkte sich. »Ich wäre ja gekommen, aber Ramon und ich hatten mit seinem neuen Restaurant in Covent Garden so schrecklich viel zu tun.«

»Nun hat sich das Thema ja ohnehin erledigt«, ergriff Dad das Wort.

Tina erhob sich auf ihren spitzen schwarzen Absätzen. »Das war's dann also? Ich soll jetzt gehen?«

Ich riss die Wohnzimmertür auf. »Ich rufe dir ein Taxi.«

Der Blick meiner Mutter zuckte zwischen Dad und mir hin und her. »Ich kann machen, was ich will, oder? Gegen euch habe ich keine Chance.«

Mit gehobenen Augenbrauen beobachtete ich, wie sie sich die Handtasche unter den Arm schob. »Ihr seid schon ein kuschliges kleines Duo, ihr beiden.«

Dad kam zu mir an die Tür und legte mir schützend die Hand auf die Schulter. »Es blieb uns ja auch nichts anderes übrig.«

Sie lief Dads Flur entlang, ein unvertrautes Bild zwischen all den Wanderstiefeln, Regenjacken und Fotos, die stets nur ihn und mich zeigten. Vor einem der Fotos hielt sie auf ihren wackligen Absätzen inne. Es zeigte uns mit geröteten, lachenden Gesichtern an einem der Hänge, die zum Loch Harris hinabführten. In ihren Augen blitzte etwas auf.

Sie warf Dad einen Blick zu, den ich nicht zu deuten wusste. Aber die Worte, die sie dabei sagte, waren an mich gerichtet. »Dein Vater und du, ihr solltet euch bei Gelegenheit unterhalten.«

Dad wurde aschfahl und machte einen drohenden Schritt auf sie zu. »Halt den Mund, Tina!«

Mein Kopf schoss zwischen meinen entfremdeten Eltern hin und her. »Was meint sie damit? Worum geht es hier?«

Meine Mutter öffnete die Haustür, doch sie warf mir noch einen letzten Blick zu. »Du solltest mit deinem … *Dad* sprechen.«

Der harte Beiklang, den sie dem Wort »Dad« verlieh, verursachte ein seltsam kühles Gefühl in meinem Bauch.

»Ich besorge mir selbst ein Taxi«, rief sie noch, als sie schon halb den Gartenweg hinunter war.

Ich knallte die Haustür hinter ihr zu und drehte mich mit einem gezwungenen Lächeln auf den Lippen zu Dad um. »Sieht aus, als müssten wir reden.«

Er bedachte die Haustür mit einem finsteren Blick. »Das kann warten.«

Auf einmal bekam ich ein ungutes Gefühl. »Nein, irgendwas sagt mir, dass wir das besser jetzt erledigen sollten.«

Mit einem Mal wirkte er unendlich müde und unter seinen Augen lagen tiefe Schatten.

»Dad, wenn Tina hier wieder einmal ihr Gift versprüht, will ich wenigstens wissen, worum es geht.«

Er stieß Luft aus und rieb sich übers Gesicht. »Na, dann komm. Setzen wir uns.«

Ich ließ mich aufs Sofa sinken und legte eins seiner gestreiften Kissen beiseite, damit er sich neben mich setzen konnte. Er legte liebevoll die Hand auf meine, seine knotigen, gebräunten Schlagzeuger-Schrägstrich-Gärtner-Finger über meinen blassen.

»Ich will nicht glauben, was mir deine Mutter gesagt hat.« Sein sonst so offenes Gesicht, auf dem stets der Anflug eines Lächelns lag, nahm einen angespannten Ausdruck an.

»Dad, du machst mir Angst. Was ist los? Was hat sie jetzt wieder gesagt?«

Ich war daran gewöhnt, dass meine Mutter hin und wieder ihre emotionalen Bomben in unser Leben warf, was sie mit größter Sicherheit aus Eifersucht tat. Aber diesmal schien sie sich dabei selbst übertroffen zu haben.

Dad gab einen trockenen Lacher von sich, als wollte er sich versichern, dass sie Unsinn geredet haben musste. Dann suchte er meinen Blick. Es dauerte lange, bis er etwas sagte. Als müssten seine Worte erst zähen Sirup durchdringen. »Deine Mutter hat mir, bevor du gerade reinkamst, eröffnet, dass ich womöglich nicht dein leiblicher Vater bin.«

Ich musterte ihn mit einem schiefen Lächeln. »*Das* hat sie gesagt?« Was war nur los mit dieser Frau? Wie konnte man derart bösartig sein? »Tina ist wirklich das Letzte«, zischte ich. »Ich hatte ja immer schon den Verdacht, dass sie eifersüchtig auf unser enges Verhältnis ist. Aber das ist selbst für ihre Maßstäbe niederträchtig.«

Doch als ich Dad musterte, verstummte ich. Ein seltsam gequälter Gesichtsausdruck lag auf seinen Zügen. Ein Ausdruck, den ich noch nie zuvor bei ihm gesehen hatte.

Mich überkam eine Mischung aus Angst und Wut, die mich zu ersticken drohte. Ich drückte seine Hand, in meinen Augenwinkeln brannten Tränen, aber ich biss die Zähne zusammen. »Sag jetzt nicht, du glaubst ihr. Dad? Dad!«

Er öffnete den Mund. Schloss ihn wieder.

Nein. Nein, *ich* glaubte ihr nicht. Kein Wort! Diese Frau log doch!

Zum Beweis brauchte ich meinen Dad nur anzusehen – all die Ähnlichkeiten zwischen uns. Das kastanienbraune Haar, der Schnitt unserer Lippen.

Ich sprang vom Sofa auf und stürmte zum Ausgang.

»Layla? Layla, wo willst du hin?«

Ich zerrte die Tür auf.

Meine Mutter zog bereits ihre Stilettos ins Taxi. Ich wollte sie packen, wollte die Wahrheit aus ihrem dürren Körper schütteln. Wollte die Finger in die Ärmel ihres Designer-Blazers krallen und sie fragen, warum sie so ein hasserfülltes Biest war.

Ich rannte den Weg vor dem Haus entlang, meine Glitzerturnschuhe funkelten bei jedem Schritt. »Was bist du nur für ein Mensch?«, brüllte ich ihr hinterher, als das Taxi bereits anfuhr. »Wieso erzählst du solche Lügen?«

Sie schob den Kopf durchs Fenster und sah sich zu mir um.

»Er ist mein Vater!«, rief ich. Die Luft in meiner Lunge brannte. »Harry ist mein Dad, was auch immer du behauptest, du bösartige Hexe!«

Kapitel 22

Hinter mir hörte ich Dad wie aus weiter Ferne durch die Haustür rufen: »Layla. Layla!«

Verwirrt stand ich da, umgeben von perlendem Amselgesang und dem warmen Duft der Blumen.

Alles war, wie es sein sollte, und doch war es meiner Mutter gelungen, mein gesamtes Weltbild über den Haufen zu werfen.

Nein. Sie war eine Lügnerin. Eine zwanghafte, niederträchtige Lügnerin.

Ich wirbelte zu Dad herum, der ähnlich durcheinander zu sein schien wie ich. Hastig lief ich ihm entgegen und wir umarmten uns fest. Am liebsten hätte ich ihn niemals wieder losgelassen. »Ich glaube ihr nicht«, flüsterte ich. »Kein Wort glaube ich dieser Frau.«

Ich hatte fest damit gerechnet, dass Dad mir zustimmen würde. Aber er drückte mich nur schweigend fester an sich.

Ich wich zurück und löste mich aus seiner Umarmung. »Du glaubst, sie sagt die Wahrheit?«

Er fuhr sich so heftig mit der Hand durchs Haar, als wollte er den Gedanken, den Tina ihm eingepflanzt hatte, wieder aus seinem Kopf reiben. »Nein.«

Doch ich fühlte mich, als hätte er mir einen Tritt in die Magengrube verpasst. »Scheiße«, krächzte ich. »Du glaubst ihr! Oder du befürchtest zumindest, dass sie die Wahrheit sagen könnte.«

Nach und nach begann ich, die Dinge klarer zu sehen. Mir fiel wieder ein, wie Dad auf meinen Vorschlag reagiert hatte, dass seine alte Band in meinem Club auftreten könnte. »Ist das der Grund, aus dem du so strikt gegen eine Battalion-Reunion bist?« Immer mehr Puzzlestücke fanden an ihren Platz. »Was verschweigst du mir?« Mir kam ein weiterer Gedanke. Ich wollte die Wahrheit wissen! Gab es im Augenblick eigentlich überhaupt jemanden in meinem Leben, der mir nichts vormachte? »Dad?«

Nach kurzem Schweigen beichtete mir mein Vater, dass er immer schon den Verdacht gehabt hatte, meine Mutter könnte eine Affäre mit seinem Bandkollegen Ed gehabt haben.

»Und jetzt hat sie angedeutet, Ed könnte mein leiblicher Vater sein?«

Dad blinzelte. Ihm war deutlich anzumerken, dass er lieber nicht über all das nachgedacht hätte. Aber so verzweifelt er auch wirkte – all die offenen Fragen und meine Wut über die vielen Lügen in meinem Leben fraßen mich von innen auf. Ich musste die Wahrheit erfahren, ganz gleich, wie schmerzvoll sie auch sein mochte.

»Dad?«, fragte ich noch einmal.

»Layla …«, flüsterte er erstickt.

Ich schüttelte aufgebracht den Kopf. Was war denn nur los, dass die Menschen, die ich liebte, es einfach nicht schafften, ehrlich zu mir zu sein? Erst Mac, dann meine Mutter und jetzt auch noch mein Vater …

»Ja«, antwortete er nach einer gefühlten Ewigkeit. »Sie hat Andeutungen gemacht, dass er dein Vater sein könnte.«

Als ich mir Ed Stockton, den mürrischen Bassisten der Band, vor Augen rief, wurde mir flau im Magen. Ich blinzelte, versuchte, wieder zurück in die Realität, in die Klänge und Düfte von Dads Garten, zu finden. »Und du glaubst ihr?«

Dad überlegte gründlich und kaute sich dabei auf der Innenseite der Wange herum. »Ihre Affäre dauerte nicht lang, soweit ich weiß. Das alles ereignete sich, kurz nachdem deine Mutter und ich geheiratet hatten. Damals hatte ich zwar einen Verdacht, aber ich wollte es nicht wahrhaben.«

»Und weshalb hast du die beiden nie darauf angesprochen?«

»Was soll ich sagen?« Er zuckte resigniert mit den Achseln. »Ich habe sie geliebt. Und ich wollte mich gar nicht erst auf den Gedanken einlassen, dass mein Verdacht gerechtfertigt sein könnte.« Dann setzte er zu einer Erklärung an, weshalb er nicht wollte, dass Battalion wieder zusammenkam.

»Du weißt ja, wie das in Bands so läuft. Die Leute kommen und gehen.«

Ich nickte.

»Auch die Jungs und ich hatten im Lauf der Jahre so unsere Zerwürfnisse. Aber als Ed damals komplett austickte, weil jemand seine Songtexte als unterirdisch bezeichnet hatte, und die Band verließ, war ich einfach nur erleichtert.« Er schenkte mir ein trauriges Lächeln, das mir einen Stich ins Herz versetzte.

In den Bäumen über uns flatterten die Vögel umher, die Sonne tauchte Dads markantes Gesicht in ihr warmes Licht, und hier standen wir und führten ein Gespräch, das kein bisschen zu unserer Umgebung zu passen schien.

»Ich dachte … hoffte, dass ich nie wieder etwas mit ihm zu tun haben müsste. Zumal wir kurz darauf einen neuen Bassisten fanden.«

»Das war Gary, oder?«

»Genau, Gary McDermott. Er war ein super Typ und passte viel besser zu uns als Ed. Aber leider war er ein deutlich schlechterer Bassist.«

»Und so wurde Ed doch wieder ein Bandmitglied?«

Dad verzog den Mund zu einem schmalen Strich. »Mhm … In musikalischer Hinsicht fand ich die Entscheidung nachvollziehbar. Aber menschlich … Menschlich hatte ich so meine Probleme damit.«

Ich dachte an die übrigen Bandmitglieder und mir kam ein finsterer Gedanke. »Wussten denn noch andere Leute aus der Band über Tina und Ed Bescheid?«

Dad warf mir einen entschiedenen Blick zu. Der Wind spielte sanft mit seinen wilden Locken. »Nein. Ich habe nie jemandem von meinem Verdacht erzählt. Ich glaube, das hätte alle Beteiligten zu sehr aufgebracht.« Bei der Erinnerung zuckten seine Mundwinkel kaum merklich. »Und wir waren doch so schon ein explosiver Haufen, da brauchte ich nicht noch für zusätzlichen Zündstoff zu sorgen.«

Inzwischen hatten fast alle Puzzleteile ihren Platz gefunden. Und dass Dad auf keinen Fall wollte, dass Battalion in meinem Club auftrat, wunderte mich unter diesen Voraussetzungen kein bisschen mehr. Er wollte Ed Stockton nicht über den Weg laufen!

Ich drehte meinen Bernstein-Jade-Ring am Finger.

»Aber selbst wenn deine Mutter recht hat und ich nicht dein leiblicher Vater bin, wirst du immer meine Tochter bleiben, Layla«, sagte Dad mit fester Stimme.

Ein kalter Schauder lief mir über den Rücken. Die Möglichkeit überstieg im Augenblick noch meine Vorstellungskraft. Ich brauchte weitere Informationen. »Ruf sie an«, forderte ich ihn auf, da ich keinerlei Nummer von ihr hatte. »Ich möchte, dass du Tina anrufst. Ich will mit ihr reden.«

»Layla …« Doch er musste mir angesehen haben, dass ich nicht von meiner Entscheidung abzubringen war, denn er verstummte. »Okay.«

Ich folgte ihm nach drinnen und sah zu, wie er mit dem Handy die Nummer meiner Mutter anwählte. Am anderen Ende der Leitung klingelte es. Und klingelte. Und klingelte.

»Sie geht nicht ran«, sagte Dad.

»Dann versuchen wir es eben im Linear.« Ich holte mein eigenes Handy hervor und suchte die Kontaktdaten im Internet heraus. Als mir die Rezeptionistin mitteilte, dass meine Mutter vor zehn Minuten abgereist sei, schnürte sich alles in mir zusammen. Ich legte auf und knallte das Handy auf das Mahagonitischchen in Dads Eingangsbereich. »Sie hat ausgecheckt.«

In meinem Kopf herrschte ein solches Durcheinander, dass ich fürchtete, darin unterzugehen. Ich musste weg hier! Ich steckte mein Handy wieder ein und fuhr zur Tür herum.

»Layla, was machst du denn da? Wo willst du hin?« Dad lief mir zur Eingangstreppe hinterher. »In diesem Zustand kannst du nicht fahren.«

»Ich muss nachdenken, Dad.« Das Wort *Dad* hatte nun einen ganz neuen Beigeschmack – und ich hasste meine Mutter dafür. Ich rieb mir übers Gesicht. »Ich melde mich später noch mal, ja?«

Wie ferngesteuert lenkte ich den Wagen die sonnenbeschienene kleine Landstraße entlang. Mein Inneres fühlte sich an wie eine Waschmaschine im Schleudergang. Als ich einen Blick in den Rückspiegel warf, erkannte ich mich kaum wieder, so panisch wirkten die Augen, die mir daraus entgegensahen.

Ich hielt auf dem Parkplatz beim Bootshaus und riss meine Handbremse viel zu heftig nach oben. Dann ließ ich die Stirn aufs Lenkrad sinken und sammelte mich kurz, um die nötige Energie aufzubringen, damit ich aussteigen und zum Bootshaus laufen konnte.

The Conch Club.

Der neue Name kreiste durch meinen Kopf, untermalt von Tinas bösartiger Enthüllung. Was, wenn nicht Harry, sondern der verdammte Bassist der Band mein Vater war?

Ich zwang mich, einen Fuß vor den anderen zu setzen, bis ich die von Holzspänen übersäte Veranda erreicht hatte.

Alec und seine Kollegen hatten für heute bereits Feierabend gemacht und aus dem Inneren des Bootshauses drang bis auf gelegentliches Knarzen kein Laut mehr.

Ich lief den Steg entlang und setzte mich ans Ende. Unter meinen baumelnden Beinen schwappte das Seewasser, das auch jetzt im Juni noch kalt und marineblau war.

Hier gelang es mir endlich, meiner Angst und meinem Schmerz freien Lauf zu lassen. Ein frustrierter Schluchzer brach sich Bahn. Würde ich mich damit abfinden müssen, dass ich mein Leben lang belogen worden war?

Sie lügt, zischte eine Stimme in meinem Kopf. *So wie sie immer lügt.*

Aber was, wenn meine Mutter wirklich nicht wusste, ob Ed oder Harry mein leiblicher Vater war? Was, wenn Harry es in Wahrheit nicht war?

Ich ließ den Kopf hängen und betrachtete den verschwommenen hellen Fleck, den das Spiegelbild meines Gesichts auf die Wasseroberfläche malte.

Eine Träne lief mir die Wange hinab.

Und so saß ich dort, ohne zu ahnen, dass ich von einem Mann in einem schwarzen Hoodie beobachtet wurde, dessen Leben gerade ebenso wirr und schmerzhaft verlief wie meins.

Kapitel 23

Ich saß eine halbe Ewigkeit lang dort und sah zu, wie sich der Sommerhimmel zu einem Kaleidoskop aus Hellrosa und Orange verfärbte und das Bergland um Loch Harris zu einer bläulichen Silhouette verschwamm.

Dad hatte immer wieder versucht, mich anzurufen, bis ich mein Telefon irgendwann abschaltete. Gerade wollte ich einfach nur allein sein.

Harry ist mein Vater, versicherte ich mir immer wieder. *Tina zieht nur eine ihrer üblichen Nummern ab.*

Über dem See kam Wind auf, sodass sich auf der zuvor ruhigen Wasseroberfläche kleine Wellen bildeten.

Ich rappelte mich auf und schlang die Arme um meinen Oberkörper. Eine Jacke mitzunehmen war ungefähr das Letzte gewesen, wofür ich einen Kopf gehabt hatte, als ich aus Dads Cottage gestürmt war.

Erschöpft und verzagt trottete ich am Conch Club vorbei. Wieder und wieder sagte ich den Namen vor mich hin, um mich vor den finsteren Gedanken zu schützen, die mich von allen Seiten anzufallen drohten.

Ich war so glücklich gewesen über die neue Richtung, die mein Leben einschlug, auch wenn ich Macs Tod und seine Untreue noch nicht ganz verwunden hatte. Und jetzt das.

Ich beschwor das Bild von Ed Stockton vor meinem inneren Auge herauf. Er wirkte nicht ansatzweise so sympathisch und positiv wie Dad. Von früher erinnerte ich mich noch, dass er zwar dieselbe wilde Rockerfrisur wie Dad gehabt, aber immer seltsam zurückhaltend gewirkt hatte.

Und jetzt behauptete meine Mutter also, dass sie nicht nur mit Dad, sondern auch mit ihm geschlafen hatte, als sie mit mir schwanger wurde, und entsprechend nicht sicher war, wer von beiden mein leiblicher Vater war.

Vor dem Eingang zum Bootshaus blieb ich stehen und schob die Hände in die Hosentaschen. Das Gebäude lag dunkel und verlassen da.

Tief in sich drinnen musste Harry all die Jahre über eine leise Unsicherheit verspürt haben, ob er mein Vater war oder nicht.

Ich hatte seine Entscheidung, bei Battalion auszusteigen, immer darauf geschoben, dass er als alleinerziehender Vater nicht auf Tour gehen konnte. Doch jetzt begriff ich, dass viel mehr dahintersteckte. Der wahre Grund bestand darin, dass er Angst davor gehabt hatte, sein Verdacht könnte sich bewahrheiten.

Warum hatte Tina die Vergangenheit nicht auf sich beruhen lassen? Warum konnte sie Dad und mich nicht einfach unser normales Leben führen lassen? Vermutlich hatte sie heute früh in aller Deutlichkeit gespürt, dass wir beide sie in unserem Leben weder brauchten noch wollten. Und da hatte sie kurzerhand ihr Gift versprüht.

Aber Dad und ich waren nun einmal immer schon ein Zweierteam gewesen. Und nichts und niemand konnte das zerstören.

Ich stieg in den Wagen und blieb kurz sitzen, um gegen den Kloß anzukämpfen, der sich plötzlich in meinem Hals bildete. Ich würde nicht zulassen, dass Tina mein Verhältnis zu Dad kaputtmachte. Vielleicht sagte sie die Wahrheit, vielleicht aber auch nicht. Am Ende spielte es keine Rolle.

Ich strich mir eine Träne von der Wange, ließ den Motor an und fuhr zurück zu Dads Cottage. Als meine Scheinwerfer seine Wohnzimmerfenster streiften, sah ich seinen Umriss vom Wohnzimmersessel aufspringen.

Sekunden später kam er zur Haustür herausgeschossen. »Wo warst du denn nur, Layla?«, rief er.

Ich stieg aus und warf ihm einen reumütigen Blick zu. »Tut mir leid, Dad. Ich musste mich in Ruhe sortieren.«

Er umschloss mein Gesicht mit seinen schwieligen Händen und musterte mich mit einer Mischung aus Wut und Erleichterung. »Ich habe versucht, dich zu erreichen.« Dann trat er einen Schritt zurück. »Du siehst todmüde aus. Und als ob dir kalt ist. Komm, ich setze einen Tee auf.«

Er ging ins Haus zurück. Durch die offene Tür fiel warmes Licht auf die Vordertreppe.

Ich atmete tief durch, dann folgte ich ihm. Über mir tüpfelten die ersten Sterne den blaubeerfarbenen Himmel.

Drinnen lehnte ich mich gegen die Arbeitsfläche, während Dad zwei Becher aus dem Regal holte. Er stand noch mit dem Rücken zu mir, als er unvermittelt die Worte »Wir sollten einen DNA-Test machen« in den Raum warf und sich zu mir umdrehte. »Während du weg warst, habe ich mir alles gründlich überlegt. Ich weiß ja nicht, wie du dazu stehst. Aber ich für meinen Teil möchte das Thema gern ein für alle Mal aus der Welt schaffen.«

Dad sprach aus, was auch ich gedacht hatte, während ich auf das sanft geriffelte Wasser des Sees hinausgeblickt hatte. Ich würde erst wieder klare Gedanken fassen können, wenn ich Gewissheit hatte. Ansonsten würde das Thema für immer wie eine unsichtbare Mauer zwischen uns stehen und alles beflecken, auch wenn wir vielleicht versuchten, uns einzureden, dass wir es ignorieren konnten.

»Aber was, wenn etwas dabei herauskommt, das uns nicht gefällt?«

Dad stellte die Tassen ab und zog mich in seine Arme. »Es spielt keine Rolle, was dabei herauskommt. Du bist und bleibst meine Tochter, Punkt. Ich möchte nur einfach nicht mit diesem riesigen Fragezeichen leben. Und du?«

Ich löste mich aus seiner Umarmung und schüttelte den Kopf. »Aber die Vorstellung, herauszufinden, dass … na ja, du weißt schon …«

Er nickte.

Ich richtete mich auf. »Einverstanden, wir machen einen DNA-Test. Du hast recht, uns bleibt gar keine Wahl.«

Ich beobachtete, wie Dad einen Schwall Wasser aus dem Hahn in den Kessel füllte. »Ich war vorhin am See und habe einfach dagesessen. Alles war so friedlich.« Ich verstummte kurz und wappnete mich für seine Reaktion auf das, was ich gleich sagen würde. »Ich habe auch nachgedacht, Dad.« Meine Stimme schien von ganz weit weg zu kommen, als würde sie nicht zu mir gehören. »Und ich möchte dich um einen Gefallen bitten.«

»Alles, was du willst. Worum geht's?«

Ich presste die Lippen aufeinander und nahm all meinen Mut zusammen. Mir war bewusst, dass er meine nächsten Worte nicht gut aufnehmen würde. Nach einem tiefen Atemzug sagte ich: »Ich möchte, dass du eine Reunion von Battalion anleierst und dass ihr bei der Eröffnung meines Clubs spielt.«

Dad zog seine dunklen Augenbrauen zusammen und musterte mich reglos. »Soll das ein Witz sein?«

Offenbar konnte er von meinem Gesicht ablesen, dass es mein blutiger Ernst war.

»Wieso denn das, Liebes?«

»Aus verschiedenen Gründen. Erstens: damit wir Antworten bekommen. Zweitens: um Tina eine unangenehme Überraschung zu bereiten. Denn Battalion war eine tolle Band.«

Im Dämmerlicht wirkte Dad sogar noch mehr wie ein großer, breiter Bär als sonst. Er schaltete die Unterbeleuchtung an den Hängeschränken ein. »Aber Liebes, was, wenn die ganze Sache nach hinten losgeht? Hast du mir denn gar nicht richtig zugehört? Ed könnte tatsächlich dein richtiger Vater sein.«

Ich hob das Kinn und zwang mich, mit ruhiger Stimme zu sprechen. »Mein *leiblicher* Vater vielleicht. Aber niemals mein Dad.«

Seine Mundwinkel verzogen sich nach unten und mir rutschte das Herz in die Hose. »Dad«, wiederholte ich. »Dad, bitte. Tu es für mich. Für uns.« Ich warf ihm einen flehenden Blick zu. »Wir können doch nicht einfach so vor uns hinvegetieren. Das ist es, was Tina will. Sie will Chaos stiften und für Drama sorgen.«

Er rieb sich das Kinn. »Ich habe bei ihr zu Hause in London angerufen, und die Haushälterin meinte, sie sei vor einer Stunde angekommen und dann direkt mit Ramon zum Flughafen weitergefahren, weil sie sich einen Kurzurlaub in Italien genehmigen.«

»Siehst du? Genau das meine ich«, bemerkte ich, während ich Dad in das gemütlich beleuchtete Wohnzimmer folgte, wo er die beiden Teebecher abstellte. »Das ist so typisch für sie! Du magst vielleicht bereit sein, sie gewinnen zu lassen. Aber ich bin es nicht.«

Dad musterte mich nachdenklich. »Du meinst, wir decken auf, dass sie nur blufft?«

»Genau. Indem wir die Sache auf unsere Weise angehen. Wir machen einen DNA-Test und Battalion spielt bei der Eröffnung des Conch Club.«

Mein Vater ließ den Kopf in den Nacken fallen und schien an der Wohnzimmerdecke nach Antworten zu suchen. »Das ist also dein Plan, ja? Eine Gruppe verkrachter Altrocker wiederzuvereinigen?«

»Es wäre eine Chance, diese Geschichte hinter uns zu lassen«, gab ich zu bedenken. Beim Gedanken an meine Mutter zog sich mein Magen schmerzhaft zusammen. »Ich will Tina zeigen, dass sie uns die größten Knüppel zwischen die Beine werfen kann und wir uns trotzdem wieder aufrappeln.«

Eine von Dads Brauen hob sich wieder, und an dem weicheren Ausdruck in seinen Augen konnte ich erkennen, dass ich ihn überzeugt hatte.

»So willst du das alte Bootshaus also nennen, ja? Den Conch Club?«

Ich nickte. »Als Anspielung auf unsere Ausflüge ans Meer früher.«

Dad schenkte mir ein winziges Lächeln. »Der Name gefällt mir. Sehr sogar.« Er seufzte. »Okay, du hast gewonnen. Ich kontaktiere die Jungs gleich morgen. Versprechen kann ich dir aber nichts.«

»Das musst du auch nicht. Danke, Dad. Und ich bestelle uns ein DNA-Set.«

Ich nahm gegenüber von ihm Platz und trank einen Schluck Tee. Ich war froh, dass wir die Angelegenheit aktiv anpackten, anstatt zuzulassen, dass Tina die Regeln machte.

Dad umfasste seinen Becher mit beiden Händen. »Bedeutet das eigentlich, dass du nicht mehr weiter versuchen willst, diesen Mask von einem Auftritt zu überzeugen?«

Ich nickte. Er hatte abgelehnt, ohne auch nur einen Sekundenbruchteil über meine Einladung nachzudenken. »Das ist zwecklos, da bin ich mir sicher.«

Kapitel 24

Als ich am nächsten Morgen erwachte, wirbelte der reinste Gefühlssturm in mir herum.

Als Mac noch gelebt hatte, waren wir sonntags meistens lange im Bett geblieben und hatten eng umschlungen Kaffee um Kaffee getrunken.

Ich bemühte mich, das leere Kissen neben meinem zu ignorieren. Aber dann fiel mir wieder ein, was für eine Bombe meine Mutter gestern hatte platzen lassen.

Ein Teil von mir hatte bis eben immer noch daran geglaubt, dass ich das alles nur geträumt hatte. Doch ich erinnerte mich so lebendig an gestern Abend, insbesondere an den Schmerz in Dads Augen, dass ich mir nicht länger etwas vormachen konnte.

Ich kuschelte mich tiefer in meine Decke und ließ meine Gedanken schweifen. Ich sah Ed Stockton kein bisschen ähnlich. Sein Gesicht hatte etwas Spitzes, Streitsüchtiges, während ich große Ähnlichkeit mit meinem Dad hatte, insbesondere den stets etwas amüsiert wirkenden Zug um die Lippen.

Aber was, wenn das einfach die Dinge waren, die ich sehen *wollte*?

Unter meiner Decke zog ich die Knie an und erlaubte mir, mich für einen Moment in Selbstmitleid zu suhlen. Dann schaltete ich mein Telefon ein und scrollte durch die schwindelerregend große Auswahl an DNA-Sets.

Eins davon war etwas teurer als die anderen, hatte aber mit Abstand die besten Rezensionen. Mein Finger schwebte über dem »Jetzt kaufen«-Button. Doch trotz aller Bedenken war ich nicht bereit, die Sache noch länger hinauszuzögern. Also gab ich meine Kreditkartendaten ein, und wenig später erhielt ich die Bestätigung, dass meine Bestellung in wenigen Tagen eintreffen würde.

Anschließend warf ich mein Handy aufs Bett und ging duschen.

Der Juni zog in einem Wirbel aus Zimmermannsarbeiten und langen Telefonaten mit Farb- und Möbellieferanten an mir vorbei.

Alec und sein Team hatten sämtliche schadhaften Stellen im Holz des Bootshauses ausgebessert, die neuen Regale eingebaut und Norries alten Tresen durch eine Bar aus wunderschönem blassgoldenen Holz ersetzt. Als sie damit fertig waren, machten sie sich an die Konstruktion der halbkreisförmigen Bühne, die aus demselben sattgoldenen Eichenholz bestehen sollte wie die Böden. Ihre Lage an der rechtsseitigen Wand sollte eine intime Atmosphäre erzeugen – so lautete zumindest der Plan.

Alec hatte mir außerdem einen befreundeten Kaminbauer empfohlen, der den umwerfenden Kalksteinkamin im gotischen Stil installieren würde, den ich zu einem akzeptablen Preis im Internet gefunden hatte.

Während die Handwerker mit alldem beschäftigt gewesen waren, hatte ich bis zum Hals in Farbkarten gesteckt. Der Conch Club sollte gemütlich werden und dabei seine Umgebung widerspiegeln.

Da ich mich für ein naturinspiriertes Konzept entschieden

hatte, wählte ich am Ende eine Farbpalette aus Blassgrau, das an Meersalz erinnerte, ein zartes Mintgrün und Petrol. Ich hoffte, dass die Farben in Kombination mit den marineblauen Sitzmöbeln eine harmonische Verbindung mit der glitzernden Oberfläche des Sees und den weitläufigen Wäldern eingehen würden.

Um ein rustikales Ambiente zu erzeugen, wollte ich vor die sechs Fenster kurze Vorhänge in anthrazitfarbenem Highland-Karo in Woll-Optik hängen und entschied mich für einfache runde Eichentische mit passenden Stühlen, die ich über den Raum verteilen wollte.

Für den hinteren Außenbereich, der sich auf dem Steg befand und sich wie ein großes hölzernes Lächeln über den See reckte, hatte mir Alec zu Möbeln aus dem langsam wachsenden Rotbaumholz geraten, das am besten mit einem Schutzmittel auf Ölbasis behandelt werden sollte. »Es ist wasserabweisend und pflegt das Holz«, hatte er mir erklärt. »So kannst du die Möbel draußen stehen lassen.« Um den Schutz und ein gepflegtes Aussehen zu erhalten, empfahl er mir zudem, sie alle zwölf Monate erneut mit dem Mittel zu behandeln. »Ich empfehle dir ein, zwei gute Marken«, hatte er seinen Vortrag geschlossen.

Ich hatte mich an seinen Rat gehalten und sechs Garnituren viereckiger Tische mit jeweils zwei Stühlen und zwei Zweierbänken bestellt. In der Mitte hatten die Tische ein Loch für den Sonnenschirm.

Dad hatte grinsen müssen, als ich ihn darauf hinwies. »Ein Loch für Sonnenschirme? Schon vergessen, dass wir in Schottland wohnen?«

Außerdem hatte ich meine Kontakte in der Musikszene und bei verschiedenen Zeitschriften und Zeitungen gebeten, bei interessanten Bands und Künstlern die Werbetrommel für den Conch Club zu rühren.

Faiths Erfahrung im Umgang mit PR und Marketing in der Touristeninformation hatte sich als unbezahlbar erwiesen, und sie ließ all ihre Beziehungen spielen, sodass wir eine richtiggehende PR-Kampagne planen konnten. Bald würden die Flyer, die wir gerade entwarfen, in nahezu allen Läden der Region verteilt werden. Aber auch Mundpropaganda würde für den Erfolg des Clubs enorm wichtig sein.

So, wie es aktuell lief, ging ich davon aus, dass die Eröffnung Mitte bis Ende August stattfinden konnte.

Weitere Gedanken über Mask verbot ich mir derweil, so eiskalt, wie er mich hatte abblitzen lassen. Es ging mich schlichtweg nichts an, wenn er es vorzog, mit dem Wasserfall als einzige Gesellschaft allein in Coorie Cottage vor sich hin zu brüten. Schade war es natürlich trotzdem, denn seine Stimme war berührend und seine Texte faszinierten mich.

Das schottische Wetter wartete heute mit regelmäßigen, prasselnden Regengüssen, unterbrochen von warmgelben Sonnenminuten, auf.

Eine kleine Busladung Touristen traf am Loch Harris ein. Mit ihren leichten Regenjacken und festen Wanderstiefeln waren sie bestens für die wechselhaften Bedingungen gerüstet.

Ich stand in meine Kapuzenjacke gehüllt auf der Veranda des Bootshauses und plauderte mit meinem Maler und Dekorateur Rory, als der Reisebus quietschend auf dem Picknickplatz hielt und seine Insassen ausspuckte.

Erfreut bemerkte ich, dass es sich bei dem Busfahrer um Stuart, einen alten Schulfreund von Dad, handelte.

Er kam angeschlendert und streifte sich dabei die Kapuze seiner Winterjacke über. »War ja klar, dass es ausgerechnet heute wie aus Eimern schüttet.«

Ich deutete auf die Touristen, die ihre Kameras umklammerten und auf den See und das Bergpanorama deuteten. »Sieht so aus, als ob du heute einiges zu tun haben wirst.«

Stuart verzog das Gesicht. »Zum Glück. War nicht viel los in letzter Zeit.« Dann deutete er lächelnd auf das Bootshaus. Durch die offen stehende Tür fiel blasses Licht auf die Veranda. »Hoffen wir mal, dass dein neuer Laden scharenweise Kunden nach Loch Harris bringen wird.«

Eine von Rorys dunklen Augenbrauen schoss nach oben. »Bloß kein Druck, was, Layla?«

Ich wollte gerade etwas entgegnen, da fiel mein Blick auf Dad, der allein den Schieferweg entlanglief. Nachdem er Rory und Stuart geistesabwesend gegrüßt hatte, wandte er sich an mich. »Kann ich kurz mit dir reden, Layla?«

Ich entschuldigte mich bei Rory, der mit meinen Markierungen auf seiner Farbkarte wieder im Bootshaus verschwand, und bei Stuart, der davonstapfte, um seine Touristenherde zusammenzutreiben.

Als ich Dads nachdenklichen Gesichtsausdruck bemerkte, zog sich mir die Magengrube zusammen. »Was ist los? Himmel, was hat Tina jetzt schon wieder angestellt?«

Doch Dad schüttelte den Kopf. »Ausnahmsweise hat es mal nichts mit deiner Mutter zu tun. Na ja, obwohl … um ein paar Ecken rum wohl doch.«

Ich lotste ihn zu dem Picknickplatz mit seinen abgenutzten grauen Tischen und Bänken, die noch feucht vom letzten Regenschauer waren. »Dad?«

»Ich habe getan, was du wolltest«, erklärte er nach kurzem

Schweigen. »Die vier anderen Battalion-Jungs wissen Bescheid.«

Mein Herz geriet ins Stolpern. Ja, ich hatte Dad darum gebeten, ihn sogar angefleht! Ihm versichert, dass wir die Wahrheit erfahren mussten und das am ehesten erreichen würden, indem wir Tina nach ihren eigenen Regeln schlugen.

Doch jetzt, wo es konkret wurde …

Ich schluckte. »Alle? Auch Ed?«

Dad nickte. Ein seltsamer Ausdruck erschien in seinen Augen.

»Und jetzt?«

»Ich habe ihnen von deinem Club erzählt und wie sehr du dir wünschst, dass Batallion bei der Eröffnung spielt.«

Nervös strich ich mir über die Jackenärmel. »Aber du hast Ed Stockton doch nicht auf mich angesprochen, oder?«

Dads Stirnrunzeln war mir Antwort genug. »Natürlich nicht, Layla. Ed hat in all den Jahren niemals auch nur Andeutungen gemacht und bei unserem Telefonat gestern hat sich nichts daran geändert.« Er senkte die Stimme. »Es wirkte so, als hätte er keine Ahnung, was Tina gerade herumerzählt.«

Ich blickte hinauf in den stahlgrauen Himmel, der zwischen dem Blätterdach hervorblitzte. »Und was ist dabei herausgekommen?«

Dad schob die Hände in die Taschen seiner tarngrünen Cargohose. »Alle vier waren bereit, bei der Eröffnung des Conch Clubs zu spielen.«

Mir schauderte vor Aufregung und Nervosität. »Und?«, bohrte ich weiter.

»Sie kommen ab Freitag übers Wochenende nach Loch Harris. Mikey meinte, dann können wir alles Weitere besprechen.«

Ich verstummte, weil mir plötzlich einfiel, was ich in der Jackentasche hatte. Blinzelnd sah ich zu Dad hoch, dann zog ich die blau-weiße Packung hervor. »Schau mal, das ist heute Morgen angekommen.«

Sein besorgter Blick wanderte zwischen dem DNA-Test und meinem Gesicht hin und her. »Sieht so aus, als wird es langsam konkret, was?«

Kapitel 25

Ich versuchte, mich nicht vom Rascheln der Regenjacken ablenken zu lassen, als die Touristen über den Kiesweg zurück zu ihrem Bus knirschten. Das Klacken und Sirren von Kameras und Handys erfüllte die Luft, als sie ihre Abschiedsfotos vom See machten.

Dann herrschte wieder Stille. »Und sie kommen auch wirklich alle?«, hakte ich nach. Dabei verstaute ich den DNA-Test wieder in meiner Tasche und versuchte, mir meine Verunsicherung möglichst nicht anhören zu lassen.

»Jep, alle vier.«

»Und wo wollen sie wohnen?«

Dad schob die Hände noch etwas tiefer in die Hosentaschen. »Jack, Mikey und Stan haben mir gerade geschrieben, dass sie Zimmer in Mrs. Clovers Bed and Breakfast ergattern konnten.«

»Und Ed?«

Dad presste die Lippen aufeinander. »Ich habe darauf bestanden, dass er bei mir zu Hause wohnt.«

Fassungslos starrte ich ihn an, während der nächste kleine Regenschauer niederging und sich die Tropfen wie Weihnachtsschmuck in den Ästen über unseren Köpfen verfingen. »Hältst du das wirklich für eine gute Idee, Dad? Ich meine …«

Auf einmal ging mir alles zu schnell. Natürlich wollte ich herausfinden, wer mein leiblicher Vater war. Aber bei der Aussicht, dass ich mich schon bald konkret damit auseinandersetzen müsste, drehte sich mir der Magen um.

Dad zuckte mit den Schultern. »So habe ich die Möglichkeit, unter vier Augen mit ihm zu reden, ohne dass die anderen etwas mitbekommen. Weißt du, abgesehen von der Vaterschafts-Sache würde ich schon gern herausfinden, ob zwischen deiner Mutter und ihm damals wirklich etwas gelaufen ist.« Er musterte mich prüfend. »Ich dachte, du wolltest auch die Wahrheit erfahren, Liebes.«

»Will ich ja auch. Ehrlich! Es ist nur ... Jetzt, wo wir kurz davor stehen, bin ich mir nicht mehr so sicher, ob ich es wirklich wissen möchte.« In meinen Augen brannten Tränen, und ich knabberte mir auf der Unterlippe herum, während Dad mich in eine feste Umarmung zog.

»Wir müssen es erfahren«, versicherte er mir. »Es hat keinen Sinn, es weiter hinauszuzögern. Und dafür sollten wir diesen DNA-Test machen.«

Er hatte recht, und das wusste ich genau.

»Ach so«, fuhr er fort. »Was ich dich noch fragen wollte: Ist mit Faith alles in Ordnung?«

»Warum fragst du?«

»Ach, ich weiß nicht. Bei unseren letzten Begegnungen wirkte sie ungewöhnlich in sich gekehrt.«

Ich seufzte tief, was Dad die Stirn runzeln ließ. »Jetzt machst du wieder dieses Gesicht, Layla.«

»Welches Gesicht denn?«

»Das Gesicht, das du machst, wenn du dich ungebeten in anderer Leute Angelegenheiten einmischst und Pläne schmiedest, die schwerwiegende Konsequenzen für die Betroffenen haben könnten.«

»Wow, schön zu wissen, was für eine hohe Meinung du von mir hast, Dad.«

»Aha, dann stimmt es also!«

Manchmal hatte ich wirklich das Gefühl, dass mein Vater mich besser kannte als ich selbst.

Ich stopfte die Hände in die Jeanstaschen, dann erzählte ich ihm die ganze Geschichte: dass Faiths Herz für den alleinerziehenden Vater Greg schlug, ihre berüchtigte Beziehungsunfähigkeit ihrem Glück aber einen ordentlichen Strich durch die Rechnung machte. »Sie begeht einen gewaltigen Fehler, Dad. Ich habe den Eindruck, dass sie sich eine Ausrede nach der nächsten einfallen lässt, nur um es nicht mit ihm probieren zu müssen. Dabei gibt sie sogar zu, dass sie ihn wirklich toll findet.«

»Und sie benutzt sogar seinen kleinen Sohn als Ausrede?«

»Ich glaube schon, aber das würde sie natürlich nie zugeben. Sie sagt, sie würde nicht mit den Schuldgefühlen zurechtkommen, falls aus Greg und ihr am Ende nichts werden würde und Sam deswegen traurig oder enttäuscht wäre. Eigentlich hatte ich gar nicht vor, mich weiter einzumischen! Trotzdem … Wenn sogar dir auffällt, wie niedergeschlagen sie ist … Ich konnte die Sache doch nicht einfach auf sich beruhen lassen!«

Dad hob eine Braue und musterte mich streng.

»Sie mag ihn wirklich. Und er sie auch, das ist so klar wie Kloßbrühe.«

Dad schüttelte resigniert den Kopf. »Klar wie Kloßbrühe ist hier nur eins: dass meine Tochter es nicht lassen kann, ihre Nase in fremde Angelegenheiten zu stecken. Warum bist du nicht als Erstes zu deinem alten Knacker von Dad gekommen, um ihn um Rat zu fragen?«

Ich rümpfte die Nase. »Vermutlich weil ich geahnt habe, dass du mir davon abraten würdest, mich einzumischen. Aber dass ich selbst kein gutes Händchen für Beziehungen habe, heißt noch lange nicht, dass ich tatenlos dabei zusehen muss, wie Faith ihr Liebesleben verpfuscht.«

»Aber Layla, die eine Geschichte mit Mac bedeutet doch nicht, dass du kein gutes Händchen für Beziehungen hast! Du hast nur eine Fehlentscheidung bei der Partnerwahl getroffen. So wie ich damals mit deiner Mutter.«

»Ich sehe da keinen großen Unterschied«, murmelte ich.

Dad gab einen abfälligen Laut von sich. »Misch dich nicht ein, Liebes. Vertrau mir. Lass die Dinge, wie sie sind.«

»Aber sie ist meine beste Freundin und ich habe sie noch nie zuvor so unglücklich erlebt! Normalerweise ist sie in Männerangelegenheiten so entspannt und hat alles im Griff. Doch diesmal ist sie wie ausgewechselt.«

»Ein Grund mehr, dich nicht einzumischen«, warnte mich Dad. »Aber egal. Was hältst du davon, wenn du mir einen von deinen sagenumwobenen heißen Kakaos machst? Und wehe, du geizt mit den Marshmallows.«

Ich lächelte und nickte und Dad bemerkte dabei, wie meine Hand wieder in Richtung des DNA-Tests wanderte. »Lass uns zu mir fahren«, sagte ich. »Je eher wir den Test hinter uns gebracht haben, desto besser. Für uns beide.«

Ein lauter Ruf von Rory riss uns aus dem Gespräch. Ich solle bitte ins Bootshaus kommen – irgendetwas von wegen Matt oder Hochglanz.

»Klar«, antwortete Dad. »Bringen wir es hinter uns.«

Der heiße Kakao schmeckte wie immer – nach gemütlichem Winterabend –, aber weder Dad noch ich konnten ihn heute genießen. Dazu lastete der Gedanke an den DNA-Test, der auf dem Schränkchen in meinem Flur lag, viel zu schwer auf uns.

Wir konnten es nicht mehr länger hinauszögern. Dad verschwand mit seinem Teil des Tests im Bad und ich holte den Tupfer heraus und fuhr damit einige Sekunden in meiner rechten Backe herum.

Erledigt.

Ich schob den Tupfer in den Behälter und drehte die blauweiße Packung in den Händen. Sie sah so harmlos aus! Und doch wummerte mein Herz bei ihrem Anblick heftig.

Als Dad zurückkam, schob ich alle Bedenken und Ängste vor dem möglichen Testergebnis beiseite und steckte die beiden Tupfer inklusive unserer beider Einwilligungserklärungen in die Luftpolstertasche.

Damit war unser Teil der Aufgabe erledigt und ich wollte den Umschlag nur noch loswerden.

Die Briefkästen würden heute um sechzehn Uhr erneut geleert werden. Jetzt war es kurz nach halb drei. Das würden wir locker schaffen.

Ich griff nach meiner Jacke, die im Flur am Kleiderhaken hing, und streifte sie über. Dann holte ich mein Handy vom Wohnzimmertisch, steckte es ein und lief zur Tür. »Ich geh nur schnell zum Briefkasten«, rief ich Dad zu und wedelte mit dem Umschlag in meiner Hand.

Er nickte nur wortlos.

Der Briefkasten befand sich fast am Ende der Straße, kurz vor dem Hauptplatz, der inmitten von Loch Harris lag wie eine Seite in einem Aufklappbuch.

Zügig marschierte ich die feuchte Grasböschung entlang. Es hatte einen heftigen Schauer gegeben und auf der Straße schimmerten Pfützen. Ich kuschelte mich tiefer in meine Jacke und atmete erleichtert auf, als der rote Briefkasten in Sicht kam.

Dort angekommen, holte ich den gepolsterten A5-Umschlag hervor. Ich zögerte kurz, ehe ich ihn in den schwarzen Schlund der Briefkastenklappe schob. Schließlich ließ ich ihn los und er landete mit einem befriedigenden Klatschen auf der übrigen Post.

Ich schob meine nun leeren Hände in die Jackentaschen. Erleichterung überkam mich, auch wenn ich wusste, dass ich mich wieder mit dem Thema würde auseinandersetzen müssen, wenn in einigen Wochen das Testergebnis eintraf. Aber mit diesem Gedanken wollte ich mich im Augenblick lieber nicht näher befassen.

Ich *konnte* einfach nicht.

Hastig lief ich zu Dad zurück.

Aus naheliegenden Gründen freute ich mich nicht sonderlich darauf, Ed Stockton zu begegnen. Aber Dad bestand darauf, dass ich am Freitagabend mitkam, wenn er sich mit den anderen Battalion-Mitgliedern im Merry Maid, dem zweiten Pub von Loch Harris, zum Essen traf.

Rory hatte die Innengestaltung des Bootshauses abgeschlossen, dessen Wände nun in Petrol und Mintgrün erstrahlten. Die Wandpaneele hinter dem Tresen waren in einem zarten Hellgrau gehalten. Ich liebte den Look.

Nachdem ich abgeschlossen hatte, stieg ich müde in meinen Wagen und fuhr zurück zum Cottage, um rasch zu duschen und mich umzuziehen.

Bei der Vorstellung, dass ich Ed gleich begegnen würde, hämmerte mein Herz los. Zuletzt hatte ich ihn an meinem einundzwanzigsten Geburtstag gesehen, den ich unten am Seeufer mit einer Grillparty samt flackernden Teelichtern und Ceilidh-Band gefeiert hatte.

Gott, ich benahm mich wirklich albern! Vermutlich war das alles nichts weiter als eine der gewaltigen Lügen meiner aufmerksamkeitssüchtigen Mutter und trotzdem steigerte ich mich so in die gesamte Angelegenheit hinein.

Ich rief mir in Erinnerung, wie Ed auf der Party vor acht Jahren ausgesehen hatte. Ein Bild von ihm erschien vor meinem inneren Auge – er lächelte über etwas, das mein Vater gesagt hatte, und hielt dabei eine schimmernde Bierflasche in der Hand. Ed schien ein passabler Typ zu sein, aber bei Weitem nicht so charismatisch wie Dad.

Für ihn würde es sicherlich ein riesiger Schock sein, wenn er in Kürze womöglich erfuhr, dass er eine neunundzwanzigjährige Tochter hatte. Mit Betonung auf »womöglich«, denn ich klammerte mich mit aller Kraft an der Hoffnung fest, dass meine Mutter gelogen hatte.

Während ich meinen Lidschatten auftrug, atmete ich ein paarmal tief durch. Eigentlich kannte ich Ed kaum. Er war nie so offen und gesellig gewesen wie die anderen Jungs. Als ich an seine langen Löckchen und die Jeanswesten auf Dads alten Fotos aus längst vergangenen Zeiten dachte, in denen Battalion ständig auf der Bühne gestanden hatte, musste ich trotzdem lächeln. Der Ed von damals wirkte auf mich anders als der Mann, den ich später kennengelernt hatte. Und ob es mir nun gefiel oder nicht – unter Umständen würde er in meinem Leben eine bedeutende Rolle spielen.

Jedenfalls wenn er mein leiblicher Vater war. Doch selbst dann konnte es noch sein, dass er keinerlei Interesse daran hatte, eine Beziehung zu mir aufzubauen.

Stirnrunzelnd musterte ich mein Spiegelbild. Ed und seine Frau Karen hatten mehrere erwachsene Söhne. Wenn sich die Behauptungen meiner Mutter als wahr entpuppten – wie würden sie damit umgehen?

Ich trug meinen Lieblingslippenstift auf und versuchte, meine Schulterpartie zu entspannen. Irgendwie musste es mir gelingen, einen kühlen Kopf zu bewahren. Ich war gerade dabei, mir einige Haarsträhnen ums Gesicht zu drapieren, da hörte ich draußen das leise Brummen eines Motors.

Sofort holte ich meine Jacke und Strohtasche, die auf meinem Bett bereitlagen, und ging weiter in Richtung Flur, um meine Lederstiefeletten anzuziehen.

Beim Herunterbeugen bemerkte ich, dass in meinem Briefkastenschlitz ein Päckchen steckte – eine kleine braune Polstertasche.

Ich rannte ins Gästezimmer, um aus dem Fenster zu spähen. Aber wer auch immer das Päckchen vorbeigebracht hatte, war nicht mehr zu sehen.

Zurück im Flur, nahm ich den Umschlag an mich. Er war nicht beschriftet. Neugierig drückte ich ihn. Etwas Dickes, Rechteckiges schien darin zu stecken. Er war mit braunem Paketband zugeklebt, das ich vorsichtig löste, bevor ich den Inhalt auf meine Hand gleiten ließ.

Meine Augen weiteten sich.

Wow. Was mochte ihn *dazu* verleitet haben? Ich hatte mit allem gerechnet. Aber nicht damit.

Kapitel 26

In dem Umschlag befanden sich zwei CDs in Plastikhüllen. Inlays gab es nicht, nur ein Post-it, das im Inneren der oberen Hülle klebte. Darauf stand:

Exklusive neue Songs für Ihren Club.
Hoffentlich ist das hier eine kleine Hilfe, auch ohne Auftritt.
Viel Glück mit allem.
M.

Nachdem ich die Nachricht wiederholt gelesen hatte, riss ich die Haustür auf, obwohl ich wusste, dass Mask nicht mehr dort sein würde. Ich hatte hören können, wie sein Truck die Auffahrt verließ und über die Landstraße davonraste. Dennoch blieb ich noch kurz dort stehen und drückte die CDs fest an meine Brust.

Dann warf ich einen Blick auf die Uhr. Wenn ich jetzt zum Coorie Cottage fuhr, würde ich es immer noch schaffen, pünktlich um 18:30 Uhr im Merry Maid zu sein, um mich mit Dad und dem Rest der Band zu treffen.

Ich sprang also in mein Auto und fuhr los, hielt am Ende meiner kurzen Auffahrt aber noch einmal an, um die erste CD einzulegen, die er mir geschenkt hatte.

Warum erschien es mir so wichtig, zu ihm nach Hause zu fahren? Ich musterte die andere CD, die silbern glänzend auf dem Beifahrersitz lag.

Mask hatte mich überrascht. Im positiven Sinne, auch wenn ich ein wenig von der ganzen Aktion schockiert war.

Er hatte deutlich gemacht, dass er sich nicht auf der Bühne blicken lassen würde (was nicht weiter überraschend war). Aber dass er mir exklusives neues Material zugespielt hatte, war der reinste PR-Segen für den Conch Club, und ich war fest entschlossen, das nach bestem Wissen und Gewissen für mich zu nutzen.

Ich startete den Wagen wieder und der CD-Player erwachte zum Leben.

Während ich den See passierte, der sich matt unter dem weiten Himmel erstreckte, erfüllte Masks schwermütiger Gesang meinen Wagen.

Mit seiner rauchigen Stimme sang er von der Vergangenheit, die er hinter sich gelassen hatte. Einzig von mehreren Gitarren wurde er begleitet, die im Chor um ihn zu weinen schienen.

Die Texte berührten etwas tief in mir, und ich fragte mich, was Mask wohl für ein Leben führte und ob seine Lyrics autobiografisch waren.

Ich fuhr zwischen üppigen Hecken und moosbewachsenen Mauern entlang, bis die Straße eine Linkskurve machte, hinter der die Galen-Wasserfälle auftauchten.

Warum genau ich so unbedingt mit ihm sprechen wollte, verstand ich noch immer nicht.

Der zweite Track war in den dritten übergegangen, der den Titel *Finding It* trug. Masks Stimme setzte leise und sanft ein, dann musste sie sich gegen ein Meer aus Drums und Gitarren durchsetzen. Der Song war der Wahnsinn.

Als ich ankam, ließ ich mir Zeit beim Einparken, um das Lied bis zum Ende anhören zu können. Vom Auto aus bewunderte ich den leuchtend bunten Garten des Coorie Cottage, bis das Lied langsam verklang.

Mit gestrafften Schultern ging ich zur Haustür. Mir war klar, dass ein einfaches Dankeschön mit einer hübschen Grußkarte vollkommen ausreichend gewesen wäre. Und doch war ich hier.

Ich klopfte mehrfach, aber niemand öffnete. Entweder war Mask nicht da oder er tat nur so. Und wenn ich ihm doch einfach eine Karte schickte?

Gerade hatte ich die Autotür geöffnet und wollte wieder einsteigen, als ich hinter dem Haus das Geräusch eines Spatens hörte, der auf Erdreich traf. Ich schloss die Tür wieder. »Hallo?«

Nachdem ich den Autoschlüssel zurück in meine Hosentasche gesteckt hatte, umrundete ich das Haus. Masks Truck stand wie bei meinem letzten Besuch schwarz schimmernd auf dem Kies. Das Klirren des Spatens schien von weiter hinten zu kommen, verborgen durch die Staudenrabatte.

»Hallo?«

Ich wappnete mich innerlich und ging den gepflasterten Weg entlang.

Vor mir tauchte eine großgewachsene Gestalt auf, die fleißig Löcher grub. Neben dem Mann wartete eine Reihe von Sträuchern darauf, eingepflanzt zu werden.

Er trug ein weites dunkelblaues T-Shirt und dunkle, schwere Stiefel. Sein Gesicht konnte ich aus der Entfernung nicht ausmachen, aber ich erkannte, dass er dichtes dunkles Haar hatte, das ihm in leichten Wellen bis zum Hals fiel. Er schien voll und ganz auf seine Tätigkeit konzentriert zu sein, und der Spaten schimmerte jedes Mal im Sonnenlicht auf, wenn der Mann ein Loch grub und sich anschließend bückte, um einen der runden, blütenübersäten Büsche hineinzusetzen.

Schließlich machte er eine Pause und trank aus einer Wasserflasche. Ich wartete, bis er die Flasche wieder neben seinen Timberlands abgestellt hatte. »Mask? Tut mir leid, dass ich störe. Aber ich …«

Die Gestalt fuhr zu mir herum und musterte mich erschrocken.

Mask hatte ein markantes Gesicht mit dunklen Augen und geschwungenen schwarzen Brauen. Über seine rechte Wange verlief eine lange, leuchtend rote Narbe.

Schnell hielt er sich einen Arm vors Gesicht, um es zu verbergen, und ich erstarrte vor Verlegenheit. Sein Spaten fiel klirrend auf den Gartenweg. »Was glauben Sie eigentlich, was Sie hier machen?«

Kapitel 27

Meine Wangen brannten.

»Oh. Ähm … Es tut mir wirklich leid!«

Er achtete darauf, dass sein Arm weiterhin seine rechte Gesichtshälfte verbarg. »Schleichen Sie sich häufiger von hinten an nichtsahnende Leute an?«

»Ich habe mich nicht angeschlichen«, murmelte ich und bemühte mich dabei redlich, nicht allzu offensichtlich zu starren. »Aber als ich geklingelt habe, hat niemand aufgemacht.«

Der Spaten schimmerte vor seinen Füßen. »Was wollen Sie, Ms. Devlin?«

Offenbar war er stinksauer.

Ich machte ein paar zögerliche Schritte auf ihn zu, worauf er reagierte, indem er dieselbe Anzahl an Schritten zurückwich und mich argwöhnisch musterte.

Also blieb ich wieder stehen und knetete verlegen die Hände. »Ich wollte mich nur für die CDs bedanken. Mit so etwas hätte ich nie gerechnet, das war wirklich nett.«

Mask wandte das Gesicht von mir ab und schien zu überlegen. »Warten Sie bitte kurz.«

Dann verschwand er im Cottage und kam kurze Zeit später mit seiner schwarzen Maske und dem Kapuzenpullover zurück. Er musterte mich eingehend. »Sie sind den ganzen Weg hierhergefahren, nur um sich persönlich zu bedanken?«

Verlegen zuckte ich mit den Achseln. »So weit ist es nun auch wieder nicht. Die Fahrt dauert nur eine Viertelstunde und um diese Zeit gibt es kaum Verkehr …« Als ich bemerkte, dass ich vor mich hin schwafelte, verstummte ich.

Augenscheinlich hatte sich Mask eine kleine Wunde am Handgelenk zugezogen, aus der ein Blutstropfen rann.

»Sie haben sich verletzt.«

Mask folgte meinem Blick. »Ach, nicht schlimm«, winkte er ab. »Vermutlich bin ich an der Stechpalme dort hängen geblieben, als Sie sich angeschlichen haben.«

Angeschlichen?

Ich musterte ihn streng. »Wie ich schon sagte, ich habe mich nicht angeschlichen.«

Er brummte irgendetwas Unverständliches vor sich hin.

»Haben Sie vielleicht ein Pflaster da? Sie sollten die Wunde wirklich besser versorgen.«

Er verzog den Mund zu einem schmalen Strich. »Danke, aber das ist wohl kaum ein Fall für die Notaufnahme. Mir geht es gut.«

Achselzuckend beobachtete ich, wie der nächste Blutstropfen über seinen Unterarm lief, und kehrte zum Auto zurück. Dort wühlte ich im Handschuhfach herum, bis ich Wunddesinfektionsmittel und eine Packung Verbandszeug gefunden hatte.

Mask beobachtete, wie ich ein Pflaster aufriss und wieder auf ihn zukam.

»Was machen Sie da?«

Ich deutete mit dem Desinfektionsmittel auf sein Handgelenk. »Hier, tragen Sie das auf, danach können Sie das Pflaster draufkleben.«

Aus seinen dunklen Augen warf er mir einen stechenden Blick zu. »Ach, sind Sie jetzt auf einmal nicht nur Geschäftsfrau, sondern auch noch Ärztin?«

Ich verdrehte kaum merklich die Augen über seinen Sarkasmus und hielt ihm Flasche und Pflaster hin. »Gegen Unfreundlichkeit habe ich heute leider kein Heilmittel zur Hand, aber zumindest mit der Wunde kann ich Ihnen helfen.«

Mask blinzelte überrascht, dann gab er ein entnervtes Seufzen von sich und versuchte erfolglos, mit einer Hand das Pflaster aufzukleben.

»Kommen Sie, ich helfe Ihnen.«

»Danke, ich komme zurecht«, knurrte er. Sein australischer Akzent war stark wie nie.

Umgeben von den süßen Düften, die aus seinem Garten aufstiegen, griff ich nach seinem Handgelenk. »Sieht man. Kommen Sie.«

Misstrauisch beobachtete er, wie ich das Desinfektionsmittel auf die Wunde träufelte. »Keine Sorge, meine Hände sind sauber. Ich komme frisch aus der Dusche.« Hitze kroch mir den Hals empor, als mir klar wurde, was ich da gerade gesagt hatte, und ich war sicher, dass ich seine Mundwinkel zucken sah. Doch ich richtete den Blick weiter stur auf sein Handgelenk und bat ihn, stillzuhalten, während ich die Schutzstreifen vom Pflaster löste und es über den Schnitt klebte.

»Das war zwar nicht nötig, aber trotzdem danke«, brummte er.

Da mir meine dämliche Dusch-Bemerkung noch immer peinlich war, kostete es mich einige Überwindung, ihn anzusehen. »Gern geschehen.«

Er nickte in Richtung meiner Kleidung. »Heute noch was vor?«

Ich musterte meine strassbesetzte Jeans, das rosafarbene Shirt und nickte.

Eine glänzende schwarze Haarsträhne lugte unter seiner

Kapuze hervor und fiel ihm in die Stirn. Er kam einen Schritt auf mich zu, gerade nah genug, damit ich unter seinem unverwandten Blick ein wenig zusammenzuckte.

»Also, wie gesagt, ich wollte nur vorbeischauen und mich für die CDs bedanken. Das war wirklich sehr aufmerksam.«

Er zuckte mit den Achseln. »Gern geschehen.«

Die Sonne über unseren Köpfen trat schon ihren Weg hinter die Baumwipfel an. Nervös spielte ich mit meinem Uhrarmband herum. »Auf dem Weg hierher konnte ich schon ein paar Songs anhören. Sie schreiben fantastische Texte.«

Der angespannte Zug um seinen Kiefer lockerte sich etwas. »Danke«, sagte er mit seinem melodischen Akzent.

»Ich bin beeindruckt, dass Sie meine Adresse herausgefunden haben.«

Mask verschränkte die Arme. »Ich habe meine Methoden.«

Stille senkte sich über uns. »Also dann«, rief ich betont fröhlich und klatschte in die Hände. »Ich gehe jetzt wohl besser.«

Aus unerklärlichen Gründen lief ich rückwärts zurück zu meinem Wagen. »Danke noch mal für die CDs. Sie stehen ganz klar auf der Playlist für die Eröffnung.«

Mir wurde klar, dass mein Verhalten etwas merkwürdig wirken musste, und ich blieb wieder stehen. »Sie sind natürlich herzlich eingeladen. Wenn alles glattläuft, öffnet der Club seine Pforten am Samstag, dem 29. August.«

Mask warf mir einen kurzen Blick zu. »Ich glaube zwar nicht, dass ich kommen kann, aber herzlichen Dank für die Einladung.« Dann nickte er noch einmal mit Blick auf mein Outfit. »Ganz schöner Hingucker.«

Es dauerte kurz, bis ich seinen Kommentar einordnen konnte. »Ach so, ja. Aber ich treffe mich nur mit meinem

Dad und seinen ehemaligen Band-Kollegen. Wir gehen was essen. Eine Art Reunion.«

Er schob die Hände in die Taschen seiner Arbeitshose. »Ihr Dad ist Musiker?«

»Er war. In den Siebzigern war er Drummer in einer relativ erfolgreichen Rockband. Battalion, falls Ihnen das was sagt.«

Mask neigte nachdenklich den Kopf. »Hatten die damals nicht sogar ein paar kleinere Hits?«

»Stimmt, eine Zeitlang lief es ziemlich gut. Aber dann haben sie alle geheiratet und Kinder bekommen und mit der Karriere ging es langsam bergab.«

»Eine Reunion, ja? Das wird sicher lustig.«

Nicht solange ich mich gleichzeitig mit der Tatsache auseinandersetzen musste, dass womöglich nicht mein Vater, sondern der Band-Bassist mein Erzeuger war.

Doch ich lächelte bemüht. »So kann man es sicherlich auch sehen.«

Hinter seiner schwarzen Maske musterte er mich prüfend.

»So, jetzt muss ich aber wirklich los. Bis dann. Und danke noch mal.«

Auf dem Weg zum Auto musste ich wieder an die rote Narbe auf seiner rechten Wange denken, auf die ich bei meiner Ankunft einen kurzen Blick erhascht hatte.

Wo er die wohl herhatte? Jedenfalls schien es ihm ausgesprochen wichtig zu sein, dass niemand sie zu Gesicht bekam. Aber warum? Ich fand daran nichts Schlimmes. Andererseits hatte ich auch leicht reden. Ich musste sie ja nicht Tag für Tag im Spiegel sehen.

Ich schnallte mich an. Mask hatte seinen Gartenweg verlassen und war mir in der Abendbrise bis zum Rand seines Gartens hinterhergeschlendert.

Und dort stand er noch, als ich rückwärts aus seiner Ausfahrt setzte und zurück nach Loch Harris fuhr.

Ich schaltete den CD-Player ein und erneut schwebte seine tiefe, warme Stimme durch den Wagen.

Zwischen zerklüfteten Gipfeln fuhr ich meinem Treffen mit Battalion entgegen und versuchte dabei, nicht allzu viele Gedanken an Ed Stockton und das Ergebnis des DNA-Tests zu verschwenden.

Kapitel 28

Den gesamten Rückweg zum Merry Maid über bekam ich Mask und seine Narbe nicht aus meinem Kopf.

Nachdem ich auf dem Parkplatz des Pubs gehalten hatte, stützte ich für ein paar Augenblicke die Unterarme aufs Lenkrad, um mich zu sammeln.

Als mir wieder einfiel, wie wütend Mask geworden war, als ich kurz sein Gesicht gesehen hatte, und wie bescheuert mein Spruch zum Thema Duschen gewesen war, wurden meine Wangen heiß.

Vermutlich hätte ich meinen Abstecher zum Coorie Cottage einfach bleiben lassen sollen. Aber ich war nun mal wirklich dankbar, dass er mir die CDs gegeben hatte.

Meine Gedanken wanderten wieder zu seinem Gesichtsausdruck, als er mich in seinem Garten bemerkt hatte. Wie er den Arm hochgerissen hatte, um die Narbe zu verbergen. Die Angst und der Zorn in seinem Blick.

Ich blickte zum Merry Maid. Drinnen war es gemütlich beleuchtet, und durch die Glastür, die einen Spaltbreit offen stand, drangen Musik und Stimmengewirr nach draußen.

Ich holte meine Tasche vom Beifahrersitz und streifte sie über meine Schulter, dann schloss ich den Wagen ab. Anschließend wandte ich mich dem Merry Maid mit seinen Rauputzwänden und dem Reetdach zu und sah hinter den Fenstern Silhouetten umhergleiten.

Ich schob meine Aufregung beiseite und betrat den Pub.

Während ich Ausschau nach Dad hielt, überkam mich ein seltsames, distanziertes Gefühl. Wie oft hatte ich ihn in der Vergangenheit zusammen mit den anderen Bandmitgliedern erlebt. Wie sie plauderten und sentimentale Geschichten austauschten und sich über ihre Jugendsünden kaputtlachten oder ihre Lieblingslieder grölten.

Doch Ed würde ich von nun an durch eine ganz andere Brille sehen.

Das Innere des Merry Maid wartete mit schwarzen Balken im Tudor-Stil und weißen Säulen auf, die als Abtrennung zwischen den kastanienbraunen Leder-Sitzecken dienten. Sitzbänke und Tisch waren aus schimmerndem Mahagoni gefertigt. In einer Ecke stand eine Jukebox, die Seventies-Rock spielte. Ich hatte da so eine Ahnung, wer die Musikauswahl getroffen hatte.

Das Publikum bestand vornehmlich aus alteingesessenen Loch-Harris-Bewohnern, die sich um die Tische versammelt hatten, um vergangenen Tagen nachzuhängen, sich über die Wanderer zu beschweren, die ihre Einfahrten zuparkten, und ausgedehnte Schachpartien zu spielen.

Das Merry Maid mochte ein wenig altmodisch sein, aber es gab leckeres Essen in großzügigen Portionen.

Bei Dads Anblick zog sich mein Herz unwillkürlich zusammen. Er saß in der Ecke und lachte über irgendeinen Witz, den jemand gerissen hatte. Als er mich entdeckte, hob er den Blick und winkte mich zu sich.

Ich versuchte, statt meiner angespannten Miene ein Lächeln aufzusetzen, und durchquerte den Pub, um zu dem Tisch zu gelangen, an dem er hinter mehreren halbleeren Biergläsern mit den übrigen Battalion-Mitgliedern saß.

Dad grinste stolz. »Da kommt mein Mädchen.«

Wir wechselten einen wissenden Blick.

Mikey, Stan und Jack sprangen auf und riefen unter lautem Ach und Oh, wie gut ich aussehen würde, ehe sie mir ihr Beileid wegen Macs Tod aussprachen. Sie trugen allesamt ausgeblichene Band-Shirts und Jeans, und Stan hatte immer noch die graue Schiebermütze auf dem inzwischen kahl werdenden Kopf, die früher sein Markenzeichen gewesen war.

Nachdem ich Umarmungen und Wangenküsschen mit den dreien ausgetauscht hatte, erhob auch Ed sich von seinem Platz ganz hinten in der Ecke.

Ich kam nicht gegen den Impuls an, ihn genau zu mustern und dabei jeden Winkel seines Gesichts unter die Lupe zu nehmen: von seinem scharf geschnittenen Kinn über den kleinen Höcker auf seinem Nasenrücken. Seine wilden braunen Locken hatte er immer noch, auch wenn sie inzwischen von grauen Strähnen durchzogen waren.

Ich sah ihm nicht das kleinste bisschen ähnlich. Wirklich überhaupt nicht. Oder … vielleicht doch und ich wollte er nur nicht wahrhaben?

In meinem Bauch bildete sich ein schmerzhafter Knoten, und als Ed mich kurz umarmte, erstarrte ich. »Na, wie läuft's?«, fragte ich, bemüht, mich ganz normal zu benehmen.

»Bestens, Layla. Danke. Tut mir leid, das mit Mac. Karen lässt dich schön grüßen.«

Bilder von seiner Frau, die eher unscheinbar war, tauchten vor meinem inneren Auge auf. Falls meine Mutter die Wahrheit sagte, würden auch Menschen in Mitleidenschaft gezogen werden, die nichts Falsches getan hatten.

Ich sah kurz zu Dad hinüber, der Ed und mich beobachtete.

Dann setzten wir uns, und die Jungs quetschten sich noch ein bisschen mehr zusammen, um mir Platz zu machen.

Inzwischen fragte ich mich, ob es wirklich eine gute Idee war, in der Vergangenheit herumzuwühlen. Neunundzwanzig Jahre lang hatte ich in einem Zustand seligen Unwissens gelebt. Harry hatte mich aufgezogen, mich in meinem rosa Tutu mit meiner riesigen Sporttasche zum Ballettunterricht gefahren und mir zur Seite gestanden, wenn ich Rotz und Wasser heulte, weil ich Prüfungsangst oder Teenager-Gefühlsausbrüche hatte. Er hatte auf meinem Abschlussfest mit mir geweint und gelacht und mir in seinem alten Chevrolet Pick-up das Fahren beigebracht. Beim Gedanken daran, wie wir gemeinsam über die alten Felder hinter Grandmas und Grandpas Cottage geruckelt waren, musste ich kurz lächeln. Ständig hatte ich mich verschaltet, woraufhin Dad jedes Mal die Augen verdrehte und brummte: »Himmel Herrgott noch mal, Layla, nun pass doch auf den armen Wagen auf!«

Nichts und niemand konnte mir diese Erinnerungen jemals nehmen.

Ich löste den Blick von der laminierten Speisekarte, die Jack am hinteren Tischende aufgetrieben und an uns verteilt hatte.

Dad lachte über etwas, das Stan sagte, der sich gerade zu ihm gesetzt hatte. Er hatte den Kopf in den Nacken gelegt und seine grauen Augen funkelten.

Dann glitt mein Blick hinüber zu Ed, der sich gerade eine Geschichte von Mikey anhörte, in der es um einen Fan ging, der in Aberdeen versucht hatte, an der Außenfassade des Bed and Breakfast, in dem Bataillon damals gewohnt hatte, zu den Band-Zimmern im ersten Stock hochzuklettern. »Sie hatte ganz schön einen sitzen«, erzählte er gerade. »Also habe ich ihr einen schwarzen Kaffee besorgt, und dann fing sie an, mir ein Ohr über irgendeinen Typen abzukauen, der sie auf der Arbeit nervte.«

Eds Mundwinkel zuckten leicht amüsiert.

»Und? Was nehmt ihr?«, fragte ich und richtete den Blick wieder auf die Karte.

Mikey beobachtete, wie ich Zettel und Stift zückte, um die Bestellung aufzunehmen und am Tresen durchzugeben. »Wie in alten Zeiten, echt klasse!«

Jack spähte mit verschränkten Armen den Tisch entlang. »Ich dachte, du willst nie wieder in einer Band spielen.« Er zeigte mit dem Finger auf Mikey. »He, Layla. Kannst du dir vorstellen, dass dieser Typ da fünf Minuten vor deiner Ankunft gesagt hat, er würde sich wünschen, dass Battalion wieder regelmäßig auftritt?«

Ich lächelte und wechselte einen kurzen Blick mit Dad.

»Hey, ich habe zwei Ex-Frauen zu versorgen!«, rechtfertigte sich Mikey.

»Als wäre das unsere Schuld«, meldete sich Stan zu Wort. »Wenn du häufiger mit dem Hirn und seltener mit der Hose denken würdest, müsstest du nicht ständig in deinem Plattenladen schuften.«

Mikey hob eine Braue. »Ist doch nicht meine Schuld, dass die Frauen auf mich stehen.«

»Bist du zufällig in einem Paralleluniversum zu Hause?«, fragte Jack augenrollend.

Der rasche Schlagabtausch zwischen den Männern, der an ein Tennismatch in Wimbledon erinnerte, brachte mich zum Lachen. Und er lenkte mich kurz von der großen Vaterfrage ab, die an mir nagte.

Erneut schaute ich zu Ed hinüber, der am anderen Tischende auf sein Handy blickte und sich nicht groß am Gespräch beteiligte.

»Na, Edward, nicht in Stimmung für Gesellschaft?«, fragte

Mikey, dem das Schweigen seines Kumpels offenbar ebenfalls aufgefallen war.

»Ich schreibe nur Karen«, antwortete dieser und wedelte zum Beweis mit seinem Handy herum.

Mikey zog eine Grimasse. »Mensch, du bist die nächsten Tage über Strohwitwer, genieß es doch!«

Ed hob ruckartig den Kopf. »Nicht alle sind solche Schürzenjäger wie du!«

Was für ein Heuchler!

Mikey erhob sein Pint-Glas und grinste uns über den Rand hinweg zu. »Das kann man wohl sagen.«

Ich warf Dad einen bedeutungsvollen Blick zu und wollte gerade einen giftigen Kommentar von mir geben, da gab er mir mit einem Stirnrunzeln und einen lautlosen *Pssst* zu verstehen, dass ich den Mund halten sollte.

Während die übrigen Bandmitglieder ausdiskutierten, welches Bier sie zum Essen trinken wollten, beugte sich Dad zu mir. »Immer mit der Ruhe«, flüsterte er. »Ich regle das.«

Ich mahlte mit den Kiefern. »Hast du Eds Kommentar nicht gehört? Das ist ja wohl die reinste Frechheit! Ausgerechnet von ihm. Wie kann er Mikey Vorwürfe machen, wenn er selbst ein Verhältnis mit Mum hatte?«

Dad legte sich einen Finger auf die Lippen. »Bald wissen wir mehr, versprochen.«

Widerwillig nickte ich, und Dad ließ sich wieder gegen die Lehne sinken und setzte ein Lächeln auf, als Mikey zu einer Geschichte über einen Studiomusiker ansetzte, mit dem sie vor Jahrzehnten zusammengearbeitet hatten und der sich offenbar kürzlich einen schicken nagelneuen Mazda und ein Haartransplantat zugelegt hatte.

Ich quetschte mich an den anderen vorbei und schob

mich zum Tresen durch, um die Bestellung aufzugeben. Als ich noch mit der freundlichen jungen Bedienung plauderte, tauchte plötzlich Dad neben mir auf.

»Alles okay?«, flüsterte er mir zu.

»Ja, ich komme klar. Aber ein bisschen merkwürdig fühle ich mich schon.«

Auf der Jukebox ging ein Beatles-Song in einen Titel der Stones über und Dad warf einen kurzen Blick zu seinen Bandkollegen.

Mikey erklärte lautstark irgendetwas über Stimmumfang, während Jack ihn schadenfroh darauf aufmerksam machte, dass sein Stoppelbart inzwischen ziemlich ergraut war.

»Ich weiß nicht, wie ich das Thema Ed gegenüber ansprechen soll«, gestand Dad nach einer langen Pause. »Aber ich weiß auch, dass wir nicht einfach so weitermachen können wie bisher.«

Ich nickte schicksalergeben. »Ich weiß ja, dass du recht hast. Und solange Cruella ihre Finger im Spiel hat, wäre diese Strategie auch viel zu riskant.«

»So sprichst du über deine eigene Mutter?«

»Ja. Und?«

Dad grinste kurz, dann sagte er stirnrunzelnd: »Eigentlich hatte ich gehofft, dass Ramon und sie noch etwas länger in Italien bleiben würden, damit wir eine kurze Atempause haben.«

Ich bedankte mich bei der gut gelaunten Studentin hinter dem Tresen, die mir ein Tablett mit unseren Getränken hinschob. »Da wünscht man sich einmal im Leben einen Vulkanausbruch und ausgerechnet dann kommt keiner.«

Nachdem die Getränke mit lautem Hurra entgegengenommen und ein Teller- und Schüsselgewirr voller kochend heißer Suppen und Fish and Chips auf dem Tisch abgestellt worden waren, langten wir alle kräftig zu.

Nun ja, alle bis auf mich und Dad jedenfalls.

Wir beiden pickten nur nervös in unserem panierten Fisch und unseren dicken goldenen Fritten herum.

Wir hatten keine Ahnung, wie Ed darauf reagieren würde, dass ich womöglich seine Tochter war. Vielleicht würde er auch einfach nur lachend abwinken und leugnen, dass zwischen ihm und meiner Mutter je etwas gelaufen war!

Ich zwang ein paar Bissen Fisch herunter, dann schob ich meinen Teller beiseite. Die Jungs hatten ihre Portionen schon plattgemacht und hingen nun entspannt auf ihren Plätzen, tätschelten sich die Bäuche und schwärmten von den gewaltigen Kalorienbomben, die sie früher regelmäßig verputzt hatten, ohne auch nur ein Gramm zuzunehmen.

»Das war das ganze Getanze auf der Bühne«, überlegte Mikey sehnsuchtsvoll. »Da haben wir das ganze Essen einfach wieder ausgeschwitzt.«

»Getanze?«, wiederholte Stan. »Das mag für euch Sänger gelten, Kumpel, aber wir Rhythmusgitarristen stehen die meiste Zeit über auf demselben Fleck rum.«

Mikey protestierte lautstark, aber ich hörte ihm nicht zu, weil meine Aufmerksamkeit zur Eingangstür wanderte, durch die gerade Norrie und Clem kamen. »Heute ist ja was los!«, rief Norrie, suchte die Menge mit dem Blick ab und kam dann auf uns zugelaufen.

»Stimmt, selbst für einen Freitagabend ist die Bude ziemlich voll«, bestätigte Dad und trank einen Schluck Bier.

»Oh, aber ich rede doch nicht vom Pub«, verkündete Norrie wichtigtuerisch. »Ich meine das ganze Theater oben im Cottage vom alten Tavish.«

Ich fuhr zu ihm herum. »Coorie Cottage? Wovon sprichst du, Norrie?«

Norrie strich sich die sorgsam über seinen kahlen Scheitel arrangierten Haarsträhnen zurecht. »Ich habe gerade erst mit Tom und seinem kleinen Helfer gesprochen. Draußen auf dem Parkplatz war das. Offenbar hat jemand beobachtet, wie eine dunkle Gestalt ums Haus schleicht, und die Polizei gerufen.«

Kapitel 29

Spätestens jetzt hatte Norrie meine ungeteilte Aufmerksamkeit. Sämtliche Gespräche am Tisch erstarben. »Die Polizei ist oben in Coorie Cottage?«

Dad runzelte die Stirn und trank bedächtig einen Schluck Bier. »Ein Einbruch?«

Clem, die neben Norrie aufgetaucht war, streifte ihren auberginefarbenen Cardigan ab und legte ihn sich sorgfältig über den Arm. »Wohl eher eine Auffälligkeit, meinte Tom. Mehr wollte er dazu nicht sagen.«

An diesem Punkt beschloss meine Fantasie, mit mir durchzugehen. Bilder von Mask, dem von irgendeinem Gelegenheitsverbrecher rücklings eins übergezogen wurde, fluteten meinen Kopf.

An einem Nebentisch tratschten zwei Bauern aus der Gegend miteinander. »Hab gehört, dort wohnt jetzt irgend so ein schräger Eigenbrötler.«

»Aye«, warf Norrie ein. »Davon hab ich auch gehört. Ein Musiker oder so, der sich da oben eingeigelt hat.« Er zuckte betont desinteressiert mit den Achseln. »Vermutlich nur ein paar gelangweilte Teenager aus dem Dorf, die sich ein Späßchen erlaubt haben.«

Mein Gemeinschaftssinn regte sich und ich straffte die Schultern. »Ach, seit wann ist es denn bitte in Ordnung, wenn eine Gruppe Dorftrottel einen Neuankömmling einschüchtert, Norrie? Und nennst du neuerdings jeden einen schrägen Eigenbrötler, der sich nicht mit Leuten wie dir abgeben will, Ewan Tate?«

Ewan warf seinem rotgesichtigen Kumpan ein Grinsen zu und Norrie machte bei meinem Kommentar große Augen.

»Layla«, warnte Dad mich über den Rand seines leeren Bierglases hinweg. Aber ich reagierte nicht, sondern verabschiedete mich unter Entschuldigungen von Jack und Stan, sprang auf und drückte mich an ihren Beinen vorbei.

Dad starrte entgeistert zu mir hoch. »Und wo willst du jetzt hin?«

Ich erwiderte seinen Blick voller Entschlossenheit. »Hoch zum Coorie Cottage.«

Gerade als er zum Protest ansetzen wollte, wackelte ich mit meinem halb leeren Glas Orangensaft. »Ich habe nichts getrunken, weil ich mit dem Auto hier bin.«

Die übrigen Bandmitglieder musterten mich überrascht. Offenbar war mir anzusehen, wie aufgebracht ich innerlich noch wegen Ewan Tates ignorantem Kommentar und Norries plumper Bemerkung war. »Tut mir leid«, wiederholte ich und kramte meinen Autoschlüssel aus meiner Schultertasche hervor. »Ich bin so schnell wie möglich wieder da.«

Dad wirkte besorgt. »Aber es wird doch schon dunkel, Liebes.«

»Mir passiert schon nichts, Dad. Ich kenne die Straßen hier wie meine Westentasche. Schließlich hatte ich einen guten Lehrer.«

Mikey beugte sich zu Dad herüber und flüsterte theatralisch: »Keine Ahnung, woher sie ihren Starrsinn hat, Harry.«

Meine Aufmerksamkeit sprang von Dad zu Ed, der nach wie vor in der Ecke saß und mit seinem halb leeren Bierglas herumspielte, und wieder zurück zu Dad.

»Und was willst du bitte tun, wenn du dort bist?«, brummte der.

Ich hob die Hände. »Weiß ich auch nicht so genau. Ich … Ich … Ich bin gleich wieder da.«

Damit wandte ich mich im Lärm des Gläserklirrens und der Anfangsakkorde eines Queen-Songs der Doppeltür zu, als Dad plötzlich hinter mir brummte: »Warte, Layla« und den letzten Rest bernsteinfarbener Flüssigkeit aus seinem Pint-Glas herunterkippte. »Ich komme mit.« Er warf Ed, Mikey, Jack und Stan einen entschuldigenden Blick zu. »Haltet die Jukebox warm, Leute. Wir sind gleich wieder da.«

Irgendjemand riss einen Witz darüber, dass Dad wohl nichts mehr vertrug, doch der lachte nur und folgte mir aus der gemütlichen Wärme des Pubs nach draußen.

»Das wäre doch nicht nötig gewesen, Dad.«

Er schlüpfte in seine Lederjacke. »Das weiß ich doch. Aber ehrlich gesagt fällt es mir schwer, mit Mikey und Stan mitzuhalten. Die beiden sind so trinkfest.«

Ich musste lächeln. »Also, während ich dabeisaß, hast du dich ganz wacker geschlagen.« Ich nahm auf dem Fahrersitz Platz und wartete, bis Dad sich angeschnallt hatte.

»Also los«, sagte er. »Lass uns nachsehen, was mit deinem Musikerfreund los ist.«

Ich setzte den Blinker. Mask als Freund zu bezeichnen war zwar etwas übertrieben, aber ich sparte mir die Mühe, Dad zu korrigieren.

Kapitel 30

Mein Scheinwerferlicht glitt über die Umrisse von Hecken und Bäumen. Es war nicht mehr weit bis zum Coorie Cottage.

Dad beäugte mich vom Beifahrersitz mit einem neugierigen Blick. »Darf ich fragen, warum du diesem Mask auf deinem weißen Ross zu Hilfe eilst, Layla?«

Ich blinzelte. »Keine Ahnung, was du damit sagen willst.«

Dad legte einen Arm ans Fenster. »Du kennst ihn doch kaum. Und du weißt auch gar nicht, was es mit dem Polizeieinsatz auf sich hat. Trotzdem fährst du sofort zu ihm.«

Ich bog rechts auf die Landstraße ab, die am dunkel schimmernden See entlangführte. »Ich verhalte mich nachbarschaftlich, nichts weiter.«

»Und?«

Vor uns tauchten die Galen-Wasserfälle auf, die sich weiß vor der Felswand abzeichneten. Inzwischen war es stockdunkel.

Vor dem Cottage parkte ein Streifenwagen, und Tom sowie eine mir unbekannte Kollegin waren gerade im Begriff, auszusteigen.

Dad musterte mich weiterhin abwartend.

»Mask hat mir zwei CDs mit exklusiven neuen Songs vorbeigebracht, die ich bei der Club-Eröffnung spielen darf.«

Überrascht hob Dad die Brauen.

»Und ich glaube, ein bisschen tut er mir auch leid, weil er ganz allein hier draußen wohnt.«

»Und wenn er es sich bewusst so ausgesucht hat?«

Aus irgendeinem Grund war ich mir sicher, dass dem nicht so war.

Ich stellte den Motor ab und Dad warf mir ein Lächeln zu. »Du hattest immer schon ein gutes Herz. Ganz anders als deine Mutter.«

Wir stiegen aus und ließen geräuschvoll die Autotüren hinter uns ins Schloss fallen. Tom und die blonde Polizistin neben ihm musterten uns überrascht, als wir auf sie zukamen. »Hi, Layla«, sagte Tom. »Was machst du denn hier?«

»Das frage ich mich auch«, brummte Dad, während er ihm und der Polizistin die Hand schüttelte.

Ich hakte die Daumen in die Schlaufen meiner Glitzer-Jeans. »Ist alles in Ordnung? Ich … Ich kenne den Mann, der inzwischen hier wohnt, ein bisschen.«

»Das beantwortet meine Frage nicht«, bemerkte Tom. »Und man kann auch nicht behaupten, dass du hier um die Ecke wohnst.«

»Genauso wenig wie sonst irgendwer«, konterte ich. »Der Mann, der hier wohnt, ist ganz auf sich gestellt. Da dachte ich, besser, ich sehe mal nach dem Rechten.«

Die Polizistin leuchtete mit ihrer Taschenlampe zwischen dem Cottage und dem Garten hin und her. Der Lichtkegel glitt über wogende Zweige, Blüten und Blätter in verschiedenen Formen und Höhen. »Da scheint aber jemand einen grünen Daumen zu haben«, bemerkte sie, während sie den dunklen Garten in Augenschein nahm.

»Sie sollten ihn mal bei Tageslicht sehen!«, bemerkte ich. »Wirklich wunderschön.«

Die Polizistin schaltete die Taschenlampe aus. »Bei einem unserer Kollegen auf der Wache ist ein Anruf von einem vorbeifahrenden Autofahrer eingegangen, der meinte, er habe eine verdächtige Gestalt um das Cottage herumschleichen sehen.«

»Ich fürchte, da sind Sie leider umsonst gekommen.«

Wir fuhren herum zu Mask, der hinter seiner halb geschlossenen Haustür nur teilweise zu erkennen war.

Wir vier traten näher zu ihm, was aber nur dazu führte, dass er sich noch weiter hinter seiner Tür versteckte. Ein Schatten fiel über sein maskiertes Gesicht und die dichten dunklen Haare. Seine Kapuze trug er heute nicht.

Er richtete seinen Blick auf mich. »Ms. Devlin?« Er legte den Kopf schief und bemerkte knapp: »Das scheint ja langsam zur Gewohnheit zu werden.«

Meine Wangen wurden heiß. »Ich war gerade mit meinem Vater im Dorf-Pub, als ich hörte, dass es hier oben Probleme geben soll, und da dachte ich …«

Mask verzog die Lippen zu einem schmalen Strich. »Ja, Ms. Devlin? Was genau dachten Sie? Dass es in Anbetracht des regen Nachtlebens von Loch Harris eine aufregende Abwechslung wäre, mal wieder in meinem Leben herumzuschnüffeln?«

Ich hätte im Erdboden versinken können vor Scham. Dieser sarkastische Mistkerl!

Tom warf mir einen mitfühlenden Blick zu. »Kein Grund, gleich unhöflich zu werden, Sir. Ms. Devlin hat sich nur nachbarschaftlich verhalten, mehr nicht. Und tatsächlich wurde uns gemeldet, dass …«

»Wie gesagt, Officer, hier ist alles bestens. Wer auch immer bei Ihnen angerufen hat, scheint etwas gesehen zu haben, das nicht stattgefunden hat.«

Die blonde Polizistin wirkte nicht überzeugt und bedachte

Masks Äußerung mit einem zynischen Zucken ihrer Augenbraue.

Ich für meinen Teil glaubte ihm auch nicht.

»Wenn Sie mich jetzt bitte entschuldigen würden«, fügte er hinzu. »Einen schönen Abend noch. Es tut mir leid, dass Sie meinetwegen solche Umstände hatten.«

Dad zog an meiner Schulter. »Lass uns gehen, Liebes. Falscher Alarm.« Mit einem strengen Blick in Masks Richtung fuhr er laut fort: »Und Ihnen, Sir, kann ich nur raten, sich in Zukunft etwas dankbarer zu zeigen, wenn sich jemand für Ihr Wohlergehen interessiert.«

Ich senkte den Blick. »Lass gut sein, Dad. Bitte.«

Mask warf mir aus seinen schokoladenbraunen Augen einen letzten vernichtenden Blick zu, dann ließ er die Tür hinter sich zuknallen.

Tom und seine Kollegin rauschten in ihrem weißen Streifenwagen mit dem neongelb-blauen Muster wieder ab, während Dad mich indessen über das Autodach hinweg musterte. »Alles in Ordnung, Liebes?«

Ich stieg ein und wartete, bis er die Beifahrertür geschlossen hatte. »Ja, alles bestens.«

Er verzog das Gesicht. »Wenn der Typ immer so drauf ist, wenn man versucht, ihm zu helfen, würde ich mir die Mühe an deiner Stelle in Zukunft sparen.«

Ich drehte mich noch einmal zum Coorie Cottage um. »Da hast du wohl recht.« Aus dem Augenwinkel konnte ich erkennen, dass Mask immer noch hinter seiner Haustür wartete. »Ich glaube, er hat gelogen.« Ich bog links ab und die Galen-Wasserfälle verschwanden hinter uns. »Hier ist etwas vorgefallen, und aus irgendeinem Grund versucht er, es zu verbergen.«

Dad streckte die Beine aus. »Ich weiß nur eins: dass er nicht so entsetzlich unhöflich zu meiner Tochter hätte sein sollen.«

Seine Worte entlockten mir ein Lächeln.

»Und jetzt würde ich vorschlagen, dass du nicht weiter darüber nachdenkst und dich stattdessen auf deinen Conch Club konzentrierst«, fuhr Dad fort und sah hinaus auf die dunkle Landschaft, die hinter den Autofenstern vorbeizog. Dann warf er mir einen kurzen Blick zu. »Er hat dir seine Songs gegeben, also kannst du sie bei der Eröffnung auch benutzen. Aber ich glaube, es wäre besser, wenn du dich darüber hinaus so weit wie möglich von ihm fernhältst.«

Erst stellte mir Mask seine wunderschönen Songs zur Verfügung, nur um mich bei der nächsten Gelegenheit zusammenzustauchen. Bei dem bloßen Gedanken daran begannen meine Wangen wieder zu glühen.

Vielleicht hatte Dad recht, und ich ließ ihn am besten einfach weiter einsam und allein im Coorie Cottage vor sich hin leben, wo ihm nur die Eichhörnchen Gesellschaft leisteten.

Arme Eichhörnchen!

Kapitel 31

Wenig später hielt ich erneut vor dem Merry Maid.

Ein Pärchen torkelte in einer unbeholfenen Umarmung zur Tür hinaus und kicherte verstohlen.

Dad musterte mich fragend von der Seite. »Kommst du gar nicht wieder mit rein?«

»Nein, ich fahr lieber nach Hause, wenn du nichts dagegen hast.«

»Aber du wirst jetzt doch nicht Trübsal blasen, nur weil so ein dahergelaufener Dummkopf ein paar blöde Sprüche geklopft hat, oder? Angehender Star oder nicht, er hatte kein Recht, so mit dir zu reden. Zumal du einfach nur nett sein wolltest.«

In Wahrheit war es Ed Stockton gewesen, an den ich auf dem Rückweg zum Pub die ganze Zeit hatte denken müssen. »Ich bin heute einfach nicht mehr in Stimmung für die ganze Angelegenheit mit Ed«, beichtete ich. »Bitte versteh mich nicht falsch. Ein Teil von mir will die Wahrheit unbedingt wissen …«

»Aber ein anderer Teil würde am liebsten für immer den Kopf in den Sand stecken.« Dad nickte. »Glaub mir, niemand versteht das besser als ich. Denn mir geht es nicht anders.«

Er griff nach meiner Hand und drückte sie kurz. »Aber wir wissen beide, dass wir keine Ruhe finden werden, bis wir Antworten haben.«

Ich blickte hinaus auf den Pub-Parkplatz mit seinen mit

Blumenampeln verzierten Laternenpfählen. »Du hast ja recht.« Dann drehte ich mich zu ihm. »Du wirst lachen, aber ein Teil von mir war richtig dankbar, dass wir zum Coorie Cottage gefahren sind. Was auch immer da los war, es hat mich zumindest einen Moment lang von meinen übrigen Problemen abgelenkt.«

Ich beugte mich vor, um Dad etwas ungelenk zu umarmen, und seine hellgrauen Augen nahmen einen weichen Ausdruck an. »Hab dich lieb, Dad.« Ich blinzelte eine Träne weg. »Na los, geh wieder rein zu diesem Haufen alter Halunken.«

Er grinste. »Wie ich sehe, hast du uns durchschaut.«

Ich sah ihm lächelnd hinterher, als er zum Eingang des Pubs lief. Ehe er jedoch im Inneren verschwand, ließ ich noch einmal das Autofenster herunter. »Ruf mich später gern an, falls ich dich nach Hause fahren soll.«

Doch Dad winkte ab. »Wir nehmen ein Taxi!«, rief er zurück, öffnete die Tür und lautes Gelächter drang auf den Parkplatz.

Mein Magen schlug einen Salto. »Und wann willst du mit Ed reden?«

»Morgen.«

»Ich wäre gern dabei, wenn du nichts dagegen hast.«

Nach kurzem Nachdenken antwortete er: »Aber sicher doch. Ich rufe dich rechtzeitig an, damit du vorbeikommen kannst.«

Dann verschwand er mit einem knappen Winken im Pub.

Zu Hause machte ich es mir in meinem Schlafanzug und meinem Bademantel gemütlich und war gerade dabei, mir eine heiße Schokolade zuzubereiten, als mein Blick auf den Küchenkalender fiel.

Unter dem Juni-Bild, das ein sonnenbeschienenes Bücher-Antiquariat in Edinburgh zeigte, prangte neben der 29 ein kleines Herz.

Bei dem Anblick zog sich mein Herz schmerzhaft zusammen. Der 29. Juni war der Tag, an dem Mac und ich uns kennengelernt hatten.

Ich war so mit dem Conch Club und meinen Gedanken über Ed beschäftigt gewesen, dass ich gar nicht recht mitbekommen hatte, wie das Datum näher gerückt war.

Nun musste ich mich bemühen, mich nicht von den Erinnerungen, wie Mac und ich bei dem Interview im Restaurant miteinander geflirtet hatten, überwältigen zu lassen. Wie er auf meine Fragen nach seinen Romanen nur mit seinem typischen schiefen Grinsen und der Gegenfrage nach meiner Telefonnummer reagiert hatte.

Ich goss heißes Wasser in meinen Becher und verrührte das Kakaopulver, dann ging ich ins Wohnzimmer, um mein Handy vom Couchtisch zu holen und Faith anzurufen. Sie wusste noch immer nichts von der ganzen Sache mit Ed Stockton und ich hatte deswegen ein schlechtes Gewissen. Andererseits war ich einfach noch nicht so weit gewesen, mit jemand anderem als Dad darüber zu sprechen. Doch jetzt tat mir die Vorstellung, meine Sorgen mit meiner besten Freundin zu teilen, unendlich gut.

Als sie abnahm, ließ ich ihr kaum Gelegenheit, Hallo zu sagen, ehe ich wie ein Wasserfall lossprudelte und ihr von den neusten Enthüllungen meiner Mutter erzählte.

»Kannst du mir mal verraten, warum ich das alles erst jetzt zu hören bekomme?«, rief Faith, nachdem sie die ganze Geschichte erfahren hatte. »Beste Freundinnen erzählen einander alles – das dachte ich zumindest bis heute.«

»Stimmt ja auch«, versicherte ich ihr. »Aber das hier hat mich eiskalt erwischt und ich musste erst mal selbst damit klarkommen.« Ich spielte mit meinem Bademantelgürtel herum. »Das klingt jetzt vielleicht blöd, aber ich dachte, wenn ich niemandem davon erzähle, ist es am Ende vielleicht nicht wahr.«

Faith reagierte mit ihrem üblichen Pragmatismus. »Wie dem auch sei, du kennst das Ergebnis des DNA-Tests doch noch gar nicht. Mach dir nicht solche Sorgen wegen ungelegter Eier. Und selbst wenn sich herausstellen sollte, dass Ed dein leiblicher Vater ist, wird Harry immer dein Dad bleiben. Wann soll das Testergebnis denn kommen?«

»In ein paar Wochen. Eigentlich nicht lang, auch wenn es mir im Augenblick wie eine Ewigkeit vorkommt.« Ich wackelte mit den Zehen, die in grau-weißen Kuschelsocken steckten. »Ich hatte eine kurze Phase, in der ich dachte, dass ich es lieber nicht wissen will. Aber rückblickend glaube ich, dass Dad und ich eigentlich keine Wahl hatten. Das Thema hätte uns keine Ruhe gelassen und langsam, aber sicher unser Verhältnis vergiftet.«

»Und Ed?«, fragte sie. »Weiß er schon, dass du seine Tochter sein könntest?«

»Nein. Jedenfalls nicht von Dad und mir. Er wohnt bis Sonntag bei Dad. Morgen will er mit ihm darüber reden. Ich habe darum gebeten, dabei sein zu dürfen.«

Faith bekräftigte mich in meinem Vorhaben, und ich beschloss, ihr auch von meinen Erlebnissen mit Mask zu erzählen.

»Dann stimmen die Gerüchte also?«, keuchte sie. »Wow.«

»Ja. Aber bitte erzähl niemandem davon, dass er hergezogen ist – egal, wie unfreundlich er heute Abend zu mir war. Nicht dass ihm seine jugendlichen Fans noch die Bude einrennen.« Ich musste lächeln. »Stell dir mal Norrie und Konsorten vor, wenn Loch Harris plötzlich zum Wallfahrtsort für Groupies wird. Oder noch schlimmer: für Leute aus der Stadt!«

Faith lachte auf und versprach dichtzuhalten. »Dieser Mask scheint allerdings ein ganz schön anstrengender Typ zu sein. Erst schenkt er dir exklusives Material für deine Club-Eröffnung, dann knallt er dir die Tür vor der Nase zu …« Sie schnaubte. »Typische Künstlernatur. Launisch und unvorhersehbar.«

»Wahrscheinlich war er so wütend, weil ich … weil ich ihn kurz ohne Maske gesehen habe.«

Sie senkte die Stimme, obwohl wir jeweils allein zu Hause waren. »Und? Wie sieht er aus?«

»Er hat eine Narbe auf der Wange, und offenbar fand er es entsetzlich, dass ich sie zufällig gesehen habe.«

»Ach, scher dich nicht weiter um den«, riet sie mir. »Auseinandersetzung hin, Auseinandersetzung her – so hätte er nicht mit dir reden dürfen. Wenn er da oben das Phantom von Coorie Cottage spielen will, soll er doch.«

Ich musste lachen. Dann fiel mein Blick erneut auf den Kalender. »Und dann rückt auch noch Macs und mein Tag näher. Am 29. ist unser Kennenlernen drei Jahre her und …« Ich verstummte.

»Sag mal, soll ich vielleicht lieber vorbeikommen und bei dir übernachten? Ich muss nur ein paar Sachen zusammensuchen und könnte in zehn Minuten bei dir sein.«

»Ach, alles gut«, versicherte ich ihr. »Aber danke für das Angebot. Ich glaube, ich kuschle mich einfach mit dem neuen Sophie-Kinsella-Schmöker ins Bett.« Nach kurzem Schweigen fragte ich: »Und wie geht es dir?«

Jetzt war es an Faith, tief durchzuatmen. »Ganz gut.«

»Nur ganz gut?«

»Falls das ein Versuch ist, mit mir über Greg zu reden, lass es bitte einfach. Die Angelegenheit ist Vergangenheit und ich habe meine Entscheidung getroffen.«

Dabei klang sie allerdings alles andere als überzeugt, was sie auch selbst zu bemerken schien, da sie hastig das Thema wechselte. »Versprich mir, dass du mich morgen anrufst, sobald ihr das Gespräch mit Ed hinter euch habt.«

Ich versicherte ihr, dass ich mich direkt melden würde, und wir wünschten einander eine gute Nacht.

Kapitel 32

In dieser Nacht schlief ich unruhig.

Anfangs träumte ich, dass Harry mein leiblicher Vater wäre, doch dann verwandelte sich sein wettergegerbtes offenes Gesicht in Eds.

Am Ende beschloss ich, dass es absolut keine Rolle spielte, was der DNA-Test ergab, da Harry mein Dad war und fertig. Er war immer für mich da gewesen, wenn es drauf ankam. Wir waren ein Team.

Ich duschte und versuchte, das flaue Gefühl in meinem Magen zu verdrängen, indem ich an einer Scheibe Buttertoast herumknabberte und mich auf meine To-do-Liste konzentrierte.

Meine Vorbereitungen für den Conch Club waren durch all die Ereignisse, die der Besuch meiner Mutter ins Rollen gebracht hatte, etwas ins Hintertreffen geraten. Es war an der Zeit, wieder die Ärmel hochzukrempeln. Zunächst rief ich die Spedition an und vereinbarte den Liefertermin für die beiden weichen Sofas aus meergrünem Leder, die ich bestellt hatte. Dann schickte ich eine Erinnerungs-Mail an einige meiner Kontakte bei verschiedenen Musikzeitschriften und fragte noch einmal nach, wer Bands oder Solomusiker kannte, die vielleicht an einem Auftritt interessiert sein könnten. Auf meine Posts in den sozialen Medien hin hatte sich bereits ein halbes Dutzend Gruppen gemeldet, denen ich feste Termine für ihre Auftritte zugewiesen hatte. Außerdem gab es noch zwei Solomusiker, die mich um einen Rückruf gebeten hatten.

Auch Faith hatte sich wie erwartet als unersetzlich erwiesen und stand im Austausch mit mehreren Lieferanten für die Gastronomie.

Doch es wollte mir nicht recht gelingen, mich auf meine Arbeit zu konzentrieren. Immer wieder schweiften meine Gedanken zu Mask ab. Einerseits hatte ich den Impuls, ihm mitzuteilen, dass er sich sein Exklusivmaterial sonst wohin stecken konnte. Andererseits blieb mir aber keine andere Wahl mehr, als die Songs bei der Eröffnung zu spielen. Denn die Nachricht, dass ich unveröffentlichte Songs von ihm besaß, hatte sich herumgesprochen und es war ein ziemlicher Hype darum entstanden.

Aber vorher würde Battalion auftreten.

Ich schluckte. O Gott. Hoffentlich brach die Band nicht wieder auseinander, ehe es überhaupt eine richtige Reunion geben konnte. Was, wenn Ed einfach die Flucht ergriff, wenn er erfuhr, dass er womöglich mein Vater war?

Aber darüber konnte ich mir später immer noch den Kopf zerbrechen. Jetzt galt es, wenigstens einen Teil meiner To-do-Liste abzuarbeiten, ehe Dad mich anrief und ich für das Gespräch mit Ed zu ihm fahren musste.

Zumindest auf der praktischen Seite fügten sich die Dinge langsam immer besser. Der Conch Club war weitestgehend eingerichtet und einer von Dads Studio-Freunden aus Glasgow hatte sich um die Installation des Sound-Systems gekümmert. Jetzt galt es nur noch, einen riesigen Stapel Formulare für die Gesundheits- und die Lebensmittelaufsichtsbehörde auszufüllen und eine Schanklizenz zu beantragen. Außerdem hatte ich Fragebögen für das potenzielle Personal entworfen.

Auf die zwei Stellen, die ich ausgeschrieben hatte, gab es acht Bewerbungen von Personen mit Catering-Erfahrung. In meiner Anzeige hatte ich geschrieben, dass es im Conch Club vornehmlich um Musik und Atmosphäre gehen würde, ich aber auch schottische Snacks und Fingerfood servieren wolle. Warme Mahlzeiten sollte es nicht geben.

Mit etwas Glück würde ich bis zum geplanten Eröffnungstermin am 29. August alles in trockenen Tüchern haben.

Neben der Organisation für den Conch Club hatte ich auch meine journalistische Arbeit ein wenig vernachlässigt, wogegen ich schnellstmöglich etwas unternehmen wollte. Ich war gerade dabei, einem Artikel über die Unterschiede zwischen Homeoffice und Büro den Feinschliff zu verpassen, als mein Handy klingelte. Ein Foto von Dads grinsendem Gesicht erschien auf dem Display.

Bei dem Anblick wurde mir ganz flau im Magen.

Nach kurzem Small Talk bat mich Dad vorbeizukommen. »Ich denke, wir sollten es einfach hinter uns bringen, oder, Layla?«

»Wo ist Ed denn gerade?«

»Unter der Dusche. Wir sind heute Morgen alle ein bisschen hinüber.«

»Und die anderen?«

»Die liegen vermutlich noch in ihren Hotelbetten und schlafen ihren Rausch aus. Tja, Alter schützt vor Torheit nicht«, stöhnte er. »Ab jetzt gibt's nur noch Orangensaft.«

Ich bat Dad, mir zwanzig Minuten zu geben, damit ich meinen Artikel fertig schreiben konnte. Doch nachdem ich aufgelegt hatte, verschwammen die Buchstaben immer wieder vor meinen Augen. Zum Glück war ich fast schon fertig. Ich korrigierte die letzten Rechtschreibfehler, dann schickte ich den Artikel mit einer kurzen Mail an die zuständige Redakteurin.

Die Samstagmorgensonne leuchtete durch die Glasscheibe in meiner Haustür, während ich meine Lederjacke überzog und mein Handy in meine Schultertasche steckte. Ich wollte den kurzen Weg zu Dad zu Fuß zurücklegen, um einen klaren Kopf zu bekommen. Vor dem Flurspiegel zupfte ich meinen Shirt-Ausschnitt unter der Jacke zurecht und mied dabei bewusst den Anblick meines Gesichts und des besorgten Ausdrucks in meinen Augen. Am Ende warf ich mir ein kurzes, unsicheres Lächeln zu und machte mich auf den Weg.

»Was sagst du da?« Eds fassungslose Miene glitt zwischen Dad und mir hin und her. »Ich bin vielleicht ihr Vater?«

Dad beugte sich in seinem Stuhl vor und knetete nervös seine Hände. »Ja, es könnte sein, dass du Laylas leiblicher Vater bist.«

»Jedenfalls behauptet meine Mutter das«, fügte ich hinzu. Es nervte mich, dass ich Ed gegenübersaß und er trotzdem über mich redete, als wäre ich nicht da.

Er ließ sich in Dads dunkelbraunem Lehnstuhl zurücksinken. Alle Farbe war aus seinem Gesicht gewichen. »Aber … Aber Tina hat das Thema mit keiner Silbe je erwähnt!«

Dad und ich wechselten einen angespannten Blick.

»Dann stimmt es also«, sagte Dad nach einer längeren Pause. »Ihr hattet eine Affäre.«

Ed zupfte an seinem graubraunen Lockenkopf. »Ja … Also, nein … Ich meine … Ach, Scheiße noch mal.« Er atmete so tief und rasselnd durch, dass ich schon befürchtete, er würde gleich einen Asthmaanfall bekommen. »Tut mir leid, Harry.

Du warst mein Kumpel. Und das bist du heute noch. Aber du weißt selbst, wie gut Tina aussah. Also, das tut sie ja bis heute. Jedenfalls habe ich mich vermutlich einfach geschmeichelt gefühlt und da …«

»War es ein One-Night-Stand?«, stieß ich hervor, während die Puzzleteile dieser Geschichte in meinem Kopf noch nach ihrem Platz suchten.

Ed sah mich an, als hätte er ganz vergessen, dass ich ja auch noch da war. Er beugte sich vor und musterte mein Gesicht, als wäre ich ein seltenes Fundstück im Museum. »Nein, das nicht«, antwortete er. »Aber lang hat das zwischen uns auch nicht gedauert. Ein paar Wochen vielleicht.«

Auch wenn ich seine Ehrlichkeit zu schätzen wusste, versetzten mir seine Worte einen Stich. »Also nicht unbedingt die große Liebe, was?«

Dad musterte mich stirnrunzelnd. »Layla.«

»Wie kannst du das alles nur so gelassen hinnehmen, Dad?«, fuhr ich ihn an und sprang auf. »Einer deiner Bandkollegen hat deine Frau gevögelt!«

Ed musterte aus seinen hellblauen Augen verlegen den Teppich.

Ohne jeden Vorwurf betrachtete Dad ihn und fragte, wann genau die Affäre gewesen sei.

»Müssen wir wirklich im Detail darüber sprechen?«, jammerte Ed. »Das bringt jetzt doch auch nichts mehr.«

Ich funkelte ihn wütend an. »Sollte ich wirklich deine leibliche Tochter sein, habe ich meiner Meinung nach durchaus ein Recht darauf, es zu erfahren.«

Wieder musterte mich Ed auf diese durchdringende Weise, und ich spürte, wie sich mein Mund zu einer strengen Linie verzog.

Er schluckte. »Zu dem Zeitpunkt warst du ungefähr zwei Jahre lang mit Tina verheiratet«, sagte er dann an Dad gewandt.

Ich schüttelte den Kopf, verkniff mir aber jeden Kommentar.

Dad schnaubte nur abfällig. »Was diese Frau betrifft, überrascht mich gar nichts mehr.«

Ausdruckslos starrte Ed auf einen Punkt an Dads Wohnzimmerwand. »Karen und meine Jungs ...«

»Das ist alles, was dir dazu einfällt?«, knurrte Dad ihn an. »Du solltest jetzt an Layla denken, nicht an deine Familie.«

Ich warf meinem Dad einen auffordernden Blick zu.

»Und mich hast du auch hintergangen, Ed«, fügte er hastig hinzu. »Mich, deinen Freund.«

Auf einmal sprang Ed auf und Dad und ich zuckten vor Schreck zusammen. Er schien auf einmal begriffen zu haben, was für Konsequenzen die Situation womöglich für ihn mit sich bringen würde, und verfiel in Panik. »Also, ich leugne ja nicht, dass zwischen Tina und mir ein bisschen was gelaufen ist. Aber ich kann unmöglich dein Dad sein.« Er hastete in den Flur, wo seine abgenutzte Sporttasche lag, und schmiss, während er redete, seine wenigen Sachen hinein. »Tut mir leid, Mann. Wirklich. Was ich da getan habe, war nicht richtig. Und auch bei dir kann ich mich nur entschuldigen, Layla.« Er schloss den Reißverschluss und warf sich die Tasche über die Schulter.

»Kannst du mir mal sagen, wo du jetzt hinwillst, Ed?«, wollte Dad wissen. »Du kannst nach allem, was du gerade erfahren hast, doch nicht einfach davonlaufen.«

Doch Ed lief ungerührt den Flur entlang und riss die Haustür auf. »Mich interessiert diese ganze Geschichte nicht. Das ist dreißig Jahre her!«

»Aber du kannst doch nicht einfach so davonlaufen!«, wiederholte Dad, rannte an Ed vorbei und stellte sich ihm in den Weg. Dann deutete er in meine Richtung. »Ich habe Layla versprochen, dass wir im August bei ihrer Club-Eröffnung spielen.«

Ed runzelte die Stirn. »Das ist doch nicht mein Problem!«

Panik und Wut stiegen in mir hoch, während ich beobachtete, wie Eds schlaksige Gestalt durch Dads Gartentor und weiter die Landstraße entlang in Richtung Dorf verschwand.

»Na klar, Ed, nur weiter so!«, rief ich ihm hinterher und versuchte dabei, mir nicht anhören zu lassen, wie verletzt ich war. »Geh nur und lass Harry mit dem ganzen Schaden allein! War ja irgendwie klar, dass du ihn auch diesmal wieder hängen lässt.«

Dad drückte sanft meinen Arm. »Lass ihn gehen, Liebes.«

Doch zu meiner Überraschung blieb Ed auf der anderen Seite der Hecke stehen.

»Kannst du dich nicht wenigstens professionell verhalten, was die Band betrifft?«, fragte Dad.

Aber Ed stand nur weiter wortlos da. Er wirkte verlegen und beschämt.

Dad hob die Hände und ließ sie wieder fallen. »Falls der DNA-Test tatsächlich ergibt, dass du Laylas leiblicher Vater bist, kannst du damit meinetwegen anfangen, was du willst. Aber lass Layla nicht hängen, indem du vor der Club-Eröffnung bei Battalion aussteigst.« Seine Stimme nahm einen schärferen Ton an. »Das ist ja wohl das Mindeste, was du für sie tun kannst.«

Ed ließ die Schultern hängen. »Ich kann nicht. Tut mir leid.«

Und damit machte er sich wieder auf den Weg ins Dorf.

Kapitel 33

Während des Mittagessens brüteten Dad und ich finster vor uns hin.

Ich wärmte eine Ziegenkäse-Tomaten-Quiche auf, die ich in Dads Gefrierfach fand, und er machte einen Salat dazu. Doch am Ende bekamen wir in Anbetracht der dramatischen Ereignisse, die wir am Vormittag mit Ed durchlebt hatten, kaum einen Bissen herunter.

»Ich kann nicht glauben, wie gelassen du das alles hinnimmst, Dad.«

Er ließ die Gabel sinken und musterte mich über den Küchentisch hinweg. »Was soll ich denn groß machen, Liebes? Ihn anbrüllen und ihm die Nase brechen? Die ganze Geschichte ist dreißig Jahre her.« Nach kurzem Zögern fuhr er fort: »Versteh mich bitte nicht falsch. Als mir deine Mutter gesagt hat, dass du vielleicht nicht von mir bist, hätte ich ihnen allen beiden am liebsten den Hals umgedreht.« Er spießte ein Salatblatt auf. »Tina war immer schon gut darin, ihre Lügen zu verbergen.« Er warf mir ein kurzes, freudloses Lächeln zu. »Und sie langweilt sich schnell, das war damals schon so.«

»Ist mir nicht entgangen.«

Er aß einen Bissen Quiche. »Ich habe sie wirklich geliebt«, erklärte er.

Die Einfachheit und Ehrlichkeit seiner Worte brachen mir fast das Herz. »Sie hatte dich nicht verdient.«

»Kann es sein, dass du parteiisch bist?«

Ich trank einen Schluck kühles Wasser. »Ich kann einfach nicht glauben, dass er nicht mehr mit euch spielen will.«

Dad schüttelte den Kopf. »Das sind bestimmt die Schuldgefühle. Es fällt ihm schwer, mir noch in die Augen zu sehen. Und vermutlich hat er Angst davor, dass die anderen Jungs es herausfinden könnten.«

Uns war klar gewesen, dass die Situation nicht einfach werden würde. Aber Dad hatte mir immer wieder erzählt, wie viele »kreative Differenzen« und Kabbeleien Battalion im Lauf der Jahre bereits überwunden hatte. Was jetzt zwischen Ed und ihm passiert war, war aus meiner Sicht letztlich nur eine weitere Hürde, die sie irgendwann hinter sich lassen würden.

Ich stellte mein Glas wieder auf dem Untersetzer ab. »Er schuldet dir was, Dad.« Ich straffte die Schultern. »Ich werde Ed überreden, wieder bei Battalion einzusteigen. Und wenn es nur für die paar Stunden bei der Eröffnung ist.«

Dad gab einen trockenen Lacher von sich. »Deinen Kampfgeist hast du ganz klar von deiner Mutter geerbt.«

Nachdem ich Dad beim Abräumen geholfen hatte, spazierte ich zurück nach Hause.

Er wollte Stan, Jack und Mikey auf eine Jam-Session zu sich einladen und anschließend mit ihnen besprechen, welche Songs sie bei der Club-Eröffnung spielen sollten. Außerdem wollte er die Lage mit Ed erklären, der ihm eine Stunde nach seinem hastigen Aufbruch geschrieben hatte, dass er ein Zimmer im Merry Maid gebucht habe. Um ehrlich zu sein, wäre es mir auch egal gewesen, wenn er in einer Mülltüte am Seeufer kampiert hätte.

Ich bot an, noch zu bleiben, bis alle eingetrudelt waren, aber Dad bestand darauf, dass ich gehen sollte, und ich nahm das Angebot dankend an, da ich davon ausging, dass es an diesem Tag noch eine Menge testosterongeladene Diskussionen geben würde.

Ich hoffte nur, dass sich wenigstens Dad und die anderen professionell genug verhielten, um Battalion zu retten. Die Band wieder aufzugeben war keine Lösung. Zumal in wenigen Wochen die Eröffnung stattfinden sollte und sich herumgesprochen hatte, dass »die alten Lokalrockerhelden« in Originalzusammensetzung auf der Bühne stehen würden.

Nach ein paar kurzen Schauern zeigte sich zwischen der Wolkendecke nun endlich die Sonne am Nachmittagshimmel. Ich atmete den frischen Duft von feuchtem Gras ein und versuchte, ein Mindestmaß an Ordnung in meine Gedanken zu bringen.

Macs Tod schien bereits ewig zurückzuliegen. Zumal ich das Gefühl hatte, ihn in Wahrheit schon lange vor seinem Herzinfarkt an Hannah verloren zu haben. Und nun drohte ich auch noch meine Identität zu verlieren.

Ich nahm gerade die letzte Wegbiegung der heckengesäumten Landstraße vor meinem Cottage, als ich merkte, dass am Straßenrand vor meinem Grundstück ein schimmernder schwarzer Pick-up parkte.

Meine Augen weiteten sich vor Überraschung, als ich den groß gewachsenen Mann in hellen Jeans und einem dunkelblauen Kapuzenpullover entdeckte, der etwas in meinen Briefkasten warf. Er musste meine Schritte auf dem Asphalt gehört haben, denn er fuhr erschrocken zu mir herum.

Es war Mask.

Kapitel 34

Wir starrten einander schweigend an. Das einzige Geräusch, das die Stille zwischen uns durchbrach, war das Klappern meines Briefkastens, als hineinrutschte, was auch immer Mask bei mir eingeworfen hatte.

Er trug weder Kapuze noch Maske, sodass ich seine dunklen Haare und die tiefbraunen Augen mit den dichten Wimpern darum sowie sein stoppeliges Kinn und die auffällige rote Narbe sehen konnte, die von seiner rechten Augenbraue bis fast zu seinem Mundwinkel verlief.

Der Moment währte allerdings nur wenige Sekunden, denn schon im nächsten riss er sich hastig die Kapuze über den Kopf und zog sie sich tief in die Stirn. »Scheint so was wie Ihr Hobby zu sein, sich an Leute anzuschleichen, Ms. Devlin.«

Ich blinzelte. »Tut mir leid.« Doch dann wurde mir klar, wo wir uns gerade befanden. »Moment mal! Wieso entschuldige ich mich überhaupt? Sie sind hier derjenige, der vor meiner Haustür herumlungert!«

Ich lief weiter und angelte meinen Hausschlüssel aus der Tasche.

»Ich lungere nicht herum«, protestierte er mit seinem australischen Akzent. Als ich an der Haustür und damit bei ihm ankam, wich er einige Schritte zurück.

Nachdem ich aufgeschlossen hatte, entdeckte ich auf der Fußmatte im Inneren einen weißen Briefumschlag.

»Ich bin nur kurz vorbeigekommen, um Ihnen den zu bringen.«

»Und was ist das?«

»Um das herauszufinden, werden Sie ihn schon öffnen müssen.«

Ich bedachte Mask mit einem Killerblick und bückte mich, um den Brief aufzuheben. Er lag mit der Rückseite nach oben da, und als ich ihn umdrehte, entdeckte ich, dass in ausladender Schrift »Für Ms. Devlin« darauf stand.

Ich wollte ihn gerade aufreißen, als Mask mich halb zu Tode erschreckte. »Was machen Sie denn da?«, rief er unvermittelt.

Entnervt sah ich ihn an. »Na, den Brief öffnen. Ich habe gehört, so macht man das mit verschlossenen Umschlägen, die an einen adressiert sind.«

Unter seiner Kapuze drang ein frustriertes Schnauben hervor. »Sehr witzig, Ms. Devlin. Aber den sollten Sie lieber lesen, wenn ich schon weg bin.«

Jetzt reichte es mir aber langsam!

Erst musste ich mich anschnauzen lassen, nur weil ich mir Sorgen um ihn machte, und dann schrieb er mir einen Brief, den er auch noch persönlich hier ablieferte, nur um mir jetzt verbieten zu wollen, ihn in seiner Anwesenheit zu öffnen?

Ich ließ den Umschlag sinken. »Und warum soll ich ihn noch nicht lesen?«

Seine dunklen Augen blitzten unter der Kapuze auf. »Weil der Inhalt mein Verhalten neulich Abend betrifft.«

»Dann handelt es sich also um einen Entschuldigungsbrief?«

»So würde ich es nicht unbedingt bezeichnen.«

»Wie denn dann?«

Mask vergrub die Hände in der Bauchtasche seines Hoodies. »Als eine … kleine Mitteilung.«

»Aha. Und worum geht es in dieser Mitteilung?«

»Ach, verdammt noch mal«, knurrte er. »Na gut, es geht darum, mich für mein Verhalten zu entschuldigen.« Er schob das Kinn ein wenig nach vorn, doch der Rest seines Gesichts lag weiter im Schatten. »Ich hätte Sie nicht so anfahren dürfen. Zumal ich wusste, dass Sie nur mein Bestes im Sinn hatten.«

»Danke«, lenkte ich ein und machte wieder Anstalten, den Umschlag zu öffnen. »Das weiß ich sehr zu schätzen.«

»Es wäre mir aber trotzdem lieber, wenn Sie den Brief erst lesen, wenn ich weg bin«, wiederholte er.

Ich nickte. »Okay. Wollen Sie … wollen Sie vielleicht auf einen Kaffee hereinkommen, wo Sie schon einmal hier sind?«

Mask rührte sich nicht, dennoch konnte ich ihm ansehen, dass er seine Möglichkeiten abwägte. »Ja, gern. Danke«, murmelte er schließlich.

Ich betrat den Flur und lehnte seinen Brief gegen eine Porzellanvase, die ich als Einweihungsgeschenk von Faith bekommen hatte.

Während ich in der Küche Kaffee kochte und in zwei Becher füllte, wartete Mask im Wohnzimmer, ohne seine alberne Kapuze abzunehmen.

Ich stellte die beiden dampfenden Becher auf dem Couchtisch zwischen uns ab und Mask nahm gegenüber von mir auf dem Sessel Platz.

Während er seine langen Finger um den Becher legte und einen Schluck trank, dachte ich darüber nach, wie gern ich ihn ohne Kapuze gesehen hätte. Ob ich ihn einfach bitten sollte, sie abzunehmen?

»Guter Kaffee«, riss er mich mit seiner tiefen Stimme aus meinen Gedanken.

Ich ließ mich gegen meine Sofakissen sinken und versuchte dabei, ihn nicht merken zu lassen, wie sehr ich mir wünschte, dass er sich endlich offen zeigte.

»Und ein schönes Haus«, fuhr er über den Becherrand hinweg fort.

Ich räusperte mich. Was Heather wohl davon gehalten hätte, dass ihr Held in meinem Wohnzimmer saß und Kaffee trank? Vermutlich wäre sie vor Aufregung implodiert.

»Wie geht es Ihrem Handgelenk?«

Ich ahnte mehr, als dass ich sah, wie Masks lange Wimpern unter seiner Kapuze flatterten, während er seine kleine Schnittwunde betrachtete. Das Pflaster war weg und die Haut schien gut zu heilen.

»Ich werde den Arm wohl nicht amputieren lassen müssen, falls Sie das meinen.«

Frustriert seufzte ich auf. »Sind Sie eigentlich immer so ein Miesepeter?«

»Und sind Sie eigentlich immer so … nachbarschaftlich?«

Ich war mir nahezu sicher, dass seine Mundwinkel gerade gezuckt hatten.

Ich trank einen Schluck Kaffee und genoss den vollmundigen Geschmack. »Und? Ist seit gestern Abend alles ruhig geblieben?«

Er hatte gerade ebenfalls an seinem Becher nippen wollen, hielt nun aber mitten in der Bewegung inne. »Versuchen Sie gerade, so herauszufinden, was genau passiert ist?«

»Wie bitte?«

Mit einem lauten Klappern stellte er seinen Becher auf der gläsernen Tischplatte ab. Das verspielte Necken zwischen uns schien schlagartig Vergangenheit geworden zu sein. »Haben Sie mich nur in Ihr Haus gelockt, um mich hier einem Kreuzverhör zu unterziehen?«

Ich schnappte nach Luft. »Was? Nein, natürlich nicht! Ich wollte nur reden!«

»Lassen Sie mich raten. Als Nächstes wollen Sie dann mit mir darüber plaudern, woher meine Narbe stammt und warum ich die hier trage.« Er deutete auf seine Kapuze. »Aber lassen Sie sich eins gesagt sein: Ich habe kein Interesse daran, Ihnen mein Herz auszuschütten. Das Einzige, was mir dabei hilft, meine Schuldgefühle in den Griff zu bekommen, ist die Musik. Und selbst die …« Als ihm bewusst wurde, was er da gerade gesagt hatte, erstarrte er erneut. Er griff nach seinem Becher und trank ihn in einem Schluck aus. »Danke für den Kaffee, Ms. Devlin. Aber ich sollte jetzt besser gehen.«

Wie betäubt saß ich da und sah ihm hinterher, wie er aus meinem Haus stürmte.

Kapitel 35

Dann kam plötzlich wieder Leben in mich. Ich rannte zur Haustür und riss sie auf. Aber Mask saß längst in seinem Truck und raste die Landstraße entlang.

Was hatte er zu verbergen? Und warum plagten ihn Schuldgefühle?

Frustriert schloss ich die Augen. So ein Mist! Dabei hatte ich gar nicht vorgehabt, ihn auf schwierige Themen anzusprechen.

Genervt von mir selbst, ging ich wieder nach drinnen, wo mein Blick auf den Brief fiel, der nach wie vor an der Vase im Flur lehnte. Ich öffnete ihn und holte einen einzelnen, teuer wirkenden Bogen Briefpapier heraus, der leise knisterte, als ich ihn auseinanderfaltete. Ich fing an zu lesen:

Layla,
bitte entschuldigen Sie mein Verhalten gestern Abend.
Mir ist bewusst, dass Sie nur freundlich sein wollten. Ich hätte mich dankbarer zeigen sollen.
Wie Sie vielleicht schon ahnen, fällt es mir nicht leicht, meine Gefühle zum Ausdruck zu bringen. Das ist der Punkt, an dem die Musik ins Spiel kommt.
Ich hoffe, Sie mögen das Exklusivmaterial, das ich Ihnen zur Verfügung gestellt habe. Und ich hoffe, es findet auch bei der Eröffnung Ihres Clubs Anklang.
Ich wünsche Ihnen allen erdenklichen Erfolg,
Mask

Seine Worte wirkten aufrichtig in ihrer Direktheit.

Ich faltete den Bogen zusammen, schob ihn zurück in den Umschlag und lehnte den Brief wieder an die Vase.

Noch immer war ich sicher, dass am Vorabend irgendetwas im Coorie Cottage passiert sein musste. Aber wieso beharrte Mask so stur darauf, dass es nur ein Missverständnis gewesen war? Und was hatte es mit diesem seltsamen Kommentar über seine Schuldgefühle auf sich, der ihm gerade herausgerutscht war?

Das melodische Klingeln meines Handys riss mich aus meinen Gedanken. Faiths warmes Lächeln füllte das Display. »Na, wie lief es mit Harry und Ed?«

»Grauenvoll. Er hat komplett dichtgemacht, ist aus der Band ausgetreten und davongestürmt.«

Wie erwartet war Faith voller Mitgefühl. »Vielleicht überlegt er es sich ja noch mal«, sagte sie. »Ed, meine ich. Für ihn muss es ja auch ein ziemlicher Schock gewesen sein, zu erfahren, dass du seine Tochter sein könntest.«

Ich presste die Lippen zusammen. »Wenn er sich nicht selbst umentscheidet, dann muss ich nachhelfen. Ich weiß, dass ich ihn nicht zwingen kann, wieder in die Band einzusteigen. Aber ich habe nicht vor, so schnell aufzugeben. Übrigens war Mask gerade hier. Er war dabei, einen Brief bei mir einzuwerfen, als ich wieder nach Hause kam. Ich habe ihn reingebeten, aber das Gespräch ist vollkommen in die Hose gegangen.«

Faith hörte sich die gesamte Geschichte an und unterbrach mich nur hin und wieder, um verständnisvolle Laute von sich zu geben.

»Offenbar bin ich ihm mit irgendetwas zu nahe getreten«, schloss ich meinen Bericht und knabberte mir an der Unterlippe herum. »Als er einfach aufgesprungen und aus dem Haus gestürmt ist, war ich vor Schreck wie gelähmt.«

»Klingt eigentlich eher so, als wäre *er* derjenige mit dem Schreck gewesen«, bemerkte Faith. »Offenbar hatte er nicht damit gerechnet, dir über den Weg zu laufen.« Nach kurzem Schweigen fügte sie hinzu: »Ich weiß kaum etwas über ihn, aber wie es klingt, schleppt er einiges an Problemen mit sich herum. Allein schon, dass er sich oben an den Galen-Wasserfällen verkriecht … Ich will ja nicht gemein klingen, Süße, aber ich glaube, mit Macs Tod, dem Conch Club und der ganzen Geschichte mit Harry und Ed hast du im Augenblick auch ohne diesen Mask schon genug am Hals.« Sie senkte die Stimme etwas, sodass ich hören konnte, wie im Hintergrund der Touristeninformation ein Herr mit spanischem Akzent um Wanderkarten bat und ein Telefon klingelte. »Was auch immer er da im Coorie Cottage treibt – es ist nicht dein Problem, Layla.«

Ich wollte gerade etwas erwidern, da drang aus dem Hörer eine weitere Stimme, die sich fast schon entschuldigend an Faith wandte.

»Ich lass dich jetzt lieber wieder in Ruhe arbeiten«, sagte ich. »Nicht dass du meinetwegen noch Ärger bekommst.«

Doch Faith reagierte gar nicht, sondern murmelte der Frau, die sie angesprochen hatte, etwas zu. Dann kam sie wieder an den Hörer. »Tut mir leid. Vergiss nicht, dass ich den Laden hier leite. Ich werde mich ja wohl kaum selbst abmahnen.«

Ich musste lächeln.

Als Faith weitersprach, schwang leise Aufregung in ihrer Stimme mit. »Jedenfalls war das gerade Danielle, die mir Bescheid sagen wollte, dass heute Morgen, noch ehe meine Schicht anfing, eine Frau mit australischem Akzent hier war, die sie über Coorie Cottage und den neuen Besitzer ausgequetscht hat.«

Alarmiert richtete ich mich auf. »Und was genau wollte die Frau wissen?«

Faith und Danielle tauschten sich noch einmal murmelnd aus, ohne dass ich etwas verstehen konnte, ehe sie wieder dran war. »Danielle meint, sie hätte ziemlich aggressiv gewirkt. Die Frau wollte wissen, ob Mask häufig im Dorf anzutreffen sei, was die Einheimischen hier von ihm halten würden und so weiter.«

Mir kam ein Gedanke. »Und wenn sie Journalistin ist?«

»Das habe ich mich auch sofort gefragt, aber Danielle ist sicher, dass dem nicht so ist. Und die Frau hat sich wohl auch nicht als Journalistin vorgestellt, was allerdings nichts heißen muss.« Sie stöhnte auf. »O weh, hätte ich mal lieber nichts gesagt. Ich höre ja bis hier, wie die Rädchen bei dir rattern.«

»Keine Sorge«, versicherte ich ihr. »Ich muss mich jetzt voll und ganz auf den Conch Club konzentrieren.« Was zugegebenermaßen nicht ganz aufrichtig war.

Faith gab ein Schnauben von sich. »Na klar. Wie kommt es nur, dass ich dir kein Wort glaube? Du bist immer schon eine miserable Schauspielerin gewesen, Layla Devlin.«

Und tatsächlich konnte ich nicht anders, als mir den restlichen Tag lang den Kopf über die geheimnisvolle Australierin und ihre Verbindung zu Mask zu zerbrechen.

Ob sie es war, die gestern Abend um Coorie Cottage herumgeschlichen war?

Kapitel 36

Ich hatte es mir auf dem Sofa gemütlich gemacht und knabberte an einem Riegel Zartbitterschokolade, konnte den Geschmack aber anders als sonst kaum genießen.

Dad musste inzwischen mit den anderen Bandmitgliedern über Ed und unsere Situation gesprochen haben. Ihm war ja gar keine andere Wahl geblieben!

In meinem Kopfkino lief ein Film, in dem ein Rudel langhaariger Ü-Fünfziger brüllend aufeinander einprügelten, was mich eine Grimasse ziehen ließ.

Ein Teil von mir wollte Dad am liebsten gar nicht anrufen. Denn solange ich nicht über Ed sprechen musste, gelang es mir häufig, das Thema zu verdrängen wie einen schlechten Traum. Doch sobald ich darüber redete, wurde mir wieder klar, dass all das wirklich geschah.

Ich war gerade dabei, mich innerlich für das Telefonat zu wappnen, als es an der Haustür klingelte. Draußen stand Dad. Er hatte die Hände tief in den Taschen seiner Lederjacke vergraben. Unter seinen Augen prangten dunkle Schatten. Ich umarmte ihn fest und zog ihn nach drinnen, wo er sich in einen Sessel sinken ließ.

»Ich dachte, gleich gibt es ein Blutbad«, gestand er. »Als ich Jack, Stan und Mikey von der ganzen Geschichte erzählt habe, sind sie nach einem kurzen Schockmoment stinkwütend geworden.«

Ich zog die Beine an und legte mir eine Hand auf die Brust,

in der mein Herz pochte wie verrückt. »Aber es ist doch nicht wirklich etwas passiert, oder?«

»Nein, außer dass Mikey damit gedroht hat, Ed mit seinem Mikrofonkabel zu erwürgen.«

»Oh …«

Doch Dad winkte nur ab. »Mach dir keine Sorgen, Liebes. Das war alles nur Getue. Natürlich stehen die Jungs loyal hinter mir und es hätte sicherlich zu Handgreiflichkeiten kommen können. Sobald ich ihnen aber in Erinnerung gerufen habe, dass es hier letztlich um dich geht und du mit Mac gerade schon genug durchgemacht hast …« Seine grauen Augen blitzten auf. »Du wurdest oft genug enttäuscht. Erst deine Mutter, dann Mac … Ich würde sagen, es reicht jetzt mal.«

Mein Herz schäumte fast über vor Liebe und Dankbarkeit. »Danke, Dad.«

Er knetete seine kräftigen Schlagzeugerhände. »So schnell wird nur kein Gras über die Sache wachsen. Vor allem nicht, nachdem Mikey heute Nachmittag im Dorf Ed über den Weg gelaufen ist und ihn als scheinheiliges kleines Arschloch bezeichnet hat.« Dad versuchte zu lächeln, aber sein Blick blieb ernst. »Es tut mir wirklich leid, Liebes. Aber ich glaube nicht, dass Ed sich das mit der Reunion noch einmal anders überlegen wird.«

Tränen der Wut brannten in meinen Augen, als ich Dads müdes Lächeln sah. Er hatte das nicht verdient!

Je länger ich über die Situation nachdachte, desto mehr sehnte ich mich nach endgültigen Antworten. Selbst wenn sie nicht so ausfallen würden, wie ich es mir erhoffte.

Wie lange kannte Ed meinen Vater jetzt schon? Vierzig Jahre? Sie hatten auf ihren Touren zusammen auf dem nackten Boden geschlafen, hatten in zahllosen heruntergekommenen, nach Bier stinkenden Läden mit klebrigen Teppichen und undankbarem Publikum gespielt.

Dad hatte alles dafür getan, um Battalion zum Erfolg zu verhelfen. Und auch wenn ihr Ruhm nicht lange gewährt hatte – den Großteil davon hatte die Band *ihm* zu verdanken.

Dad und den anderen Mitgliedern zu einem denkwürdigen Abend im Conch Club zu verhelfen war ja wohl das Mindeste, was Ed für ihn tun konnte. Ganz gleich, ob ich nun seine Tochter war oder nicht.

Der Juli mit seinen To-do-Listen, auf denen ich Punkt für Punkt abhakte, nur um unter frustrierten Seufzern direkt die nächste zu schreiben, raste nur so an mir vorbei.

Faith half mir, wo sie nur konnte. Sobald in der Touristeninformation einmal weniger los war, telefonierte sie für mich in der Gegend herum und koordinierte Liefertermine.

Ich hatte am Ende mit sechs Bewerbern Gespräche geführt und drei Vollzeit- sowie zwei Teilzeitkräfte eingestellt.

Alec hatte mit einer Freundin namens Molly Evers gesprochen, die Künstlerin war und ein wunderschönes Schild für den Club entworfen hatte. Es bestand aus hellem Holz, hatte einen gewellten Rand und ein meerblaues Banner in der Mitte, auf dem in zartgelben Buchstaben »The Conch Club« stand. Rechts neben dem Namen befand sich das Bild eines hübsch gekräuselten Schneckenhorns in Gold und Orange.

Ich war hin und weg davon.

Nun versuchten Dad und Alec gerade in bester Laurel-&-Hardy-Manier, irgendwie das Schild über der Tür zu befestigen.

Ehe Alec mit dem Schild und einem Eierbrötchen, bei dessen Duft mein Bauch begierig geknurrt hatte, vor dem Bootshaus aufgetaucht war, hatte Dad mir erzählt, dass sich die Band am Wochenende zu einer zweiten Jam-Session treffen würde. »Auch wenn wir den Gig ohne Bassisten nicht spielen können, fanden wir es schön, einander wiederzusehen, und waren uns einig, dass wir das wiederholen wollen.« Dad hatte die Augen verdreht. »Diesmal wollen sie auf dem Campingplatz in der Nähe der Galen-Wasserfälle zelten.«

»Und was ist mit Ed?«, hatte ich gefragt.

»Er kommt auch.«

»Was? Aber meinte er nicht, dass er nie wieder mit Battalion spielen wird?«

»Offenbar hat er Karen und seinen Kindern nichts von dir erzählt. Und auch nicht, dass er nichts mehr mit Battalion am Hut haben will«, erklärte mir Dad mit bedeutungsvollem Ton. Offenbar war mir anzusehen, dass ich mir Hoffnungen machte, denn er fügte hastig hinzu: »Er hat immer noch nicht vor, mit uns zu spielen. Aber du weißt ja, was für eine Klatschtante Stans Frau ist. Und Karen und sie sind offenbar beste Freundinnen.«

Ich seufzte tief. »Er fährt also mit, damit Karen keinen Verdacht schöpft?«

»So sieht's aus. Offen gestanden versuche ich, nicht allzu viel darüber nachzudenken.«

Während ich jetzt beobachtete, wie Dad und Alec über mir das Schild hin und her rückten, um den richtigen Winkel zu finden, überdachte ich meine Lage.

Mir war bewusst, dass ich ein gefährliches Spiel spielte. Obwohl Dad mir schon mehrfach dazu geraten hatte, öffentlich bekanntzugeben, dass Battalion doch nicht bei der Club-Eröffnung spielen würde, hatte ich mich dagegen entschieden. Ich war einfach noch nicht bereit aufzugeben. Inoffiziell hatte ich zwar eine Rockband aus Fife gebeten, sich als Ersatz bereitzuhalten, aber noch hatte ich mehrere Wochen Zeit, um zu versuchen, Ed zur Vernunft zu bringen.

Das Bootshaus strahlte jetzt in einem glänzenden Sandton mit azurblauen Fenster- und Türrahmen, die ich allesamt hatte erneuern lassen. Das Ergebnis erinnerte – passend zum Namen – an eine farbenfrohe Strandhütte. In den Fensterscheiben spiegelten sich Wälder und Bergketten. Der Steg, der ebenfalls neu lasiert war, ragte wie ein Teppich aus Holz in den See.

»Noch ein kleines bisschen nach links, Dad«, rief ich den beiden zu. »Und Alec, könntest du das Schild auf deiner Seite etwas anheben?« Ich musste ein Lächeln unterdrücken, während ich beobachtete, wie Dad gutmütig mit den Augen rollte und Alec versuchte, sich seine zunehmende Genervtheit nicht anmerken zu lassen.

Als ich endlich die Daumen hob und »Perfekt, jetzt passt es!« rief, seufzten die beiden erleichtert auf.

Alec fixierte das Schild mit einigen Hammerschlägen, bevor er und Dad wieder von ihren Leitern herunterkamen. Alec schob sich den Hammer zurück in die Gesäßtasche und klopfte sich die staubigen Hände an seinen farbfleckigen Kaki-Shorts ab. »Danke übrigens, dass du mit Heather geredet hast. Ein Bücherwurm ist sie zwar immer noch nicht, aber sie gibt sich eindeutig mehr Mühe als früher.«

»Kein Problem.« Ich lächelte. »Sie ist wirklich ein süßes Mädchen.«

Alec holte sein Handy aus seiner anderen Gesäßtasche und tippte kurz darauf herum. »Stimmt – solange man es nicht wagt, Kritik an diesem Mask zu äußern.«

»Oh, ich glaube, dass Eltern und Teenager nur selten denselben Musikgeschmack haben.«

»Sie hat sich deswegen aber gar nicht mit *mir* herumgestritten, sondern mit einer Wildfremden.«

Sofort wurde ich hellhörig. »Sind sie sich zufällig im Dorf begegnet?«

Alec nickte. »Ja, genau! Laut Norrie und Clem ist Heather der Frau ordentlich über den Mund gefahren, nachdem sie gesagt hat, dass dieser Mask aus dem Dorf gejagt werden sollte.«

Dad musterte mich stirnrunzelnd. Offenbar war er gespannt, wie ich reagieren würde.

»Weißt du zufällig, wer sie war?«, fragte ich Alec.

»Das weiß der Herr allein. Heather meinte, sie habe sie noch nie zuvor hier gesehen und dass sie wohl Touristin sei, weil sie einen australischen Akzent hatte.«

Das konnte doch kein Zufall sein! Bestimmt handelte es sich um dieselbe Frau, die sich auch in der Touristeninformation nach Mask erkundigt hatte.

»Und was genau hat die Frau gesagt?«, bohrte ich weiter.

Alec machte sich auf den Weg zu seinem Lieferwagen, der auf dem Parkplatz neben den Picknicktischen stand. »Heather meinte, die Frau habe sie gefragt, ob sie etwas darüber wisse, dass dieser Kerl jetzt hier in der Gegend wohnt. Und dann habe sie angefangen, aufs Übelste über ihn herzuziehen. Behauptete, dass ihm alles zuzutrauen sei …«

Dad und ich wechselten einen angespannten Blick. »Und hat die Frau vielleicht auch erklärt, was genau sie damit meint?«, hakte Dad nach.

Alec hob seine buschigen Augenbrauen gen Himmel, an dem inzwischen dichte Wolken aufgezogen waren. »Die Möglichkeit wird ihr Heather gar nicht gelassen haben.«

Und damit stieg er in seinen Lieferwagen und wir winkten ihm dankbar hinterher. Als er hinter der nächsten Kurve verschwunden war, drehte ich mich wieder zu Dad um.

»Ich kenne dieses Gesicht, Layla«, sagte der. »Du solltest dich auf den Club konzentrieren.«

»Welches Gesicht denn?«

»Das hier! Es ist ja schön, dass du dich um deine Mitmenschen sorgst – selbst um die, die sich wie undankbare Hirnis aufführen. Aber hast du nicht gehört, was Alec gesagt hat? Die Frau hat angedeutet, dass dieser Mask gefährlich sein könnte!«

»Dad …«, setzte ich zum Protest an, doch er unterbrach mich, indem er auf seine abgenutzte Armbanduhr sah.

»Wann sollten die Speisekarten noch mal geliefert werden?«

Während ich das Schild betrachtete, das nun über der gläsernen Eingangstür prangte, kam mir eine Idee. Was, wenn ich Faith und Danielle darauf ansetzte, die Augen nach dieser mysteriösen Australierin offen zu halten? Die beiden waren mit ihrer Touristeninformation so was wie die Türsteherinnen von Loch Harris. Und sie kannten die Besitzer aller Bed and Breakfasts, Hotels und Campingplätze in der Gegend. Wenn die Frau im Gebiet um unser Dorf wohnte, was ich angesichts der abgelegenen Lage von Loch Harris für sehr wahrscheinlich hielt, hatten die beiden bestimmt deutlich bessere Chancen als ich, etwas über sie herauszufinden.

Ich beschloss, Faith eine Nachricht zu schicken.

»Layla? Layla!«

Ich fuhr herum.

Dad musterte mich von der Eingangstreppe aus. Er hatte seine Brauen so weit gehoben, dass sie unter seinem Pony zu verschwinden drohten. »Erde an Layla, bist du da?«

Ich wurde rot und beeilte mich, zu lächeln. »Tut mir leid, ich habe vor mich hin geträumt.«

»Das sehe ich. Ich hatte gefragt, wann die Speisekarten ankommen.«

Nun war ich es, die auf die Uhr sah. Es war zehn Uhr früh. »In ungefähr einer Stunde.«

Dad nickte. »Dann habe ich ja noch genügend Zeit, um rüber ins Dorf zu fahren und uns zwei Kaffee zu besorgen.«

Ich sah Dad hinterher, wie er in sein Auto sprang und davonfuhr. Dann schickte ich Faith eine Nachricht.

Ich hatte gerade auf Senden gedrückt und das Handy wieder in meine Jeanstasche gesteckt, als ich aus dem Augenwinkel eine rote Jacke und das Schimmern des Postautos bemerkte. Unser Dorfbriefträger Arthur war da.

»Wenn du so weitermachst, wirst du noch die reinste Nachtclub-Mogulin«, scherzte er, während er in der Tasche herumwühlte, die ihm von der Schulter hing.

»Ja, ist ein ganz schöner Sprung ins kalte Wasser.«

Er nickte in Richtung Bootshaus. »Ich war gerade um die Ecke und dachte, ich schaue mal vorbei. Der alte Schuppen ist toll geworden! Fiona und ich werden Stammkunden, da kannst du sicher sein. Wir freuen uns wahnsinnig darauf, deinen Dad und seine Jungs endlich wieder auf der Bühne zu sehen.«

Schlagartig verkrampfte sich mein Lächeln.

»Ach so, der hier ist für dich. Wo ich schon hier bin, kann ich ihn dir auch gleich geben, anstatt später zum Cottage zu fahren. Mehr war heute leider nicht für dich dabei. Tschüss!«

Arthur lief zurück zum Van.

Er hatte mir einen dünnen weißen Umschlag überreicht, den ich automatisch entgegengenommen hatte, während ich in Gedanken ganz bei der Club-Eröffnung gewesen war.

Als ich jedoch den in blauen Blockbuchstaben gehaltenen Absender auf dem Umschlag bemerkte, war der Club schlagartig vergessen. Der Brief stammte von dem DNA-Labor!

O nein. Nein, nein, nein! Die Testergebnisse waren da.

Kapitel 37

Mit einem strahlenden Lächeln im Gesicht und zwei Bechern Latte Macchiato sowie ofenwarmen Croissants in den Händen kam Dad aus dem Dorf zurück.

»Für die Schwerstarbeiter«, sagte er und reichte mir einen Pappbecher und eine der braunen Bäckereitüten. »Na gut, mag sein, dass einer von uns vielleicht nicht *ganz* so schwer schuftet wie der andere.«

Mein Mund war trocken wie die Sahara.

O Gott. Es war so weit.

Ich stellte den Kaffeebecher und das Croissant neben mir auf der Treppe ab. »Gerade ist Arthur vorbeigekommen«, sagte ich leise. »Und er hat das hier abgegeben.«

Ich zeigte Dad den Umschlag und er sank in sich zusammen. »Sind das die Ergebnisse?«

Mit zitterndem Finger fuhr ich am Rand des Umschlags entlang und nickte kaum merklich.

Ich wollte es wissen. Dad wollte es wissen. Und Ed vermutlich auch.

Ich spähte auf das Plastikfenster im Umschlag, hinter dem mein Name und meine Adresse prangten, und mein Magen geriet ins Schlingern. Vor meinem inneren Auge verschwammen Dads und Eds Gesichter miteinander. Das Testergebnis ging die beiden ebenso etwas an wie mich.

Auf einmal schienen all die Erlebnisse der vergangenen Wochen über mich hereinzubrechen – Macs Tod und seine

Untreue, Mums Enthüllung ... Ich ließ mich auf die kleine Holztreppe sinken. Hinter mir lag der Conch Club, der nur darauf wartete, von Musik und Gelächter erfüllt zu werden, die bald schon über den See und durch die Wälder und Berge hallen würden.

Trotz allem, was mir widerfahren war, und trotz all der Verletzungen, die ich erlitten hatte, war ich jetzt hier. Ich hatte etwas erreicht.

»Na los«, drängte mich Dad, der nervös neben mir saß. »Mach schon auf.« Er nahm meine Hand. »Was auch immer wir gleich erfahren – alles wird gut, ja? Zwischen uns wird sich nichts ändern.«

Mein Herz polterte in meiner Brust herum wie eine außer Kontrolle geratene Flipperkugel.

Ich atmete tief durch, sog den herrlichen Geruch nach Laub und frischem Wasser ein.

Dad zerrte am Kragen seines langärmligen Poloshirts herum. »Himmel, das ist ja aufregender als bei der Oscar-Verleihung.«

Mit einem Finger schlitzte ich den Umschlag auf und zog den gefalteten Brief hervor. Während ich hastig den Inhalt überflog, vergaß ich vor lauter Anspannung zu atmen. Der Anfang bestand aus Labordaten, die mir nichts sagten. Interessant war erst der zweite Absatz.

> Mr. Harold George Devlin kommt als leiblicher Vater von Ms. Layla Rosalind Devlin infrage. Im Rahmen der DNA-Testung ergab sich eine Vaterschaftswahrscheinlichkeit von 99,99%.

Ich schnappte nach Luft, gab einen winzigen Schluchzer von mir und hielt Dad den Brief hin. Mir fehlten die Worte, also nickte ich einfach nur mit einem unsicheren Lächeln. Ich war überwältigt vor Erleichterung und Glück.

Dad überflog den Brief und verfiel danach kurz in Schweigen. Nachdem er die Neuigkeiten hatte sacken lassen, drehte er sich zu mir, zog mich an sich und drückte mir einen Kuss auf den Kopf. Seine Stimme brach. »Siehst du? Alles ist gut.« Dann griff er gleich nach seinem Handy. »Ich sollte wohl besser Ed Bescheid geben. Ich habe ihm versprochen, mich sofort bei ihm zu melden, wenn die Ergebnisse eintreffen.«

Ich nahm meinen Kaffeebecher und ließ die Wärme in meine Finger dringen.

Ed ging nach kurzem Klingeln dran, und ich hörte zu, wie Dad ihm die Neuigkeiten überbrachte. Als das Telefonat vorüber war, ließ er das Handy sinken und sah mich überrascht an. »Ich glaube, Ed war fast schon ein wenig enttäuscht darüber, dass er doch nicht dein Vater ist.« Er streckte die Beine aus. »Er hat offen zugegeben, dass er gerade nicht so recht weiß, wie er sich fühlen soll.« Er rieb sich die Stirn. »Offenbar war er dabei, sich mit der Vorstellung anzufreunden, eine erwachsene Tochter haben zu können.«

Ich machte große Augen. »Das ist nicht unbedingt die Reaktion, mit der ich gerechnet hatte.«

Dad nickte zustimmend. »Ich glaube, das geht ihm selbst ganz ähnlich.«

Eine Zeit lang saßen wir schweigend da und ließen uns vom sommerhellen Sonnenlicht, das zwischen den Ästen hindurchdrang, die Gesichter wärmen. Dann sagte ich im Scherz: »Macht ganz schön hungrig, die Anbringung von Clubschildern zu überwachen.« Lächelnd nahm ich einen großen Bissen von meinem Croissant.

»Da hast du sicherlich recht.«

Während ich weiteraß, linste ich auf mein Handy, das neben mir lag. In all der Aufregung hatte ich gar nicht darauf geachtet, ob Faith mir schon geantwortet hatte. Bisher waren aber keine neuen Nachrichten eingegangen. Ich würde mich wohl noch etwas gedulden müssen.

Die Szene erinnerte mich an meine Kindheit. Wie das Wasser gegen den Steg schwappte und die Blätter der Bäume raschelten, dazu Dad neben mir … Ich hatte solche Angst gehabt, diese Erinnerungen plötzlich in einem vollkommen anderen Licht sehen zu müssen. Umso mehr wusste ich sie nun zu schätzen.

Dann sah ich auf die Uhr. Das Leben musste weitergehen und nun konnte alles wieder seinen gewohnten Gang gehen.

Dad gab mir den Brief zurück, und ich grinste zufrieden, ehe ich ihn in meiner Gesäßtasche verstaute. »Molly müsste gleich vorbeikommen, um die Karten abzuliefern«, sagte ich dann.

Genau in diesem Moment gab mir mein Handy mit einem schrillen Piepen zu verstehen, dass ich eine Nachricht erhalten hatte. Doch entgegen meinen Erwartungen stammte sie nicht von Faith, sondern von Molly, die mir mitteilte, dass bei Finton eine Ampel ausgefallen sei und sie sich deswegen um zehn Minuten verspäten würde.

Ich hatte Molly bisher noch nicht persönlich kennengelernt und kannte auch ihre Arbeiten nur von ihrer Webseite, die mir allerdings den Eindruck vermittelt hatte, dass sie originell, vielseitig und mit Leidenschaft am Werk war. Zudem hatte Alec mir versichert, dass sie ein gutes künstlerisches Gespür hatte, und das Schild, das sie für den Conch Club angefertigt hatte, war mir Bestätigung genug dafür.

Dad und ich plauderten gerade darüber, welche Solokünstler für den Conch Club infrage kamen, als ein schulbusgelber

Ford Transit Connect auf dem Parkplatz neben den Picknicktischen hielt.

Eine kurvige Frau mit roten Haaren stieg aus und umrundete den Wagen, um einen Karton vom Beifahrersitz zu holen.

Als sie auf uns zukam, tanzten ihr die Locken um die Schultern und ihr knöchellanges sandfarbenes Maxikleid flatterte um ihre Sandalen herum. Mit ihrer sahneweißen Haut und den Kurven wirkte sie wie einem Rubens-Gemälde entsprungen.

Ich zuckte vor Schreck zusammen, weil Dad so plötzlich aufsprang, als hätte er einen Stromschlag bekommen. Dabei machte er so große Augen, dass sie ihm schier aus dem Kopf zu fallen drohten.

»Bist du Layla?«, fragte die Frau mit leicht rauer Stimme.

»Die bin ich«, erwiderte ich lächelnd und lief mit ausgestreckter Hand auf sie zu. »Und du musst Molly sein.«

»Und ich bin Harry Devlin, Laylas Dad.«

Ich verkniff mir ein Grinsen über die feuerroten Flecken, die sich auf Dads Wangen zeigten, während er Molly eifrig die Hand reichte.

Sie musterte Dad von Kopf bis Fuß. »Hallo, Harry, freut mich, Sie kennenzulernen.« An den Rändern ihrer grünbraunen Augen zeigten sich feine Lachfältchen und auch ihre Wangen verfärbten sich ein wenig. Ich schätzte sie auf Anfang bis Mitte vierzig.

»Also!«, rief ich und klatschte in die Hände. »Ich nehme mal an, die Karten sind in der Schachtel?«

»Genau.«

Mollys Wangen färbten sich noch ein wenig röter, als ich mich für das Schild bedankte und ihr zeigte, wo wir es aufgehängt hatten. »Ich liebe es einfach! Es ist perfekt geworden.«

»Das kann man wohl sagen«, bestätigte Dad und schenkte Molly dabei sein strahlendes Lächeln, was dazu führte, dass ihre Gesichtsfärbung Ähnlichkeiten mit einer Tomate annahm.

»Danke, es freut mich ehrlich, das zu hören.« Sie nahm den Deckel von der weißen Pappschachtel und reichte sie mir. »Ich habe insgesamt zwanzig angefertigt«, erklärte sie. »Aber in Rechnung gestellt habe ich dir natürlich nur die zwölf, die du bestellt hast. Freundschaftsdienst, weil du Alec kennst.« Sie warf meinem Dad einen Blick zu. »Ich finde, davon kann man kaum genug haben, besonders in einer Bar.«

»O ja, absolut richtig«, bekräftigte Dad und nickte dabei so heftig, dass er ein Schleudertrauma riskierte.

An diesem Punkt hätte Molly ihm auch beichten können, dass sie aktives Mitglied der Mafia war, und er hätte ihr noch dazu gratuliert.

Ich warf ihm einen vielsagenden Blick zu und zog eine Karte aus dem Karton. »Oh, die ist ja umwerfend!«

Molly hatte sich für einen langen, pergamentartigen Look in sanftem Cremeweiß mit goldener Schrift entschieden. Auf den Karten war unser gesamtes Angebot aufgelistet, von unserem Irish Coffee, den wir mit schottischem Whisky zubereiteten, über verschiedene erlesene Tee- und Schnapssorten bis hin zu Ales, die die Geschmacksknospen in den siebten Himmel katapultierten.

Nach den Getränken kamen die Snacks: Dunsyre-Blauschimmelkäse mit Hafercrackern, schottischer Räucherlachs mit Avocado-Käse, Krabbenhäppchen mit Salat und Honigcrostini mit Birne und Parmesan. Für die Naschkatzen unter meinen Gästen würde es Butter- und Pekannuss-Shortbread, Marmalade Cake und Scottish Snowballs geben, die perfekt zu einer Tasse starkem Kaffee oder einer Kanne Tee passten.

Molly schwärmte über die kleine, aber feine Speisenauswahl. »Ich bekomme schon beim bloßen Lesen Appetit!«

Stirnrunzelnd betrachtete ich die Snackkarte. »Ich hoffe, ich decke damit alle Geschmäcker ab. Die Touristen sollen einen kleinen Einblick in die schottische Kulinarik erhalten. Aber gleichzeitig will ich es mit den Speisen nicht übertreiben, denn im Conch Club sollen ja Musik und Location im Vordergrund stehen.«

»Mach dir darüber keine Gedanken«, versicherte mir Dad, ohne den Blick von Mollys offenem, hübschem Gesicht zu lösen. »Bei Bedarf kannst du die Speisekarte doch immer noch erweitern.«

»Absolut«, stimmte Molly ihm zu, während ihre Wangenfarbe nach wie vor verriet, wie sehr sie Dads ungeteilte Aufmerksamkeit genoss.

Erneut bewunderte ich die schimmernde Schrift und das Muschelhorn, das Molly in die obere rechte Ecke gemalt hatte. Die Farbpalette harmonierte genau mit dem Schild, das sie entworfen hatte.

»Oh, entschuldigt mich bitte kurz«, sagte ich hastig, als mein Handy klingelte und Faiths Gesicht auf dem Display erschien. »Dauert nicht lange.«

Dad schien ausgesprochen erfreut zu sein, dass er Molly ein Weilchen ganz für sich hatte, sodass ich die beiden guten Gewissens allein ließ und mich einige Meter weiter auf einen großen Stein setzte. »Hast du meine Nachricht bekommen?«

»Aber sicher. Und ich habe Neuigkeiten über die mysteriöse Australierin.«

Mein Herz schlug eine Spur schneller. »Ich habe ebenfalls Neuigkeiten«, antwortete ich.

Doch ich wurde unterbrochen, da am anderen Ende der Leitung eine kurze Diskussion entflammte, als Danielle sich beschwerte, sie hätten nicht mehr genug Karten mit den Waldwanderwegen. »Ich habe gestern erst einen ganzen Stapel ausgelegt!«, hörte ich sie stöhnen. »Und jetzt sind nur noch zwei übrig. Und schau doch nur, wie zerknickt die sind!«

Ich bemerkte die leise Genervtheit in Faiths Stimme, als sie zu mir sagte: »Tut mir leid, Layla.« Dann atmete sie tief durch. »Danielle. Wir können doch nicht das Schicksal von sämtlichen Karten und Broschüren hier drinnen nachverfolgen.«

»Soll ich vielleicht einfach vorbeikommen?«, schlug ich vor und war bereits aufgestanden, um mir den Dreck von der Jeans zu klopfen.

»Ja, das wäre vermutlich besser.«

Ich konnte es kaum erwarten, Faith von dem Testergebnis zu erzählen!

Dad und Molly blickten kaum auf, als ich an ihnen vorbei in den Club lief, um meine Tasche zu holen. »Ich fahre nur kurz bei Faith in der Touristeninformation vorbei. Bin gleich wieder da!«, rief ich den beiden mit meinem klimpernden Schlüsselbund in der Hand noch zu.

Aber sie reagierten gar nicht richtig. Molly lachte über irgendetwas, das Dad gesagt hatte, während er nur geistesabwesend meinte: »Alles klar, Liebes, lass dir ruhig Zeit!«

Kapitel 38

Ich stellte meinen Wagen in der Nähe der Segeltuchstände ab, die gerade für den monatlichen Bauernmarkt aufgebaut wurden, und schlenderte über den sonnenbeschienenen Dorfplatz in Richtung Touristeninformation. Die weißen Wände und die bodentiefen Fenster, hinter denen Souvenirs mit Loch-Harris-Plaketten ausgestellt waren, blitzten in der Sonne auf.

Als ich gerade eintreten wollte, klingelte mein Handy, das ganz unten in meiner Handtasche steckte. Ich blieb noch einmal stehen und zog es heraus. Die Handynummer auf dem Display kannte ich nicht. Als ich abnahm und Greg McBrides Stimme erkannte, klappte mir die Kinnlade herunter.

»Tut mir leid, dass ich störe«, entschuldigte er sich direkt, »aber ich habe lange über die Dinge nachgedacht, die du vor ein paar Wochen zu mir gesagt hast, und … und außerdem kann ich einfach nicht aufhören, an Faith zu denken.«

Ebendieser winkte ich durchs Fenster zu. »Bedeutet dein Anruf, was ich hoffe?«

Ich hörte Greg schlucken. »Ja. Ich will versuchen, sie zu überreden, uns noch eine Chance zu geben.«

Vor lauter Mitgefühl wurde mir ganz flau im Magen. »Und was hast du jetzt vor?«

»Wir – also, Sam und ich – sind gerade auf dem Weg zur Touristeninformation. Es bringt ja nichts, es noch weiter auf die lange Bank zu schieben. Ich habe schon genug Zeit vertrödelt.«

»Und Faith genauso«, warf ich ein. »Ich bin übrigens gerade im Begriff, sie in der Touristeninformation zu besuchen.«

»Im Ernst? Meinst du, du könntest vielleicht auf mich warten? Ich glaube, ein wenig Rückendeckung würde mir guttun.«

Ich wusste, dass Faith mich steinigen würde, wenn das hier vorbei war. Aber trotzdem willigte ich ein. Schließlich war ich es gewesen, die die ganze Angelegenheit überhaupt erst ins Rollen gebracht hatte. »Wie kommt es, dass du es dir doch noch mal anders überlegt hast, Greg?«

Ich konnte ihm anhören, dass ein nervöses Lächeln auf seinen Lippen lag. »Du«, beantwortete er meine Frage. »Ich habe ewig darüber nachgedacht, was du über Faiths Beziehungsängste und die Tatsache, dass Sam und ich ein Team sind, gesagt hast.« Er gab einen kurzen Lacher von sich. »Jetzt müssen der Kleine und ich sie nur noch davon überzeugen, dass wir das Risiko wert sind.«

Auf einmal hatte ich einen Kloß im Hals. »Faith kann sich sehr glücklich schätzen.«

Greg legte auf, nachdem er mir erklärt hatte, dass Sam und er schon fast aufbruchbereit seien und innerhalb der nächsten zwanzig Minuten eintreffen müssten.

Ich straffte die Schultern und versuchte, nicht allzu schuldbewusst zu wirken, als ich in das Tourismusbüro lief und die kleine Glocke läutete.

In der Touristeninformation ging es heute ruhig zu. Faith stand hinter dem Tresen und spielte mit dem Ausschnitt ihrer weißen Spitzenbluse herum, während ein Paar, das dem Aussehen nach aus Nordeuropa stammte, in ihrer ordentlich arrangierten Auslage herumwühlte.

»Na, hier steppt ja der Bär«, bemerkte ich.

Aus den versteckten Lautsprechern drang sanftes Gedudel,

das Greg sicherlich in die Hände spielen würde, falls er irgendeine große Geste plante.

»Da ist auf der Weihnachtsfeier im katholischen Mädcheninternat mehr los«, schnaubte Faith. »Je schneller du deinen Nachtclub aufmachst, desto besser.«

»Der Conch Club ist kein Nachtclub, sondern eine Live-Bar«, erwiderte ich indigniert.

»Wie auch immer, jedenfalls wird er garantiert helfen, mehr Touristen nach Loch Harris zu locken. Vermutlich werden sie uns die Bude einrennen.«

»Nicht, dass du mir Druck machen würdest …«

Faith musste lächeln.

»Ist Danielle gar nicht da?«, fragte ich, als ich bemerkte, dass ihr Stuhl leer war.

Faith verabschiedete sich von den beiden Backpackern, die mit einer Karte der regionalen Campingplätze und einem fröhlichen Winken abdampften. »Sie ist nur kurz los, um Briefmarken zu besorgen.«

Ich lehnte mich gegen den Schreibtisch und trommelte mit den Fingern darauf herum. Inzwischen platzte ich schier vor Aufregung, und das aus mehreren Gründen.

Faiths Blick wanderte von meiner Hand zu meinem Gesicht. »Alles in Ordnung?«

Ich gab einen ausweichenden Laut von mir und sah zum ungefähr achten Mal innerhalb von fünf Minuten auf meine Uhr. »Ja, klar, alles bestens.« Dabei hatte ich in Wahrheit heftiges Herzklopfen, weil ich so gespannt war, wie es für Greg laufen würde. Was er wohl vorhatte? Und was, wenn Faith auf ihrer Meinung beharrte, dass das mit ihr und ihm nicht funktionierte? Wenn Greg sich am Ende gedemütigt fühlte, wäre das allein meine Schuld.

Faith warf mir einen strengen Blick zu. »Sicher, dass es dir gut geht?«

Meine Lippen verzogen sich zu einem angespannten Lächeln. »Natürlich. Hab ich doch gesagt. Wieso fragst du überhaupt?«

»Keine Ahnung, du wirkst heute ziemlich … nervös.«

Ich winkte ab, wobei der roségoldene Armreifen an meinem Handgelenk verrutschte. »Ach, vermutlich liegt das nur daran, dass ich gerade so viel um die Ohren habe. Das zerrt an den Nerven.«

»Aber du weißt, dass ich immer auf Abruf bin, um dir zu helfen, richtig?«

Warte ab. In ein paar Minuten wirst du mir vermutlich nicht mehr helfen, sondern den Hals umdrehen wollen.

Ich musste mich dringend zusammenreißen. Wenn ich so weitermachte, würde selbst Danielle – die nicht unbedingt die hellste Kerze auf der Torte war – bemerken, dass etwas nicht stimmte.

Erzähl Faith einfach von dem Testergebnis, flüsterte mir meine innere Stimme zu. *Dann würgt sie dich vielleicht nur ein bisschen, wenn Greg hereinspaziert kommt.*

Da Danielle immer noch nicht vom Postamt zurückgekehrt war, ergriff ich die Gelegenheit beim Schopf. »Dad und ich haben heute das Ergebnis des DNA-Tests erhalten.« Ich konnte nicht anders, als zu grinsen. »Jetzt wissen wir mit Sicherheit, dass er mein leiblicher Vater ist.«

Faith schlug sich eine Hand vor den Mund, rannte um den Empfangstisch herum und verpasste mir eine feste Umarmung. »Ich wusste es! Ich wusste es einfach! Wieso war das nicht das Erste, was du mir erzählt hast, als du zur Tür reingekommen bist, verflixt noch mal? Gott, ich freu mich so für dich. Und natürlich für deinen Dad.« Dann musterte sie mich fragend. »Und Ed? Weiß er schon davon?«

Ich bejahte. »Dad meinte, Ed hätte mit gemischten Gefühlen darauf reagiert und dass er wohl schon dabei gewesen wäre, sich mit der Vorstellung anzufreunden, dass ich seine Tochter sein könnte.«

Faith strahlte vor Freude. »Na, ich hoffe mal, Harry und du nehmt euch heute Abend ordentlich Zeit zum Feiern.«

O ja, das würden wir!

Doch dann fiel mein Blick auf die Wanduhr und wanderte weiter zur Eingangstür. Gleich würden Greg und Sam hereinkommen. Meine Erleichterung über das Testergebnis wich wieder der Nervosität.

Warum nur hatte ich nicht von Anfang an auf Dad gehört? Warum hatte ich mich unbedingt einmischen müssen? *Weil du es nun mal nicht lassen kannst, deine Nase in Dinge zu stecken, die dich einen feuchten Kehricht angehen*, schalt mich meine innere Stimme.

Ich lehnte mich unauffällig etwas zurück, sodass ich besser aus dem Fenster sehen konnte. Jedes Mal wenn draußen ein blonder Mann vorbeikam, rutschte mir das Herz in die Hose.

Als Danielle mit einem Stapel Briefmarkenbögen in der Hand durch die Tür kam, rang ich mir ein geistesabwesendes Lächeln ab.

Wo blieb Greg denn nur? Hoffentlich hatte er es sich nicht anders überlegt, weil ihm das Risiko am Ende doch zu groß erschien! Faith, Greg und Sam würden so eine entzückende kleine Familie abgeben!

Faiths genervter Tonfall ließ mich zusammenzucken. »Layla! Danielle wollte dir gerade erzählen, was sie über diese Australierin herausgefunden hat. Aber wenn du nicht zuhörst, wird das schwierig.« Inzwischen wirkte sie richtig besorgt. »Nun gib doch endlich zu, dass dir etwas auf dem Magen liegt. Hast du mir wirklich alles über … die Sache erzählt?«, fragte sie ausweichend, um vor Danielle nichts auszuplaudern.

»Ja, du weißt alles.« *Zumindest darüber.* Panisch deutete ich auf die orangefarbene Polstersitzgruppe am Fenster, auf der vorhin das Touristenpaar gesessen hatte, um die Broschüren durchzusehen. »Sind die neu?«

»Was? Die Möbel?«, fragte Danielle verblüfft. »Aber die stehen da doch schon seit Jahren!«

»Oh. Aus irgendeinem Grund sind sie mir noch nie aufgefallen.«

Faith musterte mich inzwischen mit Argusaugen und wechselte dann einen besorgten Blick mit Danielle, die aber nur die Brauen hob und mit den Achseln zuckte.

Ich schickte ein Stoßgebet gen Himmel, dass Greg und Sam bald kamen, damit dieser Albtraum ein Ende hatte.

Zur Ablenkung hatte ich gerade ein Gespräch über die Farbpalette im Bootshaus begonnen, da sah ich aus dem Augenwinkel zwei blonde Haarschöpfe auf die Eingangstür zukommen. Faiths fassungsloser Gesichtsausdruck ließ keinen Zweifel, dass es sich um Greg und Sam handelte.

Unwillkürlich wich ich einige Schritte zurück, als hätte ich eine riesige Tarantel vor mir. Doch als ich die beiden vor mir sah, fiel zumindest ein Teil der Anspannung von mir ab. Sie waren im Partnerlook gekommen. Beide trugen dunkelblaue Jeans, Lederjacken und Lederstiefeletten, in denen sie einfach hinreißend aussahen. Offenbar setzte Greg auf die Niedlichkeitskarte – meiner Meinung nach mit bemerkenswertem Erfolg.

Schau mich bloß nicht an, flehte ich Greg in Gedanken an. Wenn Faith das mitbekommt, sind wir aufgeflogen.

Zu spät.

Gregs Blick zuckte zwar nur für einen Sekundenbruchteil zu mir, aber Faith entging nichts. Ihr klappte die Kinnlade herunter. »Ihr steckt unter einer Decke?«, japste sie anklagend. »Deswegen warst du so ein Nervenbündel!«

Dann lenkte sie ihre Aufmerksamkeit auf Greg und Sam. »Keine Ahnung, was Layla zu dir gesagt hat, aber …«

»Würdest du mir bitte einfach zuhören, Faith? Das ist alles, was ich möchte.«

Meine Freundin war inzwischen feuerrot angelaufen. Sie schluckte und riskierte einen winzigen Blick auf Sam, der sie aus seinen großen blauen Augen mit den dichten Wimpern musterte. Dann verzog er die Lippen zu einem breiten Grinsen, bei dem sich in seiner rechten Wange genauso wie bei seinem Vater ein Grübchen zeigte. Faith reagierte mit einem verunsicherten Lächeln. »Mann, das ist so unfair!«, krächzte sie. »Du hast Sam mitgebracht!«

»Weil wir nun mal nur im Duo zu haben sind«, rief Greg ihr sanft in Erinnerung und drückte Sams Hand. »Und genau deswegen bin ich auch hier, Faith. Ich weiß, wir waren nur ein paarmal miteinander aus, aber ich mag dich wirklich sehr. Und ich glaube, das beruht auf Gegenseitigkeit.«

Danielle legte sich gerührt die Hand auf die Brust.

»Ich bin bereit, uns eine Chance zu geben«, fuhr Greg offen fort. »Lass uns einfach sehen, wo die Dinge hinführen. Ich glaube, du könntest eine tolle Zeit mit mir und Sam erleben.«

Er drückte unauffällig Sams Hand, woraufhin der Kleine herausplatzte: »Bitte geh noch mal mit Daddy aus. Er war so traurig.«

Ich verkniff mir ein Lächeln und wartete gespannt Faiths Reaktion ab.

Sie knabberte auf der Unterlippe herum. »Das war natürlich kein bisschen einstudiert, richtig?«

Greg zwinkerte. »Was? Wie kommst du denn darauf?«

Faith sah nun mich an. »Und du wusstest von alldem?«

Ich hob die Hände. »Ja, aber erst seit einer halben Stunde. Und von der niedlichen kleinen Aufführung hat Greg mir nichts erzählt. Ehrlich!«

Dieser sprang mir bei und bestätigte, dass ich unschuldig sei. Was bis zu einem gewissen Grad ja auch stimmte.

Faiths blaue Augen nahmen einen bedrückten Ausdruck an.

Greg musterte sie unverwandt. »Und? Wie lautet deine Antwort?«

Danielle stupste sie auffordernd von der Seite an. »Na los, wie könnte man den beiden widerstehen? So was Niedliches hab ich im Leben noch nicht gesehen.«

Faith gab einen Laut von sich, der sich irgendwo zwischen Kichern und Schluchzen bewegte. »Ich glaube immer noch, dass du mehr über die ganze Angelegenheit weißt, als du bereit bist zuzugeben, Devlin.«

Ich riss in gespielter Empörung die Augen auf. »Wer? Ich?«

Sie schüttelte den Kopf. »Ach, ihr habt ja recht. Keine Ahnung, wie ich diesem Anblick widerstehen soll.«

Und damit eilte sie hinter dem Empfangstisch hervor und warf sich Greg an den Hals, um ihn zu küssen, was Sam ziemlich witzig zu finden schien.

Dann hockte sich Faith hin, sodass sie auf Augenhöhe des Vierjährigen war, schüttelte seine kleine Hand und zog ihn anschließend in ihre Arme.

»So«, verkündete Greg schließlich und nahm seinen Sohn

auf den Arm. »Was hältst du davon, wenn du heute Abend bei uns vorbeischaust, Faith? Sam und ich kochen.«

Auf ihren Wangen erschienen zwei kleine rote Flecken. »Sehr gern.«

Nachdem sie sich auf eine Uhrzeit geeinigt hatten, brachen Vater und Sohn auf und Faith wandte sich mit strenger Miene an mich. »Ich weiß gerade nicht, ob ich dich umarmen oder aus dem Büro werfen soll.«

Ich grinste. »Du kennst die Antwort doch schon längst.«

Sie warf die Arme um mich und zog an meinem Pferdeschwanz. »Unfassbar, was für eine Nervensäge du manchmal sein kannst.«

»Danke!«

Doch nun war es an der Zeit, mich dem eigentlichen Grund zu widmen, aus dem ich hier war. »Können wir uns jetzt über die geheimnisvolle Australierin unterhalten?«

Faith sah zu Danielle. »Na los, Poirot, erzähl Layla, was du herausgefunden hast.«

Danielle platzte halb vor Aufregung. »Okay, also, als ich heute Vormittag unsere Auslage geputzt habe … Himmel, die hättest du mal sehen sollen! Ich weiß ja, dass Coleen beim Putzen nicht auf Büros spezialisiert ist, aber …«

Faith verdrehte die Augen. »Könntest du bitte beim Thema bleiben?«

Danielle wurde rot, warf ihr einen beleidigten Blick zu und straffte die Schultern. »Schon gut, schon gut.« Sie wedelte mit ihren manikürten Händen. »Kennst du Wendy Goodman? Sie hat vor einigen Wochen ein kleines Bed and Breakfast eröffnet.«

Ja, darüber hatte ich damals einen kurzen Artikel im *Loch Harris Informer* gelesen.

Doch ich kam gar nicht dazu, zu antworten, weil Danielle schon mit funkelnden Augen fortfuhr, dass Wendy am Vormittag in der Touristeninformation vorbeigekommen sei, um ein paar Broschüren über die Wildtiere in den Wäldern rund um den See abzuholen. »Wobei man freitagabends auch einfach in Loch Harris bleiben kann, wenn man Tiere in freier Wildbahn sehen will«, bemerkte sie grinsend.

Ich wartete ab, bis sie ausgiebig über ihren eigenen Witz gelacht hatte. »Und wie ging die Geschichte dann weiter?«

Sie räusperte sich verlegen und mied dabei Faiths Blick. »Ich habe mich mit ihr darüber unterhalten, wie das Bed and Breakfast läuft, und sie meinte, das Geschäft komme nur langsam ins Rollen, sie habe allerdings einen neuen Gast, der etwas sonderlich sei.«

»Und inwiefern?«, fragte ich gespannt nach.

Danielle beugte sich vor, wobei mir der starke Zitrusduft ihres Parfüms in die Nase stieg. Dann enthüllte sie, dass es sich bei Wendys neuer Besucherin um eine Australierin handle, die ein ausgeprägtes Interesse am Coorie Cottage zeigte, vor allem aber an der Person, die dort wohne. »Wendy meinte aber, dass sie der Frau nichts erzählt hat«, schloss Danielle ihren Bericht.

»Und ich glaube ihr«, bemerkte Faith.

»Außerdem hat Wendy erzählt, dass diese Frau zu den merkwürdigsten Zeiten ein und aus geht und sich schon in mehreren Geschäften hier in der Gegend nach dem Bewohner von Coorie Cottage erkundigt hat«, fuhr Danielle fort. »Und dem Chef der Autowerkstatt, in der mein Freund arbeitet, hat sie sogar erzählt, dass dieser Mask gefährlich sei und man ihm nicht trauen dürfe.«

Ich wechselte einen Blick mit Faith. »Gefährlich? Das

glaube ich kaum.« Aber warum lief diese Frau durch die Gegend und verbreitete einen solchen Unsinn? »Glaubst du, sie könnte der Grund sein, weshalb die Polizei neulich Abend hoch zum Coorie Cottage fahren musste?«, fragte ich Danielle.

Sie machte große Augen. »Davon hatte ich auch gehört und ich habe Wendy davon erzählt.«

»Und?«

Danielle sah Faith und mich betreten an. »Wendy meinte, die Frau sei an jenem Freitag bis spätabends unterwegs gewesen und habe sehr aufgebracht gewirkt, als sie in die Pension zurückkam. Wendy konnte sich genau an das Datum erinnern, weil sie an dem Abend Tante geworden ist.« Nun erschien ein Lächeln auf Danielles sommersprossigem Gesicht. »Das Bed and Breakfast liegt in der Fallow Lane.«

Ich rückte den Riemen meiner Tasche zurecht und schloss die Holzklappe des Empfangstresens hinter mir. »Ach, dann weiß ich, wo. Ich schaue mal vorbei. Danke für alles, Danielle.«

Faith verzog ihre rot geschminkten Lippen zu einer missbilligenden Linie.

»Wieso schaust du mich so an?«, wollte ich wissen.

Sie beugte sich vor und musterte mich mit blitzenden Augen. »Du kannst es einfach nicht lassen, oder?«

Kapitel 39

Wendys Bed and Breakfast lag nur zehn Gehminuten weit von unserer kleinen Innenstadt entfernt in einer Kopfsteinpflastergasse. Also ließ ich mein Auto stehen und machte mich zu Fuß auf den Weg.

Die schwarze Eingangstür war nicht abgeschlossen, also trat ich einfach ein. Drinnen drückte ich auf die goldene Tischglocke, die auf dem Rezeptionstresen stand. Aus Lautsprechern war leise Dudelsackmusik zu hören.

Irgendwo hinter mir knarzte eine Tür und eine gepflegte blonde Dame erschien.

»Wie kann ich Ihnen helfen?« Sie musterte mich scharf, so als würde sie mich kennen, mein Gesicht aber nicht einordnen können.

Ich stellte mich vor, und sie schüttelte mir die Hand und bestätigte, dass sie Wendy Goodman war.

»Ach, Harrys Tochter«, sagte sie lächelnd. »Wie läuft es mit Ihrem Live-Club? Sie wollen schon bald eröffnen, richtig?«

»Genau. Es ist eine Menge Arbeit, aber wem erzähle ich das? Zum Glück haben alle mit angepackt. Wir öffnen Ende August.«

Wendy nickte wohlwollend. »Ach, dann sind es ja nur noch wenige Wochen. Wir haben frischen Wind hier weiß Gott nötig.«

»Dann war der Sommer bisher also eher ruhig?«

Wendy verzog das Gesicht. »Noch ein wenig ruhiger und das B&B kommt zum Stillstand.«

»Und haben Sie im Augenblick Gäste?«

»Ja, zwei«, seufzte sie. »Da lohnt es sich kaum, morgens den Frühstücksraum aufzuschließen.« Sie deutete nach rechts, wo mehrere quadratische Tische mit cremefarbenen Tischtüchern eingedeckt waren.

»Entschuldigen Sie bitte die indiskrete Frage«, wagte ich mich vor. »Aber handelt es sich bei einem Ihrer Gäste zufällig um eine Australierin?«

Wendy warf mir einen überraschten Blick zu. »Ja, wieso?«

Über ihre Schulter spähte ich die teppichbedeckte Treppe hinauf. »Hält sich diese Frau vielleicht gerade in ihrem Zimmer auf?«

Zu meiner Enttäuschung teilte mir Wendy mit, dass sie direkt nach dem Frühstück aufgebrochen sei.

»Wissen Sie vielleicht, wie lange sie noch bleiben will?«

»Das hat sie zwar nicht gesagt, aber ich habe den Eindruck, dass sie es nicht sonderlich eilig hat, wieder abzureisen.« Wendy musterte mich kurz. »Sie werden ja sicher verstehen, dass ich keine genaueren Informationen über meine Gäste herausgeben darf.«

»Natürlich«, versicherte ich mit einem entschiedenen Nicken. »Nur eine Frage noch: Hat diese Frau Ihnen Fragen über Coorie Cottage oder den neuen Eigentümer des Hauses gestellt?«

Sie schien kurz zu überlegen, dann beugte sie sich zu mir vor und senkte die Stimme zu einem Flüstern. »Ja, das hat sie.« Ihre Goldohrringe streiften ihren Hals. »Sie schien sehr besorgt zu sein wegen dieses … dieses Mask, richtig?«

»Und hat sie auch gesagt, warum?«

»Nein. Sie meinte nur, er sei nicht die unschuldige, gequälte Seele, als die er sich ausgebe.«

Ich zögerte, doch einen Versuch war es wert. »Sie können mir nicht zufällig ihren Namen …«

»Nein, tut mir leid.«

»Ich will nur jemandem helfen, Wendy. Sie können sicher sein, dass ich nichts Böses im Schilde führe.«

Sie knabberte auf der Unterlippe herum.

»Vielleicht haben Sie ja mitbekommen, dass es in Coorie Cottage kürzlich Ärger gab. Ich weiß nicht, was genau sich abgespielt hat, aber ich hege den Verdacht, dass diese Frau etwas damit zu tun haben könnte.« Da ich spürte, dass sie langsam schwach wurde, setzte ich noch das Mantra von Loch Harris obendrauf. »Und sagen wir hier nicht immer, dass wir so stolz auf unseren Gemeinschaftssinn sind?«

Wendy gab einen resignierten Seufzer von sich. »Ehrlich, junge Dame, was Ihren übermäßigen Charme betrifft, kommen Sie ganz nach Ihrem Dad.«

Ich grinste. »Dann heißt das Ja?«

Anstatt mir zu antworten, trat Wendy hinter die Rezeption und blätterte in einem ledergebundenen Wälzer herum. Dann sagte sie: »Wie es aussieht, habe ich zufällig vergessen, mein Gästebuch zu schließen, ehe ich dringend etwas im Frühstücksraum erledigen musste. Mein Vorhaben dort wird rund dreißig Sekunden dauern. Sollten Sie innerhalb dieses Zeitraums in der linken unteren Ecke der Seite eine interessante Information finden, weiß ich nichts dagegen zu tun.«

Ich bedankte mich bei ihr, doch sie war bereits auf ihren weißen Leder-Loafern verschwunden.

Sofort stürzte ich hinter die Rezeption und suchte mit dem Finger die Seite nach dem Namen der Frau ab.

Da! Direkt daneben stand auch, von wo sie angereist war. Australien.

Ich schrieb den Namen auf ein Post-it, steckte es ein und verließ eilig das kleine Bed and Breakfast.

Kapitel 40

Meine Scheibenwischer glitten durch die Wasserperlen, die der kurze Sommerschauer auf meinem Wagen hinterlassen hatte. Die Luft roch nun wieder frisch und Sonnenlicht ließ die Landschaft mit ihren zerklüfteten Gipfeln und sanften Hängen in leuchtenden Farben erstrahlen.

Auf der Fahrt zum Coorie Cottage wärmte Masks Stimme, die wie Honig aus den Boxen floss, meine Seele.

Ich passierte den Campingplatz, auf dem die Battalion-Mitglieder am Wochenende zelten wollten, und folgte weiter der Straße, die durch grüne Wälder zu den silbrig schimmernden Galen-Wasserfällen führte.

Wie auf Kommando hörte Mask auf zu singen, als der Wasserfall vor mir auftauchte.

Dad hatte ich nur geschrieben, dass ich noch ein paar Einkäufe erledigen müsste und bald zurück wäre. Wenn ich ihm gesagt hätte, dass ich wieder einmal auf dem Weg zum Coorie Cottage war, um mit Mask zu reden, hätte er sich in dem Versuch, mir mein Vorhaben auszureden, vermutlich überschlagen.

Vor dem Cottage hielt ich und wappnete mich innerlich für das bevorstehende Gespräch. Ich tastete nach dem Post-it in meiner Jeanstasche. Aus irgendeinem Grund fühlte ich mich verpflichtet, Mask zu warnen, dass in Loch Harris jemand herumlief und üble Gerüchte über ihn verbreitete.

Ich war mir sicher, dass er mir wieder vorwerfen würde,

dass ich mich in Dinge einmischte, die mich nichts angingen. Und das stimmte bis zu einem gewissen Grad ja auch. Aber ich wollte nun einmal unbedingt wissen, warum diese Frau so hässliche Dinge über ihn sagte.

Nachdem ich ausgestiegen war, klopfte ich zweimal an seine Tür und wollte es gerade ein drittes Mal versuchen, als ich irgendwo in der Nähe Masks Stimme hörte. Er sang. Bei dem tiefen Klang rieselte ein wohliger Schauer meinen Rücken hinab und die kleinen Härchen in meinem Nacken stellten sich auf. Es überraschte mich, wie stark mein Körper plötzlich auf ihn reagierte, und ich atmete tief durch.

Er schien sich wieder im Garten aufzuhalten. Diesmal hörte er meine Schritte aber offenbar rechtzeitig, denn er hörte abrupt auf zu singen.

Mask stand über einen kleinen Busch gebeugt da, an dem rote Beeren hingen, die mich an Weihnachtskugeln erinnerten, und zog sich die Kapuze über den Kopf. Nach kurzem, eisigem Schweigen fragte er: »Und? Welchem Umstand habe ich das Vergnügen diesmal zu verdanken, Ms. Devlin?« Seine Stimme troff förmlich vor Sarkasmus.

Ich straffte die Schultern. »Wir müssen reden.«

»Und worüber, wenn ich fragen darf?«, knurrte er.

Warum nur musste er sich jedes Mal, wenn wir miteinander zu tun hatten, so abweisend und streitlustig verhalten? Dann dachte ich an die leuchtend rote Narbe, die sich über seine rechte Gesichtshälfte zog, und überlegte, dass ich mich meinen Mitmenschen gegenüber womöglich auch abweisend verhalten würde, wenn ich mir eine so auffällige Verletzung zugezogen hätte.

»Was für ein hübscher Busch«, bemerkte ich und deutete auf die dicken, runden Beeren.

Mask sah sich nach der Pflanze um. »Das ist Gewöhnlicher Schneeball. Sehr beliebt bei Singvögeln.« Offenbar spürte er, dass mich sein Wissen über Pflanzen neugierig machte, denn er fuhr seufzend fort: »Mein Vater war ein großer Gartenliebhaber. Wir haben Stunden in unserem winzigen Gärtchen in Port Macquarie verbracht.«

Ich fragte ihn, wo das sei, und er antwortete, dass es sich um ein entspanntes kleines Küstenstädtchen nördlich von Sydney handle. Dann senkte er den Blick und strich über die Blätter einer Blume. Die zahlreichen Blüten erinnerten an Narzissen, waren aber nicht gelb, sondern weiß mit rosa Rändern. »Ich wollte gern ein Stückchen Australien mit nach Schottland nehmen.« Nach kurzem Schweigen fuhr er fort: »Bei der Gartenarbeit kann ich mich und meine Sorgen eine Weile vergessen.«

Als Nächstes bewunderte ich ein Büschel Blumen, bei denen es sich, wie Mask mir erklärte, um das eigentlich in Australien beheimatete Blaue Gänseblümchen handelte. Die zarten Blüten in Mauve, Weiß und Blau säumten den grau gepflasterten Weg.

»Sie finden ihren Weg fast durch jede Wand und jede Ritze.«

Ich sah zu ihm auf. Bei seinen Worten hatte er fast schon melancholisch geklungen – vielleicht sogar neidisch auf diese kleinen, aber zähen Blumen, die alles erreichen konnten, was sie sich vornahmen.

»Nach dem Tod meines Vaters habe ich mich um den Garten gekümmert«, erzählte er weiter. »Meine Mutter hat ihn zwar ebenfalls geliebt, brachte es aber nicht über sich, ihn weiter zu pflegen.«

»Sie aber schon.«

»Leicht ist es mir nicht gefallen«, gestand er. »Aber ich hatte es meinem Vater versprochen.«

»Und wann ist Ihnen klar geworden, dass Sie seinen grünen Daumen geerbt haben?«

Masks Mundpartie nahm einen weichen Zug an. »Ich habe nicht ansatzweise das Talent meines Vaters.«

Ich strich mit den Händen anerkennend über Trauben glockenförmiger Blüten, Blattrosetten, salbeigrüne Farnwedel. »Das soll ein Witz sein, oder? Ihr Garten ist der Himmel auf Erden.«

Ich hätte schwören können, dass Mask für einen Moment in Verlegenheit geriet.

»Danke«, murmelte er.

»Lebt Ihre Mutter noch?«

Er hielt inne. »Nein, sie ist ein Jahr nach meinem Dad gestorben. Ich glaube, nach seinem Tod hat sie den Lebenswillen verloren.«

»Oh, es tut mir leid, das zu hören. Die beiden müssen sich sehr geliebt haben.«

Mask biss die Zähne zusammen. »Wie man's nimmt.« Er verschränkte die Arme vor der Brust. »Aber weshalb sind Sie eigentlich hier? Doch sicherlich nicht, um mich zu meiner Gartenexpertise zu befragen.«

Was war nur los mit diesem Mann? Immer wenn ich dachte, wir wären einen Schritt weiter, machte er plötzlich dicht.

»Mein Vater ist Landschaftsgärtner«, sagte ich und bereute meine Worte noch im selben Atemzug, denn Mask schien nicht im Geringsten beeindruckt. Ich räusperte mich. »Ich bin hier, weil ich Ihnen erzählen wollte, dass sich unten im Ort eine Australierin herumtreibt, die die Anwohner über Sie ausfragt.«

Er runzelte die Stirn. »Wie bitte?«

»Ich kenne ihren Namen«, fuhr ich fort. »Ich weiß, wer sie ist.«

Mask legte nachdenklich den Kopf schief. »Was meinen Sie damit, dass sich jemand nach mir erkundigt?«

War das anstrengend mit diesem Mann! »Wenn Sie sich wie die letzte Nervensäge aufführen wollen, meinetwegen.« Ich holte das Post-it aus meiner Tasche und faltete es auseinander. »Ihr Name lautet Belle Raven.«

»Was haben Sie da gerade gesagt?« Er wurde stocksteif und seine dunkelbraunen Augen glommen unter der Kapuze auf.

»Belle Raven?«, wiederholte ich kleinlaut.

»Soll das ein Scherz sein?«

Ich hielt ihm den Zettel hin, aber er ergriff ihn nicht. »Das ist der Name, den sie im Bed and Breakfast angegeben hat, in dem sie wohnt.«

Mit zwei großen Schritten war er vor mir und beugte sich über mich. Er wirkte verwirrt und beunruhigt gleichermaßen. »Ich denke, Sie sollten jetzt besser gehen.«

Ich öffnete den Mund, um zu protestieren, aber er unterbrach mich. »Ich sagte, Sie gehen jetzt besser. Sofort!«, blaffte er.

»Ich wollte Ihnen doch nur helfen! Diese Frau verbreitet eine Menge unfairer Gerüchte über Sie. War sie es, die neulich Abend auf Ihrem Grundstück herumgeschlichen ist?«

Doch anstatt mir zu antworten, brodelte er nur weiter finster unter seiner Kapuze vor sich hin.

»Sie mögen vielleicht keine Ahnung haben, was das ist – aber wir pflegen hier so etwas wie Gemeinschaftssinn.«

»Was nichts weiter ist als ein Euphemismus für Neugierde.«

Fast hätte ich laut aufgelacht, so sehr klang er gerade nach Mac. Ich suchte seinen dunklen, lodernden Blick. »Na, Sie haben ja echt ein Händchen dafür, Freunde zu finden und Menschen für sich zu gewinnen, was?«

Ich hatte nicht mit Dankbarkeit gerechnet, aber damit, dass er mich halbwegs anständig behandeln würde.

Mask schob sein Kinn vor. »Ich bin nicht ans Ende der Welt gezogen, um täglich zum Nachmittagstee eingeladen zu werden.«

»Ach, sagen Sie bloß.«

»Ich will, dass Sie gehen. Jetzt!«

Mein Gesicht brannte. Ich knüllte das Post-it in meiner Hand zusammen und schmiss es ihm vor die Füße. »Vielleicht hat die Frau ja auch einfach recht, was Sie betrifft.«

Mask zog sich die Kapuze noch ein wenig tiefer ins Gesicht, während ich zu meinem Wagen stürmte und mit quietschenden Reifen davonfuhr.

Und so kam es, dass ich nicht mehr sah, wie er sich bückte, um den Zettel aufzuheben, und in einer Mischung aus Wut und Frustration die Augen schloss.

Kapitel 41

Ich stapfte über die Rasenfläche und weiter die Verandatreppe des Conch Clubs hinauf.

Molly war inzwischen gefahren, aber Dad schien von der Begegnung noch immer innerlich zu glühen. Gerade überprüfte er eine Fensterverriegelung und fuhr zu mir herum, als er meine Schritte auf dem Dielenboden hörte, während ich an den noch immer in Plastikfolie verschweißten Möbeln vorbeiging.

Nachdem ich meine Schimpftirade über Mask beendet und verkündet hatte, dass ich mich dagegen entschieden hatte, bei der Eröffnung sein Exklusivmaterial zu spielen, zog Dad die Brauen zusammen und seine Mundwinkel zuckten nervös. »Aber das geht nicht, Liebes. Du hast doch schon Battalion verloren. Und du hast offiziell damit geworben, dass du das Material präsentieren wirst.«

Frustriert rubbelte ich mir über die nackten Arme und gab ein Stöhnen von mir. Denn Dad hatte recht.

Inzwischen hatte ich Ed schon mehrmals auf die Mailbox gesprochen, um ihn davon zu überzeugen, doch wieder bei Battalion einzusteigen – und sei es nur für den einen Auftritt im Club. Aber bislang hatte er nicht zurückgerufen.

Wenn ich jetzt auch noch darauf verzichtete, Masks Musik zu spielen, würde ich mir meinen Ruf ruinieren, ehe der Club überhaupt seine Türen öffnete.

Als hätte Dad meine Gedanken lesen können, warnte er

mich vor den Konsequenzen. »Deine Gäste sollten nicht den Eindruck gewinnen, dass dein Programm unzuverlässig ist. Es würde kein gutes Zeichen setzen, wenn du gleich bei der Eröffnung so loslegst.«

Stirnrunzelnd betrachtete ich die petrolblauen Wände und die halbkreisförmige Bühne. »Da hast du natürlich recht.«

Dad schloss die Justierung des Fensterriegels ab und warf mir einen Blick zu. »Dann hat er dich also erneut verärgert?«

Ich konnte ihm schlecht erzählen, dass ich wieder oben im Coorie Cottage gewesen war. Sonst würde er sein berüchtigtes »Ich hab's dir ja gesagt«-Gesicht machen, woraufhin ich mir eingestehen müsste, dass ich manchmal womöglich ein wenig impulsiv handelte.

»Ach, vergiss das Thema«, sagte ich betont locker und winkte ab. »Und? Wie war es noch mit Molly?«

Bei der Erwähnung ihres Namens machte sich ein seliges Grinsen auf Dads Gesicht breit. »Wir haben Nummern ausgetauscht und nächste Woche gehen wir aus.«

»Na, das ging ja schnell. Gute Arbeit, Dad.«

Er erzählte, dass sie verwitwet und kinderlos sei. »Ich dachte, wir gehen in das hübsche neue Bistro an der Straße nach Finton. Molly meinte, sie sei auch noch nie dort gewesen.«

Ich war schwer beeindruckt davon, wie er die Sache durchgezogen hatte. »Toll, das freut mich.«

Dann folgte ich ihm aus dem Bootshaus, das er hinter uns abschloss. »Die Jungs waren alle einverstanden, schon am Freitagmorgen anzureisen und dann das Wochenende über zu bleiben. Eigentlich wollten wir ja proben.« Er klang ziemlich enttäuscht. »Mikey meinte, wir könnten uns einfach einen neuen Bassisten suchen, aber dafür haben wir nicht mehr genug Zeit. Ed kennt alle Songs und kann seine Riffs mit verbundenen Augen spielen.«

Ich warf ihm ein mitfühlendes Lächeln zu. »Aber kommen wird Ed am Wochenende trotzdem noch?«

Dad nickte kaum merklich.

»Und dann zelten sie alle zusammen auf dem Campingplatz bei den Galen-Wasserfällen?«

Dad hob eine Braue. »Genau. Dürfte ziemlich gemütlich werden.«

Nachdenklich nibbelte ich an meiner Unterlippe herum. Ich musste unbedingt versuchen, noch einmal mit Ed zu reden.

Dad gab sich alle Mühe, pragmatisch damit umzugehen, dass die Band nicht bei der Eröffnung auftreten würde. Aber ich konnte ihm ansehen, wie viel der Gig ihm bedeutet hätte. Und wenn Ed meine Anrufe ignorierte, dann würde ich eben am Freitag zum Campingplatz fahren und dort persönlich mit ihm sprechen.

Einen letzten Versuch musste ich noch wagen.

Die nächsten Tage verbrachte ich mit Telefonaten mit Bands, um ihre Auftrittstermine zu koordinieren, und den Vertragsverhandlungen mit meinen Zulieferern für die Bar. Und dann gab es auch noch einige Artikel zu schreiben, deren Deadlines immer näher rückten.

Faith erwies sich als so zuverlässig wie eh und je und ermöglichte es mir, meine Abgabetermine einzuhalten, indem sie sich um die Rechnungen der Zulieferer kümmerte.

Ich hatte gerade mit einem erleichterten Seufzer festgestellt, dass ich alles rechtzeitig geschafft hatte, als mein Handy auf dem Schreibtisch bimmelte.

Es war eine Nachricht von Dad, der nur nachfragen wollte, wie es mir ging, und mir mitteilte, dass die Jungs inzwischen auf dem Campingplatz eingetroffen waren und sie sich später bei ihm zu Hause treffen würden.

Ich antwortete mit einer allgemein gehaltenen Nachricht und schickte noch ein paar Kuss-Emojis hinterher. Dann ließ ich mich in meinem Stuhl zurücksinken und blickte hinaus auf den Julihimmel, der träge an den Baumwipfeln zupfte.

Mit einem Blick auf die Wanduhr stellte ich fest, dass es schon kurz vor elf war. Ich schaltete den Computer aus und streifte meine Tasche über. Der Spiegel im Flur verriet mir, dass ich graue Ringe unter den Augen hatte. Ich hatte so lange auf den Bildschirm gestarrt, dass es ein Wunder war, dass meine Augen noch nicht viereckig geworden waren. Ich versuchte es mit etwas Lippenstift und Rouge, aber das Ergebnis erinnerte ein wenig an ein Schwarz-Weiß-Foto, das jemand mit Farbe bekleckst hatte.

Als ich meine Lederjacke vom Haken nehmen wollte, fiel mein Blick auf etwas, das unter den Lamellen meines Schuhregals hervorspähte.

Ich bückte mich danach und zog einen von Macs Schals heraus, der mir heruntergefallen sein musste, als ich seine Sachen aussortierte. Es war der, den Mac nur getragen hatte, wenn es im Winter richtig kalt war.

Ich rieb den Wollstoff zwischen meinen Fingern, ehe ich ihn an meine Nase hielt. Doch er roch kein bisschen mehr nach Mac. Der schwere moschusartige Duft seines Aftershaves war verflogen.

Kaum zu fassen, dass sein Tod schon vier Monate zurücklag.

Nachdenklich faltete ich den Schal zusammen und schob ihn zurück unter das Schuhregal.

Der Galen-Campingplatz war mit mehreren bunten Zelten getüpfelt, die in der Mittagsbrise sanft flatterten.

Mir war bewusst, dass Coorie Cottage nur eine Viertelstunde zu Fuß die Straße entlang lag. Aber ich verbannte jegliche Gedanken an Mask aus meinem Kopf. Besonders die, in denen es darum ging, wie undankbar und knurrig er sich am Mittwoch verhalten hatte.

Ich stellte den Wagen auf dem Besucherparkplatz ab und schloss ihn zu. Suchend ließ ich den Blick über die Rasenfläche gleiten, bis ich Mikey und Jack entdeckte, die ein Zelt mit Tarnmuster errichtet hatten und auf zwei Klappstühlen davor entspannt an ihrem Kaffee nippten. Dann bemerkte ich auch Stan, der seinen roten Schlafsack ausschüttelte und dabei irgendetwas in Eds Richtung rief, der daraufhin in seinem Zelt verschwand, das dunkelblau war und ein einzelnes Plastikfenster hatte.

Das hier war meine letzte Chance, auf Ed einzuwirken und ihm klarzumachen, wie wichtig dieser Auftritt war. *Na los, worauf wartest du noch?*

Ich schürzte die Lippen und marschierte auf den Halbkreis zu, den die Jungs mit ihren Zelten bildeten.

»Hallihallo!«, rief Mikey strahlend und drückte mir einen nach Kaffee duftenden Schmatzer auf die Wange. »Ich wusste ja gar nicht, dass du für Camping zu haben bist!«

Ich umarmte ihn herzlich und sagte dabei: »Bin ich ja auch gar nicht.« Ich sah hinüber zu Eds flatterndem Zelt und die Blicke der anderen folgten meinem.

»Alles okay bei dir?«, flüsterte Stan und drückte meine Hand. »Dein Dad hat uns alles erzählt.« Er war so freundlich und aufmerksam – aber das musste er wohl auch sein, da er als Berater tätig war.

Ich blinzelte gegen die grellen Sonnenstrahlen an, die hinter einer Wolkenbank hervordrangen, und fluchte stumm, dass ich meine Sonnenbrille vergessen hatte.

»Ja, ich weiß. Und ich bin froh, dass ihr von der ganzen Geschichte wisst. Es hat langsam gereicht mit all den Geheimnissen.« Nacheinander musterte ich die Männer: Mikey mit seinem abgerockten Charme, Jack mit seinem intensiven Blick aus hellen Augen und Stan in seinem schwarzen Def-Leppard-T-Shirt. Ich lächelte zuversichtlich. »Und deshalb bin ich auch hier: weil ich noch einmal versuchen will, Ed umzustimmen, damit ihr bei der Eröffnung spielen könnt.«

Mikey, Stan und Jack wechselten pessimistische Blicke. »Na, dann viel Glück«, brummte Mikey. »Ich würde mir an deiner Stelle keine allzu großen Hoffnungen machen. Der Typ ist sturer als ein Maulesel.«

Jack nickte und wollte gerade etwas sagen, als Ed seinen Lockenkopf durch die Zeltöffnung steckte. Als er mich bemerkte, erstarrte er und murmelte zur Begrüßung nur: »Layla.«

Ich lief durch das feuchte Gras auf ihn zu. »Ich habe mich gefragt, ob wir vielleicht kurz unter vier Augen miteinander reden könnten.«

Widerwillig kam er aus seinem Zelt hervor und vermied dabei jeden Blickkontakt mit seinen Bandkollegen. »Ich glaube nicht, dass es noch etwas zu besprechen gibt.«

Unverwandt sah ich ihn weiter an. »Tut mir leid, aber da bin ich anderer Meinung.«

»Und wir sind es auch«, meldete sich Mikey zu Wort. »Hör dir zumindest an, was das Mädel zu sagen hat.«

Ed mahlte mit den Kiefern. »Wüsste nicht, wer dich um deine Meinung gebeten hat.«

»Hey, hey, hey.« Stan trat mit erhobenen Händen zwischen die beiden. »Immer mit der Ruhe, Leute.« Dann wandte er sich an mich. »Weiß Harry, dass du hier bist, Layla?«

Ich schüttelte den Kopf. »Ich will doch nur fünf Minuten mit dir reden, Ed.«

Die Aussicht schien ihn zwar ausgesprochen nervös zu machen, doch so missbilligend, wie ihn Jack, Mikey und Stan musterten, blieb Ed letztlich keine Wahl. Er gab einen genervten Laut von sich. »Okay, eine Sekunde.« Dann tauchte er noch einmal in sein Zelt ab und kam mit einer silbernen Sportsonnenbrille mit orangebraunen Gläsern wieder hervor.

Die übrigen Bandmitglieder sahen uns hinterher, wie wir Seite an Seite und in verlegenes Schweigen gehüllt davongingen.

Kapitel 42

Der Wald wurde dichter und das Gras höher, sobald wir die Zelte und wenigen verstreuten Campingwagen hinter uns gelassen hatten.

»Ich weiß, weshalb du mit mir reden willst«, gab Ed nach langem Schweigen zu. »Aber die Antwort lautet nach wie vor Nein.«

Die Enttäuschung traf mich tief. Aber ich war nicht bereit, klein beizugeben. »Merkst du eigentlich, wie egoistisch das von dir ist? Die anderen haben sich so darauf gefreut, im Conch Club zu spielen. Und auch für mich wäre es ziemlich wichtig, dass das Konzert stattfindet.« Ich musste daran denken, wie Ed und meine Mutter vor all den Jahren Dad hintergangen hatten. »Findest du nicht, das ist das Mindeste, was du uns schuldig bist?«

Ed blieb stehen. »Weißt du, Layla, was da alles passiert ist, tut mir wirklich leid. Ich hätte mich nie auf deine Mutter einlassen dürfen. Aber das ist jetzt dreißig Jahre her, verdammt noch mal!« Er trat unruhig von einem Fuß auf den anderen, dann setzte er sich wieder in Bewegung. Sein Gesichtsausdruck blieb hinter seiner Sonnenbrille verborgen. Ich folgte ihm, vorbei an einem uralten Zaun, der dringend einen neuen Anstrich nötig hatte.

Was für ein Chaos aus Lügen und Betrug meine Mutter und Ed damals nur erschaffen hatten! Und die Nachwirkungen waren bis heute zu spüren.

»Du weißt jetzt, dass du doch nicht mein leiblicher Vater bist«, bemerkte ich, in der Hoffnung, dass er dadurch vielleicht eine etwas optimistischere Einstellung gewinnen würde. »Aber hast du dir jemals Gedanken darüber gemacht, was dieses ganze Vaterschaftsthema für Harry und mich bedeutet hat?«

Ed legte einen Zahn zu, als wollte er vor meinen Worten davonlaufen. »Wieso könnt ihr nicht einfach so weitermachen wie gehabt? Ich habe einen Fehler gemacht, ich habe mich entschuldigt und jetzt würde ich gern nie wieder über die ganze Angelegenheit nachdenken müssen«, rief er mir zu.

Dieser Mann war einfach unfassbar!

Während ich immer das Gefühl gehabt hatte, Mikey, Stan und Jack gut zu kennen, war das bei Ed nie der Fall gewesen. Die drei anderen waren gesellig, während er in Gedanken stets woanders gewesen war. Er war immer der Nachdenkliche, Unsichere in der Gruppe gewesen. Umso wütender machte mich seine egoistische Einstellung Dad, der Band und mir gegenüber.

Verärgert starrte ich ihm hinterher, während er über die Überreste eines alten Baumstamms hinwegstieg und sich den Weg zwischen ein paar tief hängenden Ästen durchbahnte. »Findest du nicht, du solltest die Sonnenbrille besser abnehmen?«

Ich kam mir vor, als würde ich versuchen, eine Tiefendiskussion mit einem Marathonläufer zu führen.

»Von zu viel Sonnenlicht bekomme ich Kopfschmerzen«, rief er mir über die Schulter zu.

Ich seufzte. *Na klar.*

»Jedenfalls kann es so, wie es gerade ist, nicht bleiben«, fuhr ich fort und bemühte mich dabei, mir meine Verärgerung nicht allzu deutlich anhören zu lassen. Auch ich lief nun weiter und duckte mich unter einem Ast hindurch, wobei ich immer wieder den Träger meiner Handtasche zurechtrücken musste.

Von Ed war nur noch das gelegentliche Aufblitzen seines weißen T-Shirts weit vor mir zu erkennen, während er sich zwischen den Zweigen durchkämpfte, die wie ausgestreckte Zeigefinger auf ihn zu deuten schienen.

»Ed, bitte, kannst du es dir nicht wenigstens noch einmal überle…«

»Aaaaauuuuu! Scheiiiiiißeee!«

Ich rannte los, soweit das auf dem unebenen Terrain möglich war.

Ed lag mit gespreizten Beinen auf dem Boden. Er riss sich die Sonnenbrille von der Nase und warf sie neben sich.

»Ed? Alles okay?« Ich kniete mich neben ihn.

»Scheiße! O Scheiße, Scheiße!«

»Was ist los?«

Er verzog das Gesicht. »Ich hab mir den Fuß verdreht, weil ich den verdammten Baumstumpf da übersehen habe.«

»Kein Wunder. Ich hab doch gesagt, du solltest besser deine Sonnenbrille absetzen!«

Er brummte etwas vor sich hin, dann zuckte er vor Schmerz zusammen.

»Kannst du den Fuß noch belasten?«, fragte ich und legte die Tasche ab. »Komm, ich helfe dir hoch.«

Nach einigen unbeholfenen Versuchen gelang es mir, ihn nach oben zu ziehen. Ed klammerte sich an mir fest. »Ich fürchte, der ist verstaucht.« Er schloss die Augen. »Verdammt! Ich habe mein Handy im Zelt vergessen!«

»Keine Sorge, ich hab meins dabei.«

Ich angelte es aus meiner Tasche und suchte nach Empfang. Aber es gab keinen. Wir würden die Jungs oder Dad also nicht anrufen und um Hilfe bitten können.

»Der Weg zurück zum Campingplatz ist ziemlich lang, aber ich helfe dir, so gut ich kann, okay?«

Ed stöhnte laut auf. »In dem Zustand kann ich unmöglich die ganze Strecke zurückhumpeln! Kennst du nicht irgendwen, der in der Nähe wohnt? Ich dachte immer, hier draußen seid ihr alle eine einzige große Gemeinschaft.«

Ich hob seine Sonnenbrille auf und drückte sie Ed in die Hand, während ich versuchte, unter seinem Gewicht nicht das Gleichgewicht zu verlieren. »Die Gegend hier ist ziemlich verlassen.«

Vorsichtig verlagerte ich sein Gewicht und zog seinen rechten Arm enger um meinen Hals. Er war schwer, und die Haltung war alles andere als bequem, aber irgendwie würde es schon gehen.

Bei dem Gedanken, dass wir womöglich den ganzen Tag lang durch den Wald tappen würden, hätte ich losschreien können vor Frust.

Doch auf einmal schrak ich zusammen. Ich hatte etwas gehört, und das Geräusch schien gar nicht weit entfernt von dem schmalen, kaum zu erkennenden Pfad zu kommen, dem wir folgten.

Ich lauschte konzentriert. Hoffnung kam in mir auf. Es war das Rauschen der Galen-Wasserfälle! »Direkt hinter den Bäumen hier steht ein Cottage, das von jemandem bewohnt wird, den ich kenne!«

Verfluchter Mist!

Die Aussicht, Mask um einen Gefallen bitten zu müssen, gefiel mir zwar ganz und gar nicht – aber was blieb mir schon für eine Wahl? Weiter mit einem humpelnden, egozentrischen Ex-Bassisten aus den Siebzigern an den Hacken durch den Wald zu irren?

Fest entschlossen atmete ich tief durch. »Komm, von dort aus können wir uns Hilfe holen.«

Kapitel 43

Eds Gejammer war so unerträglich, dass mir fast die Ohren abfielen, zumal er sich so auf mich stützte.

Ich führte ihn weiter den Weg entlang, eine Hand an seiner Taille, die andere an seinem Arm, der um meine Schulter hing. Glücklicherweise war das Gelände hier nicht steil.

»Es ist nicht mehr weit«, sagte ich mehr zu mir selbst als zu ihm und dachte dabei sehnsüchtig an die Wasserflasche am Grund meiner Tasche. Ich war nah dran, eine Trinkpause für uns beide einzulegen, doch ich widerstand der Verlockung. Ed und ich hatten endlich einen gemeinsamen Rhythmus gefunden und kamen – wenn auch nur langsam – voran. Diesen Vorteil wollte ich nicht unnötig aufs Spiel setzen.

Immerhin regnete es nicht. Das wäre das Tüpfelchen auf dem i gewesen.

Ed humpelte auf seinem unverletzten Fuß voran und ich sorgte für seine Stabilität. Inzwischen war ich allerdings ganz schön außer Atem. »Gleich haben wir's geschafft.«

Er warf mir einen misstrauischen Blick zu, doch als wir erschöpft und verschwitzt den Wald verließen und am Straßenrand herauskamen, entspannte sich der Ausdruck auf seinem blassen Gesicht ein wenig. Hinter uns schloss sich das Unterholz wieder zu einem Meer aus dichten grünen Zweigen.

Die Galen-Wasserfälle rauschten die Felswand hinab, und ich führte Ed über die feucht schimmernden Steine, damit wir uns erfrischen konnten. Ich spritzte mir Wasser ins Gesicht und trank aus den hohlen Händen. Ed ließ sich gegen den kühlen Stein sinken. »Danke.«

Fragend sah ich ihn an.

»Dass du mir geholfen hast.«

Ich nickte kaum merklich. »Keine Ursache.«

Mit ausgestrecktem Finger deutete ich auf die ruhige kleine Straße, die zum Coorie Cottage führte. »Dort drüben können wir Hilfe rufen.«

Doch Ed wirkte nicht sonderlich überzeugt. »Ist denn überhaupt jemand dort? Die Jalousien sind überall heruntergelassen.«

»Keine Sorge, er ist immer zu Hause.« Ich wischte mir die Hände an der Jeans trocken. »Komm.«

Ed zweifelte noch immer. »Und du kennst die Leute, die dort wohnen?«

»Ja. Also ... zumindest in gewisser Weise.« Denn wer Mask wirklich war, wusste ich schließlich auch nicht. Ebenso wenig wie sonst irgendwer.

Ich nahm mein letztes bisschen Kraft zusammen, streifte mir meine Tasche wieder über die Schulter und half Ed, über die Straße zu hinken. Am Wasserfall hatte ich einen kurzen Blick auf mein Handy geworfen, doch ich hatte noch immer keinen Empfang.

Coorie Cottage war unsere einzige Wahl.

Als wir vor Masks Tür standen, überkam mich tiefe Erleichterung. Die Fenster schimmerten und das rote Ziegeldach reflektierte die Sonne.

Ed stützte sich am Zaun ab, während ich die Treppe hochlief. Bestimmt war Mask drinnen oder in seinem Garten. Wenn nicht, würden wir eben warten müssen, bis er wieder zurückkehrte.

Ich lauschte angestrengt und glaubte, aus dem Inneren des Hauses leise Gitarrenmusik zu hören. Gerade als ich die Hand hob, um zu klopfen, erschien hinter der Milchglasscheibe Masks Umriss. Ehe er etwas sagen konnte, rief ich erleichtert: »Mask? Ich bin's, Layla Devlin. Ich brauche Hilfe, wir haben hier einen Notfall.«

Seine tiefe Stimme mit dem australischen Akzent drang mühelos durch die Tür. »Ist das Ihre neuste Taktik, um Zugang zu meinem Haus zu erhalten?«

Dieser Mann war einfach nicht zu fassen! Ich verengte die Augen zu schmalen Schlitzen und sah mich nach Ed um, der nach wie vor an dem Lattenzaun lehnte. »Nein, verdammt noch mal! Ich habe hier einen Mann mit Fußverletzung bei mir!«

Ich hatte mit der nächsten bissigen Antwort gerechnet, doch stattdessen war nach kurzem Schweigen leises Rascheln zu hören. Durch die Glasscheibe konnte ich ausmachen, dass sich Mask erst vor dem Gesicht herumfummelte und dann seine Kapuze hochzog. Offenbar hatte er sich die Maske aufgesetzt.

Dann schwang die Tür auf. Dahinter stand mit verschränkten Armen Mask wie ein schwarz gekleideter Ninja-Krieger.

Ich lief die Treppe wieder hinunter, um Ed zu helfen, der allerdings verängstigt zurückwich, als er Mask finster zu uns herabstarren sah.

»Bist du sicher, dass wir hier nicht im Bates Motel gelandet sind?«, flüsterte er mir zu.

Ich musste lachen. »Keine Sorge. Er macht gern einen auf harten Kerl, aber in Wahrheit ist er das reinste Schmusekätzchen.«

Ed wirkte nicht sonderlich überzeugt.

»Na gut«, gestand ich, »vielleicht eher ein Säbelzahntiger.«

»Kommen Sie jetzt rein, oder warten Sie drauf, dass ich Ihnen draußen Tee serviere?«, knurrte Mask. Er beobachtete, wie ich mir wieder Eds Arm um die Schultern schlang. »Himmel Herrgott, wenn Sie so weitermachen, verrenken Sie sich noch den Rücken. Warten Sie, ich helfe Ihnen.«

Überrascht beobachtete ich, wie ein entnervter Mask zu uns herunterkam und Ed dabei half, auf einem Bein die Treppe hochzuhüpfen. Eds fassungslose Miene entlockte mir ein Grinsen. Da hopste er nun mit seinem verstauchten Fuß durch die Gegend und ließ sich von einem Wildfremden mit schwarzer Maske in ein unbekanntes Haus helfen.

Kurz nachdem die beiden im Haus verschwunden waren, stand Mask schon wieder in der Tür und musterte mich ruhig aus seinen dunklen Augen. »Na, Ms. Devlin? Worauf warten Sie? Kommen Sie rein oder nicht?«

Kapitel 44

Mask hatte Ed in sein Wohnzimmer gebracht, das rechts vom Flur abging. Ed bemühte sich redlich, nicht allzu offensichtlich das maskierte Gesicht seines Gastgebers anzustarren.

Der Flur, in dem ich noch immer stand, war cremefarben gestrichen und hatte einen hellen Holzboden. Das Wohnzimmer dagegen war stahlgrau und mit einem passenden Teppich ausgelegt, auf dem schwarze Möbel standen. Ed hatte sich auf einem weichem Ledersofa ausgestreckt und zwei silberne Satinkissen stützten seinen Rücken. Durch die herabgelassenen Lamellenjalousien drang nur wenig Licht. Dennoch konnte ich einen wuchtigen Kamin im gotischen Stil ausmachen. Über dem Kamin hing ein Schwarz-Weiß-Druck, der die Sydney Harbour Bridge zeigte, die sich glitzernd wie Lametta vom Nachthimmel abhob. Mask stand auf Minimalismus, so viel war klar. An der gegenüberliegenden Wand befand sich ein anthrazitgraues Regal mit einer Auswahl an Musikerbiografien.

Ich wurde aus meinen Betrachtungen gerissen, als Mask sich an Ed wandte. »Hier«, sagte er. »Eine Tüte Tiefkühlerbsen. Die können Sie sich auf den Fuß legen.«

Ed bedankte sich und tat wie geheißen, wobei er einen Laut von sich gab, bei dem es sich um eine Mischung aus erleichtertem Stöhnen und wehleidigem Winseln handelte.

Mask musterte mich aufmerksam. »Wo wollten Sie denn überhaupt hin?«

»Wir waren in dem Waldstück hinter dem Campingplatz spazieren, als ich mich verletzt habe«, antwortete Ed an meiner Stelle. »Ich zelte dort übers Wochenende mit Freunden.«

Die übrigen Bandmitglieder von Battalion als seine Freunde zu bezeichnen war in Anbetracht der aktuellen Lage zwar ziemlich weit aus dem Fenster gelehnt, aber ich verkniff mir jeden Kommentar.

Mask starrte Ed noch einen Moment lang an, bevor er sich mir zuwandte. »Können wir kurz reden?«, sagte er und deutete mit seinem Kapuzenkopf in Richtung Wohnzimmertür.

Ich folgte ihm in die Küche, die sich am Ende des Flurs befand und mit einem Frühstückstresen aus Marmor, mattweißen Küchenschränken mit cremefarbenen Akzenten und Edelstahlgeräten eingerichtet war.

Er zog die Küchentür hinter mir zu. »Wenn Ihr Partner nicht einmal einen einfachen Waldspaziergang gebacken bekommt, möchte ich Ihnen doch sehr dazu raten, es beim nächsten Mal mit einem ruhigeren Programm zu versuchen.«

Verwirrt sah ich ihn an. »Mein *Partner*?«

Mask musterte mich amüsiert. »Nicht, dass es mich was angeht. Aber wenn Leute ohne die richtige Ausrüstung wandern gehen und …«

Jetzt war ich es, die grinsen musste. »Moment. Sie glauben, Ed und ich sind ein Paar?« Masks Lippen verzogen sich zu einem schmalen Strich, als ich loskicherte. »Ich und Ed? Ich kann Ihnen versichern, dass das nicht der Fall ist.«

Er holte zwei Gläser aus einem Küchenschrank und füllte sie mit Wasser. Eines drückte er mir in die Hand, das andere brachte er zu Ed ins Wohnzimmer, nur um Sekunden später mit dem Glas in der Hand wieder zurückzukehren.

»Christoph Kolumbus ist eingeschlafen. Die Herausforderung im Wald muss ihn an den Rand der Erschöpfung getrieben haben.« Während er die Küchentür erneut schloss, deutete er mit dem Kopf in Richtung Wohnzimmer und fragte: »Wenn er nicht Ihr Freund ist, wer ist er dann?«

Stirnrunzelnd sah ich aus dem Küchenfenster, hinter dem sich die kleinen Wolkenfetzen zusammenzuballen begannen. Zumindest hier war die Jutejalousie hochgezogen, vermutlich weil die Küche nach hinten hinausging und entsprechend mehr Privatsphäre bot als die übrigen Räume. »Wieso interessieren Sie sich überhaupt so für ihn?«

Mask zuckte mit den Achseln. »Reine Neugierde. Immerhin standen Sie plötzlich in einigermaßen derangiertem Zustand mit einem Fremden im Arm vor meiner Tür.«

Konnte dieser Mann nicht einmal im Leben höflich sein? »Nur zu Ihrer Information – auch wenn es Sie streng genommen nichts angeht –, ich sehe nur deswegen etwas derangiert aus, weil ich Ed durchs Unterholz geholfen habe.«

Mask musterte mich stoisch weiter.

»Und ich hatte ihn auch nicht *im*, sondern *am* Arm. Und wie hätte ich ahnen sollen, dass er sich am Fuß verletzen würde? Ich bin doch keine Hellseherin!« Ich griff nach meinem Glas und trank einen Schluck. »Andernfalls hätte ich natürlich Krücken mitgebracht.«

Ich glaubte, Masks Mundwinkel zucken zu sehen.

Leise Wut regte sich in mir. »Warum rechtfertige ich mich überhaupt vor Ihnen? Sie sind schließlich auch nicht gerade ein offenes Buch.«

»Jetzt komme ich nicht mehr hinterher.«

Ich unterdrückte ein sarkastisches Schnauben. »Wie kommt es, dass mich das nicht wundert? Also, Sie verstecken sich unter einer Kapuze, verbergen Ihr Gesicht unter einer Maske …«

Mask mahlte mit den Kiefern und ich bemerkte einen Hauch von dunklem Bartschatten auf seinem Kinn. »Ich verstecke mich nicht.«

»Ich wüsste nicht, wie man das sonst bezeichnen sollte.« Und damit machte ich kehrt und wollte aus der Küche stürmen. Doch Mask streckte die Hand aus und hielt mich an meinem Arm zurück. Als seine Finger über meine nackte Haut strichen, schnappte ich überrascht nach Luft und versuchte gleich darauf verlegen, den Laut mit einem Hüsteln zu überspielen.

Mask zog so hastig die Hand weg, als hätte er sich verbrannt. »Sie haben mir immer noch nicht die Frage beantwortet, was Sie mit diesem Mann mitten im Wald zu suchen hatten.«

Ich schob die Hände in die Gesäßtaschen meiner Jeans. Warum interessierte er sich nur so für Ed? Neugierig musterte ich seine unter der Kapuze nur schemenhaft erkennbaren Gesichtszüge. »Eines fernen Tages erzähle ich Ihnen vielleicht die ganze Geschichte. Aber erst wenn Sie bereit sind, mir das hier zu erklären.« Ich schnipste gegen seine Maske. »Ich wollte Ihnen nur helfen. Aber Sie haben ja mehr als deutlich gemacht, dass Sie meine Hilfe nicht brauchen.« Ich legte die Hand auf die Türklinke. »Vertrauen ist eine beidseitige Angelegenheit, wissen Sie?« Als ich die Tür öffnete, bemerkte ich aus dem Augenwinkel eine Bewegung und hörte Stoff rascheln.

»Mein Gott, ist das frustrierend mit dir! Also gut, dreh dich um, Layla. Bitte.«

Ich erstarrte mitten in der Bewegung. Es war das erste Mal, dass er mich geduzt hatte!

Als ich mich zu ihm umdrehte, riss ich vor Überraschung die Augen auf.

Er hatte die Kapuze abgestreift und die schwarze Maske hing schlaff in seiner rechten Hand.

Kapitel 45

Ich hatte Masks Gesicht schon vorher einmal kurz ohne Maske sehen können, als ich ihn in seinem Garten überrascht hatte. Aber damals hatte ich weit weg gestanden und nun hatte ich ihn direkt vor mir und konnte jedes Detail genau erkennen.

In seinen dunklen Augen mit den dichten Wimpern lag ein eigentümlicher Ausdruck. Sein schwarzes Haar war wild gewellt und reichte ihm bis zum Nacken. Seine Brauen waren fragend gewölbt und doch strahlten seine Züge eine tiefe Entschlossenheit aus.

Meine Aufmerksamkeit glitt zu der Narbe, die seine rechte Wange hinablief. Auch wenn sie von seiner Augenbraue bis zu seinem streng geschnittenen Mund reichte, schien sie die Attraktivität seines Gesichts eher hervorzuheben, als sie zu beeinträchtigen.

Er fuhr sich mit der Hand durchs Haar. »Zufrieden?«

Ich schluckte und rang um Fassung. »Ich weiß nicht, was Sie … was du jetzt hören willst.«

Er zuckte mit seinen breiten Schultern.

»Wie ist das passiert?«

Masks Gesicht nahm einen schmerzvollen Ausdruck an und sein Blick wurde verschlossen. »Eins nach dem anderen, Layla.«

Wir standen uns noch einen Moment lang gegenüber und ließen die Bedeutung dessen, was sich gerade zwischen uns ereignet hatte, sacken. Es musste ihn unendlich viel Überwindung gekostet haben, seine Narbe vor mir bloßzulegen.

Sein Kiefermuskel zuckte kaum merklich, während er mich weiter beobachtete.

Ich verließ die Küche, um kurz nach Ed zu sehen, der sich auf die Seite gedreht hatte und eins von Masks Satinkissen an sich drückte. Als ich wieder in die Küche zurückkehrte, schloss ich erneut die Tür hinter mir.

Jetzt war ich am Zug. Auch wenn Mask mir noch nicht erzählt hatte, woher er seine Narbe hatte – er hatte sie mir gezeigt. Und dafür war ich ihm nun eine Erklärung schuldig, was es mit Ed auf sich hatte.

Mask bedeutete mir, mich ihm gegenüber an den Frühstückstresen zu setzen, und füllte uns Wasser und Eiswürfel nach, während ich mit einem tiefen Seufzer Platz nahm.

Dann begann ich zu erzählen.

Sonnenlicht flutete die Küche, während Mask mir zuhörte. Sein launisches Gesicht spiegelte eine Vielzahl an Gefühlen wider. Die Narbe war dabei nur zu erkennen, wenn er den Kopf in einem ganz bestimmten Winkel hielt.

»Wenn ich alles richtig verstanden habe, hatte also deine Mutter eine Affäre mit dem Mann, der gerade auf meinem Sofa schläft?«

Ich spielte an meinem Ring mit den braunroten und limettengrünen Steinen herum, den Dad mir zum einundzwanzigsten Geburtstag geschenkt hatte. »Jep.«

»Und warum bist du mit ihm durch die schottische Wildnis spaziert?«

Ich verzog das Gesicht. »Ich hatte etwas Wichtiges mit ihm zu besprechen. Wie schon erwähnt, will er ja nicht mehr in die Band einsteigen, auch nicht für meine Club-Eröffnung.«

Bei dem Thema setzte ein dumpfes Pochen hinter meiner linken Schläfe ein. Ich trank einen Schluck Wasser, wobei die Eiswürfel gegen meine Zähne stießen. »Ich wollte noch ein letztes Mal versuchen, ihn umzustimmen. Die ganze Band ist übers Wochenende in Loch Harris. Eigentlich wollten sie proben.«

»Und deswegen hast du ihn in den Wald geschleift?«

Ich nickte und wünschte noch im selben Moment, ich hätte es bleiben lassen, denn mein Kopf fühlte sich bleischwer an.

»Er verhält sich ziemlich egoistisch, was?«

Ich seufzte auf. »Ganz meine Meinung. Aber vielleicht bin ja auch ich hier diejenige, die sich egoistisch verhält.«

Mask musterte mich und blinzelte dabei mit seinen schwarzen Wimpern. »Das ist ungefähr das letzte Wort, das ich mit dir in Zusammenhang bringen würde.«

In meinem Bauch machte sich ein seltsames Ziehen breit, als ich sein anziehendes Gesicht mit der geschwungenen roten Narbe musterte. »Sie fällt mir gar nicht auf«, sprudelte es plötzlich aus mir heraus. »Die Narbe, meine ich.« Ich wusste selbst nicht, weshalb es mir auf einmal so wichtig war, ihn das wissen zu lassen.

Mask senkte den Blick, ehe er ihn wieder hob. »Du siehst müde aus. Willst du dich vielleicht kurz im Gästezimmer ausruhen?«

»Aber die Jungs auf dem Campingplatz werden uns schon vermissen.«

Er erhob sich mit seinen langen Beinen von seinem Barhocker und musterte mich mit blitzenden Augen. »Ich fahre euch rüber, sobald ihr euch ein bisschen erholt habt.«

Unwillkürlich hob ich die Hand an mein Gesicht. Vermutlich sah ich gerade so attraktiv aus wie eine geschmolzene

Wachsfigur. »Tut mir leid, dass wir dir solche Umstände machen.«

Er warf mir einen Blick zu, den ich nicht zu deuten wusste. »Kein Problem. Sonst hätte ich es nicht angeboten.«

»Danke.«

Er hielt mir die Tür auf und wir durchquerten den Flur und lugten ins Wohnzimmer. Ed lag immer noch auf Masks Sofa wie eine zusammengeklappte Marionette. Als wir hereinkamen, gab er einen lauten Schnarcher von sich.

»Was für ein herzerwärmender Anblick«, bemerkte Mask trocken.

Am hinteren Ende des Flurs befand sich links vom Kücheneingang eine geschlossene Tür. Ich hatte angenommen, dass sie in eine Abseite führte, doch nun drückte Mask die Messingklinke herunter, und dahinter kam sein Gästezimmer zum Vorschein, das anscheinend als Musikstudio fungierte. An der rückwärtigen Wand befand sich ein Fenster mit den allgegenwärtigen Jalousien, die hier aber nur halb heruntergelassen waren. Milchiges Licht sickerte hindurch und fiel auf ein Klavier in der Ecke, ein Keyboard und zwei Gitarren. Daneben stand ein Mikrofon auf einem hohen Ständer. Auf dem Klavier stapelten sich Notenhefte und davor standen ein alter flaschengrüner Lehnsessel sowie ein traditioneller Klavierhocker.

Mask schob den Sessel vom Klavier weg und nahm die blau-grün karierte Decke von der Rückenlehne. Dann bedeutete er mir, mich zu setzen, und ich machte es mir bequem. Der Sessel war gemütlich und so weich, dass ich richtiggehend darin versank.

»Hier«, sagte Mask, schüttelte die Decke aus und legte sie über mich. »Hier drinnen wird es schnell ein wenig kühl.«

»Ich bin neunundzwanzig, nicht neunundneunzig«, scherzte ich.

Er hob die geschwungenen Brauen. »Kannst du ausnahmsweise mal machen, was man dir sagt? Ich weiß, das Konzept widerstrebt dir, aber es wäre schön, wenn du dich für den Augenblick einfach darauf einlassen würdest.« Damit verschwand er durch die offene Tür und kam kurze Zeit später mit einem Becher Tee wieder. »Ich habe ein bisschen Zucker hineingegeben.«

Dankbar nahm ich ihn entgegen und nippte. »Danke.«

Mask nickte. »Trink den Tee und ruh dich ein bisschen aus.«

Ich sah ihm nach, wie er den Raum verließ, dann trank ich mehrere Schlucke von dem heißen, süßen Tee. Er brannte in meinem Hals, schmeckte aber herrlich.

Die Sonne floss in Streifen wie flüssiges Gold um meine Füße.

Nachdem ich den Becher geleert und auf einem Tischchen abgestellt hatte, lehnte ich den Kopf an und schloss für einen Moment die Augen. Hinter meinen Lidern zogen Bilder von Mac, dem Conch Club, meinem Dad und Ed vorbei.

Als ich Masks Stimme hörte, fuhr ich aus dem Schlaf hoch und öffnete schlagartig die Augen. Offenbar war ich kurz weggedämmert.

Blinzelnd schlug ich die Decke auf, die von meinen Knien rutschte und auf dem Boden landete. Ich stand auf und näherte mich der halboffenen Studiotür. Jetzt war es Ed, der sprach. Seine Stimme schwebte durch den Flur zu mir herüber. Er klang nachdrücklich, aber Mask unterbrach ihn. »Das sind Sie Layla aber schuldig. Ihr und ihrem Vater.«

Mir klappte die Kinnlade herunter und ich lehnte mich mit einer Schulter gegen die weiße Wand. Heilige Scheiße. Mask unterhielt sich mit Ed, und wie es klang, versuchte er, ihn davon zu überzeugen, mit den anderen bei der Eröffnung aufzutreten!

Bemüht, nicht durch Geräusche auf mich aufmerksam zu machen, drückte ich mich durch den Türspalt und schlich mich auf Zehenspitzen in Richtung Wohnzimmer. Ich traute mich kaum, zu atmen. Durch den winzigen Spalt konnte ich erkennen, wie Ed mit wachsamer Miene auf der Sofakante saß.

»Aber was ich getan habe … Ich …«, stammelte er. »Ich habe solche Gewissensbisse, weil ich eine Affäre mit der Frau meines Kumpels hatte. Und was Harry und Layla wegen des Vaterschaftstests alles durchstehen mussten! Ich kann damit einfach nicht umgehen. Ich dachte immer, die Vergangenheit bleibt Vergangenheit – Tina und ich, meine ich. Was damals passiert ist … was wir getan haben … Ich habe einfach nicht den Mumm, mich damit auseinanderzusetzen.«

Irgendwo im Wohnzimmer gab Mask einen frustrierten Seufzer von sich. »Und schon wieder denken Sie nur an sich. Und was ist mit Harry und Layla? Glauben Sie nicht, dass diese Angelegenheit für die beiden noch eine ganze Ecke belastender war als für Sie?«

Mit klopfendem Herzen lehnte ich mich rücklings an die Wand. Mask versuchte, mir zu *helfen*?

Ich sog die Unterlippe ein und lauschte weiter. Für einen Moment erschien Mask in dem schmalen Türspalt. Er trug wieder seine schwarze Samtmaske und hatte die Kapuze seines grauen Hoodies übergestreift.

»Manche Geheimnisse sollten in der Vergangenheit begraben bleiben«, knurrte Ed, doch der schuldbewusste Ausdruck in seinen Augen blieb. »Wenn Tina nicht so ein hinterhältiges Biest wäre …« Dann sah er plötzlich zu Mask auf und fragte mit einem leicht aggressiven Unterton: »Was interessiert Sie das alles überhaupt so? Die ganze Geschichte ist doch nicht Ihr Problem!«

Mask beugte sich so dicht zu Ed vor, dass auch er wieder in meinem Sichtfeld erschien. »Da haben Sie zwar recht, aber es missfällt mir einfach, mit ansehen zu müssen, wie gute Menschen schlecht behandelt werden.«

Mein Magen schlug einen Salto, als Mask noch ein paar Zentimeter näher kam und Ed nach hinten zurückwich. »Sie hatten ein Techtelmechtel mit Laylas Mutter.«

Ed kniff seine blassblauen Augen zusammen. »Ich habe nie behauptet, stolz darauf zu sein.«

»Umso besser, dass Sie jetzt die Gelegenheit haben, etwas Positives dazu beizutragen, diesen Fehler wiedergutzumachen.«

Ich schluckte gegen meine Rührung an, während Mask weitersprach. Sein australischer Singsang bebte förmlich vor Entschlossenheit. »Layla ist … Layla ist etwas ganz Besonderes. Und ich finde, Sie sollten ihrem Vater und ihr gegenüber zumindest Ihren guten Willen zeigen.« Er wich wieder etwas zurück, sodass er aus dem Türspalt verschwand. »Niemand verlangt von Ihnen, dass Sie sich der Band dauerhaft wieder anschließen. Es geht nur um diesen einen Abend. Meinen Sie nicht, das ist das Mindeste, was Sie den beiden schulden? Sie würden damit das Richtige tun. Layla *und* ihrem Vater gegenüber.« Kurz war er wieder durch den Türspalt zu sehen. »Ob es Ihnen gefällt oder nicht, Ihr Verhalten hat das Familienglück der beiden bedroht und sie mussten es sich mühsam wieder erkämpfen.«

Ed schluckte und ballte die Hände zu Fäusten.

Masks Worte hallten noch durch meinen Kopf, als er erneut auftauchte. »Sie haben die einmalige Chance, nach über dreißig Jahren Ihren Fehler wiedergutzumachen. Soweit das möglich ist zumindest.« Mask schüttelte kaum merklich den Kopf. »Was würde ich nur für eine solche Möglichkeit geben.«

Wie meinte er das?

Ed drückte sich vom Sofa hoch und vergrub die Hände in den Jeanstaschen. Die beiden wechselten kein Wort mehr miteinander, sondern kamen auf die Tür zu, wobei Ed nach wie vor leicht humpelte.

Hastig lief ich zurück ins Studio, ehe einer von ihnen bemerken konnte, dass ich ihr Gespräch belauscht hatte. Doch vor dem dicken Kloß, den ich aus Rührung im Hals hatte, konnte ich nicht davonlaufen.

Kapitel 46

»Verfluchte Scheiße noch mal!«, brüllte uns Mikey vom anderen Ende des Campingplatzes aus entgegen. »Wir wollten schon einen Rettungshubschrauber losschicken und die Hundestaffel rufen! Wo wart ihr denn nur? Habt ihr den Ben Nevis bestiegen, oder was?«

Stan riss sich die Sonnenbrille von der Nase. »Harry ist außer sich vor Sorge, Layla! Wir haben ihn angerufen, um nachzufragen, ob er eine Ahnung hat, wo ihr beide steckt.«

Nun kam auch Jack aus seinem Zelt und sah an mir vorbei zu Ed. »Mann, wie siehst du denn aus?«

Dann bemerkten alle die maskierte Gestalt mit der Kapuze auf dem Kopf, die diskreten Abstand zu uns hielt, und Stille machte sich breit.

»Ed ist über einen Baumstamm gestolpert«, erklärte ich hastig, um das Schweigen zu füllen. »Es geht ihm ganz gut, aber sein Fuß ist verstaucht. Zum Glück ist es uns gelungen, Hilfe zu organisieren.«

Die Zelte flatterten im Wind.

»Ich mach mich dann mal los, Layla.« Mask grüßte die Bandmitglieder mit einer Handbewegung und machte sich auf den Rückweg zu seinem Truck.

»Warte noch!«, rief ich ihm hinterher.

Die Jungs versammelten sich derweil in einem Halbkreis und versuchten ihr Bestes, den geheimnisvollen, imposanten Fremden nicht allzu offensichtlich anzustarren.

Mask beäugte mich eindringlich und ich räusperte mich. »Ich wollte nur Danke sagen. Für deine Hilfe heute.«

»Gern geschehen.«

Ich rang mit mir. Sollte ich ihm beichten, dass ich von seinem mutigen Versuch wusste, Ed zu dem Auftritt mit Battalion zu überreden? Letztendlich entschied ich mich dagegen. Ich wollte nicht den Eindruck erwecken, dass ich in seinem Haus herumspioniert hatte.

Und so standen wir schweigend und etwas verlegen voreinander und lauschten dem Knacken eines Lagerfeuers einige Meter weiter, bis ich plötzlich mit der Frage herausplatzte, die mich schon länger quälte: »Was hat es mit dieser Belle Raven auf sich?«

Er gab einen freudlosen Lacher von sich. »Du nimmst echt kein Blatt vor den Mund, was?«

Meine Wangen wurden heiß. »Tut mir leid. Ich … ich dachte nur, vielleicht kann ich mich dafür revanchieren, dass du Ed und mir heute aus der Patsche geholfen hast.«

Masks Brust hob und senkte sich unter seinem dunkelgrauen Hoodie. Sein Gesicht sah ich zwar nicht, aber jetzt, wo ich es genauer hatte betrachten dürfen, konnte ich es mir in all seinen Einzelheiten vorstellen.

»Du wirst mich erst damit in Frieden lassen, wenn ich es dir erzähle, oder?«, stöhnte er. »So gut kenne ich dich inzwischen.« Er presste die Lippen zusammen. »Okay, gewonnen. Also. *Belle Raven* lautete der Titel meines ersten Albums.«

»Dann ist diese Frau also so was wie ein verrückter Fan?«

Mask gab ein verzweifeltes Schnauben von sich. »Ich glaube, in dem Punkt irrst du dich. Denn das Album wurde nie veröffentlicht.«

Wir entfernten uns einige Schritte von den anderen und stellten uns in den Schutz des Blätterdachs einer kleinen Baumgruppe. »*Belle Raven* hatte seinen Namen von meiner Mutter, die mit Vornamen Belle hieß, und einem Boot, das meinem Großvater gehörte, welches er *Raven Warrior* getauft hatte. Es war nur ein Arbeitstitel.«

Ich runzelte die Stirn. »Und warum ist das Album nicht erschienen?«

Seine Antwort fiel nicht gerade freundlich aus. »Ich hatte meine Gründe.«

»Dann wissen also nicht viele Leute von diesem Album?«

Mask kniff nachdenklich die Augen zusammen. »Richtig.«

Ich klammerte mich an die vergebliche Hoffnung, dass er mir noch mehr anvertrauen würde, so wie ich ihm auch die gesamte Geschichte über Dad und Ed erzählt hatte. »Aber wer ist dann die Frau, die sich als Belle Raven ausgibt?«

»Wenn ich das nur wüsste … Danke jedenfalls, dass du versuchst, mir zu helfen.«

Ohne ein weiteres Wort zu verlieren, machte er auf dem Absatz kehrt und stieg wieder in seinen Truck.

Kapitel 47

Ich sah Mask hinterher. In meinem Magen machte sich ein aufgeregtes Kribbeln breit.

Es waren noch so viele Fragen offen! Woher hatte er seine Narbe? Wer war die geheimnisvolle Australierin, die Loch Harris unsicher machte, und weshalb benutzte sie den Titel seines unveröffentlichten ersten Albums als Namen? Und überhaupt: *Warum* war das Album nie veröffentlicht worden?

»Layla?«

Beim zögerlichen Klang von Eds Stimme fuhr ich herum. Er saß vor seinem Zelt in einem knallgrün-gelb gestreiften Klappstuhl und wand sich sichtlich. Seinen verknacksten Fuß hatte er auf einer Kühlkiste hochgelagert und mit einer Decke umwickelt. Mikey, Jack und Stan lungerten ganz in der Nähe herum.

Ed murmelte ihnen etwas zu und sie verschwanden nacheinander in ihren Zelten.

Ich schlenderte zu ihm hinüber. »Und, wie geht's deinem Fuß?«

»Ich werde es überleben.«

Ich stand etwas dümmlich neben ihm, bis Mikey mit einem zweiten Klappstuhl unter dem Arm aus seinem Zelt kam. »Hier, Layla.« Er stellte ihn auf, warf Ed einen Blick zu und verschwand wieder hinter der flatternden Zeltöffnung.

Ich setzte mich neben Ed.

»Danke noch mal für deine Hilfe.« Er stützte die Ellenbogen auf den Armstützen ab. »Hätte mich nicht gewundert, wenn du mir auch noch den zweiten Fuß zertrümmert hättest.«

Ich musste lächeln und blinzelte hoch in den Nachmittagshimmel, der keinerlei Hoffnung auf Sonne bot. Wie es aussah, hatten wir unsere Tagesration bereits verbraucht.

»Du hast Glück, dass ich inzwischen an meinen Ruf denken muss. Ich kann meine zukünftigen Kunden ja schlecht denken lassen, dass ich arme, hilfsbedürftige Bassisten allein in der Wildnis von Loch Harris verenden lasse.«

Ed schnaubte. »In meinem Fall hätte dir wohl kaum jemand einen Vorwurf daraus gemacht.« Er senkte den Blick auf seine Knie und zupfte an einem losen Faden seiner Jeans herum. »Ich komme mir vor wie das letzte Arschloch. Die Jungs haben mir gerade erklärt, wer Mask ist.« Er ließ den Kopf gegen die Lehne seines Klappstuhls sinken. »Gehört habe ich natürlich schon von ihm, aber ich war so mit mir selbst und meinem verflixten Fuß beschäftigt …«

»Keine Sorge«, versicherte ich ihm. »Mask ist sowieso nicht der Typ für Small Talk.«

Eds Brust hob und senkte sich unter dem sauberen roten T-Shirt, das er sich nach unserer Rückkehr angezogen hatte. Unser Gespräch geriet ins Stocken.

Müde rieb ich mir über das Gesicht. »Ich könnte eine heiße Dusche vertragen. Oh, und ich sollte mich unbedingt bei Dad melden.«

Ich wusste, dass Jack ihn bereits informiert hatte, dass Ed und ich wieder da waren. Aber wie ich meinen Vater kannte, würde er keine ruhige Minute haben, ehe er alles aus meinem Mund gehört hatte.

Ed rückte sein hochgelegtes Bein zurecht. »Harry ist ein toller Vater.«

Ich stand auf und versuchte, mir den Kloß in meinem Hals nicht anhören zu lassen. »Ja, das ist er.« Dann hob ich die Hand zu einem ungelenken Winken. »Pass gut auf den Fuß auf, Ed.«

Nachdem ich kurz in die Zelte gespäht hatte, um mich bei den anderen zu verabschieden, machte ich mich auf den Weg zu meinem Wagen. Doch ich war nur wenige Schritte weit gekommen, da rief Ed mir hinterher: »Layla, warte.«

Meine Schultertasche schlug gegen meine Hüfte, als ich mich noch einmal umdrehte.

»Zumindest ist der Fuß nicht gebrochen«, fuhr Ed nach einer kleinen Pause fort. Dann lächelte er. »So muss ich bei der Club-Eröffnung nicht auf der Bühne herumhoppeln, sondern kann es mit den anderen ordentlich krachen lassen.«

Kapitel 48

»Wie sehe ich aus?« Dad strahlte mich an, ohne dabei verbergen zu können, wie aufgeregt er war.

Er hatte sich für einen hellblauen Pullover und eine schicke Hose in Marineblau entschieden. Außerdem hatte er sich meinen Rat zu Herzen genommen und war zu unserem Dorffriseur gegangen. Nun war sein Haar zwar immer noch lang und das Schokoladenbraun von grauen Strähnen durchzogen, aber es sah viel ordentlicher aus als vorher.

»Du wirst Molly von den Socken hauen«, sagte ich grinsend. »Um wie viel Uhr holst du sie ab?«

Dad sah zum gefühlt zehnten Mal innerhalb der vergangenen halben Stunde auf die Uhr. »Um halb acht. Ich fahre gleich los, ich will auf keinen Fall zu spät kommen.«

Ich biss mir auf die Zunge. Mollys Wohnort Finton lag mit dem Auto vielleicht eine Viertelstunde weit von Loch Harris entfernt. Dad hätte locker noch zwanzig Minuten warten können und wäre immer noch zu früh gewesen. Der Arme schien ganz aus dem Häuschen zu sein vor Aufregung.

Er spähte über meine Schulter zu meinem Handy. »Meine Güte, Layla, du bekommst heute ja eine E-Mail nach der anderen! Haben die alle mit dem Conch Club zu tun?«

Ich rutschte auf Dads Sofa herum, um mir mein Handy zu angeln. »Weitestgehend ja, nur die beiden hier nicht. Da will mir jemand Viagra andrehen.«

Er lachte auf und nahm seinen Autoschlüssel vom Sofatisch. »Alles klar, Liebes, ich mach mich dann mal vom Acker. Lass es ruhig angehen, ja?«

Grinsend salutierte ich zur Antwort.

»Und denk bitte dran, hinter dir abzuschließen, wenn du gehst.«

Er drückte mir einen Kuss auf die Wange und verschwand in einer Aftershave-Wolke durch die Haustür.

Ich steckte mein Handy weg und schaltete Dads Flurlampe an, damit der alte Halunke später nicht in ein dunkles Haus zurückkehren musste.

In einigen Wochen würde bereits der Herbst da sein und die Bäume würden sich in bernsteinfarbenes, rostrotes und orangegelbes Laub hüllen. Durch die Luft würde das vertraute erdige Aroma schweben, das mich stets an Kürbisse und Feuerwerk denken ließ.

Meine rosa-weißen Converse-Turnschuhe trugen mich die Landstraße entlang zu meinem Cottage.

Dad war überrascht, aber äußerst erfreut gewesen, als ich ihm von Eds Entscheidung erzählte, doch gemeinsam mit der Band bei der Club-Eröffnung zu spielen, und hatte darauf bestanden, dass sie am Konzertwochenende alle bei ihm zu Hause wohnen sollten. Auch Ed.

Es würde eng, bierselig und testosterongeladen werden. Trotzdem hatten alle die Idee ganz hervorragend gefunden.

Hinter der nächsten Biegung ragte bereits das Dach meines Cottage zwischen den Baumwipfeln hervor. In Gedanken war ich jedoch ganz bei Mask und versuchte, das Bitzeln zu ignorieren, das er in meinem Magen auslöste. Wenn ich zu Hause war, würde ich mir eine heiße Schokolade mit Muskat zubereiten, mich einkuscheln und meinen Berg an E-Mails bearbeiten.

Im Haus schaltete ich die Lampe im Flur ein, schleuderte meine Schuhe von den Füßen und sah zu, wie sie über den Teppich davonschlidderten. Nachdem ich in meinen Pyjama geschlüpft war und von der Sahnehaube meines Kakaobechers gekostet hatte, machte ich es mir hinten in meinem Wohnzimmer an meinem Arbeitsplatz bequem.

Ich hatte gerade eine Glasgower Zeitung mit Hintergrundinformationen über die einzelnen Mitglieder von Battalion versorgt, da klingelte mein Handy. Es war eine unbekannte Nummer. Mit einem frustrierten Seufzer ging ich dran.

Es war Wendy Goodman, die Besitzerin des River Lawn Bed and Breakfast. »Was diese Australierin betrifft, nach der Sie sich erkundigt haben«, flüsterte sie in den Hörer. »Ich glaube, sie führt irgendwas im Schilde.«

Ich fuhr in meinem Drehstuhl hoch. »Wendy? Alles in Ordnung? Erzählen Sie bitte von Anfang an.«

»Heute Abend habe ich zufällig etwas mithören können.« Wendy schluckte, ihr Atem ging schwer. »Sie war in ihrem Zimmer und hat mit jemandem telefoniert.«

Ich wartete ab, bis sie sich ein wenig beruhigt hatte. »Und ging es dabei um Mask?«

»Ja, eindeutig.«

»Konnten Sie verstehen, was genau sie gesagt hat?«

Nach kurzem Schweigen sagte Wendy: »Sie meinte, dass sie heute Abend zum Coorie Cottage fahren will, um ihn zur Rede zu stellen.«

Ich blinzelte. »Zur Rede stellen? Und hat sie auch gesagt, weswegen?«

»Nein, leider nicht.«

Ich sprang auf und lief angespannt im Wohnzimmer herum. »Wissen Sie zufällig, um wie viel Uhr sie hinfahren wollte?«

»Ja, sie meinte, gegen halb neun. Sie hat einen Mietwagen.«

Meine Fantasie ging mit mir durch. *O Gott.* Am Ende war sie doch einer von diesen durchgeknallten Fans und wollte um jeden Preis seine Aufmerksamkeit erhaschen.

Mask hatte zwar gesagt, dass sein erstes Album *Belle Raven* niemals erschienen war, aber wenn diese Frau eine glühende Verehrerin seiner Musik war, wusste sie das sicher. Vielleicht hatte sie sogar ausgerechnet deswegen diesen Decknamen gewählt.

»Ich habe seine Handynummer nicht«, überlegte ich panisch. »Und selbst wenn – der Empfang ist dort oben fürchterlich.« Ich fuhr mir durchs Haar. »Ist diese Frau noch auf ihrem Zimmer?«

»Ja, ich habe gerade nachgesehen. Ich habe behauptet, dass ich nur nachfragen wollte, ob sie frische Handtücher braucht.«

Ich drehte mein Handgelenk, um einen Blick auf die Uhr werfen zu können. Es war 19.45 Uhr. In einer Dreiviertelstunde wollte die Frau am Coorie Cottage sein. Wenn ich mich beeilte und mir nur schnell etwas zum Anziehen überwarf, konnte ich mich in fünf Minuten auf den Weg machen.

Und etwas sagte mir, dass ich besser vor ihr dort eintreffen sollte.

Kapitel 49

Während ich mich hastig umzog, kreisten die Worte durch meinen Kopf, mit denen sich Wendy verabschiedet hatte: »Meinen Sie nicht, Sie sollten vielleicht besser die Polizei informieren? Nur für den Fall, dass die Lage außer Kontrolle gerät.«

Ich hegte zwar den Verdacht, dass Wendy womöglich ein paar brutale Krimis mehr gesehen hatte, als gut für sie war, aber ich wusste ihre Besorgnis zu schätzen. Und mir war bewusst, dass sie ihre Berechtigung hatte. Dennoch schauderte mir bei der Vorstellung, wie eine Flotte von Streifenwagen mit flackerndem Blaulicht und heulenden Sirenen im Dunkel der Nacht Coorie Cottage umringte.

Während ich mit einer Hand meine Schuhe überstreifte, scrollte ich mit der anderen auf dem Telefon durch meine Kontakte bis zur Nummer unseres Dorfpolizisten Tom Bateman.

Tom und ich waren zusammen zur Schule gegangen und er hatte sich in der Zeit nach Macs Tod so umsichtig und mitfühlend verhalten. Er war so begeistert und hilfsbereit gewesen, als ich den Auftrag erhalten hatte, für die Sonntagsbeilage einer Tageszeitung einen Artikel mit dem Thema »Ein Tag im Leben eines Landpolizisten« zu schreiben, dass mir mein Anliegen höchstens ein kleines bisschen anmaßend erschien.

Tom ging zwar nicht an sein Festnetztelefon, dafür erreichte ich ihn auf dem Handy. »Aber ich hatte doch gerade erst Dienstschluss«, stöhnte er mir ins Ohr. »Und ich habe Douglas versprochen, dass wir uns was zu essen bestellen und uns einen gemütlichen Abend zu Hause machen.«

Ich schwieg so lange, bis er brummte: »Mensch, Layla, dafür schuldest du mir echt was.«

»Tausend Dank, Tom. Das Takeaway-Essen geht auf mich, und ich lege noch eine Flasche Wein obendrauf. Bin schon auf dem Weg, um dich abzuholen«, antwortete ich, während ich mir meine Jeansjacke überzog.

Als ich am Straßenrand neben dem Marktplatz hielt, wartete Tom bereits unter einer Straßenlaterne auf mich. Er nickte mir knapp zu und nahm auf dem Beifahrersitz Platz. »Nur um sicherzugehen, dass ich alles richtig verstanden habe. Wir sind wieder mal auf dem Weg zum Coorie Cottage, und zwar deshalb, weil du ein ungutes Gefühl hast.«

Ich warf ihm einen Seitenblick zu und bog auf die Hauptstraße ab. Dunkle Dächer, die in den Abendhimmel ragten, und die Silhouetten von Bauernhäusern und vermoosten Ziegelmauern glitten an uns vorbei. Hier auf der Landstraße wirkten die fernen dunklen Berge wie schlafende Riesen. Währenddessen erzählte ich ihm die Geschichte von Wendys australischem Gast und dem Album-Titel, den die Dame als Namen verwendete, und erwähnte außerdem meinen Verdacht, dass sie hinter der ersten Ruhestörung oben bei Masks Cottage stecken könnte.

Nachdem Tom die Informationen verdaut hatte, fragte er: »Eine Stalkerin vielleicht?«

»Das habe ich mich auch schon gefragt.«

»Und warum beschäftigt dich das so, Layla?«

Verlegen richtete ich den Blick auf den Rückspiegel, auch wenn ich genau wusste, dass ich niemanden hinter mir hatte. »Wie meinst du das?«

Toms volle Lippen zuckten. »Du warst schon auf der Schule diejenige, die Insekten gerettet und sich für die schüchterneren Kinder eingesetzt hat.«

Meine Wangen wurden heiß. »Und das soll heißen …?«

»Ich weiß, dass du ein gutes Herz hast, Layla. Aber in diesem Fall hier scheint noch mehr im Spiel zu sein.« Er musterte mich aus dem Augenwinkel. »Es ist schon das zweite Mal, dass du Hals über Kopf raus nach Coorie Cottage fährst, um diesem Typen zu helfen – und das sind nur die beiden Male, die ich mitbekommen habe.«

Ich rutschte auf meinem Sitz herum. »Man nennt das auch nachbarschaftliches Verhalten.«

Tom hob die Brauen. »Ach, ist das so?«

Ich ignorierte seinen Kommentar geflissentlich und tat so, als müsste ich mich auf die Strecke konzentrieren, die nun um die letzte Biegung vor Coorie Cottage führte.

Aus Masks Wohnzimmerfenster drang orangefarbenes Licht und sein Pick-up war wie üblich links vom Cottage abgestellt. Abgesehen von unserem war darüber hinaus kein weiteres Fahrzeug zu sehen.

»Diese Frau hat ein Auto«, erklärte ich, während ich anhielt und den Motor abstellte. »Einen Mietwagen, meinte Wendy.«

Wir stiegen aus und ich schloss mein Auto ab. Ich fühlte mich beklommen, wogegen auch der Duft der Sommernacht nichts ausrichten konnte. Eigentlich wusste ich selbst nicht, was ich glaubte, hier ausrichten zu können, aber der Impuls, Mask zu helfen – ihm zu zeigen, dass es jemanden gab, der sich für ihn interessierte –, war überwältigend.

Nachdem ich geklopft hatte, ging das Flurlicht an und ich konnte verschwommen Masks große Gestalt hinter der Glasscheibe ausmachen. »Ich bin's, Layla. Und ich habe unseren Dorfpolizisten Tom Bateman dabei.«

Durch die geschliffene Milchglasscheibe war zu erkennen, wie sich Mask seinen Hoodie von einem Kleiderhaken holte und überstreifte. Dann ging die Tür auf und er stand vor uns.

Tom, der neben mir auf der Treppe stand, beäugte ihn zweifelnd.

»Stimmt was nicht?«, fragte Mask.

Mir fiel auf, dass er auf seine Maske verzichtet hatte. Dafür hatte er sich die Kapuze so tief wie möglich ins Gesicht gezogen, sodass wir ihn trotzdem nicht erkennen konnten. Nur das ausgesprochen sonderbare Aufblitzen seiner dunklen Augen mit den schwarzen Wimpern war sichtbar.

»Könnte sein«, wagte ich mich vor und wechselte einen Blick mit Tom, der mit einem angedeuteten Lächeln fragte: »Dürfen wir vielleicht reinkommen, Sir?«

Mask sah kurz zwischen Tom und mir hin und her, dann trat er einen Schritt zurück, um uns Platz zu machen. »Natürlich, bitte gehen Sie durch ins Wohnzimmer.«

Gerade als er die Haustür schließen wollte, ertönte draußen das Kreischen von Reifen und eine schrille Stimme durchbrach die Dunkelheit. »Mörder!«, schrie sie. »Du bist nichts weiter als ein dreckiger Mörder!«

Kapitel 50

Mask schoss durch die Haustür auf die Vordertreppe und blieb auf der obersten Stufe stehen, wo er wie vom Blitz getroffen erstarrte.

Eine Frau in einem blauen Fleecepulli, Wanderstiefeln und einer beigefarbenen Hose sprang aus einem weißen Ford Ka. Ihr roter Bob bebte und ihr von Sommersprossen übersätes Gesicht war wutverzerrt.

Auf dem Beifahrersitz saß eine weitere Frau, die atemlos die Geschehnisse auf der anderen Seite der Windschutzscheibe verfolgte. Dann schien der Bann gebrochen und sie stieg aus. Sie trug eine rosa-gelbe Baskenmütze über ihren rotblonden, fransigen Haaren und sah mit ihren schwarzen Lack-Doc-Martens wie eine Studentin aus.

Anfangs verstand ich all die schrecklichen Dinge, die gebrüllt wurden, gar nicht richtig. Dafür bemerkte ich aber, wie die jüngere Frau Notizbuch und Stift aus ihrer bunten Schultertasche holte. Offenbar war sie Journalistin.

Ich richtete meine Aufmerksamkeit wieder auf die ältere Frau mit dem roten Bob, die die Autotür zuknallte und anklagend auf Mask deutete. »Das ist er. Na los, Shelley, frag ihn!«

Shelley, wie das blonde Mädchen mit der Baskenmütze offenbar hieß, kam auf Mask zu. »Rafe?«, fragte sie. Ihre Stimme bebte förmlich vor Aufregung. »Sind Sie Rafe Buchanan?«

Tom und ich fuhren auf der Treppe zu Mask herum, der noch immer nichts gesagt hatte, sondern nur so starr dastand wie eine Schaufensterpuppe.

»Aber natürlich ist er das! Rafe Buchanan, der Mörder.«

Da war es wieder, das Wort. Bei seinem scharfen Klang zuckte ich zusammen, versuchte aber, so zu tun, als hätte ich es nicht gehört.

Tom lief die Granitstufen hinunter auf die Frau zu. »Entschuldigen Sie, Sie können doch nicht einfach durch die Gegend laufen und mit derartigen Anschuldigungen um sich werfen!«

»Anschuldigungen? Das soll wohl ein Witz sein! Dieser Mann ist ein Mörder!« Ihr unheimlicher, harter Blick glitt an Tom herab. »Wer sind Sie überhaupt?«

»Tom Bateman, Polizist.«

Sie hob ihr Kinn und starrte herausfordernd zu mir hoch. »Und die da?«

Einen Moment lang brachte ich kein Wort heraus. Es kam mir vor, als müssten sich meine Gedanken durch einen dichten Nebel kämpfen. Warum sagte diese Frau so grauenhafte Dinge? Und weshalb widersprach Mask ihr nicht? Warum brüllte er sie nicht an, dass sie damit aufhören sollte?

Ich versuchte, seinen Blick zu suchen, damit er mir bedeuten konnte, dass alles in Ordnung war. Aber er sah weg und verbarg sein Gesicht weiter hinter der Kapuze. Es wirkte fast so, als würde er sich geschlagen geben.

»Ich bin Layla Devlin«, antwortete ich der Frau, nachdem ich mich gesammelt hatte. »Und Sie sind dann wohl …« Aus Effektgründen machte ich an dieser Stelle eine Paus. »… Belle Raven?«

Kurz schien es sie aus dem Konzept zu bringen, dass ich davon wusste. Mit einer ruppigen Geste strich sie sich eine Haarsträhne aus den Augen. »Wichtig ist, dass *er* weiß, wer ich bin. Richtig, Rafe?«

Masks Körpersprache wirkte immer noch steif und er schien nur unter Mühen sprechen zu können. »Ich will, dass du jetzt gehst. Auf der Stelle.«

»Das kann ich mir denken«, stieß sie abfällig hervor. »Unerfreulich, wenn man von seiner Vergangenheit eingeholt wird, was?«

Welche Vergangenheit? Wovon redete sie da?

Neben ihr kritzelte Shelley eifrig in ihrem Notizbuch herum. Dann warf sie Mask einen gespielt versöhnlichen Blick zu. »Ich bin Shelley Fraser. Meinen Sie nicht, es wäre für alle besser, wenn Sie einfach mit mir reden, Mr. Buchanan?«

Die rothaarige Frau deutete auf Shelley und sprach aus, was wir uns alle ohnehin gedacht hatten. »Sie ist Journalistin.«

Ich musterte das Mädchen. »Für wen?«

»Was?«

»Für wen schreiben Sie?«

Sie wurde blass um die Nase. »Ähm … Die *Loch Harris Tribune*.«

Ich bedachte sie mit einem Stirnrunzeln. Ich kannte die Redaktion der Zeitung gut, aber diese Shelley hatte ich noch nie dort gesehen. Vielleicht war sie neu.

Wieder suchte ich Masks Blick und flehte ihn lautlos an, sich zu erklären. Rafe Buchanan? War das sein richtiger Name?

Aber er vermied es weiterhin, mich anzusehen. Stattdessen zog er sich in die Tür zurück und richtete seinen Ärger nun plötzlich auf mich. »Ist das der Grund für deinen Besuch? Weil du wusstest, dass sie kommen würde?«

Frustriert und besorgt rieb ich mir die Stirn. »Ich wollte doch nur helfen. Als ich erfuhr, dass diese *Belle Raven* vorhatte herzukommen …«

Masks Augen glommen im Schatten seiner Kapuze auf. »Geht jetzt. Alle. Ich will, dass ihr verschwindet!«

»Aber … Aber kannst du mir nicht wenigstens sagen, was hier los ist? Vielleicht kann ich ja helfen.«

»Verdammt, ich brauche deine Hilfe nicht, Layla!«, knurrte er so abweisend, dass ich unwillkürlich einen Schritt zurückwich. »Was? Brauchst du es für dein Ego, dich um den Dorfspinner zu kümmern?«

Ich schluckte schwer. »So habe ich dich nie gesehen. Und das werde ich auch nie.«

Tom legte mir eine Hand auf die Schulter. »Komm schon, lass uns gehen.«

Ich zögerte. Mir war ganz flau im Magen.

»Und was euch betrifft«, blaffte Tom die zwei Frauen an, »ihr sucht jetzt besser ganz schnell das Weite, wenn ihr die Nacht nicht in einer Zelle verbringen wollt.«

Die Australierin riss widerwillig die Fahrertür ihres Wagens auf. »Du hörst wieder von mir, Rafe. Du kannst vielleicht nach Schottland flüchten – aber vor deinen Taten gibt es kein Entkommen.«

Ich machte einen Schritt auf ihn zu, aber sein kalter Blick ließ mich mitten in der Bewegung erstarren.

»Layla«, sagte Tom. In seinem freundlichen schottischen Akzent klang ein scharfer Unterton mit. »Lass uns gehen.«

Mit einem letzten kurzen Blick in meine Richtung verschwand Mask in seinem Cottage und knallte die Tür hinter sich zu.

Das Gefühl, ihn endlich wirklich kennenzulernen, zerplatzte wie eine Seifenblase. Zurück blieb nur ein schmerzhaftes Pochen in meiner Brust.

Und die Erkenntnis, dass ich in Wahrheit nicht den blassesten Schimmer hatte, wer dieser Mann war.

Kapitel 51

Auch lange nachdem ich Tom vor seiner Wohnung am Rand des Marktplatzes abgesetzt hatte, hallte seine Warnung noch in meinen Ohren wider. »Lass die Finger von der Geschichte, Layla. Wenn hier wirklich eine Straftat vorliegt, dann ist das Polizeiangelegenheit.«

Als ich Anstalten gemacht hatte zu widersprechen, hatte Tom den Kopf noch einmal durch das offene Autofenster hereingesteckt. »Manche Leute können einfach keine Hilfe annehmen. Oder zumindest wollen sie es unbedingt erst einmal allein versuchen.«

Ich hatte genickt, auch wenn mich seine Worte nicht wirklich überzeugt hatten.

Jetzt, da ich vor meinem Cottage hielt, wurden mir meine verletzten Gefühle mit voller Wucht bewusst. Ich blieb noch einen Augenblick im dunklen Wagen sitzen und dachte nach. Warum hatten mich die Ereignisse gerade so mitgenommen? Warum fühlte ich mich deswegen so ausgelaugt? Und überhaupt – das konnte alles einfach nicht wahr sein! Mask hatte doch sicherlich niemanden umgebracht, richtig?

Ich ging ins Haus, schaltete die Flurlampe ein und bückte mich, um meine Schuhe abzustreifen. Ich hatte die Sache ganz schön in den Sand gesetzt. Was hatte ich mir nur dabei gedacht, mit Tom zum Coorie Cottage hochzurasen, als wären wir Batman und Robin? Was hatte ich damit überhaupt erreichen wollen? Dass die Frau festgenommen wurde und ich am Ende als große Heldin dastand, die von einem dankbaren Mask in die Arme geschlossen wurde?

Ups!

Wo war das denn gerade hergekommen? Ich starrte auf meine Stiefel, die in einem unordentlichen Häufchen vor mir lagen.

Ich war müde und aufgewühlt, und ich war entsetzlich aufgeregt, weil die Club-Eröffnung vor der Tür stand. Erschöpft rieb ich mir die Augen, nur um gleich darauf zusammenzuzucken, weil mein Handy bimmelte. Es war Dad.

»Na, wie lief dein Date mit Molly?«, fragte ich und bemühte mich, dabei möglichst normal zu klingen.

»Ach Layla.« Ihm war anzuhören, dass er gerade breit lächelte. »Sie ist einfach umwerfend. Anziehend, witzig, talentiert …«

Ich stellte mir vor, wie er mit gerötetem Gesicht und einem Glitzern in seinen hellgrauen Augen den Hörer in der Hand hielt. »Dann wird es also ein zweites Date geben?«

»Darauf kannst du wetten!«, rief Dad begeistert. »Ich habe ihr erzählt, dass die Jungs morgen übers Wochenende zur Bandprobe kommen. Aber am Montag gehen wir wieder aus.« Nach kurzem Schweigen fragte er: »Bei dir alles in Ordnung, Liebes?«

Ich richtete mich auf. »Na klar.« Verdammt, der Mann war gut! Dabei hatte ich all meine Schauspielkünste zusammengenommen, um mir nichts anmerken zu lassen. Trotzdem schien Dad mir etwas angehört zu haben. Vermutlich war das irgendeine spezifische Eltern-Superkraft.

»Na, wenn du meinst«, antwortete Dad, klang dabei aber nicht sonderlich überzeugt. »Du solltest bald schlafen gehen. Ich mache mir Sorgen, dass du dir zu viel zumutest.«

»Sollte ich das nicht eher zu dir sagen?«

So glücklich, wie er gerade war, brachte ich es einfach nicht übers Herz, ihn mit meinen Sorgen zu belasten. Dad hatte seit Ewigkeiten kein Date mehr gehabt, und nun war es mit Molly direkt so gut gelaufen, dass ich ihm keinen Dämpfer verpassen wollte.

Er gab einen leisen Lacher von sich. »Schätze, da könntest du recht haben.«

Ich wünschte ihm eine gute Nacht und legte auf. Kurz musterte ich noch geistesabwesend mein schwarzes Handydisplay, dann ließ ich das Gerät in meiner Handtasche verschwinden.

Nachdem ich mich ausgezogen und die Sachen in den Wäschekorb verfrachtet hatte, machte ich es mir in Jogginghosen und einem alten T-Shirt bequem und ging in die Küche, um mir einen Tee aufzusetzen. Das dumpfe Bollern des Teekessels wirkte seltsam tröstlich.

Egal, wie sehr ich mich bemühte, nicht weiter an die heutigen Erlebnisse zu denken – ich bekam das Grauen in Masks Augen beim Anblick der geheimnisvollen Australierin einfach nicht aus dem Kopf.

Oder war es in Wahrheit das Entsetzen darüber gewesen, dass er von einem Verbrechen eingeholt wurde, das er irgendwann in der Vergangenheit einmal begangen hatte?

Nein, das konnte ich mir nicht vorstellen.

Das konnte nicht wahr sein, da war ich mir sicher. Diese Frau musste irgendeinem schweren Irrtum aufsitzen.

Ich schwenkte meinen Kamillenteebeutel im Becher, während meine Gedanken in die verschiedensten Richtungen davonschweiften. Hätte die Frau wirklich eine Lokalreporterin mitgebracht, wenn sie sich ihrer Sache nicht absolut sicher gewesen wäre? Und wer war diese Shelley überhaupt? Ich hatte sie noch nie beim *Loch Harris Tribune* gesehen und auch noch nie ihren Namen unter einem Artikel gelesen.

Nachdenklich warf ich den Teebeutel in den Müll und ging mit meinem Becher nach drüben ins Wohnzimmer. Was sollte ich jetzt machen?

Sicher wusste ich nur eins: Ich wollte immer noch mehr über Mask herausfinden. Schade nur, dass er mir nach wie vor nicht genug vertraute, um mir seine Geschichte selbst zu erzählen.

Ich fuhr den Computer hoch, lehnte mich in meinem Drehstuhl zurück und starrte mit den Fingern über der Tastatur auf den Monitor.

Wollte ich diesen Schritt wirklich gehen?

Doch dann ließ ich die Hände auf die Tasten sinken. Letztlich blieb mir kaum eine Wahl, wenn ich mehr über Masks Vergangenheit erfahren wollte.

Ich wappnete mich innerlich und tippte den Namen »Rafe Buchanan« ins Suchmaschinenfenster.

Kapitel 52

Das erste Suchergebnis war das Foto eines distinguiert wirkenden älteren Herren, der einen renommierten Gärtnerwettbewerb in Kanada gewonnen hatte. Danach folgte ein weiterer Rafe Buchanan, der vor zweihundert Jahren in Irland gelebt hatte.

Ich scrollte weiter.

Auf einmal setzte ich mich kerzengerade auf. Was war das?

Vor mir erschien das Foto eines gut aussehenden, dunkelhaarigen Mannes mit einer Akustikgitarre von Rio Natural in der Hand. Allerdings trug er keine Narbe im Gesicht.

Ich vergrößerte das Bild und beugte mich gespannt vor. Verflucht, ja! Das war er! Das war Mask!

Ich las die Bildunterschrift.

Der aufstrebende Singer-Songwriter Rafe Buchanan (34) bei einem Gig im Roundhouse in Sydney am vergangenen Samstag.

Das Bild war am 19. Dezember vor fünf Jahren im *Sydney Enquirer* erschienen.

Im ersten Augenblick war ich so fasziniert von dem lockeren Charme, den der Mann auf dem Foto in seinem weiten weißen T-Shirt, der Tweed-Weste und der ausgeblichenen Jeans ausstrahlte, dass mir die Gesichter der beiden Frauen in der Menschenmenge hinter ihm fast entgangen wären.

Eine von beiden kam mir bekannt vor.

Ich griff nach meinem Teebecher und beugte mich noch etwas weiter zum Bildschirm vor. Ja, ganz sicher: Dieses spitze Kinn und die leicht gebogene Nase hatte ich doch schon einmal irgendwo gesehen …

»Scheiße, das ist sie!«, rief ich laut. »Die Australierin von heute Abend!«

Ihre roten Haare waren auf dem Foto länger und nicht so streng geschnitten wie jetzt. Dennoch war sie eindeutig zu erkennen. Je genauer ich das Bild musterte, desto sicherer war ich mir.

Sie stand auf dem Foto direkt hinter Rafe im Publikum. Neben ihr befand sich eine zweite Frau. Sie war hübsch, hatte einen offenen Blick und langes, gepflegtes braunes Haar. Für den Ausdruck, mit dem sie zu Rafe Buchanan hinaufsah, fiel mir kein anderes Wort als »hingerissen« ein.

Ich verkleinerte das Foto wieder und suchte weiter nach Informationen über Rafe Buchanan, auch wenn mir vor Müdigkeit inzwischen die Augen brannten.

Als Nächstes stieß ich auf eine Rezension für sein niemals veröffentlichtes Debütalbum *Belle Raven*, die in einem unabhängigen Melbourner Musikmagazin namens *Making Waves* erschienen war.

Der Kritiker beschrieb seine Musik als »eindrucksvoll« und bemerkte, die Texte würden »direkt in die Seele dringen«. Das Album sei »ein Paradies für die Sinne«. Außerdem hatte er dem Album überragende fünf von fünf Sternen gegeben. Umso mehr stellte sich mir die Frage, weshalb *Belle Raven* nie veröffentlicht wurde.

Stirnrunzelnd scrollte ich weiter. Es folgten weitere Artikel über dieses sehnsüchtig erwartete Album und Rafe Buchanans erfolgreiche Auftritte in Australien und Neuseeland. Zudem erfuhr ich, dass er mehrere Musikvideos herausgebracht hatte, die in den sozialen Medien einige Aufmerksamkeit bekommen hatten. Überall hieß es, dieser talentierte Musiker, der in den schäbigsten Pubs und an den zugigsten Straßenecken gespielt habe, stehe endlich vor dem großen Durchbruch.

Und dann: schlagartig nichts mehr.

Ungläubig lehnte ich mich in meinem Stuhl zurück. Der ganze Hype, die positiven Kritiken, das Versprechen einer großen Karriere waren von einem Tag auf den anderen versiegt. Gerade wurde er noch als der nächste Ed Sheeran gefeiert, nur um gleich darauf komplett von der Bildfläche zu verschwinden. Es war, als hätte sich Rafe Buchanan in Luft aufgelöst.

Frustriert klickte ich mich noch durch weitere Seiten, aber ich fand keine Artikel mehr über ihn – weder über seine Musik noch über ein etwaiges Verbrechen. Keine Festnahme, kein Gerichtsverfahren, keine niederträchtigen Anschuldigungen.

Ein ungutes Gefühl machte sich in mir breit. Was, wenn er tatsächlich irgendetwas Schreckliches getan hatte und dann von Australien nach Schottland geflohen war? Möglich war es, auch wenn ich nicht recht daran glauben mochte.

Vielleicht hatte er ja auch einfach eine Krise durchlebt und dem Rampenlicht entkommen wollen? Oder bei dieser angeblichen Belle Raven handelte es sich um eine gekränkte Ex, die sich an ihm rächen wollte, indem sie seine Karriere ruinierte.

Doch nichts davon erklärte, woher er seine Narbe hatte.

Hunderte von Fragen und möglichen Antworten wirbelten durch meinen Kopf. Ich ließ mich zurücksinken und rieb mir übers Gesicht.

Nun war es zu spät, Wendy in ihrem Bed and Breakfast anzurufen. Aber gleich morgen früh würde ich mich bei ihr melden, um mit ihr über ihren australischen Gast zu sprechen.

Kapitel 53

Nachdem ich einige Aufgaben rund um den Conch Club erledigt hatte, rief ich bei Wendy an. Doch ich kam gar nicht dazu, ihr von den Ereignissen am Vorabend zu erzählen, denn sie brachte meinen leisen Optimismus umstandslos zum Platzen, indem sie sagte: »Sie ist weg.«

»Was?«

»Belle Raven – oder wie immer sie in Wahrheit heißen mag. Sie hat heute ausgecheckt.«

Ich schob meine halb leere Müslischale von mir. »Das kann doch nicht wahr sein! Und wann?«

»In aller Frühe. Sie muss sich rausgeschlichen haben, während ich den Frühstückssaal vorbereitet habe.«

Anschließend berichtete Wendy, dass die Frau bar für ihren gesamten Aufenthalt bezahlt und das Geld und den Zimmerschlüssel in einem Umschlag auf den Rezeptionstisch gelegt habe.

»So ein Mist! Was mache ich jetzt denn nur? Sie haben nicht zufällig eine Ahnung, wo sie jetzt stecken könnte?«

»Nein, tut mir leid. Aber ich könnte mich ein bisschen bei den anderen Unterkünften in der Gegend umhören.«

»Danke, Wendy. Das wäre toll.«

Nachdem ich aufgelegt hatte, fiel mir die angebliche Reporterin vom Vorabend wieder ein. Ich scrollte durch meine Kontakte bis zu der Nummer der *Loch Harris Tribune*. Doch als ich anrief, teilte man mir mit, dass ihnen der Name Shelley

Fraser zwar ein Begriff sei, sie aber nicht für sie arbeite. Laut der Chefredakteurin nervte diese Shelley sie immer wieder, weil sie unbedingt einen Job in der Redaktion wollte und ihnen sensationelle Exklusivstorys versprach, an denen bislang aber nie etwas dran gewesen war.

Blieb nur zu hoffen, dass es in Masks Vergangenheit keine Geschehnisse gegeben hatte, die sie nun zu ihrem Vorteil ausschlachten konnte.

Ich schob mir einen Löffel matschig gewordenes Müsli in den Mund und verzog das Gesicht.

Den restlichen Donnerstag verbrachte ich damit, mit meinen Zulieferern die Lieferdaten für die Getränke und Snacks sowie für die LED-Kerzen und Teelichthalter zu koordinieren.

Faith sorgte dafür, dass in der Region fleißig für den Conch Club geworben wurde und in allen Geschäften in Loch Harris die Poster für die Eröffnung hingen und die Flyer auslagen, die sie entworfen hatte.

Außerdem schickte ich verschiedenen Zeitschriftenredaktionen Ideen für neue Artikel zu.

Vielleicht würde der Conch Club ja so erfolgreich werden, dass ich meine journalistische Tätigkeit an den Nagel hängen konnte. Andererseits machte mir das Schreiben viel zu viel Spaß, als dass ich es einfach aufgeben wollte.

Der Freitag wartete mit regelmäßigen Schauern auf. Der Juliregen hing in dicken Tropfen, die an Perlen erinnerten, im Laub und die Luft war frisch und duftete nach feuchtem Gras.

Der Gedanke, wie erleichtert die Battalion-Jungs sein mussten, dass sie diesmal nicht an den Galen-Wasserfällen zelteten, entlockte mir ein kurzes Lächeln.

Meine Gedanken wanderten weiter zu Rafe. Auch wenn es sich noch seltsam anfühlte, ihn so zu nennen.

Ob ich den Versuch wagen sollte, unsere örtliche Autovermietung zu kontaktieren, um herauszufinden, ob man dort mehr über diese angebliche Belle Raven wusste? Ich hatte zwar ein schlechtes Gewissen, weil ich meine halb fertige E-Mail an einen Folk-Sänger aus Dundee liegen ließ, der gern im Conch Club auftreten wollte, aber gerade erschien es mir wichtiger, die Nummer von Wheelie Good herauszusuchen und mein Glück zu versuchen. Ich war mir ziemlich sicher, dass die Autovermietung keine persönlichen Informationen über ihre Kunden herausgeben würde, aber fragen schadete ja nicht.

Seufzend erfuhr ich wenige Minuten später von der Dame am Telefon, was ich schon vermutet hatte: dass sie mir aus Datenschutzgründen leider nicht weiterhelfen könne. Also versuchte ich es mit einer anderen Taktik. »Dann wollen Sie mir also sagen, dass Sie kein Auto an eine Australierin vermietet haben?«

»Wie gesagt«, antwortete die Frau gelangweilt. »Das darf ich Ihnen nicht sagen.«

»Das dachte ich mir schon«, erwiderte ich. »Trotzdem danke.« Ich wollte bereits auflegen, da überlegte ich es mir noch einmal und schob in etwas dringlicherem Tonfall hinterher: »Wissen Sie, die Frau ist … nun ja, ich denke, man kann ohne Übertreibung behaupten, dass sie ein Sicherheitsrisiko für andere darstellt.«

Nach einem langen Seufzer sagte die Frau: »Und Sie sagen, der Name lautet Belle Raven?«

Ich drückte mir das Handy etwas fester ans Ohr. »Genau. Es ist gut möglich, dass dies nicht ihr richtiger Name ist.«

Ich hörte ihre Tastatur klackern. »So viel kann ich Ihnen verraten: Ich habe die Vermietungen der vergangenen drei Wochen digitalisiert. Und – Wunder was! – dieser Name ist mir dabei nicht untergekommen.«

Die mysteriöse Australierin hatte also entweder eine andere Autovermietung gewählt oder sie hatte ihren Klarnamen angegeben.

»Tut mir leid«, sagte die Dame von der Autovermietung mitfühlend.

Ich bedankte mich, legte auf und rieb mir frustriert das Gesicht. Wenn diese Frau so darauf aus war, Rafe das Leben schwer zu machen, dann hatte sie Loch Harris doch sicherlich nicht so mir nichts, dir nichts verlassen, oder? Vielleicht wollte sie auch nur, dass die Leute das dachten.

Wendy hatte versprochen, sich für den Fall, dass die Australierin umgezogen war, bei anderen Hotels und Bed and Breakfasts in der Gegend umzuhören. Ich würde mich wohl gedulden müssen, bis sie sich mit den Ergebnissen bei mir meldete. Aber jetzt musste ich mich erst einmal um die Sandwiches kümmern, die ich Dad und den anderen Battalion-Mitgliedern zum Mittagessen versprochen hatte. Ich belegte Vollkornbrot und eine ganze Tüte voll Weizenbrötchen mit Tomaten, Gurke, Lachs, Thunfisch und einem Becher Eier-Kresse-Aufstrich.

Während ich goldgelbe Butter auf den Broten verteilte, bemühte ich mich mit mäßigem Erfolg, jegliche Gedanken an Mask und seine dunklen Augen aus meinem Kopf zu verbannen.

Als ich bei Dad eintraf, drangen lautes Gelächter, vereinzelte Gitarrenklänge und kurzer Trommelwirbel aus der Garage neben dem Cottage.

Die Garagentür flog auf und ich erhaschte einen Blick auf das Kabelgewirr auf dem Betonboden dahinter.

Dad saß hinter seinen glitzernden Drums und ließ die Sticks zwischen seinen Fingern wirbeln. Mikey justierte seinen Mikrofonständer und rechts und links von ihm standen Ed mit seinem Bass und Stan mit seiner Rhythmusgitarre. In der Ecke neben Ed war Jack mit seinem Keyboard in Stellung gegangen.

Ich wich ein paar Schritte zurück an die Ecke, damit sie mich nicht bemerkten, und lehnte mich gegen die Wand, die unter der Gitarrenmusik sanft vibrierte.

»Okay, Leute«, sagte Mikey. »Auf drei geht's los.«

Er brummelte etwas, und dann legte Dad mit einem Schlagzeugsolo los, bis Mikeys heisere Rockerstimme und die übrigen Musiker mit einstimmten. Mikeys Gesang wurde erst unterbrochen, als Jack den Refrain mit einem wilden Keyboard-Solo einleitete, das an das Prasseln von Starkregen auf meinem Cottage-Dach erinnerte.

»Jungs? Jungs!«, rief Dad über die Musik hinweg. »Kurze Pause!« Alle verstummten. »Kommt schon«, fuhr Dad fort. »Das bekommen wir doch besser hin. Insbesondere für meine Kleine. Oder?«

Eine Mischung aus Stolz und Dankbarkeit kam in mir hoch und trieb mir für einen Moment die Tränen in die Augen. Ich straffte den Träger meiner Tasche und wollte gerade die Garage betreten, da legte ich eine Vollbremsung ein, weil ich Ed sagen hörte: »Layla hast du wirklich gut hinbekommen, Harry. Sie ist eine richtig tolle junge Frau geworden.«

Auch die anderen murmelten zustimmend vor sich hin, sodass ich einen Kloß im Hals bekam.

Nachdem ich meine Fassung wiedergewonnen hatte, trat ich durch die Garagentür, als wäre ich gerade erst eingetroffen.

»Hallo, Jungs«, rief ich strahlend und blinzelte ein letztes Tränchen weg. »Ihr klingt toll!«

Mikey verbeugte sich grinsend. »Zu nett von dir.«

Dad kam hinter seinem Schlagzeug hervor. »Ja, ich glaube, wir sind auf einem guten Weg.«

»Ja, ja«, brummelte Jack und klimperte auf seinem Keyboard herum. »Ein gewisser Jemand hier hat ziemlich hohe Ansprüche.«

Die anderen Bandmitglieder drehten sich unisono zu Dad um, der ein so überraschtes Gesicht machte, dass ich lachen musste. »Dann steigt ihm die Macht also zu Kopf?«

»Ein bisschen vielleicht«, antwortete Ed lächelnd.

Ich sah sie der Reihe nach an, dann klatschte ich in die Hände. »Tja, dann hoffe ich mal, ihr seid alle hungrig. Ich hab nämlich genügend Sandwiches und belegte Brötchen dabei, um die gesamte Pipe Band von Loch Harris satt zu bekommen.«

Während ich zusah, wie Dad und die Jungs in ihren ausgewaschenen T-Shirts und Jeans im Gänsemarsch von der Garage zum Cottage liefen, wusste ich, dass das Eröffnungskonzert ein voller Erfolg werden würde – nicht nur für mich, sondern auch für den Conch Club.

Kapitel 54

Nach dem Mittagessen lag das Versprechen weiterer Schauer in der Luft und der Himmel verfärbte sich stahlgrau. Doch aus der Garage drang wieder schnaubendes Gelächter, gefolgt von einem Gitarrenriff und einigen scharfen Trommelwirbeln. Dann erklang Mikeys raue Stimme, als er einen Song über die Liebe auf den ersten Blick anstimmte.

Die Altrocker kamen mir manchmal eher vor wie ein Haufen pubertierender Teenager.

Durch Dads Haustür rief ich nach draußen, dass es später Kaffee und Tee geben würde, was mit enthusiastischen Lauten und erhobenen Daumen quittiert wurde.

In der Zwischenzeit nutzte ich die Gelegenheit, um auf dem Handy meine Mails zu checken. Faith hatte mir ein Update der Vorverkaufszahlen für die Eröffnungsnacht geschickt. Gott sei Dank hatte ich ein riesiges Festzelt gemietet, da garantiert nicht alle Gäste in den Laden passen würden. Außerdem hatte ich eine Zusage von einer Zeitschriftenredaktion für meine Story über den ehemaligen Soldaten erhalten, der herrenlose Hunde aus Kriegsgebieten rettete. Danach machte mich auf die Suche nach der geeigneten Beleuchtung für den Außenbereich des Clubs. Ich machte es mir auf Dads Sofa bequem und scrollte mich durch den Online-Katalog der Firma, für die ich mich entschieden hatte, bis ich gefunden hatte, was ich suchte: Lampen in der Form von Silbersternen für das Bootshaus selbst und massive Stalllaternen für den Steg.

Ich hatte gerade meine Mail mit der Interview-Anfrage an den Soldaten versendet, da klingelte mein Handy. Die Nummer auf dem Display war mir unbekannt.

Als ich feststellte, dass der Anruf von Shelley Fraser stammte, erstarrte ich. »Woher haben Sie diese Nummer?«, fuhr ich sie an und richtete mich dabei kerzengerade auf dem Sofa auf.

Ihr Tonfall blieb gelassen. »Ich bin gestern bei Ihnen vorbeigefahren, aber es war niemand da. Also habe ich es bei Ihren Nachbarn probiert. Sie waren ausgesprochen hilfsbereit.«

Clem und Norrie!

»Vermutlich dachten Sie, es geht um Ihren neuen Club.«

Und wetten, dass du keinerlei Anstalten gemacht hast, dieses Missverständnis aufzuklären? dachte ich finster und straffte die Schultern. »Ich habe die Lokalzeitung angerufen und dort erfahren, dass sie nie mit Ihnen zusammengearbeitet haben.«

Shelley schwieg, dann konterte sie: »*Noch* nicht! Aber ich bin sicher, das ist nur noch eine Frage der Zeit, wenn ich weiter an meinen pikanten Storys dranbleibe.«

Was sie zweifellos tun würde.

»Shelley, was wollen Sie denn überhaupt von mir?«

Ihrer Stimme war anzuhören, dass sie gerade gönnerhaft vor sich hin lächelte. »Sie scheinen ja ein recht … enges Verhältnis zu Mr. Buchanan zu haben.«

Ein enges Verhältnis?!

Ich atmete ganz tief durch. Wenn ich mich von dieser Shelley provozieren ließ, hatte ich verloren. »Wir sind entfernte Bekannte, mehr nicht.«

»Ach ja? Und ist Ihnen auch bekannt, was für ernst zu nehmende Vorwürfe Angela Burrows Mr. Buchanan macht?«

Ich runzelte die Stirn. »Ich war dabei, schon vergessen? Ich konnte jedes Wort hören.« Es dauerte kurz, bis mein Gehirn verarbeitet hatte, was Shelley gerade gesagt hatte. Doch dann machte sich Optimismus breit. »Moment mal. Angela Burrows? Ist das der Name der Frau, die gestern vorm Coorie Cottage aufgetaucht ist?«

Shelley klang verärgert und wütend auf sich selbst, weil sie mehr verraten hatte als geplant. Hastig versuchte sie, das Thema auf mich zu lenken. »Was wissen Sie über Rafe Buchanans Hintergrund?«

»Da wissen Sie sicherlich mehr als ich«, spielte ich ihr den Ball zurück. »Sie sind hier doch die Reporterin, die alle Antworten kennt.«

»Ms. Burrows behauptet, Mr. Buchanan habe eine Person umgebracht, die ihr nahestand.«

Plötzlich drang wieder das Wummern der Musik aus Dads Garage zu mir durch, als wollte es Shelleys Worte unterstreichen, und ich zuckte zusammen. *Eine Person, die ihr nahestand?* Ich war machtlos gegen das ungute Gefühl, das mich plötzlich wieder überrollte. »Und warum sprechen Sie nicht mit Angela Burrows darüber?«

Shelleys Stimme bekam einen defensiven Beiklang. »Ich habe versucht, handfeste Beweise von ihr zu bekommen, aber kann sie nicht erreichen. Sie ist untergetaucht.«

Untergetaucht? Was war die Frau bitte? Eine MI5-Spionin?

»Finden Sie das nicht ziemlich verdächtig?«, hakte ich hastig nach, weil ich bei Shelley zum ersten Mal einen Hauch von Unsicherheit witterte. »Wenn wirklich etwas an der Sache dran wäre, hätte diese Ms. Burrows den Kontakt doch sicherlich gehalten.«

Darauf wusste sie offenbar nichts zu erwidern.

»Und was sagt uns das?«, bohrte ich weiter. Shelley wollte etwas entgegnen, doch ich ließ sie gar nicht erst zu Wort kommen. »Ich für meinen Teil glaube, diese Frau verfolgt irgendwelche geheimen Absichten und hat Sie benutzt, um an Rafe Buchanan heranzukommen.« Da spürbar wurde, dass ich sie aus dem Konzept gebracht hatte, fuhr ich gnadenlos fort: »Schon irgendwie offensichtlich, meinen Sie nicht? Kaum bitten Sie sie um einen Beweis für ihre Aussagen, wird sie nervös und verschwindet.« Ich sprang auf. Alles in mir befand sich im Aufruhr. »Es tut mir sehr leid, Ms. Fraser, aber ich kann Ihnen nicht helfen. Oh, und wenn ich Ihnen noch einen Rat mitgeben dürfte? Wenn Sie sich das nächste Mal auf eine Story einlassen, sollten Sie vielleicht vorher prüfen, ob Ihre Quellen auch zuverlässig sind.«

Sie wollte noch etwas entgegnen, doch ich hatte bereits aufgelegt.

Shelley Fraser tappte im Dunkeln. Sie hatte nur ein Mindestmaß an Informationen und kannte keinerlei harte Fakten. Und jetzt, wo diese Angela Burrows das Weite gesucht hatte – vermutlich um die Dinge selbst in die Hand zu nehmen –, war ihr jedes Mittel recht, um irgendwie ihre Story zu retten.

Doch eine Frage ließ mir keine Ruhe. Warum wollte diese Angela Burrows um jeden Preis Rafes Namen in den Dreck ziehen?

Wenn er tatsächlich etwas Schlimmes getan hatte, warum hatte sie ihn dann nicht einfach direkt damit konfrontiert, anstatt sich an eine drittklassige Reporterin zu wenden und anschließend von der Bildfläche zu verschwinden?

Mir wurde schlecht. Was, wenn sie plante, sich auf eigene Faust zu rächen?

Ich holte meine Tasche. Wie es aussah, würde ich mehr über diese Angela Burrows herausfinden müssen.

Kapitel 55

Als ich an der Garage vorbeikam, legten die Jungs gerade eine kleine Pause ein, die sie damit füllten, die aktuellen Charts zu diskutieren. Dad bemerkte mich und rief: »Wo willst du denn hin?«

»Ich muss nur kurz ein paar Sachen mit Faith besprechen, bin gleich wieder da!«

Mikey zwinkerte albern. »Hoffentlich bist du schnell genug wieder da, um uns wie versprochen mit Tee und Kaffee zu versorgen.«

Ich deutete mit dem Daumen hinter mich auf Dads Cottage. »Ihr wisst ja, wo ihr den Wasserkessel findet.«

Ihr Gelächter und das Gewitzel wurden immer leiser, je weiter ich mich vom Cottage entfernte. Es musste noch einmal geregnet haben, denn die Bäume und Hecken am Rand der kleinen Landstraße sahen aus wie frisch poliert.

Als ich Norries und Clems Cottage erreichte, tauchte plötzlich sein Kopf hinter der Gartenhecke auf. »Und, wie geht's, wie steht's mit deiner Disco, Mädchen?«

Ich verkniff mir ein Lachen. Leider hatte ich aber gerade keine Zeit für ausführliche Erklärungen. »Alles bestens, Norrie, danke. Und bei Clem und dir?«

»Wir halten es gut miteinander aus.«

Ich wollte gerade weiter, doch Norrie ließ sich nicht abschrecken. »Hast du schon die neusten Gerüchte über diesen Mask gehört? Schrecklich, die ganze Geschichte, schrecklich!«

Wieder blieb ich stehen und fuhr herum. Auch wenn ich eine Ahnung hatte, worum sich die Gerüchte drehten, fragte ich nach.

Er bedeutete mir, näher an die Hecke zu kommen, auf der einzelne Regentropfen glitzerten. »Es heißt, er habe jemanden ermordet!«

Unwillkürlich presste ich die Lippen zusammen. Diese Angela Burrows/Belle Raven tat offenbar alles in ihrer Macht Stehende, um dafür zu sorgen, dass Mask zum Gesprächsthema Nummer eins von Loch Harris wurde. Ich reagierte mit einem trockenen Lacher, der hoffentlich halbwegs echt klang, auf Norries Worte. »Und wer behauptet das?«

Nun senkte er seine Stimme zu einem lauten Flüstern, auch wenn unser einziges Publikum die Bäume und das Gras auf den Grünstreifen waren. »So eine Frau, die bei einer Freundin von Sophie wohnt.«

Vor Überraschung beugte ich mich so ruckartig vor, dass ich fast in Norries sorgsam gestutzter Hecke gelandet wäre. »Sophie? Welche Sophie?«

Norrie musterte mich, als würde ich Chinesisch sprechen. »Na Sophie! Unsere Schwiegertochter! Die Frau von unserem Ross?«

Ich musste kämpfen, damit sich meine Stimme vor Aufregung nicht überschlug. »Oh, ach so, natürlich. Und führt Sophie ein Hotel oder …?«

»So ein hübsches kleines Bed and Breakfast bei Finton, ganz neu«, erklärte Norrie. »Sophie meinte, es ist ganz entzückend. Mit geblümten Vorhängen und Blumenkästen und allem Drum und Dran.«

Ob sie es wirklich war? Ich bemühte mich um einen gelassenen Tonfall. »Aber du weißt nicht zufällig, wie diese Frau aussieht oder heißt?«

»Welche Frau denn? Ach, Himmel, das arme Mädchen wird ja klitschnass, Norrie!«, rief Clem, die hinter ihrem Mann aufgetaucht war.

Ich blickte in den Himmel hoch. Mir war gar nicht aufgefallen, dass der nächste Schauer eingesetzt hatte. Doch davon ließ ich mich nicht abhalten.

»Clem, du weißt nicht zufällig, wer die Frau ist, die in dem Bed and Breakfast von Sophies Freundin wohnt, oder?«

Clem warf ihrem Mann einen missbilligenden Blick zu. »Hat da etwa wieder jemand das Tratschen nicht sein lassen können? Also wirklich, es kann doch nicht so schwer sein, einfach mal den Mund zu halten!«

»Ich tratsche nicht, ich führe ein höfliches Gespräch.«

»Aber sicher doch«, entgegnete Clem mit geschürzten Lippen.

Während sich die beiden zankten, trippelte ich unruhig auf der Stelle. »Also, diese Frau«, setzte ich so geduldig, wie es mir möglich war, wieder an. »Die Frau, von der Sophie erzählt hat. Wisst ihr, wer sie ist?«

Clems zugeknöpfte Jacke spannte sich über ihrem üppigen Busen. »Nein, aber ich könnte Sophie anrufen und nachfragen.«

Ich dankte ihr und sie bedachte mich mit einem gerissenen Lächeln. »Deiner eifrigen Miene entnehme ich, dass es dir am liebsten wäre, wenn ich jetzt gleich anrufe?«

»Oh, das wäre wirklich fantastisch«, sagte ich und legte die Hände zu einer flehenden Geste zusammen.

Clem holte ihr silbernes Handy aus der Jackentasche und tippte darauf herum. Glücklicherweise hatte es inzwischen wieder aufgehört zu regnen und der Himmel hatte einen seltsamen, ins Orangefarbene neigenden Ton angenommen. Clem plauderte kurz mit ihrer Schwiegertochter über das Wetter und rätselte, ob ihr Auto wohl noch einmal durch den TÜV kommen würde. Dann fragte sie endlich nach dem Bed and Breakfast und der Australierin. »Genau«, sagte sie in den Hörer. »Ganz genau, die Frau, von der du erzählt hast.« Nachdem sie eine Weile in den Hörer gemurmelt hatte, sagte sie: »Ja, genau, Schätzchen. Die mit dem australischen Akzent. Wie sieht sie aus?« Clem warf mir beim Zuhören immer wieder Seitenblicke zu. »Okay, danke, Schätzchen, bis bald!« Ihre grauen Haare gerieten ins Wippen, als sie das Telefonat schließlich mit einem »Ach, und grüß Ross schön von uns« beendete.

Sie verstaute ihr Handy wieder in der Manteltasche. Auf ihrem runden, gepuderten Gesicht lag ein gewichtiger Ausdruck.

»Jetzt rede schon, Weib«, stöhnte Norrie. »Das Mädel hat keine Zeit für solches Theater.«

Doch Clem achtete gar nicht weiter auf ihren Mann. »Der Name der Frau lautet Meredith Stone.«

Vor Überraschung musste ich mehrfach blinzeln. »Nicht Angela Burrows?«

Clem schüttelte den Kopf. »Sophie hat heute Morgen erst auf einen kurzen Besuch bei Nicola im Bed and Breakfast vorbeigeschaut und war sich ganz sicher, sich den Namen richtig gemerkt zu haben.«

Entweder handelte es sich doch um eine andere Frau oder sie hatte den nächsten falschen Namen angegeben. »Und sie hat sich für Mask interessiert?«

Clem schnüffelte. »Sophie meinte, sie hätte sich abfällig über ihn geäußert und eine Menge Fragen gestellt.«

Mein Pessimismus war unbegründet gewesen. Sie musste es sein, wenn auch unter einem neuen Alias. »Was zum Beispiel? Was wollte die Frau wissen?«

Clem berichtete, diese Meredith Stone habe gefragt, ob Mask Coorie Cottage gekauft oder gemietet habe, ob irgendjemand im Ort wisse, wer ihn managt, und ob er eine Freundin habe.

»Sie ist besessen von ihm«, murmelte ich in mich hinein. Dann sah ich wieder zu Clem. »Und hat Sophie zufällig beschrieben, wie diese Meredith Stone aussah?«

»Ja, sie meinte, die Frau sei klein und stämmig und habe rote Haare – einen gewellten Bob, wenn ich mich recht entsinne. Ich ... Layla? Layla! Wo willst du denn hin?«

Aber ich war schon losgerannt, die regenfeuchte Landstraße entlang zurück zu Dads Cottage, um Bescheid zu geben, dass ich doch etwas länger brauchen würde als gedacht.

»Tausend Dank, Clem!«, rief ich und lief dabei kurz rückwärts, um den beiden zuwinken zu können. »Ihr habt mir wirklich wahnsinnig weitergeholfen!«

Kapitel 56

Nachdem ich Dad Bescheid gesagt und versprochen hatte, dass ich später noch mal zum gemeinsamen Abendessen mit der Band vorbeischauen würde, machte ich mich wieder auf den Weg zu meinem Cottage. Ob ich wirklich kommen würde, hing allerdings davon ab, was ich über diese Meredith Stone/Angela Burrows herausfand, auch wenn ich das zunächst für mich behielt.

Im Flur stellte ich meine Tasche ab, tauschte im Schlafzimmer meine feuchten Socken und die Jeans gegen Shorts und T-Shirt und setzte mich an den Schreibtisch.

Wie viele Aliasse hatte diese Frau nur? Und warum? Was war ihr so wichtig, dass sie sich die Mühe machte, ihre wahre Identität zu verbergen?

Die Nachmittagssonne kämpfte sich zwischen den Wolken hindurch und warf tanzende Lichtflecken ins Wohnzimmer. Ich gab den Namen »Angela Burrows« in die Suchmaschine ein und hielt gespannt die Luft an. Bilder von verschiedenen Angela Burrows' erschienen, doch wie erwartet handelte es sich bei keiner von ihnen um die Australierin. Zudem waren die Frauen aus den Suchergebnissen allesamt Seniorinnen oder sogar bereits verstorben.

Als Nächstes versuchte ich es mit ihrem zweiten Pseudonym Meredith Stone. Doch auch unter diesem Namen erschien nicht die Frau, die ich kannte. Stattdessen gehörte er zu einer glamourösen älteren Dame mit sorgsam frisiertem dunklen Haar und auffälligem Silberschmuck. Das Foto stammte von der Klatschseite einer Sonntagszeitung. Ich wollte schon weiterklicken, da fiel mir der Link unter dem Bild auf. Er führte zu einem Artikel, der im April vor zwölf Jahren veröffentlicht worden war.

Makellos wie stets: die bekannte Philanthropin Meredith Stone auf der Feier anlässlich ihres 60. Geburtstags in ihrem luxuriösen Heim an der Gold Coast.
Auf die Frage nach ihrem atemberaubenden Silberschmuck, bestehend aus Halskette und Ohrringen, verriet Stone, es handle sich um die Entwürfe einer jungen australischen Designerin namens Hazel Jennings.

Die funkelnden Stränge aus schneeflockenartigen Juwelen um ihren Hals und die dazu passenden eckigen Ohrringe, die unter ihrem toupierten schwarzen Haar hervorblitzten, waren in der Tat herrlich.

Doch wirklich weiter brachte mich das nicht. Ich wollte den Artikel schon wieder schließen, da fiel mir ein kleines Foto ganz unten im Artikel ins Auge. Es war die Porträtaufnahme einer jungen Frau mit strahlendem Lächeln und blasser Haut. Das Haar fiel ihr in roten Wellen bis auf die Schultern.

Unter dem Foto stand:

Schmuckdesignerin Hazel Jennings (23)

Meine Finger erstarrten über der Tastatur. Sie war es. Ohne jeden Zweifel.

Mit klopfendem Herzen lehnte ich mich zurück und betrachtete ihr offenes, jugendliches Gesicht, das mir vom

Bildschirm entgegenleuchtete. Es bildete einen harten Kontrast zu der anklagenden, hasserfüllten Frau, die ich oben am Coorie Cottage erlebt hatte.

Aufgeregt versuchte ich, mehr über sie herauszufinden. Aber die Informationen waren spärlich. Im Rest des Artikels wurde nur erwähnt, dass sie aus Melbourne stammte, eine Schwester namens Emily hatte, die Tänzerin war, und dass sie ein Stipendium für eine angesehene Modeschule in Sydney erhalten hatte.

Ich druckte den Artikel aus und schaltete den Bildschirmschoner an, der Loch Harris im Schnee zeigte. Dann schnappte ich mir mein Handy vom Schreibtisch.

Es war an der Zeit, Hazel Jennings einen Besuch abzustatten.

Kapitel 57

Im Internet fand ich heraus, dass das Bed and Breakfast Beech Tree hieß und an der Hauptstraße von Finton lag. Da Finton sogar noch kleiner war als Loch Harris, würde ich keine Schwierigkeiten haben, es zu finden.

Auf der Fahrt versuchte ich, mir zu überlegen, was ich zu Hazel Jennings sagen würde. Aber mir wollte einfach nichts einfallen. Schließlich hatte ich keine Ahnung, warum sie es auf Rafe abgesehen hatte. Hoffentlich würde es mir irgendwie gelingen, die Wahrheit aus ihr herauszukitzeln.

Immer wieder blitzte vor meinem inneren Auge das Bild ihres wutverzerrten Gesichts auf, als sie Rafe »Mörder!« ins Gesicht gebrüllt hatte.

Um mich abzulenken, schaltete ich das Autoradio ein. Ich hatte ganz vergessen, dass noch eine von Rafes CDs eingelegt war. Als seine dunkle, melodische Stimme durch den Wagen schwebte, warf ich mir selbst durch den Rückspiegel einen besorgten Blick zu.

Was, im Himmel, machte ich hier nur? Die Club-Eröffnung stand vor der Tür, und ich hatte nichts Besseres zu tun, als in der Gegend herumzuschnüffeln wie Miss Marple. Gott sei Dank hatte ich für den Conch Club inzwischen fast alles in trockenen Tüchern und in Faith eine zuverlässige Helferin.

Dad und Faith zogen mich häufig damit auf, dass ich ständig irgendwelche Listen anlegte. Aber ohne diese hätte ich vermutlich ordentlich in der Klemme gesteckt, vor allem nach der ganzen Sorge um den DNA-Test und dem aktuellen Debakel mit Mask alias Rafe.

Auf dem Grünstreifen glitt ein Holzschild mit der Aufschrift »Willkommen in Finton« an mir vorbei. Dahinter lagen vereinzelte alte Höfe aus Schiefersteinen. Die Hauptstraße bestand aus einem Postamt mit Erkerfenstern und einer Handvoll Geschäften.

Ich fuhr weiter, bis ich die schimmernden Ladenfenster hinter mir gelassen hatte. Nun lag die Landschaft wie eine Patchworkdecke aus dunkel- und salbeigrünen Feldern vor mir, getüpfelt mit Schafen, die an flauschige – wenn auch ziemlich laut blökende – Wattebäusche erinnerten.

Ich sah nach links. Da war es! Das Beech Tree Bed and Breakfast. Ich ging vom Gas und musterte die Chintz-Vorhänge hinter den Schiebefenstern und die beiden mit Lavendel bepflanzten Blumenampeln, die links und rechts vom Eingang von der Verandadecke hingen. Ein grüner Lattenzaun umrahmte den gepflegten kleinen Vorgarten, in dem ein Futterhäuschen für Vögel stand. Das Gesamtbild erinnerte ein wenig an ein Puppenhaus.

Hinter dem Gebäude stellte ich den Wagen ab und schmiegte mich etwas tiefer in meine Jeansjacke. Ich umrundete mit gestrafften Schultern das Haus zum Eingang. Noch immer war ich unentschlossen, was ich sagen sollte.

Die Tür war nicht abgeschlossen, und in dem kleinen Vorraum, der mit blau-grün kariertem Teppich ausgelegt war, verbreitete eine Tischlampe warmes, einladendes Licht.

Und was, wenn diese Hazel Jennings gar nicht da ist? murmelte eine zweifelnde Stimme in meinem Kopf. *Was, wenn sie längst wieder weitergezogen ist?*

Eine gut aussehende, kurvige Frau mit braunem Haar, die einen dunkelblauen V-Pulli und einen silbernen Fransenschal trug, kam auf mich zu, und ich beeilte mich, ein Lächeln aufzusetzen. Das musste Sophies Freundin Nicola sein. »Kann ich Ihnen helfen?«, fragte sie.

»Das hoffe ich. Ich suche nach einer Dame, die offenbar bei Ihnen zu Gast ist. Meredith Stone?«

Nicola musterte mich wachsam aus ihren dunklen Augen. »Darf ich fragen, in welcher Verbindung Sie zu ihr stehen?«

Bingo! Dann war sie also noch hier. Eine Mischung aus Anspannung und Aufregung machte sich in mir breit. Jetzt durfte ich keinen Fehler begehen!

Ich winkte ab, als wäre die ganze Angelegenheit vollkommen unwichtig. »Ach, sie saß heute Nachmittag in Loch Harris neben mir in einem Café und hat ihre Sonnenbrille liegen lassen.« Ich versuchte mich an einem freundlichen Lächeln. »Als ich es bemerkt habe, war sie bereits weg, aber ihr Name war in das Etui eingestickt.« Mir fiel ein Ständer mit Visitenkarten des Bed and Breakfast ins Auge, der neben der Lampe auf einem Beistelltischchen stand. »Und auf dem Boden neben ihrem Tisch lag eine Ihrer Visitenkarten. Sie muss ihr aus der Tasche gefallen sein, als sie aufgestanden ist.«

Die Frau erwiderte mein Lächeln und hielt mir die ausgestreckte Hand hin. »Ach, das ist aber nett von Ihnen. Ich kann ihr die Sonnenbrille gern ins Zimmer legen.«

Verfluchter Mist!

Meine Mundwinkel zuckten nach unten. »Sehr nett von Ihnen, aber wir hatten uns kurz unterhalten und ich würde sie bei der Gelegenheit gern nach ihrer Adresse in Australien fragen. Es wäre schön, wenn wir uns nicht aus den Augen verlieren.«

Doch Nicola ließ sich nicht beirren. »Es tut mir leid, aber Sie werden sicher verstehen, dass wir fremden Personen nicht einfach so Zugang zu unseren Gästen beziehungsweise ihren Zimmern gewähren können.«

Ich vergrub die Hände tiefer in den Hosentaschen. Die Frau hatte eindeutig den Beruf verfehlt. Sie hätte einen hervorragenden Bodyguard abgegeben. »Nun, Ms. …«

»Crawford. Nicola Crawford.«

»Nun, Nicola«, begann ich in meinem besten beschwörenden Ton. »So wichtig ich Datenschutz auch finde, ich möchte Ms. Stone doch nur persönlich ihre Sonnenbrille überreichen!«

Nicolas Blick zuckte nach oben zu einer kurzen Treppe, an deren anderem Ende gerade eine Tür ins Schloss fiel. Nun waren Schritte zu hören, die zu uns herabkamen. »Ah, Ms. Stone!«, rief sie lächelnd und deutete mit dem Kopf in meine Richtung. »Das nenne ich perfektes Timing! Sie haben Besuch. Die Dame hier wollte Ihnen die Sonnenbrille vorbeibringen, die Sie heute Nachmittag verloren haben.«

Es fiel mir schwer, mich ruhig zu verhalten, als Hazel Jennings verblüfft sagte: »Aber ich habe meine Sonnenbrille gar nicht …« Als sie mich erkannte, wurde sie leichenblass.

Ich fixierte sie mit einem wohlkalkulierten Lächeln. »Hallo, Ms. Stone. Wie geht es Ihnen?«

Sie blinzelte panisch. »Ähm … hallo.«

Ich hob das Kinn. »Ich hatte Nicola hier gerade erzählt, wie sehr es mich freuen würde, wenn wir unser Gespräch weiterführen könnten.«

Wenn ich mich nicht täuschte, war es mir gelungen, nach außen hin überzeugend und selbstbewusst zu klingen. Doch in mir sah es ganz anders aus, denn mein Herz hämmerte wie verrückt.

»Würde es Ihnen vielleicht etwas ausmachen, ein andermal wiederzukommen?«, haspelte sie und legte eine Hand auf das hölzerne Treppengeländer. »Ich war heute lange zu Fuß unterwegs und bin ziemlich erledigt.«

Anspannung lag in der Luft, während Nicola unser Gespräch misstrauisch verfolgte.

»Ach, wie schade«, antwortete ich nach kurzem Schweigen und spielte mit dem Schulterriemen meiner Handtasche herum. »Übrigens, Hazel Jennings lässt Sie herzlich grüßen.«

Sie machte große Augen, schnappte nach Luft und krallte sich am Geländer fest. »Wirklich? Ach, wie nett.«

Ich musterte sie mit gehobener Braue.

Ihr verängstigter Blick wanderte zu Nicola und dann wieder zurück zu mir. »Ach, kommen Sie doch auf einen kurzen Kaffee mit mir auf mein Zimmer.«

»Nichts lieber als das«, entgegnete ich mit einem gezwungenen Lächeln. »Wir haben einander ja noch so viel zu erzählen!«

Kapitel 58

Ich folgte Hazel die Treppe nach oben in einen kleinen Flur, von dem die Gästezimmer abgingen. Auf dem Weg ging meine Fantasie ein wenig mit mir durch, und ich stellte mir vor, wie sie mich die Treppe hinabschubste oder mir einen Kerzenständer über den Schädel zog.

Ich verdrehte die Augen gen Stuckdecke. *Wir sind hier nicht bei* Mord ist ihr Hobby, *Layla!*

Trotzdem achtete ich darauf, ihr nicht den Rücken zuzudrehen, und hielt ein wenig Sicherheitsabstand, als sie ihren Zimmerschlüssel aus der Rocktasche fischte.

Ihr Zimmer war im selben Stil wie der Rest des Bed and Breakfast gehalten. Vorhänge mit einem Muster aus blühenden Zitronenbaumzweigen rahmten ein Fenster, das auf die Felder hinausging. Rechts davon lag ein kleines Bad.

In der Zimmermitte blieb ich stehen und Hazel schloss mit einem leisen Klicken die Tür. »Was wollen Sie hier?« Sie verschränkte die Arme. »Wenn Sie schon mit jemandem reden wollen, dann wenden Sie sich an diesen durchgeknallten Musiker.«

Ein wildes, loderndes Bedürfnis, ihn zu verteidigen, überkam mich und ich schüttelte den Kopf. »Er ist nicht durchgeknallt.«

Hazel grinste überlegen. »Und Sie wissen genug über ihn, um das beurteilen zu können, ja?«

»Allerdings.« Ich neigte den Kopf zur Seite. »Und davon mal abgesehen, ist er hier nicht derjenige, der unter einem Haufen verschiedener Identitäten Loch Harris unsicher macht.«

Sie zuckte desinteressiert mit den Achseln. »Wenn ich mein Ziel erreichen will, bleibt mir keine andere Wahl.«

Ich runzelte die Stirn. »Und worin besteht dieses Ziel?« Dann holte ich den ausgedruckten Artikel über Meredith Stone aus meiner Schultertasche.

Hazels Blick schoss zwischen dem Blatt Papier und meinem Gesicht hin und her. Ich hielt ihr den Artikel hin und sie riss ihn mir nach kurzem Zögern aus der Hand. Als sie den Inhalt überflog, verschwand der überlegene Ausdruck auf ihrem Gesicht. Dennoch fragte sie arrogant: »Und?«

»Dieser Artikel beweist, dass Sie den Namen einer anderen Frau verwenden. In Wahrheit sind Sie die Schmuckdesignerin Hazel Jennings.« Ohne sie um Erlaubnis zu fragen, nahm ich auf einem Sessel Platz. »Was haben Sie damit gemeint, als Sie Rafe als Mörder bezeichneten?«

Ihre zartrosa geschminkten Lippen verzogen sich zu einem schmalen Strich. »Na, was denken Sie wohl, was ich damit gemeint habe? Ist das nicht offensichtlich?«

»Ich glaube nicht, dass er ein Mörder ist.«

Sie setzte sich auf die Bettkante. »Dann hat Rafe Buchanan Sie also auch hinters Licht geführt. Er hatte schon immer ein Händchen für Frauen.«

»Mich hat niemand hinters Licht geführt!«, fauchte ich. Langsam, aber sicher wurde ich wütend. »Und ich wage zu behaupten, dass ich eine ziemlich gute Menschenkenntnis habe!« Noch während ich das sagte, musste ich an Mac denken und mir versagte die Stimme.

Ich schluckte und suchte Hazel Jennings' Blick, in dem ein triumphierender Schimmer lag. »Na, sind Ihnen die ersten Zweifel gekommen?«

Ich stellte meine Tasche neben meinen Füßen ab. »Woher soll ich wissen, dass Sie kein durchgeknallter Fan oder eine Stalkerin sind und sich das alles nur ausgedacht haben?«

Ihr siegessicheres Lächeln verblasste. »Ich habe mir das nicht ausgedacht. Und das kann ich beweisen.« Sie holte einen Zeitungsteil aus dem hölzernen Nachttischchen hervor und reichte ihn mir. »Hier, lesen Sie.«

Nun war ich es, die zwischen dem Papier in ihrer Hand und ihrem Gesicht hin und her sah. Es handelte sich um einen Bogen aus dem *Sydney Enquirer* von Mai vor vier Jahren. Einer der Artikel war mit schwarzem Stift eingekreist worden.

Ich begann zu lesen.

TÄNZERIN STIRBT BEI AUTOUNFALL

Eine talentierte junge Tänzerin aus Melbourne kam gestern Abend bei einem Autounfall ums Leben. Das Unglück ereignete sich auf der Heimfahrt von ihrer Verlobungsfeier im Hyde Park Hotel in Sydney.

Emily Jennings und ihr Verlobter Rafe Buchanan fuhren auf dem Pacific Highway in Richtung ihres Hauses in Terrigal, als der silberne Toyota von einem Lkw gerammt wurde.

Mr. Buchanan konnte sich aus dem Fahrzeug befreien, während Ms. Jennings noch am Unfallort ihren schweren Verletzungen erlag.

Ich blinzelte. O Gott. Rafe war also mit Hazels Schwester verlobt gewesen, die bei diesem schrecklichen Unfall ihr Leben verloren hatte.

»Da haben Sie Ihre Antwort.« Hazel musterte mich eindringlich. »Zumindest in Ansätzen.«

Langsam ließ ich den Artikel sinken. »Wie meinen Sie das?«

Hazel hob das Kinn. »Er hat meine Schwester dort sterben lassen.«

»Was?«

Sie hielt ihre hellblauen Augen unverwandt auf mich gerichtet. »Der Artikel erzählt nur die halbe Wahrheit.« Ihre Stimme kippte. »Rafe Buchanan hat seine eigene Haut gerettet und Emily sterben lassen. Und jetzt wird er für seine Taten bezahlen.«

Kapitel 59

Mein Herz war schwer vor Verwirrung und Angst. »Aber davon steht hier nichts. Es wird mit keinem Wort erwähnt!«

Hazel setzte sich wieder und faltete die Hände in ihrem Schoß. »Warum sollte es auch? Damals waren noch nicht alle Umstände bekannt.«

Die Zeitungsseite rutschte mir aus der Hand und landete flatternd auf dem Paisley-Teppich. »Was für Umstände?«, flüsterte ich.

Ein frustriertes Seufzen entwich ihr. »Er hat den Unfall ohne den kleinsten Kratzer überstanden.«

Ich schüttelte so heftig den Kopf, dass mein Flechtzopf gegen meinen Rücken schlug. »Das stimmt nicht! Rafe hat eine leuchtend rote Narbe auf seiner rechten Gesichtshälfte. Die muss er sich bei dem Unfall zugezogen haben.«

Hazel musterte mich voller Argwohn aus kalten Augen. »Sie lügen.«

»Ich habe die Narbe doch mit eigenen Augen gesehen«, versuchte ich, an ihren gesunden Menschenverstand zu appellieren, während sich die Bruchstücke der Geschichte in meinem Kopf nach und nach zu einem großen Ganzen zusammensetzten. »Das muss der Grund dafür sein, dass Rafe so zurückgezogen lebt und sein Debütalbum nie erschienen ist! Deswegen hat er sich komplett aus der Musikszene zurückgezogen und trägt diese Maske, hinter der er sich vor der Welt versteckt!«

Hazel stand auf und begann, vor mir auf und ab zu laufen. »Ich glaube Ihnen kein Wort«, sagte sie und biss sich auf der Unterlippe herum. »Nach dem Unfall haben wir Rafe nie wieder gesehen. Er hatte nicht einmal den Anstand, zu Emilys Beerdigung zu kommen.« Ihre Stimme bebte vor Wut. »Wenn das kein Schuldeingeständnis ist, dann weiß ich auch nicht.«

Ich wollte etwas entgegnen, aber Hazel brachte mich mit einem vernichtenden Blick zum Schweigen. »Meine Schwester ist gestorben und er hat sie einfach alleingelassen.« Sie nickte in Richtung Fenster. »Und jetzt lebt er glücklich und zufrieden als dieser Mask vor sich hin und die Frauen laufen ihm in Scharen hinterher und …«

»Ich laufe ihm nicht hinterher«, schoss ich zurück, doch Hazel war so in ihrem Netz aus Zorn und Trauer gefangen, dass sie meinen Worten keinerlei Beachtung schenkte.

Ihr harter Blick ruhte auf der sanften Landschaft. Dann fuhr sie ruckartig zu mir herum. »Wenn er sich einbildet, er könnte nach allem, was er Emily und unserer Familie angetan hat, einfach so weitermachen, als wäre nichts passiert, dann hat er sich geirrt.« Ihr Blick wanderte wieder hinaus zu den üppigen Feldern, die sich bis in die Ferne erstreckten. »Ich werde dafür sorgen, dass alle Welt weiß, zu was dieser Mann im Stande ist. Dann werden wir ja sehen, wie es mit seinem großen Durchbruch in der Musikbranche weitergeht.«

Kapitel 60

In Anbetracht der Trauer und des Hasses, die Hazel von innen zerfraßen, begann meine Haut zu kribbeln.

Ich musste so schnell wie möglich versuchen, mit Rafe zu sprechen, um seine Version der Geschichte zu hören, auch wenn ich nur hoffen konnte, dass er bereit war, überhaupt mit mir darüber zu reden.

Immerhin hatte er bereits entschieden, mir seine Narbe zu zeigen. Das gab mir Hoffnung, dass er mir zumindest ansatzweise vertraute. Seine Enthüllung hatte mir viel bedeutet.

Langsam erhob ich mich von meinem Sessel und streifte meine Tasche über. Ich hatte das Gefühl, längst nicht alles verdaut zu haben, was ich heute erfahren hatte.

Hazel fuhr zu mir herum. »Wo wollen Sie jetzt hin?«

»Wieder nach Hause«, antwortete ich so gefasst wie möglich, auch wenn das gelogen war. »Was Ihrer Schwester widerfahren ist, tut mir sehr leid.«

Hazels gezupfte Augenbrauen zogen sich zusammen. »Für wie dumm halten Sie mich? Sie fahren zu ihm, oder?«

Ich ging zur geschlossenen Tür und legte die Finger um den kühlen Griff. Weiterhin um einen sanften Tonfall bemüht, entgegnete ich: »Nein, wie gesagt fahre ich nach Hause. Sie haben mir einiges erzählt, worüber ich in Ruhe nachdenken muss.«

In der Hoffnung, dass ich diesmal überzeugend genug geklungen hatte, um sie zu besänftigen, hielt ich ihren Blick.

Nach langem Schweigen nickte sie mir kaum merklich zu. »Es tut mir leid. Aber es war wichtig, dass Sie die Wahrheit über ihn erfahren.« Dann breitete sich ein Lächeln auf ihrem Gesicht aus, das ein merkwürdiges Gefühl in mir auslöste, ohne dass ich genau benennen konnte, weshalb. »Ich weiß, er sieht gut aus und ist charmant. Ärgern Sie sich nicht, Sie sind nicht die Erste, die er damit um den Finger gewickelt hat. Auch mich hat er damit schon einmal reingelegt.«

Was sollte das bedeuten? Auf einmal kam mir ein Verdacht, der sich nicht mehr abschütteln ließ. Wollte Hazel mir damit sagen, dass sie früher einmal in Rafe verliebt gewesen war? Oder es vielleicht sogar bis heute noch war?

Ich öffnete die Tür und sie straffte die Schultern. »Kommen Sie gut nach Hause.«

Erleichterung überkam mich, als ich Hazels Zimmer verlassen hatte, die Treppe heruntergestürmt war und draußen von der Freitagabenddämmerung empfangen wurde.

Ich lehnte mich gegen mein Auto und sog gierig die kühle Luft ein. Mein Gehirn fühlte sich an wie Brei.

Furchtbar, wie diese Emily ums Leben gekommen war! Ich konnte gut verstehen, weshalb Hazel noch immer um sie trauerte. Aber was sie Rafe vorwarf …

Ich betrachtete mein Spiegelbild in der Fensterscheibe. Was, wenn Hazels Behauptungen wahr waren? Was, wenn Rafe dieses arme Mädchen wirklich allein in dem Auto hatte sterben lassen?

Aber dann musste ich wieder an Hazels irrationales Verhalten und ihre Weigerung denken, auch nur in Betracht zu ziehen, dass Rafe ebenfalls ein Opfer gewesen sein könnte. Sie hatte sein Gesicht nie gesehen.

All diese Gedanken kämpften in meinem Kopf um die Vorherrschaft.

Ich stieg ins Auto und schaltete die Scheinwerfer ein. Ihr Licht fiel auf die Trockenmauer vor mir. Doch noch immer fuhr ich nicht los. Wieso war es mir überhaupt so wichtig, mit Rafe zu sprechen und zu erfahren, ob an der Geschichte etwas dran war?

Schließlich ließ ich den Motor doch an und machte mich auf den Rückweg nach Loch Harris. An der Abzweigung Richtung Galen-Wasserfälle bog ich ab.

Ich wollte so sehr an Rafes Unschuld glauben, und mein Herz war sich eigentlich sicher, die Wahrheit zu kennen. Doch darunter flüsterte nun unablässig eine zweite Stimme, dass ich nicht wissen konnte, was wirklich geschehen war.

Frustriert rieb ich mir die Stirn und konzentrierte mich wieder auf die gewundene Straße. Die Scheinwerfer glitten über den Wasserfall, der im Dunkeln die Felswand hinabrauschte.

Auf der anderen Straßenseite lag Coorie Cottage. Zwischen den Ritzen in Rafes Jalousien drangen Lichtstreifen hindurch.

Ich stellte den Wagen ab und nahm meine Tasche vom Beifahrersitz. Ein kurzer Blick in den Spiegel verriet mir, dass von meinem Lippenstift kaum mehr etwas übrig war.

Mit einem flauen Gefühl im Magen lief ich zur Haustür, um mit ihm über Emily zu sprechen. Vor allem aber, um mehr über *ihn* zu erfahren.

Kapitel 61

Rafes Stimme war über das Rauschen der Galen-Wasserfälle hinweg kaum zu hören. Sie kam aus Richtung seines Gartens und wurde von den Klängen seiner Akustikgitarre untermalt.

»Rafe? Rafe, ich bin's, Layla.«

Seine große Gestalt erhob sich neben der Staudenrabatte. Er nahm die Kapuze ab und strich sich das Haar glatt. Es war nur eine kleine Geste, aber sie zeugte von seinem Vertrauen und versetzte meinem Herzen einen leisen Stich.

Konnte ich ihm wirklich noch vertrauen?

Aber natürlich! wies ich mich in Gedanken scharf zurecht.

Mein Kopf brummte, als Rafe mich mit seinen dunklen Augen fixierte. »Ist alles in Ordnung?«

»Ja. Nein. Ach, ich weiß auch nicht.« Auf einmal war mir kalt und ich schlang schützend die Arme um mich. »Ich muss mit dir reden. Über Emily.«

Sein attraktives Gesicht nahm schlagartig einen verschlossenen Ausdruck an und mein Blick wanderte unwillkürlich zu seiner Narbe.

»Dann hast du wohl mit Hazel gesprochen.«

Ich sah ihm in die Augen. »Es hatte tatsächlich einen Vorfall gegeben, als ich hergekommen bin, oder? Sie war hier an jenem Abend, richtig?«

Er hielt meinen Blick, schwieg aber. Hinter ihm wiegte sich sein geliebter Garten mit seinen herrlichen Düften in all seinen verschiedenen Schattierungen und Umrissen.

»Ja«, sagte Rafe schließlich. »Ich glaubte, draußen jemanden gehört zu haben. Und als ich dann Hazels Stimme vor der Haustür hörte, wie sie mit mir zu reden versuchte, dachte ich kurz, ich verliere den Verstand.« Frustriert rieb er sich den Kopf und atmete tief durch. »Also bin ich nachsehen gegangen. Aber da war niemand, und ich ging davon aus, dass mir meine Fantasie einen Streich gespielt haben musste.« Er rieb sich das Kinn. »Dann bist du mit der Polizei aufgetaucht, und ich erfuhr von euch, dass jemand im Vorbeifahren gesehen hätte, dass eine dunkle Gestalt um mein Cottage schlich, und auf einmal wusste ich nicht mehr, was ich denken sollte.«

Ich musterte ihn, während er gedankenverloren über meine Schulter hinweg die in Dämmerlicht getauchte Ferne fokussierte. »Du hast mir deine Narbe gezeigt«, sagte ich leise und deutete auf sein Gesicht. »Und ich habe dir von meinem Dad und Ed erzählt. Warum vertraust du mir nicht die ganze Geschichte an?«

Rafes Kiefer mahlten. Sein Kinn war von einem feinen dunklen Bartschatten überzogen. Dann bedeutete er mir, ihm nach drinnen zu folgen, und mir fiel ein gewaltiger Stein vom Herzen.

Drinnen liefen wir zwischen Inseln aus warmem Lampenlicht hindurch ins Wohnzimmer, wo ich auf dem Zweisitzer-Sofa Platz nahm, während Rafe sich auf den Sessel gegenüber setzte. »Frierst du?«, fragte er.

»Alles bestens«, log ich, weil für mich in diesem Augenblick nur zählte, dass er endlich mit mir redete. »Also … Was Emily betrifft …«

Rafe nickte gottergeben, dann schlüpfte er aus seinem dunkelblauen Hoodie. Es wirkte so, als müsse er selbst noch den

Sinn hinter den Dingen erkennen, die er mir gleich erzählen würde. »Es war am 21. Mai vor vier Jahren«, begann er schließlich. »Emily und ich fuhren mit dem Auto von unserer Verlobungsfeier nach Hause. Wir lachten, schmiedeten Pläne für die Zukunft. Die Party war wunderschön gewesen, voller Menschen, die uns mochten und sich für uns freuten, und unser Auto war vollgestopft mit Geschenken in schimmerndem Papier und glänzenden Schleifen. Ich weiß noch, wie Emily mich vom Beifahrersitz aus ansah und mir einen von diesen Blicken zuwarf, die mich immer zum Lächeln brachten. Dann sagte sie: *Wann schreibst du eigentlich mal einen Song über mich?*, und ich musste grinsen und antwortete: *Frechheit, alle meine Songs handeln von dir!*, woraufhin sie lachte und sagte: *Na klar. Du redest manchmal so einen Mist, Buchanan*. So nannte sie mich immer. Ich grinste und erwiderte: *Danke, sehr nett auch*. Hinter uns fuhr ein Lastwagen etwas zu dicht auf. Ich warf einen Blick in den Rückspiegel und Emily drehte sich um und schaute durchs Heckfenster. Der Lkw drängelte, und ich drückte leicht auf die Bremse, um ihn dazu zu bringen, Abstand zu halten. Aber es brachte nichts. Ich rutschte im Fahrersitz etwas nach unten, weil ich hoffte, durch den anderen Winkel erkennen zu können, wer hinterm Steuer saß. Aber die Fahrerkabine war so hoch und die Beleuchtung auf der Autobahn so schlecht, dass ich nichts sah. Langsam bekam ich ein ungutes Gefühl, und Emily war anzumerken, dass sie Angst hatte. Also riss ich mich zusammen und versuchte, unbekümmert zu wirken. Ich versicherte ihr, dass sie sich keine Sorgen zu machen brauche und der Fahrer einfach nur ein typischer Drängler sei. Ich beschloss, es mit einer anderen Taktik zu versuchen. Anstatt ihn auszubremsen, ging ich aufs Gas. Emily krallte sich links und rechts an ihrem Sitz fest, aber ich nahm ihre Hand und sagte, sie könne sich ruhig entspannen.«

Ich rutschte auf der Sofakante nach vorn. »Und dann? Was ist passiert?«

In seinem Tonfall schwang tiefer Schmerz mit. »Ich hätte mehr für sie tun müssen, Layla! Alles schien in Zeitlupe abzulaufen. Wie ich später erfuhr, hatte der Lkw-Fahrer nach ein paar schlechten Nächten auf der Straße zu viele Schlaftabletten eingenommen. Als er auf die Bremse ging, fiel er in Sekundenschlaf und rammte unser Auto.« Der Schein des Kaminfeuers spiegelte sich in Rafes gedankenverlorenem Blick. »Es war das schlimmste Geräusch, das ich je gehört habe. Ein Knirschen und Kreischen, das bis in mein Innerstes zu dringen schien. Unser Auto überschlug sich mehrfach wie ein Würfel. Ich wartete darauf, dass Emily schrie, weinte, um Hilfe rief! Ich flehte sie an, meinen Namen zu sagen, irgendwas! Aber sie gab keinen Laut von sich. Ich tastete nach ihr, schließlich hatte sie direkt neben mir gesessen. Aber da war nur noch Luft.« Gebeugt saß er da und rieb sich die Hände an den Knien. »Wir waren mit dem Autodach auf der anderen Straßenseite der Autobahn gelandet. Es war totenstill, nur hin und wieder war ein Knarren oder Quietschen zu hören. Ich wollte mich bewegen, aber bei dem Versuch schoss ein heftiger Schmerz durch meinen Körper und meine rechte Gesichtshälfte brannte wie Feuer.« Er zeichnete mit dem Finger seine Narbe nach, als wollte er seine Worte auf diese Weise unterstreichen. »Irgendwann gelang es mir, mich aus meinem Gurt zu befreien. Für mich zählte nur eins: Emily.«

Ich brachte kaum mehr als ein Flüstern zustande. »Doch sie war schon tot?«

Einen Moment lang schloss Rafe mit flatternden Lidern die

Augen. »Nein, da noch nicht. Ich schrie sie an, schüttelte sie, bettelte, dass sie mich anschauen sollte. Es gelang mir, auch sie von ihrem Gurt zu befreien, und ich wollte ihren Puls prüfen. Sie fiel nach vorn wie eine Marionette. Ihr Puls war kaum spürbar, aber vorhanden. Ich wollte sie aus dem Wagen ziehen, aber dann packte mich jemand von hinten und riss mich von ihr weg. Es waren die Sanitäter. Ich brüllte, wehrte mich, wollte ihre Hände abschütteln. Ich sagte ihnen, dass sie noch lebe, dass sie kaum mehr Puls habe, aber noch atme. Sie ließen mich nicht wieder zu ihr.« Er schlug mit den Fäusten auf die Sitzfläche. »Gott, was habe ich gefleht, dass sie mich wieder zu ihr lassen. Aber ich wurde festgehalten. Kannst du dir vorstellen, wie ich mich gefühlt habe? Ich hätte sie retten können, Layla!« Rafes Blick, der noch immer auf das Kaminfeuer gerichtet war, nahm einen wutentbrannten Ausdruck an. »Wenig später starb sie.« Er deutete auf sein Gesicht. »Diese Narbe hier ist nichts im Vergleich zu den Schuldgefühlen, die ich wegen Emilys Tod mit mir herumschleppe.«

Wie er dort saß, starr vor Schmerz, hätte ich ihn am liebsten umarmt und ihm versichert, dass ihn keinerlei Schuld an den Ereignissen traf. Seine Geschichte zerriss mir fast das Herz. Das Gewicht, das auf seinen Schultern lastete, musste nahezu unerträglich sein.

»Rafe, du brauchst dich nicht schuldig zu fü…«

»Ich bin mit einer Narbe davongekommen«, knurrte er. »Emily hat ihr Leben gelassen.«

»Mit einer Narbe und einem Leben voller Selbstvorwürfe«, warf ich ein. »Obwohl dich keinerlei Schuld trifft.«

Rafe schüttelte den Kopf. »Aber begreifst du das denn nicht? Ich habe Emily versprochen, dass ich sie immer beschützen würde. Und dann …«

Ohne nachzudenken, sprang ich auf und kniete mich vor seine langen Beine. »Aber du konntest doch nicht wissen, was passieren würde. Wie hättest du verhindern sollen, dass ein wildfremder Lkw-Fahrer zu viele Schlaftabletten nimmt?«

Schweigend musterte er mich.

»Was ist mit ihm passiert?«, fragte ich. »Mit dem Fahrer?«

»Er ist zwei Tage später seinen Verletzungen erlegen.« Er hob das Kinn und starrte mich mit zusammengepressten Lippen an. Seine dunklen Brauen schienen wie bedrohliche Gewitterwolken über seinen Augen zu hängen.

»Ist das der Grund dafür, weshalb du dein erstes Album nie herausgebracht hast und so zurückgezogen lebst? Alles nur wegen des Unfalls?«

Er stritt es nicht ab.

»Ich will dir helfen«, flüsterte ich erstickt. »Niemand sollte so leiden müssen, du am allerwenigsten.«

Langsam stand ich auf und Rafe tat dasselbe. Mir stockte der Atem, als er mich mit seinem brennenden Blick von Kopf bis Fuß musterte.

»Danke, Layla, aber ich denke, es ist besser, wenn du jetzt gehst.«

Ich musterte ihn ungläubig. »Aber warum?«

Er verließ nur wortlos sein Wohnzimmer und ging in Richtung Haustür davon, öffnete sie und lief hinaus in den Garten. Ich folgte ihm, bis er mit den Händen in den Hosentaschen stehen blieb und kaum merklich schauderte. »Ich bin einfach keine gute Gesellschaft.«

»Wer hat das behauptet?«

»Niemand.«

»Und warum sagst du es dann?«

Sein Blick wurde hart. »Weil es nun mal stimmt! Ich habe Emily verloren, und ich bin nicht bereit, auch dich zu verl…« Er verstummte schlagartig.

»Was?«, fragte ich leise. »Rafe, bitte sprich mit mir. Du wirst mich nicht verlieren.«

»Woher willst du das wissen?«

Meine Brust hob und senkte sich heftig unter meiner Jeansjacke. »Weil ich es eben weiß.«

Mit seinem Blick folgte er meiner Hand, als ich sie an seine Wange hob. Im ersten Moment zuckte er unter der Berührung zusammen, dann strich ich mit dem Finger von der Schläfe bis zum Mundwinkel an seiner Narbe entlang und er entspannte sich.

»Rafe«, flüsterte ich in die Nachtluft mit ihren rauschenden Bäumen und wogenden Büschen und ihrem pudrigen Duft nach Heidekraut. Ich blickte zu ihm hoch, war wie gebannt von der Tiefe in seinem Blick.

Er neigte den Kopf, sodass sein Gesicht mit der Narbe in meiner Hand zum Ruhen kam. »Ich habe dich gewarnt, Layla«, stieß er heiser hervor. »Ich bin keine gute Gesellschaft.« Dann schloss er die Augen und seine langen rußschwarzen Wimpern warfen einen Schatten auf seine Wangen.

Seine Lippen streiften mein Handgelenk, und ich keuchte überrascht auf, ehe ich hervorstieß: »Vielleicht solltest du deinen Mitmenschen zutrauen, das selbst zu beurteilen.« Ich strich ihm eine Haarsträhne zurecht, die sich über seinem Ohr kringelte. »Was Emily zugestoßen ist, war tragisch. Aber es war nicht deine Schuld.«

Nun war es an Rafe, mein Gesicht zu berühren – langsam, fast schon widerwillig. Als hätte er Angst davor. Er strich mir mit dem Finger die Wange hinab und hielt neben meinen

Lippen inne. Sein Blick stoppte an meinem Mund und mir verschlug es den Atem.

»Layla …«, murmelte er plötzlich und senkte seine Lippen auf meine.

Ich drängte mich gegen ihn, schmeckte die Wärme seines Mundes, schob die Hände unter sein Shirt und ließ sie über seinen Oberkörper wandern, während er mich leidenschaftlich an sich zog. Ich spürte seine Muskeln unter seiner warmen Haut zucken und gab ein leises Stöhnen von mir, woraufhin Rafe mich noch fester an sich drückte.

Ich wollte ihm all seinen Schmerz und sein Leid nehmen. Niemand hatte es verdient, mit solchen Schuldgefühlen leben zu müssen. Insbesondere nicht jemand wie er.

Unser Kuss wurde leidenschaftlicher, unser Atem immer schneller – bis das Quietschen von Autoreifen die Stille der Nacht zerriss und wir wie vom Blitz getroffen auseinanderzuckten. Zwei gelbe Scheinwerfer schnitten durch die Dunkelheit wie ein wütendes Augenpaar.

Mir blieb fast das Herz stehen, als Hazel aus ihrem Auto stolperte. Ihr Gesicht war blass und wutverzerrt. »Ich wusste es!«, kreischte sie uns entgegen. »Ich wusste es einfach!«

Kapitel 62

»Was wusstest du?«, rief Rafe zurück. »Wovon redest du?«

Hazel deutete anklagend mit dem Finger auf mich. »Schneewittchen da. Das nächste bemitleidenswerte kleine Flittchen, das auf Rafe Buchanans Charisma hereingefallen ist.«

Ich versuchte, sie zu besänftigen. »Hazel, was Ihrer Schwester widerfahren ist, war einfach furchtbar …«

»… und einzig und allein seine Schuld!«, blaffte sie und musterte Rafe hasserfüllt. »Wie der letzte Feigling hat er sie einfach in diesem Auto sterben lassen!«

»Hazel! Ich wollte Emily nicht im Stich lassen! Die Rettungskräfte haben mich von ihr weggerissen! Ich hätte alles dafür getan, bei ihr zu bleiben.«

Widerwillig kam sie näher, ihre hellen Augen waren geweitet und starrten ihn unverwandt an. »Ach, hör schon auf damit! Sie ist bei dem Unfall gestorben und du bist einfach davongelaufen!«

»Oh, Himmel noch mal!«, stieß ich hervor. »Ich habe Ihnen die Wahrheit über Rafe gesagt!« Ich drehte mich zu ihm, doch er stürmte bereits auf Hazel zu.

Beim Anblick seiner mahlenden Kiefer wich sie zurück. Doch er beugte sich nur über sie und hielt ihr sein Gesicht hin. Die Nachtbrise spielte mit seinem schwarzen Haar.

Hazels Augen wurden größer, als sie seine grell leuchtende Narbe sah. »Die habe ich mir bei dem Unfall zugezogen. Ich will kein Mitleid. Du sollst nur wissen, dass auch ich nicht unbeschadet davongekommen bin.« Dann berichtete er, dass er sogar auf Emilys Beerdigung gewesen war. »Ihr habt mich bloß nicht gesehen. Keiner von euch. Aber ich schwöre, ich war dort.«

Hazel wurde bei seinen Worten noch eine Spur blasser. Offenbar fiel es ihr schwer, zu verarbeiten, was sie gerade erfahren hatte. Dann atmete sie tief durch und auf einmal waren ihre Wut und ihr Misstrauen wieder da. »Aber wo warst du nur? Nach dem Unfall, meine ich! Du bist einfach verschwunden!«

Rafe warf mir einen Blick zu. »Ich hatte Schuldgefühle. Emily war tot und ich hatte sie nicht retten können. Wie sollte ich da normal weiterleben? Wie sollte ich mir erlauben, je wieder glücklich zu sein?«

Während ich beobachtete, wie Hazel auf Rafe zuging und der hasserfüllte Ausdruck aus ihrem Blick verschwand wie Regentropfen an einem Sonnentag, dämmerte mir, dass ich mit meinem vagen Verdacht vorhin richtiggelegen hatte.

Sie musterte ihn eindringlich. »Ich hatte ja keine Ahnung«, flüsterte sie und sog dabei seinen Anblick auf. Dann streckte sie die Hand aus und strich ihm sanft über den Arm.

Überrascht von ihrer plötzlichen Zärtlichkeit, wich Rafe ruckartig zurück.

»Ach«, fuhr sie fort, »was sind wir beide nur für zwei verlorene Seelen, Rafe. Wir haben so viel gemeinsam.« Sie senkte den Blick, dann sah sie ihm in die Augen. »Wir haben beide Emily verloren.« Sie schob sich ein paar Haarsträhnen hinters Ohr. »Du musst doch gemerkt haben, was für Gefühle ich für dich hatte. Ich wusste ja selbst, dass ich nichts für dich empfinden durfte, weil du der Freund meiner Schwester warst. Aber …« Den Rest ihres Satzes ließ sie im Dunkel der Nacht versiegen. »Ich habe immer gehofft, dass du mich eines Tages bemerken würdest.«

Ich musste wieder an das Foto denken, das ich im Internet gefunden hatte.

Und auf einmal fanden die einzelnen Teile dieses tragischen Puzzles allesamt ihren Platz.

Hazel war verliebt in Rafe.

War es immer schon gewesen.

Kapitel 63

Rafe schien zutiefst verwirrt. »Wie bitte?«

Hazel stand da wie angewurzelt. Der hasserfüllte Ausdruck in ihren Augen war fort. Nun lag nur noch Bewunderung in ihrem Blick, als sie zu ihm aufsah. »Vielleicht konnte ich nur so akzeptieren, dass du mich nicht wolltest, Rafe. Indem ich mir einredete, dass du schuld bist an Emilys Tod.« Ihr Rocksaum flatterte im Abendwind und ein hoffnungsvolles Lächeln umspielte ihre Lippen. »Aber jetzt, wo ich gesehen habe, wie sehr du unter ihrem Tod gelitten hast, wird mir klar, dass es vielleicht doch noch Hoffnung für uns gibt. Du und ich, wir gehören zusammen!«

All die seltsamen Kommentare, die Hazel gemacht hatte. Die versteckten Anspielungen, der Wunsch, Rafe zu bestrafen … Sie hatte ihn leiden sehen wollen, weil sie all die Jahre seiner Beziehung mit Emily über rasend gewesen war vor Eifersucht.

Seinem Gesichtsausdruck nach zu urteilen, begann nun auch er zu begreifen. Er wich einige Schritte von ihr zurück.

Hazels Lächeln wich einer verzweifelten Grimasse. »Das musst du verstehen, Rafe. Ich habe diese erbärmliche Journalistin nur kontaktiert, weil ich die Wahrheit nicht kannte. Ich wusste nicht mehr weiter!« Sie streckte flehend die Hände nach ihm aus. »Es tut mir so unendlich leid.«

Rafe rieb sich die Stirn. »Ich habe euch allen von Anfang an die Wahrheit gesagt. Aber ihr habt beschlossen, lieber vom Schlimmsten auszugehen. Und jetzt denkst du, ich könnte …«

Sein Ekel war offensichtlich. »Hast du eine Vorstellung davon, wie viel Kraft es mich gekostet hat, meine Liebe zur Musik wiederzufinden, Hazel? Ich musste zu Mask werden, um überhaupt wieder mit meinem Leben klarzukommen!«

»Es tut mir so leid!« Sie schluckte und schlang die Arme um ihn. »Hätte ich die Wahrheit gekannt, hätte ich nie versucht, dich zu bestrafen. Aber du musst wissen, dass ich dich liebe. Schon immer.«

Es fiel mir nicht leicht, Hazels Logik zu folgen.

»Wir könnten so glücklich miteinander werden«, beharrte sie. »Das weiß ich einfach! Wir könnten einander Trost spenden.«

»Ich möchte, dass du jetzt gehst, Hazel. Bitte.«

Sie rieb sich die Tränen von den Wangen. »Ich soll gehen?«

Rafe biss die Zähne zusammen. »Ja, das halte ich für das Beste.«

»Das kann unmöglich dein Ernst sein. Du bist nur verwirrt.« Sie verkrampfte die Finger ineinander und ihr Kopf schoss zu mir herum. »Die da wird dich nicht glücklich machen, Rafe. Nicht so wie ich.«

Seine Miene war stählern. »Ich sage es zum letzten Mal, Hazel. Geh jetzt.«

Sie zögerte kurz und durch ihre Augen zuckte ein verlorener Ausdruck. Dann zog sie sich widerwillig in Richtung ihres Mietwagens zurück. »Ich werde dieser Reporterin schreiben und ihr sagen, dass sie hier keine Story finden wird«, murmelte sie.

»Danke«, flüsterte Rafe kaum hörbar.

Mit einem schwer zu deutenden Seitenblick in meine Richtung stieg Hazel in ihren Wagen, ließ den Motor an und fuhr davon.

Rafe warf mir einen erleichterten Blick zu, dann kam er zu mir und nahm meine Hand in seine.

Ich verschränkte unsere Finger miteinander. »Gott sei Dank ist das alles vorbei. Jetzt kannst du endlich versuchen, wieder richtig von vorn anzufangen.«

Rafe schüttelte ungläubig den Kopf. »Ich kann kaum fassen, dass das gerade wirklich passiert ist. Emily wäre entsetzt, wenn sie wüsste, dass Hazel mich für ihren Tod verantwortlich gemacht hat.«

Im warmen, einladenden Schimmer, der durch die Fenster von Coorie Cottage in die Nacht fiel, sagte ich zu Rafe: »Vielleicht begreift Hazel jetzt, wo sie mit dir geredet hat, ja endlich, was für einen Schaden sie hätte verursachen können.« Ich sah zu ihm auf und musterte sein schönes Gesicht. »Ich weiß, du wirst jetzt denken, ich sage das nur so dahin«, fuhr ich fort. »Aber ich nehme deine Narbe nicht wahr. Insbesondere jetzt gerade nicht.«

Ich sog Rafes Anblick in mich auf – das zerzauste, dunkle Haar, die vollen Lippen – und auf einmal lösten sich der Schmerz über Macs Verlust und seinen Verrat einfach in Luft auf.

Rafe wollte mich gerade mit sich in Richtung Garten ziehen, da hörte ich hinter uns plötzlich einen Motor.

Hazel hatte ihren Wagen gewendet und die Scheinwerfer ausgeschaltet. Nun stand sie mit laufendem Motor frontal vor uns. Auf ihrem Gesicht lag ein seltsam gefasster Ausdruck und ihre Augen wirkten glasig und leblos wie die einer Puppe.

Durch die Windschutzscheibe konnte ich schemenhaft erkennen, dass sie das Lenkrad mit beiden Händen umklammert hielt. Sie ließ erneut den Motor aufheulen und legte den

Gang ein. Dann schaltete sie plötzlich die Scheinwerfer wieder ein, sodass wir geblendet wurden.

Rafe und ich hoben schützend die Hände vor die Augen und stolperten rückwärts.

Hazel ging aufs Gas. Mit quietschenden Reifen raste sie auf uns zu.

»Layla!«

Kapitel 64

Rafe warf sich vor mich, legte im Sprung die Arme um meine Taille und riss mich mit sich zu Boden.

Gras und Erde wirbelten unter Hazels Wagen auf, der an uns vorbeiraste und mit kreischenden Bremsen zum Stehen kam.

Wir hoben die Köpfe und wollten uns schon wieder aufrappeln, als Hazel ihr wutverzerrtes Gesicht aus dem Fenster streckte. Sie sah Rafe und mich noch immer eng umschlungen auf dem Boden liegen und mahlte mit den Kiefern.

Hand in Hand robbten wir rückwärts fort von ihr und dem nächsten möglichen Angriff.

»Hazel, um Himmels willen, stopp!«

Als sie Rafes Stimme hörte, schnappte sie nach Luft und klammerte sich so heftig am Lenkrad fest, dass ihre Knöchel weiß hervortraten. Sie gab einen entsetzten, von tiefem Leid erfüllten Aufschrei von sich, der von den umliegenden Felswänden zurückgeworfen wurde.

»O Gott, es tut mir leid! Es tut mir so entsetzlich leid«, schluchzte sie. Dann schaltete sie den Motor ab.

Rafe und ich standen auf, ohne das Auto und die tränenüberströmte Hazel aus dem Blick zu lassen.

»Scheiße, alles in Ordnung, Layla?«, fragte Rafe und klopfte sich den Staub von den Jeans.

»Ja«, murmelte ich. »Aber nur, weil du mich gerettet hast. Und bei dir?«

Er antwortete nicht, sondern sah mich nur schweigend an. Auf seinem Gesicht lag ein seltsamer, tranceartiger Ausdruck.

Hazel saß mit dem Kopf an der Stützlehne da und schluchzte hemmungslos. Ihre Brust hob und senkte sich heftig. Ich wagte einige vorsichtige Schritte in Richtung ihres Wagens. Im Auto war es bis auf das sanfte Glühen des Armaturenbretts dunkel.

»Layla? Was machst du da?«, rief Rafe besorgt.

Ich legte mir einen Finger an die Lippen.

Hazel schien meine Nähe zu spüren, denn sie drehte den Kopf, so langsam, als würde es ihr Schmerzen bereiten.

»Lassen Sie mich Ihnen helfen«, sagte ich leise, öffnete die Tür und trat einen Schritt zurück, um Hazel nicht in Panik zu versetzen.

Sie musterte mich aus verweinten Augen von oben bis unten. Dann endlich schob sie erst den einen, dann den anderen Fuß hinaus.

»Gut gemacht. Nehmen Sie sich ruhig alle Zeit der Welt«, ermutigte ich sie.

Hazel blinzelte mich an. Ihr sommerliches Outfit war zerknittert.

Rafe beobachtete, wie ich sie am Arm nahm und sanft in Richtung Coorie Cottage geleitete. »Ich mache Ihnen jetzt erst mal eine schöne Tasse Tee, in Ordnung?«

Sie klammerte sich an mir fest und lief mit unsicheren Schritten neben mir her bis in Rafes Wohnzimmer, wo sie sich von mir aufs Sofa drücken ließ. Während Rafe mir half, ihr den Tee zu kochen, brach sie erneut in Tränen aus. Mit einem geflüsterten *Danke* nahm sie den Becher entgegen und umschloss ihn mit zitternden Fingern.

Rafe nahm ihr gegenüber Platz und ich setzte mich neben sie aufs Sofa.

Hazel hob den Becher an die Lippen, ohne zu trinken. »Ich weiß nicht mehr, wer ich bin«, flüsterte sie.

Ich wechselte einen besorgten Blick mit Rafe.

»Ich erkenne den Menschen, der aus mir geworden ist, kaum wieder.«

»Hazel. Sie haben Ihre Schwester verloren. Sie trauern«, entgegnete ich leise.

Doch sie schüttelte so heftig den Kopf, dass ihr der Bob ums Gesicht flog. »Ich brauchte jemanden, dem ich die Schuld geben konnte. Jemanden, den ich dafür verantwortlich machen konnte.« Ihre blassen Augen glitten zu Rafe. »Ich war so eifersüchtig, weil Emily dich abbekommen hatte. Nach ihrem Tod plagten mich unendliche Schuldgefühle, da ich all die Zeit über so für den Verlobten meiner eigenen Schwester empfunden hatte.«

Rafe senkte kurz den Blick.

»Ich weiß gar nicht mehr richtig, wie ich hierhergekommen bin. Überhaupt kann ich mich an die Geschehnisse seit Emilys Tod nur verschwommen erinnern.«

Wieder hob sie den Becher an die Lippen. Diesmal nahm sie tatsächlich einen Schluck.

»Emily hätte es sicherlich das Herz gebrochen, Sie so zu sehen«, sagte ich.

Sie drehte sich zu mir und brach erneut in Tränen aus.

Hastig rettete ich den Teebecher aus ihrer Hand, stellte ihn auf dem Tisch ab und zog Hazel an meine Schulter, wo sie ihre heißen Tränen in mein T-Shirt vergoss. Als sie sich wieder halbwegs gefangen hatte, suchte ich ihren Blick.

Sie rieb sich mit der Hand die Augen trocken. »Es tut

mir so leid. Gott, es tut mir so unendlich leid.« Während sie sprach, musterte sie mich so flehentlich, als würde sie alles dafür geben, dass ich ihr glaubte. »Ich werde mein Leben wieder in den Griff bekommen. Für Emily.« Sie warf Rafe einen verlegenen Seitenblick zu. »Sobald ich kann, kehre ich nach Australien zurück, mache eine Therapie und rede mit meinen Eltern.«

Ich drückte ihren Arm. »Emily wäre sehr, sehr stolz auf Sie.«

Als wir sicher waren, dass Hazel stabil genug war, bot ich ihr an, sie zum Beech Tree zurückzufahren, und Rafe rief bei der Autovermietung an, um zu vereinbaren, dass Hazels Wagen am nächsten Morgen bei ihm abgeholt wurde.

Ich half Hazel auf den Beifahrersitz meines Autos und sie warf mir ein dankbares, müdes Lächeln zu. Danach kehrte ich noch einmal ins Cottage zurück.

Rafe saß noch immer in seinem Sessel im Wohnzimmer und starrte ins Nichts. Ich bückte mich, um seine Wange zu streicheln, doch er wich zurück und wandte seinen Blick ab.

»Rafe?«

»Ich bin müde«, murmelte er, ohne mich dabei anzusehen. »Du solltest jetzt gehen. Komm gut nach Hause. Und danke für alles, was du heute für mich getan hast.«

»Runter damit.«

Ich beäugte den Whisky-Tumbler, den Faith mir hinhielt.

»Na los! Du wärst vorhin fast überfahren worden! Der Alkohol hilft gegen den Schock.«

Ich lehnte mich gegen mein Kissen. »Ich wusste gar nicht, dass du neuerdings Ärztin bist.«

»Jetzt trink schon!«

Ich exte den aromatischen goldenen Inhalt des Glases und verzog das Gesicht, weil der Whisky so heftig in meiner Kehle brannte. Dann musste ich ein paarmal husten. »Wo hast du den denn aufgetrieben?«

Faith setzte sich neben mich aufs Bett und ruckelte herum, bis sie eine bequeme Position gefunden hatte. »Das muss Macs Geheimvorrat gewesen sein. Er stand zwischen zwei Wodkaflaschen ganz hinten in einem von den Küchenschränken.« Sie musterte mich streng. »Findest du nicht, du solltest dich von einem Arzt durchchecken lassen?«

»Warum? Weil ich einen geprellten Hintern habe?«

Frustriert schüttelte sie den Kopf. »Nein, weil du vermutlich unter Schock stehst. Du hast heute echt was mitgemacht. Schließlich wird man nicht alle Tage fast überfahren. Außerdem hättest du mich vorhin anrufen sollen.« Sie schob sich eine rotblonde Locke aus der Stirn, wobei ihre goldenen Armreifen gegeneinanderklimperten. »Nach den Erlebnissen hättest du wirklich nicht alleine Auto fahren sollen.«

Ich zupfte an einem losen Faden herum, der aus meinem kaffeebraunen Bettbezug ragte. »Aber ich war ja gar nicht allein. Die meiste Zeit war Hazel bei mir.«

Faith musterte mich entnervt. »Hör mal, Layla. Kaum jemand hätte getan, was du heute getan hast. Aber solange es dir und Rafe gut geht …«

Als Faith seinen Namen nannte, glaubte ich auf einmal, wieder den Geschmack seiner Lippen auf meinen zu spüren. »Verdammt«, murmelte ich und eine einzelne Träne rann mir die Wange hinab und fiel auf die Bettdecke.

Faith nahm meine Hände. »Ich weiß ja, dass du einen heftigen Schock erlitten hast. Aber da ist noch mehr, oder?«

Unter meinem lilafarbenen Pyjamaoberteil ließ ich die Schultern hängen. »Rafe und ich haben uns geküsst.«

Kaum merklich hob sie die Brauen. »Okay …«

Ich ließ den Kopf gegen mein Messingbettgestell sinken. »Es war toll. Der beste Kuss meines Lebens. Nicht mal Mac konnte da mithalten.«

Faith reagierte angemessen beeindruckt. »Wow. Okay, aber wo liegt dann das Problem?«

Ich seufzte tief. »Ich fürchte, er hat es gleich darauf schon wieder bereut. Wie er mich angesehen hat, als ich gegangen bin, um Hazel wegzubringen … so kalt und distanziert …«

Meine beste Freundin allerdings schien sicher zu sein, dass ich zu viel in sein Verhalten hineininterpretierte. »Er hat mit ansehen müssen, wie du fast von der Frau überfahren worden wärst, die einmal seine Schwägerin hätte werden sollen. Ist doch klar, dass ihn das vollkommen aus der Bahn geworfen hat!«

Seine kühle Distanziertheit direkt vor meinem Aufbruch konnte ich mir trotzdem nicht erklären. Er hatte es ja nicht einmal übers Herz gebracht, mich anzusehen! Bei der bloßen Erinnerung wäre ich am liebsten im Erdboden versunken.

»Bist du sicher, dass ich nicht besser Harry anrufen soll?«

»Absolut! Mir geht's gut. Ich glaube, eigentlich ist heute nur eins verletzt worden, und das ist mein Stolz.«

Faith wollte noch etwas entgegnen, aber ich brachte sie mit einem gezwungenen Lächeln zum Schweigen. »Ich erzähle ihm die ganze Geschichte morgen. Er wird mir zwar an die Gurgel gehen wollen, weil ich es ihm nicht gleich gesagt habe, aber er wird es überleben.«

Faith nahm das Glas Weißwein vom Nachttisch, das sie dort für sich selbst abgestellt hatte. »Dir ist schon klar, dass du eigentlich die Polizei hättest rufen müssen, oder? Die

Frau hätte euch beide umbringen können.« Sie ließ sich einen Schluck kühlen goldenen Wein auf der Zunge zergehen.

»Hazel braucht professionelle Hilfe, und das hat sie nun auch selbst erkannt. Ich glaube nicht, dass eine Festnahme die Lösung für ihre Probleme wäre.«

Ich verfluchte mich dafür, dass ich zugelassen hatte, dass Rafe mich so ins Taumeln brachte. Aber was ich zu Faith gesagt hatte, war die reine Wahrheit. Unser Kuss war der beste meines Lebens gewesen. Die Intensität und Leidenschaft hatten mich einfach überwältigt.

Ich schloss die Augen und versuchte, die Erinnerung und das Gefühl, das Rafe in mir auslöste, aus meinem Gedächtnis zu streichen. Aber es funktionierte nicht. Frustriert zerrte ich mein Kissen weiter nach oben. »Und du bist sicher, dass Hazel die Gegend verlassen hat?«

Faith verzog bei der bloßen Erwähnung des Namens abfällig den Mund. »Absolut sicher. Ich habe mir irgendeine Lügengeschichte über einen teuren Stift mit Monogramm aus den Fingern gesogen, den sie in der Touristeninformation vergessen hat. Norrie ist darauf reingefallen und hat Sophie Bescheid gesagt, dass sie sich deswegen im Beech Tree melden soll.« Zufrieden genehmigte sie sich noch einen Schluck Wein. »Diese Nicola meinte, dass Hazel recht spät nach Hause gekommen sei und sofort gepackt und ausgecheckt habe.« Faith schwenkte den Inhalt ihres Glases. »Dann hat Hazel sie gebeten, ihr ein Taxi zum Flughafen zu organisieren.« Sie warf mir einen besorgten Blick zu. »Laut deinen Erzählungen ist die Frau verrückt nach Rafe.«

»O ja, ohne jeden Zweifel. Ich glaube, der Tod ihrer Schwester und ihre unerlaubten Gefühle für Rafe waren irgendwann einfach zu viel für sie.«

Hoffentlich würde Hazel schnell Hilfe finden und all das hinter sich lassen können.

Faith musterte mein leeres Whiskyglas. »Möchtest du noch einen?«

»Nein, danke. Nach allem, was heute passiert ist, kann ich es gar nicht brauchen, morgen mit einem Kater aufzuwachen.«

Als Faith aufstand, um sich selbst Nachschub zu holen, rief ich: »Faith?«

Sie blieb stehen und drehte sich zu mir um.

»Danke. Für alles.«

Ein rosiger Schimmer zeigte sich auf ihren Wangen. »Nichts zu danken.«

Ich streckte meine Beine unter der Decke aus. »Du solltest nicht mitten in der Nacht alleine nach Hause fahren. Besser, du brichst bald auf.«

Faith stemmte die Hände in die Hüften. »Ich habe Wein getrunken, schon vergessen? Wenn du kein Problem damit hast, würde ich gern über Nacht bleiben. Außerdem habe ich morgen erst ab Mittag Schicht.«

»Natürlich habe ich kein Problem damit. Im Gästezimmer ist alles bereit.«

Faith wollte schon den Raum verlassen, da blieb sie noch einmal stehen. »Aber bilde dir bloß nicht ein, dass ich dir Arnikacreme auf deinen geprellten Hintern schmiere. Irgendwo gibt es Grenzen.«

Ihre bildliche Ausdrucksweise brachte mich zum Lachen, was prompt mit einem scharfen Stechen in besagtem geprellten Hintern quittiert wurde. »Autsch! Sag mal, wie läuft es eigentlich mit deinem hinreißenden Holzfäller?«

»Du meinst Greg? Wir hatten ein sehr schönes Abendessen und Sam war einfach zu niedlich. Er wollte unbedingt, dass wir Fischstäbchen und Buchstabennudeln essen, aber Greg konnte ihn davon überzeugen, dass Brathähnchen auch nicht verkehrt ist.«

»Und?«

»Und wir lassen es langsam angehen. Gregs Mum hat angeboten, Sam einen Abend die Woche zu babysitten. Wir dachten, bei unserem nächsten Date probieren wir den Italiener in North Spey aus.«

Als ich mir ein selbstgefälliges Grinsen nicht verkneifen konnte, lief sie rot an und marschierte davon in die Küche.

Mein Handy lag auf dem Nachttisch, und während ich mir noch einmal die Ereignisse des Abends durch den Kopf gehen ließ, leuchtete das Display auf.

Ein Anruf von Rafe! Mein Bauch reagierte mit einem entschiedenen Flattern. Mir fiel wieder ein, wie Rafe darauf bestanden hatte, seine Nummer in meinem Handy einzuspeichern, ehe ich Hazel zum Beech Tree fuhr.

Ich zögerte. Sollte ich überhaupt abnehmen? Schließlich gab ich mich geschlagen und ging dran. Beim Klang seiner Stimme rutschte ich unbehaglich in meinem Bett herum. »Ich wollte nur nachfragen, wie es dir geht.«

Ich riss mich zusammen und richtete den Blick auf einen Punkt in der Ferne. »Gut, danke. Meine beste Freundin Faith bleibt über Nacht, weil sie mich gern im Auge behalten wollte.«

Am anderen Ende der Leitung entstand eine lange Pause.

»Ich bin mit einer kleinen Prellung davongekommen«, fügte ich in dem Versuch, das Schweigen zu füllen, hinzu. »Eine Mütze voll Schlaf und ein heißes Bad morgen früh und ich bin so gut wie neu.« Ich hörte Faith in der Küche herumklappern. »Wie geht es dir?«, fragte ich ihn.

»Ein paar blaue Flecken, so wie du, aber ansonsten ganz gut.«

Ich betete, dass er unseren Kuss ansprechen würde. Stattdessen räusperte er sich und verkündete in seinem australischen Singsang: »Ich werde Hazels Eltern kontaktieren. Sie soll selbst entscheiden, wo und wie sie sich Hilfe sucht. Aber ich denke, ihre Familie sollte wissen, dass es ihr seelisch im Augenblick nicht gut geht und sie Unterstützung benötigt.«

»Klingt gut.«

»Also, ich sollte dich jetzt wohl besser schlafen lassen. Pass gut auf dich auf, Layla. Gute Nacht.«

Die Enttäuschung traf mich mit voller Wucht. Das war alles? Für ihn war unser Kuss Vergangenheit und brauchte nicht weiter erwähnt zu werden? »Danke, Rafe«, stieß ich hervor. »Dir auch eine gute Nacht.«

Dann legte ich auf, schleuderte enttäuscht mein Handy aufs Bett und bemühte mich, nicht in Tränen auszubrechen.

Kapitel 65

»Die Karten für die Eröffnung sind allesamt verkauft«, verkündete Faith grinsend. »Aber ich habe eine Warteliste angelegt, wie du es gesagt hast, falls doch noch Leute absagen.«

Sie widmete sich wieder den Notizen, die sie sich auf einem linierten Block gemacht hatte, der neben ihrem Computer lag. »Und auf alle Einladungen, die wir verschickt haben, sind Zusagen zurückgekommen.« Auf einmal versiegte ihr Enthusiasmus. »Layla? Alles in Ordnung?«

Ich löste meine Aufmerksamkeit von der Eingangstür der Touristeninformation. »Glaubst du, ich tue das Richtige?«

»Findest du nicht, dass es für diese Frage inzwischen ein wenig zu spät ist?«

Faith hatte recht. Jetzt ging es darum, nach vorne zu schauen, nicht zurück. Ich winkte ab und lächelte. »Achte einfach nicht auf mich. Ich bin nervös, das ist alles.«

»Und da ist nicht zufällig noch etwas anderes, das dich beschäftigt? Oder besser *jemand?*«

Ich richtete mich auf. »Wer denn zum Beispiel?«

Faith grinste. »Ach, komm schon.«

»Falls du Rafe meinst, lautet die Antwort Nein.«

Was streng genommen nicht ganz der Wahrheit entsprach. Wenn ich ehrlich war, kam ich mir vor wie der letzte Trottel. Seit dem Anruf Freitagnacht hatte ich im Lauf des Wochenendes einige kurze Nachrichten von ihm erhalten, in denen er sich erkundigte, wie es mir ging, aber das war alles. Unser

Kuss war vermutlich nur ein Ausrutscher gewesen, zu dem er sich spontan hatte hinreißen lassen, weil in jenem Moment zu viele starke Gefühle in ihm aufeinandergeprallt waren. Mehr hatte für ihn offenbar nicht dahintergesteckt. Der Kuss war bedeutungslos gewesen. Zumindest für Rafe.

Ich setzte ein Lächeln auf, von dem ich hoffte, dass es unbeschwert wirkte. »Das Thema ist für mich erledigt.«

Faith warf mir einen skeptischen Blick zu. »Mhm.«

Ich schob einen Stift auf ihrem Schreibtisch herum, um meinen Händen etwas zu tun zu geben. Ein großer Teil von mir wünschte sich, Rafes Musik bei der Eröffnung nicht spielen zu müssen. Doch noch während ich den Gedanken hatte, schämte ich mich für mein kindisches Verhalten. Aber schon die bloße Vorstellung, dasitzen und seinen herzzerreißenden Texten lauschen zu müssen, war nicht einfach für mich.

Ich würde dafür sorgen, dass ich immer genug zu tun hatte, um mich abzulenken. Zum ersten Mal war ich dankbar, dass ich so viel erledigen musste. Außerdem würde ganz zu Anfang des Eröffnungsabends ohnehin erst einmal der Auftritt von Battalion stattfinden.

»Dad hat heute wieder ein Date mit Molly«, wechselte ich das Thema. »Er benimmt sich wie ein verknallter Vierzehnjähriger.«

»Magst du sie?«

»Sie ist toll. Molly ist genau das, was er nach seiner gescheiterten Ehe mit der bösen Hexe von Loch Harris braucht.«

Danielle schaltete die beruhigende keltische Panflötenmusik aus und spielte einen Trommelwirbel ab.

Ich unterdrückte ein Grinsen, während Faith die Augen zu der mit Spotlights getüpfelten Decke verdrehte. »Kommt deine Mum eigentlich zur Eröffnung?«

Entsetzt starrte ich sie an. »Ich hoffe nicht! Sag bitte, dass du sie nicht eingeladen hast.«

Sie warf mir einen ungläubigen Blick zu. »Natürlich nicht. Schließlich weiß ich, dass mir andernfalls ein langsamer und schmerzhafter Tod drohen würde.« Dann fügte sie strahlend hinzu: »Greg meinte, dass er Sam mitbringen will, aber nur für den Anfang. Wenn der Kleine sich langweilt, kommen ihn seine Großeltern abholen.«

Die Glocke über der Eingangstür bimmelte und ein älteres Paar kam herein.

»Tina wird sich vermutlich einfach selbst einladen«, sagte ich. »Ihre Verbündete hier aus dem Dorf wird sie garantiert über sämtliche Entwicklungen auf dem Laufenden halten.«

Faith lachte. »Vielleicht ist es gar nicht so verkehrt, wenn sie auftaucht.« Sie wackelte mit den Brauen. »Dann sieht sie nicht nur, was du mit dem Conch Club alles erreicht hast, sondern auch, dass es ihr nicht gelungen ist, deine Beziehung zu Harry zu zerstören. Oder Harrys Freundschaft mit Ed.«

Da hatte Faith auch wieder recht. Aus dieser Perspektive hatte ich es noch nie betrachtet.

Die Türglocke bimmelte erneut und eine Gruppe murmelnder Studenten in knisternder Funktionskleidung kam herein.

»So viel war hier schon lange nicht mehr los«, bemerkte Faith zufrieden und deutete mit dem Finger auf mich. »Und das haben wir allein dir zu verdanken.« Ich lief rot an und wollte schon protestieren, doch sie wollte nichts davon hören. »Seit wir Werbung für den Conch Club machen, erwacht Loch Harris wieder zum Leben.«

Ich drückte ihr einen Kuss auf die Wange, winkte Danielle zum Abschied und lief zur Tür.

»Sei ruhig ein bisschen stolz auf alles, was du erreicht hast, ja?«, rief Faith mir hinterher.

Ich drehte mich noch einmal zu ihr um und formte mit den Lippen ein lautloses »Danke«. Dann betrat ich den Dorfplatz, auf dem sich heute eindeutig mehr Leute tummelten als üblich.

Vor den Schaufenstern, hinter denen es alle möglichen regionalen Produkte von Harris-Schottenstoff über hübsch verzierte Cupcakes bis hin zu Wanderausrüstung zu sehen gab, standen Touristengrüppchen herum. Turnschuhe, Wanderstiefel und Segelschuhe schlappten über das Kopfsteinpflaster in das Netz aus kleinen Gassen mit seinen Ferienunterkünften, Erkerfenstern und Blumenampeln voller Heidekraut. Bei dem Anblick empfand ich eine tiefe Zufriedenheit.

Ich bog von der Hauptstraße auf die kleine Landstraße ab, die zu mir nach Hause führte. Jetzt war ich froh, dass ich heute nicht mit dem Auto gekommen war, denn auf dem Heimweg bekam ich einen klaren Kopf und hatte Gelegenheit, in Gedanken noch einmal meine To-do-Liste durchzugehen.

Ich musste unbedingt die Firma kontaktieren, die mir die Kaffeemaschine vermieten würde, und die Leasingbedingungen absegnen. Dann musste ich bei der Edinburgher Künstlerin, bei der ich die Untersetzer bestellt hatte, nachfragen, ob es bei dem Liefertermin am Donnerstag bleiben würde. Ich hatte mich für ein weiß-goldenes Schneckenmuschel-Design mit einer robusten Korkunterseite entschieden, das sich hübsch auf den Tischen machen würde.

Auf dem Weg bemerkte ich, dass sich meine Prellung deutlich gebessert hatte. Inzwischen spürte ich beim Laufen nur noch hin und wieder ein dumpfes Pochen in meinem Hintern.

Dad war stinksauer gewesen, als ich ihm am Samstagmorgen die ganze Geschichte erzählte, aber es war mir gelungen, ihn abzulenken, indem ich das Thema auf Molly lenkte, und er hatte knurrig beschlossen, mir zu verzeihen.

Als ich auf Höhe der illustrierten Karte und des Holzschilds angekommen war, das die Besucher in Loch Harris willkommen hieß und mit den geheimnisvollen Höhlen, Eichenwäldern und Rotwildvorkommen in der Gegend warb, stieg ich kurz die niedrige Böschung hinauf, um einen Lkw vorbeizulassen, auf dessen Anhänger sich Baumstämme stapelten.

Ich sah mich um und ließ die Schönheit meiner Umgebung auf mich wirken. Und auf einmal begriff ich, dass ich zwar aus Loch Harris hätte wegziehen können, mein Herz aber stets geblieben wäre.

Kapitel 66

Ich reckte die Schultern und lächelte in den Hörer. »Und? Alles bereit für dein heißes Date mit der schönen Molly?«

»Darauf kannst du wetten. Sie will ins Kino, in diese neue romantische Komödie mit Ryan Reynolds.«

Ich lachte. »Seit wann gehst du denn in Liebesfilme?«

»Seit Molly mir versprochen hat, dass sie im Gegenzug mit mir in den nächsten Star-Trek-Film geht«, gestand er. Nach einer kurzen Pause fuhr er fort: »Apropos Herzensangelegenheiten, wie geht es dir?«

Meine Hand erstarrte auf der Maus. Es war klar, dass Dad sich wegen meiner Gefühle für Rafe sorgte. »Ganz okay. Warum fragst du?«

Er wirkte so zögerlich, dass ich aufmerksam wurde und mich von meinem Computerbildschirm abwandte.

»Dann bist du also nicht allzu verletzt?«, hakte er nach. »Ich dachte, dass es dich ziemlich hart treffen könnte, wenn du davon erfährst.«

Alarmiert fuhr ich in meinem Drehstuhl herum zum Fenster. »Wenn ich *was* erfahre, Dad?«

Leise gab er einen Fluch von sich. »Oh, dann weißt du es noch gar nicht? Vielleicht stimmt es auch gar nicht …«

Ich richtete mich auf. »Worum geht es, Dad? Du sprichst in Rätseln.«

»Vielleicht ist es ja nur ein Gerücht«, wiegelte er ab. »Du weißt ja, wie die Leute hier sein können.«

Inzwischen war meine Neugierde kaum mehr auszuhalten und mir riss der Geduldsfaden. Ich wollte gerade nachbohren, da platzte die Geschichte aus ihm heraus. »Victor Prentice – du weißt schon, der Makler? – war heute Nachmittag zufällig am Kiosk, als ich auch dort war.«

»Und?«

»Er meinte, dass Rafe Buchanan verkaufen will«, sagte Dad leise.

Der Schock traf mich wie ein Faustschlag. »Wie bitte?«

Dad wiederholte, was er gesagt hatte, und einen Moment lang saß ich regungslos da, während in mir ein hoffnungsloses Gefühlschaos wütete. »Oh, okay. Ach so«, murmelte ich.

Der Schock wich Schmerz und Kränkung. Rafe wollte Corie Cottage also aufgeben und Loch Harris verlassen?

Das bedeutete, dass ich die ganze Zeit über recht gehabt hatte. Unser Kuss, dieser intime Augenblick zwischen uns, und auch die Tatsache, dass er mir seine Narbe gezeigt hatte, waren für Rafe letztlich nicht von Bedeutung gewesen. Ich hätte mir niemals einbilden dürfen, dass sich zwischen uns etwas entwickelte.

»Layla? Layla, bist du noch da?«, riss Dad mich mit besorgtem Tonfall aus meinen Gedanken.

»Ja, klar, entschuldige.«

Nach einer bedeutungsvollen Pause fragte er: »Alles okay? Ich dachte, du hättest bereits davon gehört.« Dann hielt er offenbar den Hörer zu, aber ich hörte trotzdem, wie er ein dumpfes »Scheiße noch mal!« in sich hineinbrummte.

Ich schluckte meine Tränen runter und hob kämpferisch das Kinn, auch wenn ich mich in Wahrheit ganz anders fühlte. »Mach dir keine Gedanken, Dad. Wirklich.«

Ich griff nach meinem Wasserglas und beobachtete, wie der Eiswürfel darin gegen den Rand stieß. Waren die Neuigkeiten denn wirklich so überraschend? Rafe Buchanan war der nächste Stern am Himmel der Musikbranche. Sein Alter Ego Mask eroberte langsam, aber sicher die Charts und war Dauerthema in den sozialen Medien. Kein Wunder, dass er dem ländlichen Loch Harris den Rücken kehren wollte, insbesondere nach dem Vorfall mit Hazel. Vielleicht war ihm nun auch endlich bewusst geworden, dass ihn keine Schuld an Emilys Tod traf, und er wollte woanders neu anfangen. An einem anderen Ort. Mit einer anderen Frau.

Einer Frau, bei der es sich nicht um mich handelte.

Ich nahm einen Schluck Wasser und stellte das Glas wieder auf dem Untersetzer auf meinem Schreibtisch ab.

»Layla, bitte sprich doch mit mir«, ertönte wieder Dads Stimme aus dem Telefon. »Ich weiß doch, wie sehr du ihn mochtest.«

Ich rang mir ein Lachen ab. »O nein, so war das nun auch wieder nicht. Wir waren Freunde, das ist alles.«

»Klar«, sagte er und verstummte.

Inzwischen wollte ich das Telefonat nur noch beenden. Es beschwor Bilder von Rafe in mir herauf, wie er mich leidenschaftlich küsste, bis sein Atem schwer ging und ich meine Hand an seine vernarbte Wange legte.

Wie hatte ich nur so unfassbar dumm sein können? Ich hatte Dinge in sein Verhalten hineininterpretiert, die nichts mit der Realität zu tun hatten. Für Rafe war ich vollkommen bedeutungslos. Zwischen uns war niemals etwas gewesen, ich hatte mir das alles nur eingebildet. Es war ihm ebenso egal, wie *ich* ihm egal war.

Ich schloss die Augen. Das alles war Vergangenheit, und wenn es mir nicht gelang, mich abzulenken und es dabei zu belassen, würde es mich innerlich zerreißen. Es war an der Zeit, dass ich selbst den Rat befolgte, den ich Hazel gegeben hatte.

Auch wenn Dad mich nicht sehen konnte, zwang ich mich zu einem angespannten Lächeln. »Also, ich muss jetzt auflegen, ich habe noch jede Menge E-Mails zu beantworten.«

»Klar, die große Eröffnung steht schließlich vor der Tür!«

Wieder machte sich Stille zwischen uns breit.

»Viel Spaß mit der Romcom«, sagte ich schließlich betont fröhlich. »Grüß Molly schön von mir. Und wehe, du futterst ihr das ganze Popcorn weg.«

»Keine Sorge, ich werde mich benehmen.«

Ehe Dad mich erneut fragen konnte, ob es mir auch wirklich gut gehe, legte ich auf.

Reglos saß ich mit dem Telefon in der Hand da und blinzelte gegen das Brennen in meinen Augen und die Bilder von Rafe in meinem Kopf an.

Der gekränkte Teil von mir wollte diese verdammten Songs bei der Veröffentlichung nicht spielen. Aber mir war bewusst, wie albern das war. Ich stand kurz davor, einen Club aufzumachen, und ich wollte, dass er sich einen Namen machte. Und dafür musste ich um jeden Preis die Versprechen halten, die ich meinen Gästen gemacht hatte.

Kapitel 67

Der restliche August verging wie im Flug. Ich musste regelmäßig zum Bootshaus fahren, um Lieferungen entgegenzunehmen und mich mit meinen neuen Angestellten zu treffen. Dazu kam die Koordination des Eröffnungsabends selbst – mit der Beleuchtung, dem Catering und dem Festzelt.

Besonders freute ich mich darauf, mein Team endlich in den Conch-Club-Outfits zu sehen, die ich bestellt hatte. Danielle hatte mir vor einer ganzen Weile von einer Freundin erzählt, die in Glasgow Modedesign studierte und sich immer freute, wenn sie sich etwas dazuverdienen konnte.

Mir hatte ein Look vorgeschwebt, der gleichzeitig stylish und leicht zu reinigen war, ein einfaches, klassisches Design, das nicht nach Uniform aussah. Rachels Entwurf bestand aus einem schwarzen Longsleeve mit unauffälligen Silberstreifen und schwarzen, schmal geschnittenen Stoffhosen für die Männer und schwarzen Trägertops mit einem kleinen Bolero und einem knielangen Bleistiftrock mit demselben Silberstreifenmuster wie die Herren-Shirts für die Frauen.

Da das Personal die meiste Zeit auf den Beinen sein würde, hatten wir uns einstimmig darauf geeinigt, dass bequeme schwarze Loafer die beste Lösung für alle Beteiligten waren.

Heute war der Tag der Anprobe endlich gekommen, und als sie – Jungs wie Mädchen – aus den Toilettenräumen kamen und dabei Modelposen einnahmen und Kussmünder machten, strahlte ich vor Zufriedenheit. Sie sahen superelegant und professionell, aber trotzdem sympathisch aus.

Faith erwies sich weiterhin als Gottesgeschenk. Was auch immer sie mir abnehmen konnte, erledigte sie, und das alles parallel zu ihrem eigentlichen Job.

Selbst Danielle, deren Hauptbeschäftigung beim Arbeiten normalerweise darin bestand zu tratschen, legte sich indirekt für mich ins Zeug, indem sie in der Touristeninformation mehr als ihre üblichen Aufgaben übernahm, um Faith den Rücken freizuhalten.

Die Textnachrichten, in denen sich Rafe nach meinem Wohlergehen erkundigte, waren immer weniger geworden und dann ganz ausgeblieben, was mir nur recht war – jedenfalls redete ich mir das ein.

Mein Herz drängte mich, ihn zu kontaktieren, und sei es nur, um ihn zu fragen, was er sich eigentlich dabei dachte, einfach wegzuziehen. Aber wann immer ich kurz davor war, zum Handy zu greifen, meldete sich mein Stolz zu Wort, und mein Verstand brüllte: *Wehe! Der Typ hatte nicht mal den Anstand, dir persönlich zu sagen, dass er die Gegend verlassen wird!*

Dad hatte ein ereignisreiches Date mit Molly verbracht, auch wenn er kurz vor dem großen Finale des Films eingeschlafen war und dadurch verpasst hatte, wie Ryan Reynolds seine Filmdame in einem Boot entführte.

Dad hatte sich in Grund und Boden geschämt, aber Molly hatte nur grinsend abgewunken und seitdem waren sie noch ungefähr ein dutzend Mal miteinander ausgegangen.

»Ich hoffe, Molly kommt auch zum großen Abend«, sagte ich.

»Aber sicher. Das ist *die* Gelegenheit, sie mit meinen Rockstar-Moves zu beeindrucken.«

»Solange du nur nicht mitten im Set ein Nickerchen einlegen musst.«

Am Donnerstagabend, zwei Tage vor der Eröffnung, war ich am Bearbeiten eines Telefoninterviews. Eine Zeitungsredaktion hatte das Gespräch mit einem preisgekrönten Vogelzüchter aus der Gegend bei mir in Auftrag gegeben. Und so saß ich mit einem Glas Rotwein an der Ausarbeitung, als es an der Haustür klopfte.

Es war Jack.

Ich deutete verlegen auf meinen Karo-Schlafanzug und mein zu einem wirren Dutt hochgestecktes Haar.

»Egal«, sagte er lächelnd. »Du siehst immer noch besser aus als dein Dad.«

Ich musste lachen. »Na, das verrate ich ihm aber lieber nicht. Komm rein.«

Jack schlenderte hinter mir her ins Wohnzimmer. »Die Proben laufen bestens«, sagte er. »Aber dein Dad hat einen groben Fehler begangen, den wir anderen Bandmitglieder unverzeihlich finden.«

Mir rutschte das Herz in die Hose. O nein, was war denn jetzt schon wieder? Diese kreativen Menschen waren einfach unberechenbar!

Jack machte ein ernstes Gesicht. »Ihm ist die Milch für den Tee ausgegangen.«

Ich verpasste ihm einen Klaps auf den Arm. »Tu mir das nie wieder an! Ich glaube, ich bin gerade um zehn Jahre gealtert!«

Jack grinste, während ich zum Kühlschrank ging und meine Ersatzmilch herausholte. »Hier, bitte.«

Er bedankte sich und drückte sich den Karton an sein grauweißes Sweatshirt. »Dann gehe ich besser mal zurück zu deinem Dad. Weiß der Himmel, was für einen Katzenjammer die Jungs ohne ihren Zauberer am Keyboard veranstalten.«

Ich brachte Jack zur Haustür, wo er fragte: »Sag mal, wie läuft es eigentlich mit dir und diesem Musiker, von dem gerade alle reden? Hab gehört, seine neuste Single ist direkt in die Top Ten eingestiegen.«

Ich schlang meinen flauschigen Morgenmantel fester um mich. »Ach, das war nichts Richtiges.«

Jack musterte mich überrascht. »Ach so?«

Ich bemühte mich um eine unbeteiligte Miene. »Da war mal kurz etwas zwischen uns, vor einem Monat«, gab ich ehrlich zu. »Jedenfalls dachte ich das. Aber ich habe wohl ein bisschen zu viel hineininterpretiert. Denn inzwischen kursiert das Gerücht, dass er die Gegend verlassen will.«

Jack ließ meine Worte sacken. Das Lampenlicht warf Schatten auf sein markantes Gesicht. »Und du hast nie versucht, mit diesem … Mask, richtig? Mit diesem Mask zu reden?«, fragte er schließlich.

»Rafe«, antwortete ich nach kurzem Schweigen, auch wenn ich seinen Namen kaum über die Lippen brachte. »Eigentlich heißt er Rafe.« Ich schüttelte so heftig den Kopf, dass sich mein Dutt zu lösen drohte. »Weißt du, ich habe mich ihm nach allem, was mit Mac war, wirklich geöffnet. Ich dachte, er ist das Risiko wert. Und ich war der Meinung, dass es ihm andersherum genauso geht. Aber seitdem haben wir uns nicht mehr gesehen. Schon witzig, wie sehr man sich irren kann, was?« Ich umarmte Jack und drückte ihm ein Küsschen auf die Wange. »Richte Dad, Mikey, Ed und Stan liebe Grüße aus. Wir sehen uns morgen, ja?«

Von der Schwelle aus warf er mir noch einen letzten Blick zu. »Also, wenn du mich fragst, ist dieser Typ ein Depp.«

O nein, der wahre Depp hier bin ich, dachte ich, winkte Jack unter dem funkelnden Sternenhimmel hinterher und schloss die Tür.

Als ich am Samstagmorgen die Augen aufschlug, traf mich die Erkenntnis wie ein Faustschlag.

O Gott. Heute ist der große Tag.

Starr vor Aufregung blieb ich noch einen Moment im Bett liegen.

Jede einzelne Entscheidung, die ich seit Macs Tod und der Erkenntnis, dass er mich von Anfang an mit Hannah betrogen hatte, getroffen hatte, war Teil des Wegs gewesen, der mich hierhergeführt hatte. Vor meinem inneren Auge zogen Bilder vom alten Bootshaus vorbei, das von einem verschnörkelten Angelladen zu einem smarten Musikclub in hübschen Blautönen und mit funkelnden Lichterketten geworden war.

Doch mir blieb keine Zeit mehr, weiter zu sinnieren. Ich musste kontrollieren, dass das Lager gefüllt war, die Beleuchtung funktionierte, das Zelt an der richtigen Stelle aufgebaut wurde – was sicherlich eine ziemliche Zitterpartie werden würde –, und Rafes Songs durchgehen, die ich nach dem Auftritt von Battalion präsentieren wollte.

In den vergangenen vierundzwanzig Stunden hatte ich mich immer wieder dabei erwischt, wie ich mein Handy auf neue Nachrichten überprüfte. Rafe wusste, dass die Eröffnung heute Abend stattfinden würde, und trotzdem hatte er es nicht einmal für nötig gehalten, mir viel Erfolg zu wünschen.

Die Enttäuschung saß tief, aber ich war nicht bereit, mir davon den Tag vermiesen zu lassen. Vermutlich war er viel zu beschäftigt damit, Coorie Cottage zu verkaufen und sein Hab und Gut zusammenzupacken, um auch nur einen Gedanken an mich zu verschwenden.

Ich duschte und wusch mir die Haare, schlang ein wenig Müsli herunter und schlüpfte in eine alte Jeans. Dann fuhr ich zum Bootshaus. In der Nacht hatte es ein paar schwere Regenschauer gegeben, sodass der Waldboden durchnässt war. Aber dem Wetterbericht zufolge sollte es heute stabil bleiben. Mir war alles recht, solange es nur nicht wieder regnete.

Als ich auf dem Picknickplatz parkte, schallten mir Rufe und Gelächter entgegen.

Ich nahm meine Tasche vom Beifahrersitz und stieg aus. Meine Converse-Turnschuhe quietschten auf dem nassen Gras.

Als ich zwischen den Bäumen hervorkam und zum Conch Club lief, begrüßte mich bereits der Anblick eines flatternden weißen Zeltes, das von einer Gruppe Studenten aufgebaut wurde.

Adam und Richie, zwei meiner Mitarbeiter, hatten gesagt, dass sie ein paar Freunde um Hilfe bitten würden, und ich hatte begeistert zugestimmt, allerdings darauf bestanden, ihnen einen fairen Preis dafür zu bezahlen.

Faith war auch schon da. Gerade kam sie, in ein Gespräch mit Molly verwickelt, aus dem Bootshaus. »Der Elektriker befestigt gerade die Lichterketten«, verkündete sie strahlend. »Ach Layla, das musst du dir unbedingt ansehen! Der Effekt ist einfach umwerfend.«

Sie zog mich am Ellenbogen durch den Conch Club mit seinen gemütlichen neuen Sitzmöbeln und der geschmackvollen Farbpalette zu der hinteren Tür, die am Ende des Raums auf den Steg hinausging.

Das Wasser lag heute ruhig da und hatte einen silbrigen Schimmer und der möblierte Steg sah umwerfend aus.

»Wie das erst im Dunkeln wirken muss, wenn es tagsüber schon so viel hermacht!«, schwärmte Faith neben mir.

Wir kehrten ins Bootshaus zurück. Marie und Lewis, auch von meinem neuen Personal, holten Gläser aus braunen Pappschachteln, während ihr Kollege Connor die verspiegelten Regale hinter der Bar mit Flaschen bestückte.

Unablässiges Klirren und Klappern lag in der Luft.

Auf Faiths Gesicht breitete sich ein strahlendes Lächeln aus, als Greg mit einer weiteren Kiste Gläser in den Raum kam. »Ich hoffe, das ist in Ordnung. Greg hat ebenfalls seine Hilfe angeboten, und ich dachte, wir können heute jede Hand gut brauchen.«

Ich winkte ihm zu. Eigentlich hatten wir inzwischen zwar eine ganze Armee an Helfern, aber so glücklich, wie Faith wirkte, verkniff ich mir jeden Kommentar.

Sie deutete auf eine Box, die vor der geschwungenen Bar auf dem Boden stand. »Da sind die Teelichter für die Tische drin.«

Ich riss das braune Klebeband auf. Darin befanden sich Dutzende winziger, runder weißer Kerzen in Glasgefäßen, in die vorn jeweils eine kleine Schneckenmuschel geprägt war. Sie waren wirklich hinreißend geworden!

Nun strahlte auch ich und begann, die Teelichter auf den Tischen zu verteilen, erst drinnen, dann draußen auf dem Steg.

»Langsam fügt sich alles, was?«, hörte ich plötzlich Dad sagen, der grinsend neben mir aufgetaucht war.

Wir traten einen Schritt zurück und ließen den Innenbereich mit seinen schimmernden runden Tischen, bequemen Stühlen und karierten Vorhängen auf uns wirken. »Scheint so. Und? Seid ihr bereit für euren Auftritt heute Abend?«

Dad wollte gerade etwas erwidern, da wurden wir durch eilige Schritte auf dem Dielenboden unterbrochen.

Es war Jack.

»Wären wir, wenn uns nicht unser Bassist abhandengekommen wäre«, verkündete er.

Dad runzelte die Stirn. »Wie bitte?«

»Ed ist verschwunden.« Jack warf mir ein verlegenes Lächeln zu, dann wandte er sich wieder an Dad. »Stan hat gerade bemerkt, dass sein Wagen nicht mehr auf dem Parkplatz steht.«

Mir schoss ein Gedanke durch den Kopf, doch ... Nein! Nein, das konnte unmöglich sein. »Ihr glaubt doch nicht etwa, dass er sich den Auftritt heute doch noch einmal anders überlegt hat, oder?«

Jack verzog das Gesicht. »Das würde mich sehr wundern. Seit er wieder bei uns eingestiegen ist, scheint er mit seiner Entscheidung im Reinen zu sein.«

Dad verzog den Mund zu einem schmalen Strich. »Was auch immer ihn gerade geritten hat, es wäre nett gewesen, wenn er Bescheid gesagt hätte, wann er wieder da ist.« Er warf einen finsteren Blick auf seine Uhr. »In sechs Stunden ist Einlass und ich bin noch nicht zufrieden mit dem Ende von *You're Trouble*. Da lässt sich noch mehr rausholen.«

Jack klopfte ihm kumpelhaft auf den Rücken. »Keine Sorge, Harry, das wird schon alles.«

Dads Laune verfinsterte sich zusehends. »Wenn nicht, dann kann Ed was erleben.«

Faith, die gerade die Getränkekarten auf den Tischen verteilte, kam zu mir und sah Dad hinterher, der wieder nach draußen marschierte. »Harry ist doch sonst immer die Entspannung in Person«, bemerkte sie.

Jack nickte. »Ich weiß. Aber seine Tochter eröffnet ja auch nicht alle Tage ihren eigenen Club.« Er warf mir ein Lächeln zu. »Ich glaube, er ist aufgeregter als du.«

»Darauf würde ich nicht wetten.« Ich verzog das Gesicht.

»Ich frage mal bei Stan und Mikey nach, ob der verlorene Sohn inzwischen wieder aufgetaucht ist«, verkündete Jack und zog von dannen.

Als er weg war, seufzte ich tief. »Na, das ist ungefähr das Letzte, was wir brauchen können. Einer unserer Musiker verschwindet, nur Stunden bevor die Band auf der Bühne stehen soll. Dabei hat Ed mir versichert, dass er keinen Rückzieher mehr machen wird.«

Faith drückte meine Hand. »Versuch, dir nicht zu viele Gedanken zu machen. Ich wette, er taucht gleich wieder auf. Bestimmt gab es einen ganz einfachen Grund für sein Verschwinden.«

»Glaubst du?«

»Wahrscheinlich musste er nur kurz irgendwas erledigen.«

»Aber was?«, überlegte ich nervös.

Faith musste lachen. »Ach, du weißt schon. Irgendwas eben. Jetzt warte doch einfach ab. Gib ihm noch eine halbe Stunde.«

Angespannt spielte ich mit dem Haarband herum, das das untere Ende meines Flechtzopfs zusammenhielt. Ich war mir da bei Weitem nicht so sicher. Wieso hatte Ed nichts zu den anderen aus der Band gesagt, ehe er sich einfach verdünnisiert hatte?

Ich wusste ja, dass Battalion seit Jahren nicht mehr live gespielt hatte, und die Jungs hatten zugegeben, dass sie ein bisschen eingerostet waren. Aber deswegen würde Ed mich doch nicht so kurz vor knapp im Stich lassen, oder?

Als hätte sie meine panischen Gedanken gelesen, sagte Faith: »Jetzt komm schon. Lass uns die Kaffeemaschine ausprobieren.«

Ich nickte und folgte ihr zur Bar, wo der neue Edelstahl-Koloss auf seinen ersten Einsatz wartete.

Blieb nur zu hoffen, dass ein gewisser lockiger Bassist mit spitzem Kinn bald ebenso einsatzbereit sein würde.

Kapitel 68

»Verdammt, wo warst du?«, fauchte Dad zwei Stunden später. »Wir waren kurz davor, nach dir zu suchen!«

Ed schloss sein Auto ab und blieb mit betretener Miene daneben stehen. »Tut mir leid, Jungs. Entschuldige bitte, Layla. Aber ich hatte da noch was zu erledigen.«

Dad musterte ihn fragend, aber Ed schien nicht in Stimmung zu sein, mehr über den Grund für sein Verschwinden zu verraten.

»Also dann!«, rief Mikey und versammelte die Truppe mit einem lauten Klatschen. »Jetzt, wo wir wieder vollständig sind, können wir ja endlich unsere Generalprobe abhalten.«

So entspannt wirkte die Stimmung nicht, als die Mitglieder von Battalion den Picknickplatz verließen und im Conch Club verschwanden.

Ich betrachtete das weiße Festzelt, das sich flatternd in den perlgrauen Himmel wölbte. Hoffentlich würde es heute nicht noch mehr Anlass zur Panik geben. Inzwischen war es schon drei, und jetzt ging es nur noch darum, ein letztes Mal zu überprüfen, dass alles an Ort und Stelle war, ehe wir nach Hause fuhren, um uns für den Abend zurechtzumachen.

»Ähm, Layla?«, hörte ich Richie zögerlich von der Eingangstreppe aus rufen.

Ich eiste meinen Blick vom Zelt los. »Was denn?«

»Ich glaube, wir haben keine Flüssigseife für die Spender in den Toiletten.«

Ich kehrte gerade rechtzeitig von meinem raschen Ausflug zum nächsten Laden zurück, wo ich eine Ladung Seife besorgt hatte, um dabei zu sein, als der Elektriker, ein Trinkkumpane von Dad, die Lichterketten am Steg ausprobierte.

Danach war es höchste Zeit, nach Hause zu fahren, damit ich mich fertig machen konnte. Aber davor wollte ich noch einen letzten Blick auf das stylishe neue Interieur des Bootshauses werfen – von der halbkreisförmigen Bühne aus hellem Holz bis hin zu den bunten Vorhängen in Harris-Karo und den petrolfarbenen Wänden. Ich hatte es wirklich geschafft. Und das war unter anderem auch Mac zu verdanken.

Zum ersten Mal seit seinem Tod gelang es mir, beim Gedanken an ihn keine Wut zu empfinden. Das schmerzhafte Gefühl, hintergangen und verletzt worden zu sein, war kaum mehr zu spüren. Vielleicht hatte auch die Bekanntschaft zu Rafe einen kleinen Teil dazu beigetragen.

Ich straffte die Schultern und schloss die verglaste Tür zum Conch Club zu. Später, wenn ich seine exklusiven neuen Tracks spielte, würde ich noch genug Zeit haben, über ihn nachzudenken.

Wie es mir wohl damit gehen würde? Ich versuchte, den Gedanken vorerst beiseitezuschieben, straffte den Schulterträger meiner Denim-Tasche und verbannte Rafe in den hintersten Winkel meines Bewusstseins.

Es war Zeit, mich in Schale zu werfen.

Kapitel 69

Nachdem ich ausgiebig geduscht und mir die Haare gewaschen hatte, suchte ich in meinem Schrank zwischen all den verschiedenen Farben und Stoffen nach dem Teil, das ich heute Abend tragen wollte.

Vor vielen Monaten hatte ich mir ein sündhaft teures Kleid gekauft, das ich nächstes Jahr zu Macs rundem Geburtstag hatte anziehen wollen. Nach seinem Tod war es in die hinterste Ecke meines Schranks gewandert. Zögerlich griff ich in den dunklen Winkel, bis ich Pailletten unter meinen Fingern spürte. Ich zog den Kleiderbügel mit dem funkelnden, langärmligen Gürtelkleid in Beige und Gold heraus. Es hatte einen V-Ausschnitt und reichte mir bis zu den Knien. Dazu hatte ich mir goldfarbene Sandalen und eine passende Clutch gekauft.

Ich hielt mir das Kleid an und drehte mich leicht von links nach rechts. Ja, das war genau das Richtige für diesen großen Abend.

Anschließend föhnte ich mir die Haare, brachte sie in Form, sodass sie mir in wilden Wellen um die Schultern fielen, und steckte sie an den Seiten fest, um dem Look eine elegantere Note zu verleihen.

Als ich mich fertig geschminkt hatte, griff ich nach dem Kleid, das förmlich an mir herabfloss, als ich es überstreifte. Ich band den Gürtel zu und trat einen Schritt zurück, um noch einmal das Funkeln der Pailletten zu bewundern.

Zum Schluss schaltete ich meine Nachttischlampe ein, damit ich bei meiner Heimkehr später kein dunkles Haus betreten musste. Dasselbe machte ich mit der Lampe im Flur.

Der frühe Abendhimmel hüllte sich in einen sanften Lavendelton. Ich hatte mir vorgenommen, die Beleuchtung gegen 19 Uhr einzuschalten, sodass der Conch Club und der Steg gegen 20 Uhr, wenn es anfing, dunkel zu werden, bereits aussahen wie in Gold getaucht.

Ich öffnete die Haustür und ein kleiner Schauder kroch mir über die Arme. Ein erster Hauch von herbstlicher Kühle lag in der Luft, also kehrte ich noch einmal in mein Schlafzimmer zurück, um meinen cremefarbenen Seidenschal zu holen. Später würde ich ihn sicherlich brauchen, um mich vor der Brise zu schützen, die abends stets über dem See aufkam. Mit der Spitze über den Fransen sah er ziemlich elegant aus.

Ich blickte auf meine Füße. Meine Zehennägel waren dunkelrot lackiert. Allerdings würde man davon später in der Nacht vermutlich nichts mehr sehen, weil ich mir schon jetzt ziemlich sicher war, dass ich es in meinen mörderisch hohen Absätzen nicht lange aushalten würde.

Ich gratulierte mir in Gedanken zu meiner Vernunft und machte noch einen Abstecher in die Küche, um mir eine Tragetasche zu holen, ehe ich zu meinem Schuhregal im Flur weiterging. Darin standen neben meinen Turnschuhen meine bewährten, hohen braunen Schnürstiefel. Sie waren zwar bei Weitem nicht so glamourös wie die Sandalen, die ich aktuell an den Füßen hatte, aber zumindest bissen sie sich farblich nicht mit dem Kleid.

Ich schob mir die Clutch unter den Arm und ging noch einmal in mich. Alles, was ich in den letzten Monaten geleistet hatte, würde heute seinen Höhepunkt finden. Und so seltsam es auch war – als ich die Haustür öffnete, glaubte ich fast, Mac vor mir stehen zu sehen, wie er mir mit seiner tiefen Stimme viel Erfolg wünschte.

Der Himmel über Loch Harris hatte einen verschlafenen, perlmuttartigen Schimmer angenommen, als ich meinen Wagen bei den Picknicktischen abstellte und ein letztes Mal tief durchatmete.

Der Conch Club glühte. Die Stalllaternen warfen ihr bernsteinfarbenes Licht aufs Gras und das geräumige weiße Festzeltleuchtete zwischen den Bäumen auf.

Drinnen spielten Battalion gerade ihren letzten Probedurchlauf. Hinter den Fenstern sah ich hin und wieder eine Gestalt vorbeiflitzen.

Ich warf mir einen prüfenden Blick im Rückspiegel zu. O Gott. Ich erinnerte schwer an ein Kaninchen, das panisch ins Scheinwerferlicht starrte.

Vorsichtig tupfte ich mir einen kleinen Klecks Wimperntusche unter dem Auge weg und überprüfte noch einmal, dass meine Haarnadeln auch wirklich feststeckten. Mein Magen war so durcheinander, als würde ich statt in meinem Auto auf einem schlingernden Schiff sitzen.

Los geht die Show.

Ich nahm meine Clutch und den Schal vom Beifahrersitz und holte den Stoffbeutel mit den Stiefeln aus dem Fußraum. Während ich den Wagen absperrte, bemerkte ich Adam, Lewis und Connor, die tablettweise Gläser vom Bootshaus ins Festzelt trugen. Auch die ersten Einwohner von Loch Harris trudelten nach und nach ein, schlenderten mit Gläsern voll perlendem blassgoldenen Champagner in den Händen durch die Gegend und unterhielten sich über das glücklicherweise gnädig gestimmte Wetter.

»Layla!«

Faith kam die Eingangstreppe zum Bootshaus hinabgestürmt. Sie trug ein rot-weiß gestreiftes Tunikakleid und dunkelrote Riemchenpumps.

»Wow!«, begrüßte ich sie grinsend. »Du siehst ja zum Anbeißen aus!«

Sie selbst schien das allerdings anders zu sehen, denn sie zupfte nervös an ihrem rotblonden Haar herum, das sie sich zu einem wippenden Pferdeschwanz hochgebunden hatte. »Findest du echt? Ich komme mir ein bisschen vor, als hätte ich mich als Zahnpastatube verkleidet.«

»So ein Blödsinn. Du siehst toll aus.«

Sie warf mir ein dankbares Lächeln zu, dann stemmte sie die Hände in die Hüften. »Apropos, du siehst genauso umwerfend aus, wie es sich für die Ballkönigin gehört.« Sie lockte mich mit dem Finger zu sich. »Und jetzt komm und sieh dir alles an. Dein Dad und die Jungs proben noch, dafür hat der Caterer das Buffet im Zelt aber schon fertig aufgebaut.«

Aufgeregt betrat ich den Club, in dem ein reges Kommen und Gehen herrschte. Auf der Bühne hatten sich Dad und der Rest von Battalion zu einem Halbkreis versammelt und diskutierten über das Intro zu einem ihrer Songs, das ihnen noch nicht mitreißend genug klang. Alle fünf trugen zu diesem besonderen Anlass Anzughosen und Hemden. Bei dem Anblick der Band hätte ich platzen können vor Stolz.

Jack musste gespürt haben, dass sie beobachtet wurden, denn er sagte etwas zu den anderen, woraufhin sie sich zu Faith und mir umdrehten und uns begeisterte Komplimente für unsere Outfits machten.

»Ihr habt euch aber auch nicht schlecht in Schale geworfen«, erwiderte ich grinsend. »Ich hätte euch ja fast nicht wiedererkannt.«

»Na, danke auch«, witzelte Mikey. »Das Kompliment kann ich nur zurückgeben, junge Dame.«

Meine Angestellten flitzten durch die Gegend wie schwarzsilberne Blitze und sorgten dafür, dass auf allen Tischen die Teelichter brannten und die Karten bereitlagen. Hinter der Terrassentür schimmerten die Kerzen auf den Außentischen wie tanzende Elfen.

Faith und ich gingen wieder nach draußen und machten uns auf den Weg zum Festzelt. Als sie plötzlich mitten in der Bewegung erstarrte und ihre sahneweiße Haut eine hellrosa Färbung annahm, brauchte ich mich gar nicht erst umzusehen, um zu wissen, wer der Grund dafür war, dass sie errötete.

Und tatsächlich: Greg kam den Schieferweg entlang. Er trug einen stahlgrauen Anzug und Stiefel, während Sam, der vor ihm hergaloppierte, eine entzückende kleine Weste, eine passende Anzughose und ein himmelblaues Hemd anhatte.

»Sieht er nicht hinreißend aus?«, flüsterte Faith mir aus dem Mundwinkel zu.

»Welcher von beiden?«

»Ach, beide natürlich!«

Ich gab Greg ein Küsschen auf die Wange und bedankte mich für seine Hilfe am Vormittag. Dann wuschelte ich Sam durch sein goldblondes Haar und überließ die drei sich selbst.

Der Himmel wirkte einladend und frisch und die Berge schienen im fliederfarbenen Licht der Dämmerung mit jedem Augenblick ein neues Gesicht anzunehmen. Es war einer jener atemberaubenden Abende, wie sie es nur in Schottland gab.

Ich betrat das Zelt, in dem auf Klapptischen Servierteller voller Mini-Bagels mit schottischem Lachs und Frischkäse, Krustenbrot-Sandwiches mit Meeresfrüchten und Hafercracker mit den verschiedenen Belägen auf die Gäste warteten.

Daneben befand sich ein weiterer Tisch mit Mini-Desserts von Himbeer-Cranachan über Shortbread-Cookies bis hin zu Walnuss-Rosinen-Flapjacks und Macaron-Snowballs.

Faith tauchte mit Greg und Sam im Schlepptau neben mir auf und drückte mir mit dem Befehl, etwas zu essen, einen Teller und eine Serviette in die Hand.

Doch ich bekam kaum einen Bissen herunter. Ein Blick auf die Uhr verriet mir, dass es an der Zeit war, dass sich zum ersten Mal offiziell die Türen des Conch Clubs öffneten.

Faith folgte mir aus dem Zelt und ich ließ den Blick über die erwartungsvollen Gesichter draußen vor dem Eingang wandern. Viele von ihnen kannte ich schon mein halbes Leben. Heather mit ihren Eltern Alec und Pam. Molly in einem langen orangefarbenen Kleid, die jedes Mal rote Wangen bekam, wenn sie einen Blick mit meinem Dad wechselte. Danielle aus der Touristeninformation mit ihrem Freund Josh. Dads Trinkkumpane aus den Dorfkneipen. Ein Großteil der Ladeninhaber von Loch Harris. Und natürlich Jack, Stan, Mikey und Ed. Auch Norrie und Clem standen mit ihren Champagnergläsern in der Menge, und hinter ihnen entdeckte ich Macs Schwester Lois, die mir winkte und eine Kusshand zuwarf. Ich bedeutete ihr, dass ich später zu ihr kommen würde, damit wir uns unterhalten konnten.

Selbst Macs Anwalt David Murray hatte meine Einladung angenommen. Er unterhielt sich angeregt mit Lois und sah sich dabei immer wieder anerkennend um.

Auf meinen goldenen Absätzen stieg ich vorsichtig die Eingangstreppe zum Bootshaus hoch und ertappte mich dabei, wie ich währenddessen unablässig den Blick über die lächelnden Gesichter in der Gästemenge schweifen ließ. *Wen suchst du? Etwa Rafe?* flüsterte mir eine gehässige Stimme in meinem Kopf zu.

Ich zwang mich zu einem Lächeln.

Dad erschien hinter mir und klopfte mir aufmunternd auf die Schulter.

Gerade wollte ich den Mund öffnen, um alle Anwesenden an diesem schönen, nach Kiefernnadeln duftenden Samstagabend im August im Conch Club begrüßen zu dürfen, da verschlug es mir für einen Augenblick die Sprache. »O Scheiße. Sie ist da«, flüsterte ich Dad zu, als ich die Fassung wiedergewonnen hatte.

Er kam einen Schritt näher. »Wer?«

»Na wer wohl? Madame Guillotine. Mum.«

»Wo?«

»Es überrascht mich, dass sie dir noch nicht aufgefallen ist«, zischte ich ihm unauffällig zu. »Dort rechts zwischen den Bäumen, die bei ihrer Ankunft spontan verdorrt sein müssen.«

Er gab einen unterdrückten Lacher von sich und folgte meinem Blick.

Tina stand wie eine schwarzgewandete Gottesanbeterin neben ihrer Komplizin Alison, die ihr folgte wie ein Schatten.

»Achte einfach nicht auf sie«, knurrte Dad. »Na los, Mädchen. Die Leute warten schon sehnsüchtig auf deine Ansprache.«

Erneut ließ ich den Blick über die glücklichen, entspannten Gesichter gleiten, die mich von unten musterten, und räusperte mich. Dann zog ich den Schal enger um meine Schultern. »Es wird euch sicher freuen, zu hören, dass ich nicht viel zu sagen habe«, verkündete ich meinem Publikum.

»Von deinem Dad hast du das nicht«, rief Mikey aus der Menge. Ed, der in einem zitronengelben Hemd neben ihm stand, lächelte und senkte den Blick. Mikeys Spruch wurde mit allgemeinem Johlen und Gelächter quittiert.

»Wie dem auch sei«, fuhr ich fort und tat so, als würde ich Mikey einen strengen Blick zuwerfen, »vielen, vielen Dank euch allen, dass ihr heute Abend hier seid und den Conch Club mit eurer Anwesenheit unterstützt. Wie die meisten von euch wissen, waren die letzten Monate nicht einfach – aber wir haben es geschafft.« Ich schlug die Hände zusammen und dann kam Faith und reichte mir eine Champagnerflöte. Die goldene Flüssigkeit perlte gegen das Glas, als ich es in die Höhe hob. »Auf den Conch Club. Und auf Loch Harris und seine wunderbare Dorfgemeinschaft.«

Lauter Jubel und Gläserklirren erfüllten die Luft.

Als sich die Gäste wieder etwas beruhigt hatten, rief ich: »Unser erster Act heute Abend ist Battalion. Schnappt auch einen Platz. Und dann bitte ich um einen fetten Applaus für unsere Jungs!«

Dad und die übrigen Bandmitglieder drängten sich an mir vorbei, um ihre Plätze auf der Bühne einzunehmen. Die Teelichter auf den Tischen flackerten und tanzten, während Stühle über den Boden scharrten und sich das Publikum setzte. Ich suchte mir mit Faith ganz hinten im Raum einen Stehplatz.

Draußen schlug der Loch Harris in der Abendbrise leise Wellen und die Stalllaternen glommen in der Dämmerung wie Juwelen. Eine Stunde noch, und der große Moment war gekommen, in dem wir endlich die Lichterketten an Eingangsbereich und Steg einschalteten.

»Also, Layla, das ist ja *fantastisch* geworden!«

Meine Mutter war plötzlich mit ihren viel zu roten Strähnchen und ihrem viel zu dunklen Spray-Tanning-Teint vor mir aufgetaucht und ich wurde stocksteif.

»Was ich nebenbei bemerkt nicht im Entferntesten dir zu verdanken habe«, gab ich kühl zurück und musterte dabei ihren mit Pailletten besetzten Blazer und den schwarzen Rock mit dem hohen Schlitz, in dem sie an eine zweitklassige Kreuzfahrt-Animateurin erinnerte.

Sie machte Anstalten, etwas erwidern zu wollen, aber ich unterbrach sie, indem ich mich drohend vorbeugte, bis sich unsere Nasenspitzen fast berührten und mir ihr penetrantes, schwülstiges Parfüm in die Nase stieg. »Tut mir leid, dich enttäuschen zu müssen, aber es ist dir nicht gelungen, einen Keil zwischen Dad und mich zu treiben.« Faith und ich wechselten einen zufriedenen Blick. »Dad und ich haben einen DNA-Test durchführen lassen. Wie sich herausstellte, *ist* Harry mein biologischer Vater.«

Meine Mutter versuchte, ihre Überraschung zu überspielen, aber mir entging nicht, wie ihre dünngezupften Brauen nach oben zuckten, als wollten sie ihrem Gesicht entfliehen. Doch sie hatte sich rasch wieder im Griff. »Das muss ja eine grauenhafte Zeit für euch gewesen sein.«

»Tja, das würde dir gefallen, oder?«, schnaubte ich. »Aber wir haben es überstanden.«

Ich konnte ihr ansehen, wie ihre Gedanken rasten. »Sicherlich ist euer Verhältnis zu Ed jetzt ziemlich angespannt.«

Mir entglitt ein kurzer Lacher. »Oh, das hättest du wohl gern!« Ich beugte mich noch ein wenig weiter vor. »Aber wie es aussieht, hat deine geschmacklose kleine Enthüllung eher für klare Verhältnisse gesorgt. Dad und Ed werden nie beste Freunde sein, aber sie haben sich bestens arrangiert.« Ich hob das Kinn und blickte über Tinas Schulter hinweg zur Bühne, wo Dad und die Band gerade in Position gingen. »Wenn du mich jetzt entschuldigen würdest, ich habe einen Club zu führen.«

Faith warf Tina einen vernichtenden Blick zu, die sich bei meinen Worten aufrichtete und mich wütend anfunkelte. »Das kommt davon, dass dein Vater dir jahrzehntelang Gift über mich ins Ohr geträufelt hat.«

»Das war nicht nötig«, antwortete ich schlicht. »Ich habe schon ganz früh selbst begriffen, wie egoistisch und gefühlskalt du bist.«

Meine Mutter schluckte, murmelte etwas Unverständliches in sich hinein und machte auf ihren Killer-Heels kehrt. Dann verschwand sie in der Menge und verließ den Club, dicht gefolgt von ihrem Schoßhündchen Alison.

»Wie geht's euch, Leute?«, dröhnte Mikey ins Mikrofon. »Alles klar?«

Das Publikum brach in ohrenbetäubenden Jubel aus.

Als ich sah, wie Dad auf den Drums loslegte, ehe Mikey den ersten Song anstimmte, hatte ich plötzlich einen Kloß im Hals.

Jack haute mit seiner üblichen Begeisterung in die Keyboard-Tasten, Stan verströmte wie immer ruhiges Selbstvertrauen und Mikey flirtete schamlos mit den Frauen im Publikum. Nur Ed brachte mich mit seinem seltsamen Verhalten ein wenig aus dem Konzept. Denn er sah immer wieder nervös zur Tür. »Hast du auch das Gefühl, dass mit Ed was nicht stimmt?«, flüsterte ich Faith ins Ohr.

Sie neigte den Kopf zur Seite. »Ja, mir kam er vorhin auch ein bisschen abwesend vor.«

»Seine Frau ist hier, ich habe sie vorhin im Zelt gesehen.« Ich ließ den Blick über die Menge gleiten, dann zuckte ich mit den Achseln. »Ach, vermutlich bilde ich mir das nur ein und er ist einfach ein wenig nervös.«

Battalion riss das Publikum mit einer Auswahl seiner größten Hits in seinem üblichen Rock-Sound mit, und als die Jungs ihre zweite Zugabe gespielt hatten, machte sich trotz ihres erfolgreichen Auftritts ein verzagtes Gefühl in mir breit. Der Augenblick, vor dem ich mich gefürchtet hatte, war gekommen. Bald war es an der Zeit, Rafes Exklusivmaterial abzuspielen.

Ich holte mein Handy aus meiner Clutch, die ich hinter dem Tresen abgelegt hatte, und überprüfte meine Nachrichten. Doch Rafe hatte sich noch immer nicht gemeldet. Nicht mal ein höfliches »Viel Glück für heute Abend« war ich ihm wert gewesen.

Mehr brauchte ich nicht zu wissen.

In wenigen Minuten würden die Lichterketten im Außenbereich angehen. Ohne meine Enttäuschung über Rafes Verhalten wirklich an mich heranzulassen, betrat ich die Bühne und forderte das Publikum auf, kurz nach draußen zu gehen, um den großen Moment nicht zu verpassen.

Die Gästeschar ließ sich das nicht zweimal sagen und strömte mit gezückten Handys in den Außenbereich. Als die Lichterketten wie Schneeflocken zum Leben erwachten, ging ein atemloses Raunen durch die Menge. Die winzigen Lämpchen rahmten den Eingang des Clubs, schlängelten sich an der Seitenwand des alten Bootshauses entlang und wanden sich um den gesamten Steg.

Nachdem sich die Aaahs und Ooohs gelegt hatten, rief ich: »Und nun bitte ich alle wieder nach drinnen, wo wir in Kürze exklusiv das neue Material des Musikers Mask präsentieren werden!«

»Whooo-hooo!«, jubelte Heather und hopste so begeistert durch die Gegend, dass ihr die blonden Flechtzöpfe um die Schultern flogen.

Ich kehrte ins Bootshaus zurück, wo ich Adam zunickte, der hinterm Tresen stand. Er schaltete den CD-Player ein und Rafes samtige Stimme erfüllte den Raum. Seine Texte waren wundervoll und passten zur leisen Melodie seiner Gitarre, die immer rhythmischer wurde und schließlich Unterstützung von Bass und Drums erhielt.

Unter leisem Gemurmel ließ das Publikum die Musik auf sich wirken, während Faith und Greg sich zu mir an die Bar gesellten. Gregs Mum war vorbeigekommen und hatte einen äußerst widerwilligen Sam abgeholt, damit die beiden den restlichen Abend miteinander genießen konnten.

Nun stupste Faith mich mit der Schulter an. »Läuft super, würde ich sagen!«

»Ja, die Leute scheinen sich zu amüsieren«, stellte ich fest.

Sie warf mir einen fragenden Blick zu. »Und du?«

»Was ich?«

»Amüsierst du dich auch?«

»Na klar«, versicherte ich mit einem übertrieben strahlenden Lächeln. Dann ging Rafes erster Song in den zweiten über, den ich besonders schön fand, und ich verstummte und schloss für einen Moment die Augen. Das war doch albern. Wieso verschwendete ich meine Zeit damit, einem Mann hinterherzutrauern, der sich eindeutig nicht für mich interessierte?

Ich fuhr herum und schnappte mir meinen Schal, den ich über die Lehne des leeren Stuhls neben mir gelegt hatte. »Ich geh mal eben frische Luft schnappen«, sagte ich und legte mir den Schal um die Schultern. »In zehn Minuten bin ich wieder da.«

Doch Faith antwortete nicht.

»Ist es okay, dass du solange ein Auge auf alles hast?«, hakte ich nach.

Als sie immer noch nicht antwortete, blickte ich von meinem Schal auf. Aber weder Faith noch Greg achteten auf mich. Sie waren viel zu beschäftigt damit, mit offenem Mund über meine Schulter zu starren.

»Faith?«, fragte ich irritiert und drehte mich um.

Ein paar Meter weiter, nahe der Eingangstür, war ein kleiner Tumult im Publikum entstanden.

Als ich den Grund dafür entdeckte, setzte mein Herz einen Schlag lang aus.

Kapitel 70

An der Tür stand Ed. Und er hatte eine hochgewachsene, schattenhafte Gestalt mit übergestreifter Kapuze neben sich. Um die beiden hatte sich eine tuschelnde, starrende Menschenmenge versammelt.

Mit ausgestrecktem Zeigefinger deutete Ed auf mich. Ein nervöses Lächeln umspielte seine Mundwinkel.

Ich sah die beiden reglos an, während ich im warmen Lampenschein, umgeben vom unterdrückten Klirren zahlloser Gläser, zu verarbeiten versuchte, was sich da gerade vor meinen Augen abspielte.

Die Gestalt setzte sich in Bewegung und ich erkannte schemenhaft eine dunkle Maske.

»O mein Gott!«, kreischte Heather über die übrigen Gäste hinweg. »Das ist er! Da ist Mask! Mask, machst du ein Selfie mit mir?«

Rafe drehte sich zu ihr und lächelte nervös. »Klar.«

Heather gab einen bemerkenswert langen Quietscher von sich, während ich fassungslos zwischen den beiden hin und her sah.

Nur ein, zwei Meter von mir entfernt stand Rafe und musterte mich durchdringend. Dann hob er die Hand und streifte langsam seine Kapuze ab. Ohne einen Gedanken an all die Gäste zu verschwenden, die ihn mit großen Augen musterten, legte er den grauen Hoodie ab und hängte ihn über eine Stuhllehne. Einen winzigen Moment lang schien er zu hadern, doch dann nahm er auch die Maske ab und hängte sie zu seinem Hoodie.

Aufgeregtes Getuschel verbreitete sich wie ein Lauffeuer im Club.

Nun stand er direkt vor mir. Rafe trug eine beige Weste und eine dunkle Hose. Seine weißen Hemdsärmel waren bis zu den Ellenbogen hochgekrempelt. Der Anblick versetzte meinem Herzen einen schmerzhaften Stich.

»Layla. Können wir vielleicht kurz unter vier Augen reden?«

Ich musterte ihn von Kopf bis Fuß, versuchte zu begreifen, was er hier wollte.

»Am besten, ihr geht nach draußen«, schlug Faith vor und deutete mit dem Kopf in Richtung Steg. »Da ist im Augenblick kaum etwas los.«

Ich schlang mir mein cremefarbenes Tuch um und ging, dicht gefolgt von Rafe, voraus. Die Menge teilte sich für uns. Meine Schritte klackerten auf den Planken, als ich bis an den Rand des Stegs lief.

Ich hatte nicht damit gerechnet, Rafe je wiederzusehen, und ich hatte keine Ahnung, was ich von seinem plötzlichen Auftauchen halten sollte.

Hinter dem Geländer tanzten silberne Wellen durchs Dunkel und in der Luft lag das erste Herbstversprechen.

Ich spürte die neugierigen Blicke der Clubbesucher hinter den geschlossenen Türen auf uns ruhen, auch wenn sie sicherlich alle so taten, als würden sie nicht weiter auf uns achten.

Rafe musterte die Teelichter auf den nun leeren Außentischen. »Du hast ganze Arbeit geleistet, Layla. Der Laden sieht toll aus. Traumhaft.«

»Danke.«

Ich bemühte mich, nicht zu starren, als er sich neben mich stellte. Je näher er kam, desto mehr schien seine Narbe aus meiner Wahrnehmung zu verschwinden. Als würde sie für mich nicht existieren.

Er musterte mich von der Seite, dann richtete er den Blick wieder aufs Wasser. »Ich habe mich wie das letzte Arschloch benommen.«

Ich machte mir nicht die Mühe, ihm zu widersprechen.

»Das ist eigentlich der Punkt, an dem du mir versichern solltest, dass das nie der Fall war.«

Ich knabberte auf meiner Unterlippe herum und sah hinaus auf die Wellen.

»Layla«, fuhr er nach kurzem Schweigen fort und drehte sich zu mir. »Du siehst hinreißend aus.«

Schluckend hob ich das Kinn.

»Und … und du warst meine Rettung. Zusammen mit meinem Garten.«

Ich runzelte die Stirn. »Wie bitte?«

Rafe trat nervös von einem Fuß auf den anderen. »Mein Umzug nach Loch Harris war eine Flucht. Nach Emilys Tod habe ich mir unendliche Selbstvorwürfe gemacht und mir verboten, je wieder … wieder …«

»Je wieder glücklich sein zu dürfen?«

»Ja.« Er fuhr sich durch sein ohnehin schon unwiderstehlich zerzaustes Haar. »Als Ed heute Mittag bei mir vor der Tür stand …«

Ich fuhr so heftig zu ihm herum, dass ihm fast mein Schal ins Gesicht geklatscht wäre. »Ed? Was hatte Ed denn bei dir zu suchen?«

»Er hat mir von dem Ergebnis des DNA-Tests erzählt. Offen gestanden wirkte er fast schon ein wenig enttäuscht. Er meinte, so ein tolles Mädchen wie dich hätte er gern als Tochter gehabt.« Er schob die Hände in die Hosentaschen. »Weißt du, als Hazel dich vor meinem Cottage fast überfahren hätte, war mein einziger Gedanke, dass ich dich genauso hätte verlieren können, wie ich Emily verloren habe.«

Ich bekam kaum mehr ein Wort heraus. Meine Brust hob und senkte sich schwer unter meinem Glitzerkleid. »Und?«, flüsterte ich erstickt.

»Ich wusste, wenn dir etwas passiert, wäre das allein meine Schuld. Und ich konnte die Vorstellung, je wieder einen solchen Schmerz erleben zu müssen, einfach nicht ertragen.«

Meine Augen brannten. Alles in mir schrie danach, sein attraktives Gesicht zu berühren und ihm zu versichern, dass er mir jedes Risiko wert war.

»Ed hat mir bei seinem Besuch heute erzählt, wie du ihm damals im Wald geholfen hast.« Sein Blick blieb eine Spur zu lange an meinen Lippen haften. »Und er hat mir noch einmal ins Gedächtnis gerufen, was ich zu ihm über den Auftritt heute Abend gesagt habe. Dass er nicht einfach feige davonlaufen sollte.« Der Anflug eines Lächelns glitt über seine Züge. »Er meinte, wenn er schon keine tragende Rolle in deinem Leben spielen könne, solle doch wenigstens ich nicht so dumm sein, diese einzigartige Chance zu verspielen.« Sein Blick brannte auf meiner Haut. »Du warst meine Rettung, Layla. Ich war nur einfach zu feige, um es mir einzugestehen.«

Ich spielte mit den Fransen an meinem Schal. »Dann stimmt es also?«, stieß ich hervor. »Du hast vor, Loch Harris zu verlassen?«

Rafe senkte den Blick. Dann sah er mich wieder an. »Na ja, das kommt vor allem auf dich an.« Er strich mir über die Wange und ich schauderte. Dann hob er sachte mein Kinn an, sodass ich ihm in seine dunklen Augen sehen musste. »Ich will dich, Layla. Ich will es versuchen – das mit uns. Ich kann Loch Harris nicht verlassen. Nicht solange das bedeutet, dass ich damit auch *dich* verlasse.« Auf einmal erschien ein verschmitztes Grinsen auf seinem Gesicht, dessen Anblick einen ganzen Schwarm an Schmetterlingen in meinem Bauch aufscheuchte. »Abgesehen davon, dass ich unbedingt noch eine Laube in meinem Garten aufstellen muss.«

Ich lächelte gegen seine Lippen, ehe er mich stürmisch küsste. Ich drängte mich gegen ihn, erwiderte den Kuss und versank ganz und gar in seinem Geschmack.

Mein Schmerz und Kummer über Macs Unaufrichtigkeit, der Wunsch, all den Erinnerungen an ihn zu entkommen, die ich mit Loch Harris verknüpfte, der Stress der Club-Eröffnung, die endlosen geschäftlichen Entscheidungen, die Angst wegen des Vaterschaftstests … das alles fiel von mir ab und schwebte in die Nacht davon.

Nun zählte nur noch eins: dass Rafe und ich einen Neuanfang wagten. Und zwar gemeinsam.

Aber vorher musste ich mich unbedingt noch bei Ed bedanken.

Epilog

Terrigal, Australien
Zwei Jahre später

Ich tappte zu dem Panoramafenster unseres zweistöckigen Ferienhauses am Ocean View Drive.

Es bestand fast vollständig aus Holz und Glas und hatte eine Sonnenterrasse und einen großzügigen Garten, in dem Rafe seinen grünen Daumen walten lassen konnte. Draußen schwappten die Wellen über den honigfarbenen Sand und eine Möwe zog ihre Kreise über den azurblauen Himmel.

»Schön, wenn man es sich leisten kann«, scherzte Rafe. »Ich wünschte, ich hätte auch den halben Tag Zeit, herumzustehen und vor mich hin zu träumen, Mrs. Buchanan.« Er gesellte sich zu mir. »Ich muss heute noch den Text für den letzten Song des neuen Albums fertigbekommen und am Nachmittag steht das Radio-Interview an.«

Ich grinste. »Tja, so läuft das eben, wenn man es mit drei Singles in die Top Five schafft.«

Rafe zwinkerte mir zu. Mit seiner sonnengebräunten Haut und dem sexy Bart, den er sich hatte wachsen lassen, sah er einfach zum Anbeißen aus. Zum Glück war zumindest die obere Hälfte seiner Narbe noch zu sehen. Denn in meinen Augen machte sie ihn erst zu dem Mann, der mein Herz gewonnen hatte.

»Ich liebe dich«, rief er grinsend, während er das Wohnzimmer verließ, um in seinem Studio am anderen Ende des Hauses zu verschwinden.

Mein Handy, das auf der Frisierkommode im Schlafzimmer lag, klingelte und riss mich aus meiner friedlichen Stimmung. Ich eilte los, um abzunehmen.

Als ich Faiths Namen auf dem Display sah, machte mein Herz einen kleinen Satz. »Wir kommen euch in Down Under besuchen!«, quietschte sie ohne große Umschweife los. »Greg hat Urlaubstage gesammelt, und wir dachten, wir kommen im Juni, wenn Sams Schulferien anfangen.« Sie hielt inne. »Natürlich nur, wenn ihr uns überhaupt sehen wollt.«

Ich gab einen aufgeregten Quietscher von mir. »Soll das ein Witz sein? Ich freue mich wie verrückt! Sagt mir so schnell wie möglich Bescheid, wann genau ihr kommen wollt, damit wir alles für euren Besuch organisieren können! Ich hoffe, Mikey kümmert sich noch ordentlich um den Conch Club?«

Sie gab ein kehliges Lachen von sich. »Dein Laden ist in guten Händen. Es läuft toll für den Club. Auch wenn Mikey nicht davon abzuhalten ist, jeden Freitagabend selbst aufzutreten.« Sie schlug einen gespielt schnippischen Ton an. »Aber mit solchen Kompromissen muss man wohl leben, wenn man die Hälfte des Jahres in Australien verbringt. Und jetzt sag mal: Wann erwartet ihr eigentlich das glückliche Brautpaar zu Besuch?«

Ich sah einem Radfahrer nach, der die Strandpromenade entlangfuhr. Die silbernen Speichen blitzten im Sonnenlicht auf. »Dad hat mir vor einer guten Stunde geschrieben, dass Molly und er ihren Mietwagen am Flughafen abgeholt haben und auf dem Weg zu uns sind.«

Ich konnte förmlich vor mir sehen, wie sich Faiths Lippen zu einem Lächeln verzogen. »Und wie läuft es mit der Arbeit?«

»Super«, erwiderte ich. »Ich schreibe eine Kolumne für eine monatlich erscheinende Frauenzeitschrift. Es geht darum, wie es ist, als Schottin in Australien Fuß zu fassen. Sie haben ihr den Titel *Der große Kulturschott – Eine Schottin Down Under* gegeben.«

Faith gab einen Laut von sich, der sich irgendwo zwischen Lachen und Stöhnen bewegte.

»Und ich habe mehrere Lokalzeitungen als Kunden geworben.«

»Wow, das ist ja toll! So, ich muss dann langsam ins Bett. Greg muss morgen früh raus. Ich freu mich sehr auf dich! Guten Morgen und gute Nacht!«

Als ich mich umdrehte, stand Rafe in der Schlafzimmertür und musterte mich fragend. »Aufregende Neuigkeiten?«

Ich grinste. »Das war Faith. Sie hat gefragt, ob sie uns in den schottischen Sommerferien zusammen mit Greg und Sam besuchen kann.«

Rafe kam zu mir und gab mir einen verheißungsvollen Kuss. »Das ist ja toll! Wir könnten mit Sam zum Whale Watching gehen.« Dann schaute er auf seine Uhr. »Ich glaube, Harry und Molly müssten jeden Moment da sein. Ich kann nicht fassen, dass dein Dad auf seiner eigenen Hochzeitsfeier mit Battalion gespielt hat. Als hätte es nicht gereicht, dass er gerade Ja zu Molly gesagt hatte!«

»Tja, einmal Rocker, immer Rocker.«

Rafe wollte gerade wieder in seinem Tonstudio verschwinden, als ich draußen einen Motor brummen hörte.

Ich rannte auf den Balkon und spähte grinsend und

winkend über die Brüstung, als ich Dad und Molly unten entdeckte.

»Sie sind da!«, rief Rafe, der schon die Wendeltreppe nach unten lief.

Ich wartete ab, bis er die Haustür geöffnet hatte und nach draußen ging, um sie zu begrüßen. Dann schlich ich mich noch einmal ins Schlafzimmer und öffnete mit klopfendem Herzen meine Nachttischschublade.

Vor lauter Aufregung wurde mir flau im Magen. Die dicke blaue Linie des positiven Schwangerschaftstests leuchtete mir fröhlich entgegen.

Rafe Buchanan und Harry Devlin – auf euch beide wartet eine ziemlich aufregende Überraschung!

Danksagung

Wie immer ein riesiges Dankeschön an meine wunderbare Agentin Selwa Anthony und an Lindy Anthony. Ihr zwei seid einfach phänomenal!

Ich kann kaum in Worte fassen, wie geehrt ich mich gefühlt habe, als ich erfuhr, dass die wunderbare Charlotte Ledger von HarperCollins und ihr super Team dieses Buch für vielversprechend genug hielten, um es mit ihrem Elfenstaub zu besprenkeln. Dafür werde ich ihnen auf ewig dankbar sein.

Mein Dank gilt außerdem Jo, Amanda und Geraldine, drei ganz besonderen Freundinnen, die mich stets unterstützt haben.

Und natürlich danke an meine Jungs: Lawrence, Daniel, Ethan und Cooper – ich liebe euch über alles.